ELISABETH STROUT

Américaine, Elisabeth Strout est née à Portland, dans l'État du Maine. Très tôt, elle se met à écrire. Sa première nouvelle sera d'ailleurs publiée dans *New Letters*. Après avoir été avocate au Bureau d'aide juridique de Syracuse, elle trouve un poste de chargée de cours auxiliaire dans le département d'anglais du Borough of Manhattan Community College de New York. Par ailleurs, elle continue à écrire des nouvelles, publiées dans des magazines littéraires, mais aussi dans *Redbook* et *Seventeen*, et commence enfin la rédaction de son premier roman, *Amy et Isabelle* (Plon, 2000), qui lui prendra sept ans de travail. Elisabeth Strout vit aujourd'hui à New York avec son mari et sa fille.

W0182014

ELIZABETH STROUT

AMY ET ISABELLE

Traduit de l'américain
par Suzanne V. Mayoux

PLON

Titre original :
Amy and Isabelle

Publié par Random House, New York

Le Code de la propriété intellectuelle n'autorisant, aux termes des paragraphes 2 et 3 de l'article L. 122-5, d'une part, que les « copies ou reproductions strictement réservées à l'usage privé du copiste et non destinées à une utilisation collective » et, d'autre part, sous réserve du nom de l'auteur et de la source, que les « analyses et les courtes citations justifiées par le caractère critique, polémique, pédagogique, scientifique ou d'information », toute représentation ou reproduction intégrale ou partielle, faite sans le consentement de l'auteur ou de ses ayants droit ou ayants cause est illicite (art. L. 122-4).
Cette représentation ou reproduction, par quelque procédé que ce soit, constituerait donc une contrefaçon sanctionée par les articles L. 335-2 et suivants du Code de la propriété intellectuelle.

© 1998 by Elizabeth Strout.
© Plon, 2000, pour la traduction française.
ISBN : 2-266-11268-6

À Zarina

1

L'été du départ de Mr. Robertson, il fit une chaleur torride et, durant des semaines, le fleuve qui traversait la ville parut mort. Réduit à une espèce de serpent inerte, brunâtre, avec une écume d'un jaune sale qui s'amassait sur les bords. En passant à proximité de la rive sur l'autoroute, les voyageurs remontaient leurs vitres, assaillis par les effluves sulfureux, asphyxiants, et ils se demandaient comment on pouvait supporter de vivre dans cette puanteur qu'exhalaient le fleuve et la fabrique. Mais les habitants de Shirley Falls y étaient habitués et, même en pleine canicule, ils n'en avaient conscience qu'au réveil ; non, l'odeur ne les gênait pas particulièrement.

Ce qui les dérangeait, cet été-là, c'était que le ciel ne fût jamais bleu, que la ville parût enveloppée d'un bandage de gaze crasseuse absorbant les rayons du soleil, arrêtant ce qui donne leurs couleurs aux choses et ne laissant filtrer qu'une atmosphère dévitalisée — voilà ce qui finissait par mettre les habitants mal à l'aise. Mais il n'y avait pas que ça : en amont, les récoltes tournaient court — les haricots restaient petits, ratatinés sur les tiges grimpantes, les carottes ne dépassaient pas l'épaisseur d'un doigt d'enfant ; et le bruit courait qu'on avait vu deux ovnis dans le nord de l'État. D'après la rumeur, le gouvernement avait même envoyé des gens enquêter.

Au secrétariat de la fabrique, où quelques femmes passaient leurs journées à trier des bordereaux, à classer les doubles, à coller les timbres sur les enveloppes en appuyant avec le pouce ou le poing, on échangea d'abord des considérations inquiètes. Pour certaines, ces phénomènes annonçaient peut-être la fin du monde, et même celles qui se refusaient à aller aussi loin devaient reconnaître que ce n'était pas forcément une bonne idée d'envoyer des hommes dans l'espace, que nous n'avions rien à faire là-haut sur la lune. Mais la chaleur demeurait implacable, les ventilateurs qui tournaient bruyamment aux fenêtres semblaient complètement inefficaces, et le souffle vint à manquer aux employées, assises à leur massif bureau de bois, les jambes un peu écartées, soulevant leurs cheveux pour s'aérer la nuque. Peu à peu, les commentaires se ramenèrent en substance à un « C'est pas croyable, hein ? ».

Un jour, Avery Clark, le patron, les avait renvoyées chez elles de bonne heure, mais ensuite il n'en fut plus question malgré la touffeur de plus en plus accablante. Apparemment, elles étaient condamnées à rester là et à souffrir dans ce local qui emmagasinait la chaleur. C'était une grande salle haute de plafond, avec un plancher qui grinçait. Tout du long, les tables étaient disposées deux par deux, face à face. De basses armoires métalliques à classeurs s'alignaient contre les murs ; sur l'une d'elles était posé un philodendron, aux branches nouées et entortillées comme sur un dessin d'enfant, même si des lianes s'en échappaient et touchaient presque le sol. C'était la seule tache de verdure. Les bégonias et la misère laissés devant les fenêtres avaient tous grillé. De temps à autre, l'air chaud brassé par un ventilateur balayait au plancher une feuille morte.

Dans ce tableau de lassitude, une femme travaillait à l'écart des autres. Elle s'appelait Isabelle Goodrow et, à titre de secrétaire d'Avery Clark, elle n'avait pas de vis-à-vis. Sa table faisait face au bureau du patron soi-même, un bizarre assemblage de lambris et de grandes vitres (conçu pour lui permettre d'avoir son personnel sous les yeux, quoiqu'il les levât rarement de ses papiers), communément surnommé « l'aquarium ». Sa fonction donnait à Isabelle Goodrow un statut à part, mais de toute façon elle était différente des autres employées. Par exemple, elle s'habillait de manière impeccable ; même par cette température, elle mettait un collant. À première vue, on pouvait la trouver jolie, mais, en y regardant de plus près, on s'apercevait que tout au plus elle n'était pas laide. Elle avait des cheveux peu fournis, châtain foncé, tirés en arrière dans un chignon ou une torsade. Cette coiffure sévère la vieillissait, et ses petits yeux bruns avaient en permanence une expression étonnée.

Tandis que les autres femmes avaient tendance à beaucoup soupirer, ou à multiplier les allées et venues entre leur place et le distributeur de boissons gazeuses, qu'elles se plaignaient d'avoir mal au dos et les pieds enflés et se déconseillaient les unes aux autres d'enlever leurs chaussures parce qu'après on n'arrivait plus à les remettre, Isabelle Goodrow bronchait à peine. Les genoux joints, assise toute droite devant sa machine à écrire, elle tapait sans relâche. Elle avait un cou assez particulier. Il paraissait d'une longueur anormale par rapport à sa petite taille et ressemblait à celui du cygne apparu cet été-là sur le fleuve inerte, flottant dans une immobilité parfaite près des rives frangées d'écume.

Du moins, c'était ainsi que le percevait sa fille, Amy, laquelle venait d'avoir seize ans et, depuis peu, s'était mise à détester la vue du cou de sa mère (à détester la vue de sa mère, à vrai dire) ; d'ailleurs, elle se fichait bien du cygne. Amy ne ressemblait guère à Isabelle. Autant celle-ci avait des cheveux maigres et ternes, autant ceux d'Amy étaient épais et d'un blond illuminé de mèches plus claires. Même courts, tels qu'ils étaient coupés à présent, tailladés sous l'oreille, ils éclataient de santé et de vigueur. En outre, Amy était tout en longueur. Elle avait de longues mains, de longs pieds. Mais ses yeux, plus grands que ceux de sa mère, avaient souvent la même expression de surprise hésitante, capable de mettre légèrement mal à l'aise la personne qu'ils fixaient. Bien qu'Amy fût trop timide pour jamais fixer quelqu'un bien longtemps. Elle était plutôt encline à jeter un bref regard et à détourner aussitôt la tête. Elle ne savait pas vraiment quel genre d'effet elle pouvait faire aux gens, même si, par le passé, elle s'était abondamment examinée dans toutes les glaces qui se présentaient.

Mais, cet été-là, Amy ne scrutait pas les miroirs. En réalité, elle les évitait. Elle aurait bien voulu éviter aussi sa mère, si cela n'avait été exclu — toutes deux travaillaient ensemble. Il s'agissait d'un arrangement pour l'été, conclu voilà des mois entre sa mère et Avery Clark ; selon Isabelle, Amy aurait dû s'estimer heureuse d'avoir ce job, mais ce n'était pas le cas. Elle faisait un travail assommant. Il fallait additionner sur une machine à calculer les sommes inscrites sur la dernière colonne de chacun des bordereaux jaunes empilés sur son bureau, et la seule chose qu'elle appréciait, c'était une impression, par moments, d'assoupissement du cerveau.

Évidemment, le vrai problème, c'était d'être toute la journée avec sa mère. Amy avait la sensation qu'un fil noir les reliait, aussi fin qu'un trait de crayon, peut-être, mais toujours tangible. Même si l'une d'elles sortait de la salle, allait aux toilettes, disons, ou chercher un verre d'eau au rafraîchisseur dans le couloir, ça ne coupait pas le fil noir ; il passait à travers le mur et persistait à les relier. Toutes deux faisaient de leur mieux. Au moins, leurs tables étaient éloignées et elles se tournaient le dos.

Amy était assise face à Bev, surnommée Bouboule, dans un coin au fond de la salle. D'habitude, c'était la place de Dottie Brown, mais celle-ci était en congé, ayant subi une hystérectomie. Tous les matins, Amy regardait Bev introduire sa dose de fibres alimentaires dans un carton d'un demi-litre de jus d'orange qu'elle secouait vigoureusement. « Veinarde ! disait-elle. T'es jeune, t'as la santé et tout. Je parie même que tu penses jamais à tes intestins. » Gênée, Amy détournait les yeux.

Bouboule allumait toujours une cigarette dès qu'elle avait fini son jus d'orange. Des années plus tard, on allait adopter un décret qui lui interdirait de fumer dans son lieu de travail — elle grossirait encore de cinq kilos et prendrait alors sa retraite —, mais, pour le moment, elle était libre de tirer de longues bouffées, après quoi elle écrasait son mégot dans le cendrier de verre et annonçait à Amy : « Et voilà, ça a marché, la machine est en route. » Elle lui adressait un clin d'œil en se levant pesamment pour transporter vers les toilettes sa masse volumineuse.

C'était intéressant, à vrai dire. Amy ignorait jusque-là que les cigarettes pouvaient avoir un effet laxatif. Elle ne s'en était pas aperçue lorsqu'elle fumait en compagnie de Stacy Burrows dans le bois derrière le lycée. Et elle n'aurait jamais cru non plus qu'une adulte pourrait parler si librement de ses intestins. À ce détail, en particulier, elle se rendait compte à quel point sa mère et elle différaient des autres gens.

De retour des toilettes, Bouboule s'assit avec un grand soupir, tout en enlevant d'infimes peluches de son vaste corsage sans manches. « Bon, dit-elle en tendant la main vers le téléphone, révélant ainsi l'auréole de sueur qui tachait sous l'aisselle le tissu bleu pâle, c'est le moment de passer un coup de fil à cette vieille Dottie. » Bev téléphonait tous les matins à Dottie Brown. Elle composa le numéro sur le cadran avec le bout d'un crayon et se cala le combiné entre l'épaule et le cou.

« Tu perds toujours du sang ? » demanda-t-elle en tapotant la table avec ses ongles roses, presque enfouis sous la chair. C'était du vernis Rose pastèque, elle avait montré le flacon à Amy. « T'es partie pour battre les records ou quoi ? T'en fais pas, t'as pas besoin de te presser pour revenir. Tu manques à personne ici. » Bouboule saisit un catalogue Avon pour s'éventer, elle fit grincer son siège en s'appuyant au dossier. « Non, je te charrie pas, Dot. C'est bien plus agréable de regarder la jolie figure d'Amy Goodrow que de t'entendre gémir sur tes douleurs. » Elle adressa un nouveau clin d'œil à Amy.

Cette dernière baissa la tête et pianota sur sa machine à calculer. C'était gentil à Bev de dire ça, mais naturellement ce n'était pas vrai. Dottie lui manquait beaucoup. Elles étaient amies depuis toujours, elles travaillaient déjà à la même place avant la naissance d'Amy, même si ça lui donnait le vertige rien que d'y penser. De plus, Bev adorait bavarder. Elle était la première à en convenir. « Je peux pas la fermer cinq minutes », disait-elle, et Amy en avait eu un jour la confirmation en guettant la pendule. « J'ai besoin de parler, expliquait-elle. C'est physique. » Il y avait là quelque chose d'indéniable. Son besoin de parler semblait aussi permanent que son besoin de sucer des bonbons acidulés et d'allumer des cigarettes, et Amy, qui l'adorait, regrettait la frustration que devait lui causer sa propre nature silencieuse. Sans se le formuler vraiment, elle en rendait sa mère responsable. Isabelle n'était pas très loquace, elle non plus. Il n'y avait qu'à la voir passer sa journée à taper à la machine ; jamais elle ne s'attardait près de quelqu'un pour demander comment ça allait, se plaindre de la chaleur. Les autres la trouvaient snob, elle s'en doutait sûrement. Étant sa fille, Amy devait être mise dans le même sac.

Pourtant, Bouboule ne paraissait pas du tout frustrée de partager son coin avec elle. Elle raccrocha et se pencha en avant pour lui confier que la belle-mère de Dottie Brown était la femme la plus égoïste de toute la ville. Dottie avait été saisie d'une envie de salade de pommes de terre, ce qui était très bon signe, bien sûr, et lorsqu'elle l'avait dit à sa belle-mère dont la salade de pommes de terre était inégalable, tout le monde le savait, Bea Brown lui avait suggéré de s'extirper de son lit pour aller se les faire cuire.

« C'est dégoûtant, répondit sincèrement Amy.

— Et comment ! » Bev se recula et bâilla en tapotant sa gorge replète tandis que ses yeux s'humectaient. « Mon chou, reprit-elle avec un hochement de tête, je te conseille d'épouser un type qui aura perdu sa mère. »

Le local qu'on appelait pompeusement « la salle à manger », à l'usage du secrétariat de la fabrique, avait un air désordonné et délabré. Une rangée de distributeurs longeait l'un des murs, un miroir fendu en couvrait un autre ; les tables couvertes de linoléum décollé étaient réunies ou éparpillées au petit bonheur et au gré des employées qui s'installaient en étalant le déjeuner qu'elles avaient apporté, leurs boîtes de soda et leurs cendriers, puis sortaient leurs sandwiches du papier paraffiné.

Comme d'habitude, Amy se plaça loin du miroir fêlé.

Isabelle s'assit à la même table et secoua la tête en entendant l'histoire de la réplique effarante assenée à Dottie par sa belle-mère Bea Brown. D'après Arlene Dicker, c'était sans doute à cause des hormones, il suffisait de bien regarder le menton de Bea Brown pour voir qu'elle avait de la barbe, et Arlene était convaincue que ces femmes-là avaient en général un sale caractère. Rosie Tanguay déclara que le problème de Bea Brown, c'était de n'avoir jamais travaillé de sa vie ; et ensuite la conversation éclata en petits groupes, les voix se chevauchaient. Des éclats de rire ponctuaient une anecdote, des onomatopées consternées en accompagnaient une autre.

Amy s'amusait. Tout ce dont il était question l'intéressait, y compris l'histoire d'un réfrigérateur tombé en panne : deux litres de glace au chocolat fondue, tournée en une nuit et qui empestait le lendemain matin. Les paroles s'entrecroisaient avec aisance et la mettaient à l'aise, elle aussi ; silencieuse, elle promenait son regard de visage en visage. Elle n'était pas tenue à l'écart, mais, discrétion ou indifférence, les autres ne faisaient aucun effort pour l'amener à participer. Ces conversations lui changeaient les idées. Elle y aurait pris plus de plaisir, bien entendu, si sa mère n'avait pas été là, mais l'agitation de la cantine leur fournissait à toutes deux un certain répit, même si le fil noir continuait de les relier.

Bouboule enfonça un bouton du distributeur de boissons et une boîte de Tab dégringola bruyamment dans le réceptacle. Elle courba son énorme corps pour la prendre. « D'ici trois semaines, Dottie sera en état d'avoir des rapports », dit-elle. Le fil noir se tendit entre Amy et Isabelle. « Trois mois, ça l'arrangerait mieux. » Avec une petite détonation, le gaz s'échappa de la boîte débouchée. « Mais il paraît que Wally commence à s'énerver. Il ronge son frein. »

Amy déglutit la croûte de son sandwich.

Une femme lança : « Il a qu'à se débrouiller tout seul ! » et les rires explosèrent. Le cœur d'Amy battit plus vite, des gouttes de sueur perlèrent au-dessus de sa bouche.

« L'hystérectomie, ça entraîne la sécheresse vaginale, remarqua Arlene Tucker d'un air sentencieux.

— Pas pour moi.

— Parce qu'on t'a pas retiré les ovaires. » Arlene appuya cette explication d'un hochement de tête — elle avait ses convictions bien ancrées. « Dottie, on lui a fait la totale.

— Ma mère, les bouffées de chaleur, ça la rendait dingue », intervint une autre, et les crises provoquées par la ménopause firent oublier l'irritable Wally, Dieu merci ; Amy retrouva son pouls normal et cessa de transpirer.

Isabelle enveloppa ce qui restait de son sandwich et le rangea dans le sac. « Il fait vraiment trop chaud pour manger », murmura-t-elle à Bev. C'était la première fois qu'Amy entendait sa mère faire allusion à la température.

« Oh, bon sang, qu'est-ce que j'aimerais pouvoir en dire autant ! » gloussa Bouboule, et son ample poitrine se souleva. « Moi, y a rien qui me coupe l'appétit. »

Isabelle sourit et tira un bâton de rouge à lèvres de son sac à main.

Amy bâilla. Elle se sentait soudain exténuée ; elle aurait volontiers posé la tête sur la table et se serait endormie à l'instant.

« Un truc qui m'intrigue, mon chou », poursuivait Bev. Elle venait d'allumer une cigarette et dévisageait Amy à travers la fumée. Elle ôta de sa lèvre une bribe de tabac qu'elle examina un instant avant de l'expédier par terre. « Qu'est-ce qui t'a poussée à te couper les cheveux ? »

Le fil noir vibra et vrombit. Involontairement, Amy regarda sa mère. Isabelle se mettait du rouge à lèvres à l'aide d'un miroir de poche, la tête un peu penchée en arrière ; la main qui tenait le bâton de rouge se figea.

« C'est mignon, ajouta Bev. Y a pas plus mignon. Mais ça m'intriguait, voilà tout. Avec la belle nature de cheveux que tu as. »

Amy tourna la tête vers la fenêtre et se pinça le lobe de l'oreille. Les employées jetaient leurs sacs en plastique dans la poubelle, époussetaient les miettes sur leurs vêtements, bâillaient, le poing devant la bouche, en se levant.

« Ça doit tenir moins chaud comme ça, ajouta Bouboule.

— Oui. Nettement moins chaud », dit Amy en lui jetant un bref coup d'œil.

Bev poussa un soupir sonore. « Okay, Isabelle. On y va. On retourne à la mine. »

Tout en pressant ses lèvres l'une contre l'autre, Isabelle fit claquer le fermoir de son sac à main. « C'est ça, dit-elle sans regarder Amy. Il n'y a que ceux qui ne font rien qui ont droit au repos. »

Isabelle avait sa propre histoire. Bien des années auparavant, lorsqu'elle était arrivée à Shirley Falls et avait loué le vieux pavillon des Crane à l'orée de la ville sur la Route 22 pour s'y installer avec ses rares possessions et sa fille en bas âge (une enfant à la mine grave, aux boucles de lin), elle avait éveillé une certaine curiosité chez les membres de l'Église congrégationaliste et parmi ses nouvelles collègues de bureau, à la fabrique.

Mais la jeune Isabelle Goodrow ne s'était pas montrée communicative. Elle se bornait à répondre que son mari était décédé, ainsi que ses parents, et qu'elle était venue en ville pour trouver plus facilement un moyen de gagner sa vie. On n'en savait guère plus long. Même si certains avaient remarqué qu'au tout début elle portait une alliance qui n'avait pas tardé à disparaître de son annulaire.

Elle ne s'était pas fait d'amies. Ni d'ennemies, d'ailleurs, bien que son travail consciencieux lui valût un avancement rapide. Chacune de ses promotions avait suscité quelques grognements au bureau, et surtout la dernière, lorsqu'elle était sortie du rang pour devenir la secrétaire particulière d'Avery Clark, mais personne ne lui en voulait. On ne se privait pas trop d'échanger dans son dos des remarques, des plaisanteries sur la bonne petite partie de jambes en l'air qu'il lui aurait fallu pour se décontracter, mais ce genre de commentaires s'était raréfié au fil des ans. L'ancienneté avait fait son œuvre. Lorsque Amy craignait que sa mère passe pour une snob, ce n'était pas vraiment fondé. Les employées se livraient à des commérages sur tout le monde, mais Amy était trop jeune pour comprendre que leur façon familiale de s'accepter les unes les autres englobait sa mère.

Néanmoins, personne n'aurait prétendu réellement connaître Isabelle. Et personne non plus ne pouvait deviner qu'en ce moment la pauvre femme vivait un enfer. Si elle paraissait avoir maigri, si elle avait un peu mauvaise mine, bon, c'était la canicule. Même en fin de journée, la chaleur montait du bitume tandis qu'Amy et Isabelle traversaient le parking.

« Passez une bonne soirée, toutes les deux ! » cria Bouboule en se hissant dans sa voiture.

Sur le rebord de la fenêtre au-dessus de l'évier, les géraniums avaient des fleurs rouge vif grosses comme une balle de base-ball, mais deux feuilles de plus venaient de jaunir. En posant ses clés sur la table, Isabelle s'en aperçut tout de suite et elle alla les enlever. Si elle avait su que l'été serait aussi éprouvant, elle se serait épargné l'achat de ces géraniums. Elle n'aurait pas non plus garni les jardinières en façade de pétunias mauves, ni planté des tomates, des impatiences et des œillets d'Inde derrière la maison. À présent, dès qu'elle les voyait pencher la tête un tant soit peu, elle éprouvait un sentiment de culpabilité. Elle palpa la terre dans les pots, pour vérifier le degré d'humidité, et la trouva en fait trop mouillée, car il fallait du grand soleil aux géraniums, et non cette chaleur moite. Elle jeta les feuilles jaunies dans la poubelle sous l'évier et s'écarta pour laisser passer sa fille.

Ces temps-ci, c'était Amy qui préparait le dîner. Au temps jadis (dans sa tête, Isabelle désignait ainsi leur vie commune avant cet été-là), elles s'en occupaient à tour de rôle, mais, actuellement, cette tâche incombait à Amy toute seule. Un accord tacite — c'était bien le moins qu'elle puisse faire : ouvrir une boîte de betteraves et passer à la poêle des steaks hachés. Pour le moment, elle était là à entrebâiller les placards, enfoncer dans la viande un doigt négligent. « Lave-toi les mains », dit Isabelle en tournant les talons pour gagner l'escalier.

Mais le téléphone, posé à l'abri au coin du plan de travail, se mit à sonner et toutes deux sursautèrent, partagées entre l'espoir et l'inquiétude : il lui arrivait de rester muet plusieurs jours de suite.

« Allô ? » dit Amy, et Isabelle s'immobilisa, le pied sur la première marche.

« Ah, salut ! poursuivit Amy. C'est pour moi », lança-t-elle à sa mère sans la regarder, la main plaquée sur le combiné.

Isabelle monta lentement l'escalier. « Ouais », entendit-elle. Puis, un instant plus tard, Amy demanda d'une voix adoucie : « Comment va ton chien ces jours-ci ? »

Qui, parmi les relations de sa fille, possédait un chien ? Isabelle entra dans sa chambre mansardée, étouffante à cette heure du jour, mais elle referma la porte, bruyamment, de façon à proclamer à l'intention d'Amy : *Tu vois, je respecte ta vie privée*.

Le fil du téléphone entortillé autour du bras, Amy perçut le message, mais elle savait que sa mère cherchait seulement à paraître momentanément généreuse, à marquer un point ou deux à bon compte. « Je vais pas pouvoir », répondit-elle dans le combiné tout en pressant avec la paume sur la viande hachée. Puis, quelques instants plus tard : « Non, je lui en ai pas encore parlé. »

Appuyée contre la porte de la chambre, Isabelle n'avait pas l'impression d'épier sa fille. Simplement, elle se sentait trop agitée pour aller se laver la figure et se changer tant qu'Amy était au téléphone. Mais cette dernière ne disait pas grand-chose, et Isabelle ne tarda pas à l'entendre raccrocher. Puis il y eut des bruits de casseroles. Isabelle entra dans la salle de bains pour prendre une douche. Ensuite, elle ferait sa prière et descendrait dîner.

En réalité, elle commençait à se lasser de cette histoire de prières. Elle savait bien qu'à son âge Jésus-Christ avait déjà gravi le calvaire et patiemment enduré son supplice sur la croix, le vinaigre porté à sa bouche et tout le reste, ayant auparavant rassemblé son courage dans le Jardin des oliviers. Mais quant à elle, habitante de Shirley Falls, même si elle avait bel et bien connu la trahison du fait de sa propre fille émule de Judas, pensa-t-elle en se talquant la poitrine, elle ne disposait d'aucune oliveraie pour y méditer, et le courage lui manquait. Peut-être même la foi, aussi. En ce moment, elle doutait que Dieu se souciât le moins du monde de ce qu'elle subissait. Il était trop insaisissable, quoi qu'on en dise.

D'après le *Reader's Digest*, c'est en priant avec constance que vous améliorez votre capacité à prier, mais Isabelle se demandait si le *Reader's Digest* n'avait pas tendance à la simplification. La série d'articles « Je suis le cerveau de Joe » ou « Je suis le foie de Joe » lui avait plu, mais « Prier : comment se perfectionner par la pratique » était assez futile, à bien y réfléchir.

Elle avait fait des efforts. Depuis des années, elle s'efforçait de prier, et elle allait encore essayer, étendue sur son couvre-lit blanc, la peau encore humide de sa douche, les yeux fermés face au plafond blanc et bas, de prier pour recevoir Son amour. Demande, et tu obtiendras. Ce n'était pas commode. Il ne fallait pas se tromper, partir sur une fausse piste. Il ne fallait pas paraître égoïste à Dieu en demandant des biens matériels, comme les catholiques. Le mari d'Arlene Tucker était spécialement allé à la messe prier pour avoir une nouvelle voiture, ce qu'Isabelle trouvait effarant. Si elle avait précisé l'objet de sa prière, elle n'aurait pas eu la vulgarité de mendier une voiture — elle aurait demandé au Bon Dieu un mari, ou une meilleure fille. Mais c'était hors de question. (S'il Te plaît, mon Dieu, envoie-moi un mari, ou au moins une fille convenable...) Non, elle voulait seulement prier pour que le Seigneur l'aime et la guide sur le bon chemin, et tenter de Lui faire comprendre qu'elle accueillerait volontiers ces bienfaits-là, s'Il daignait lui accorder un signe. Mais elle ne sentait rien venir, rien d'autre que le retour de la transpiration au visage et sous les bras, dans la chaleur de cette petite chambre. Elle était fatiguée. Le bon Dieu aussi devait être fatigué. Elle se redressa pour enfiler son peignoir et elle descendit à la cuisine dîner en compagnie de sa fille.

Le tête-à-tête était difficile.

Chacune évitait le regard de l'autre, et Amy ne semblait pas juger qu'elle avait à assumer la responsabilité de la conversation. *Ma fille, cette étrangère*. Un bon titre pour un article dans le *Reader's Digest*, si ce n'avait pas déjà été fait, or cela rappelait vaguement quelque chose à Isabelle. Mais elle ne voulait plus réfléchir à rien, elle ne pouvait plus supporter de réfléchir. Elle palpa le pot à crème en fine faïence irlandaise posé devant elle sur la table, ce petit objet, délicat comme un coquillage irisé, qui lui venait de sa mère. Amy l'avait rempli de lait pour le thé d'Isabelle, laquelle aimait en accompagner ses repas quand il faisait chaud.

Incapable de réprimer sa curiosité, Isabelle se dit qu'au fond elle avait bien le droit de savoir, et elle finit par demander : « Avec qui parlais-tu, au téléphone ?

— Stacy Burrows », articula Amy avant de se remplir la bouche de viande hachée.

Tout en tranchant sur son assiette une betterave en conserve, Isabelle essaya de se rappeler à quoi ressemblait cette Stacy.

« Des yeux bleus ?

— Pardon ?

— C'est celle qui a de grands yeux bleus et les cheveux roux ?

— Possible. » Amy fronça légèrement les sourcils, contrariée par la façon dont sa mère penchait la tête au bout de son long cou, comme une couleuvre. Et elle détestait l'odeur du talc.

« Comment ça, possible ?

— Enfin, oui, c'est elle. »

Les couverts tintaient faiblement au contact des assiettes. Toutes deux mastiquaient sans bruit, leurs lèvres bougeaient à peine.

« Que fait son père dans la vie ? reprit Isabelle au bout d'un moment. Est-ce qu'il travaille à la fac ? » Elle était sûre, en tout cas, qu'il ne travaillait pas à la fabrique.

Amy haussa les épaules, la bouche pleine. « Mmmm, chais pas trop.

— Tu dois quand même bien avoir une idée de ce que fait ce monsieur ? »

Amy but une gorgée de lait et s'essuya d'un revers de main.

« S'il te plaît ! » Isabelle baissa les paupières d'un air dégoûté, et Amy prit sa serviette.

« Il doit être prof, admit-elle.

— Professeur de quoi ?

— Psychologie. Je crois. »

Cela se passait de commentaire. Si c'était vrai, cela signifiait simplement aux yeux d'Isabelle qu'il était détraqué. Pourquoi fallait-il qu'Amy choisisse d'être amie avec la fille d'un cinglé ? Elle l'imagina barbu, puis elle se souvint que l'infâme Mr. Robertson avait une barbe, lui aussi, et son cœur se mit à battre si fort qu'elle en eut presque le souffle coupé. Sa poitrine exhala l'odeur du talc.

« Quoi ? » dit Amy en lui jetant un coup d'œil sans lever la tête de son assiette, s'apprêtant à enfourner un morceau de toast dont le bord était imprégné du sang de la viande.

Isabelle fit un signe de dénégation et regarda le voilage blanc légèrement gonflé par un courant d'air, derrière sa fille. Ce qui était arrivé, c'était comme un accident de voiture, songea-t-elle. Après, on n'arrête plus de se dire : si seulement le camion avait franchi le carrefour avant que je m'y engage. Si seulement Mr. Robertson était passé par Shirley Falls avant qu'Amy entre au lycée. Mais on monte dans son auto, l'esprit ailleurs, et pendant que le camion dévale en grondant la bretelle pour pénétrer dans la ville, on approche du croisement. Et puis c'est fini, la vie ne sera jamais plus pareille.

Isabelle ramassa des miettes du bout des doigts. Déjà, elle avait du mal à se rappeler comment était leur vie avant cet été. Il y avait eu des soucis — ça, elle s'en souvenait. Un perpétuel manque d'argent, les collants qui filaient tout le temps (Isabelle ne mettait jamais un collant filé, ou alors elle mentait et racontait que ça venait d'arriver), et Amy qui avait à préparer quelque chose pour la classe, un truc idiot de carte en relief pour laquelle il fallait de la glaise et du caoutchouc mousse, des travaux de couture au cours d'économie domestique — là aussi, il fallait débourser. Mais aujourd'hui, en mangeant son steak haché et son toast face à sa fille (cette étrangère), avec la lumière voilée du soleil de fin d'après-midi qui tombait sur le sol devant la cuisinière, Isabelle éprouvait la nostalgie de ce temps-là, du privilège de se tracasser pour des choses banales.

« Cette Bev, dit-elle, parce que le silence de leur repas devenait oppressant et parce qu'elle n'osait plus poser de questions au sujet de Stacy, cette Bev, elle fume vraiment trop. Et elle mange trop, aussi.

— Ouais.

— Sers-toi de ta serviette, s'il te plaît. » Elle ne pouvait se retenir : ça la rendait folle de voir Amy lécher le ketchup sur ses doigts. D'un coup, la colère latente faisait surface et lui glaçait la voix. Mais, pour être honnête, le ton n'était pas seulement glacé. Une pointe de haine avait peut-être aussi percé. Et, à présent, Isabelle en ressentait également envers elle-même. Elle aurait retiré sa remarque si elle avait pu, sauf qu'il était trop tard, et, en piquant sa fourchette dans un morceau de betterave, elle vit Amy frotter sous sa paume la serviette en papier qu'elle jeta sur son assiette.

« En tout cas, elle est sympa, dit Amy. Bev, je la trouve sympa.

— Personne n'a prétendu le contraire. »

La soirée s'annonçait interminable ; la barre de soleil voilé avait à peine progressé sur le carrelage. Amy se tenait les mains jointes sur les cuisses, le cou en avant tel l'un de ces chiens joujoux ridicules qu'on voyait parfois hocher la tête sur la plage arrière des autos. Au lieu de lui lancer : « Tiens-toi droite ! » comme elle en avait envie, Isabelle se borna à dire d'un ton las : « Tu peux t'éclipser, si tu veux. Je ferai la vaisselle, ce soir. »

Amy parut hésiter.

Au temps jadis, ni l'une ni l'autre ne quittait la table avant que l'autre eût terminé. Cette habitude courtoise remontait à la petite enfance d'Amy, laquelle mangeait toujours lentement, juchée sur deux gros catalogues de Sears, avec ses jambes qui pendaient dans le vide. « Tu restes avec moi, maman ? » disait-elle d'un ton anxieux en voyant qu'Isabelle avait fini. Et Isabelle restait toujours. Elle était souvent fatiguée de sa journée, énervée, et elle aurait franchement préféré aller feuilleter un magazine pour se détendre, ou au moins se lever pour entreprendre tout de suite la vaisselle. Mais elle se refusait à dire à sa fille de se dépêcher, afin de ne pas troubler sa petite digestion. C'était le moment qu'elles passaient rituellement ensemble. Elle restait assise.

À cette époque, pendant qu'Isabelle était au bureau, elle laissait Amy sous la garde d'Esther Hatch. Quel horrible endroit, la maison d'Esther Hatch — une ferme délabrée à la périphérie de la ville, remplie de bébés et de chats dont l'urine empestait. Mais c'était la seule solution à la portée de sa bourse. Comment faire autrement ? Elle détestait y déposer Amy ; au lieu de lui dire au revoir, la petite fille se précipitait tout de suite vers la fenêtre, grimpait sur le canapé pour suivre des yeux sa mère qui s'éloignait au volant de sa voiture. En faisant marche arrière sur le chemin d'accès, il arrivait à Isabelle d'agiter la main sans la regarder, parce qu'elle ne pouvait pas le supporter. Ça la prenait à la gorge de voir à la fenêtre ce petit visage si pâle, si grave. D'après Esther Hatch, elle ne pleurait jamais.

Il y avait quand même eu une phase durant

laquelle Amy restait tout le temps assise sur une chaise, et Esther Hatch s'était plainte, elle disait que ça la tourneboulait et que, si Amy continuait à ne pas vouloir se remuer comme une gosse normale, elle n'était pas sûre de pouvoir encore la garder chez elle. La panique avait saisi Isabelle. Elle avait acheté chez Woolworth une poupée pour Amy, en plastique avec de gros cheveux en tortillons blond platine. La tête s'était détachée dans les plus courts délais, mais ça n'empêchait pas Amy de l'adorer. Pas tant la poupée que sa tête. Elle trimbalait celle-ci en permanence, et lui colorait les lèvres en rouge. Et, apparemment, elle avait cessé de se river à sa chaise, car Esther Hatch n'en avait plus parlé.

Isabelle avait donc une bonne raison, à l'époque, de s'attarder tous les soirs à la table de la cuisine avec son enfant. « Tu me chantes la souris verte ? » demandait par exemple Amy, tout gentiment, en tripotant un haricot. Hélas, Isabelle refusait. Non, disait-elle, elle était trop fatiguée. Mais elle trouvait Amy attendrissante, si contente d'avoir sa maman tout près d'elle. Ses jambes se balançaient de bonheur, un sourire entrouvrait sa petite bouche pleine de salive sur ses dents semblables à de menus cailloux blancs plantés dans les gencives roses.

Isabelle ferma les yeux, prise d'une douleur familière au centre du sternum. Enfin, elle était restée assise là avec sa petite fille, non ? Cela, elle l'avait fait.

« Je t'en prie, dit-elle en soulevant ses paupières, tu peux quitter la table. » Amy se leva et sortit de la cuisine.

Le rideau frémit à nouveau. C'était bon signe (si Isabelle avait seulement été capable de le percevoir de cette façon) que l'air du soir ressemblât suffisamment à une brise pour faire bouger le voilage, lequel s'écarta un instant du rebord de la fenêtre, telle la robe d'une femme enceinte, et reprit silencieusement sa place, avec quelques plis qui frôlaient la moustiquaire. Mais, au lieu de se dire : au moins, voilà un souffle d'air, Isabelle songea qu'il fallait laver les rideaux, que ça faisait déjà un bon bout de temps qu'ils n'étaient pas passés à la lessive.

En regardant autour d'elle dans la cuisine, elle fut un peu réconfortée de constater que les robinets luisaient et que le plan de travail était net de ce genre de traces que laisse parfois l'éponge imbibée de détergent. Et puis, il y avait le pot à crème, sa faïence délicate, irisée. C'était Amy qui l'avait tiré du placard quelques mois auparavant en suggérant qu'elles s'en servent tous les soirs. « Il était à ta mère, avait-elle dit, et tu l'aimes beaucoup. » D'accord, avait répondu Isabelle. Mais aujourd'hui, subitement, cela lui parut dangereux ; un objet si exposé à un revers de manche, au mouvement d'un bras nu, et qui se briserait en mille morceaux sur le carrelage.

Isabelle se leva, elle enveloppa dans du papier paraffiné son reste de steak haché et le mit dans le frigo. Elle lava les assiettes, l'eau rougie par la betterave tourbillonna au fond de l'évier blanc. Elle s'occupa du pot à crème en dernier, après avoir rangé le reste de la vaisselle. Elle le nettoya et l'essuya avec précaution puis elle l'enfouit tout au fond du placard, hors de vue.

Elle entendit Amy sortir de sa chambre et s'approcher de l'escalier. Au moment où Isabelle s'apprêtait à lui dire qu'elle ne voulait plus se servir du pot à crème en faïence irlandaise, qu'il avait trop de valeur à ses yeux et qu'il risquait trop d'être cassé, sa fille lança du haut des marches : « Maman, Stacy est enceinte. Je voulais que tu le saches. »

2

Le fleuve partageait la ville en deux. À l'est, Main Street était une rue large et agréable qui s'incurvait après le bueau de poste et l'hôtel de ville pour aboutir au fleuve là où il n'avait que quatre cents mètres de large. Un pont la prolongeait, bordé de chaque côté d'un trottoir spacieux. Si l'on empruntait le pont, en voiture ou à pied, on découvrait en amont l'arrière de la fabrique et une partie de ses sombres soubassements, bâtis sur le granit des rochers éclaboussés d'écume. Au bout du pont, il y avait un jardin public sur la rive, d'où l'on pouvait assister l'hiver à des couchers de soleil éclatants, des embrasements dorés à l'horizon, tandis que les ormes dénudés de la berge s'enhardissaient à prendre des airs austères. Mais presque personne ne s'attardait dans ce jardin. En soi, il ne payait pas de mine, n'offrant guère mieux qu'un portique à balançoires cassé et quelques bancs auxquels il manquait souvent une latte. C'étaient en général des adolescents qu'on trouvait là, perchés sur les bancs, ramassés sur eux-mêmes pour lutter contre le froid, leurs cigarettes au creux de leurs mains nues ; à la tombée de la nuit, on tombait parfois sur un petit groupe occupé à faire circuler un joint, tirant de longues bouffées et jetant des coups d'œil furtifs en direction de Mill Road.

Dans l'axe de Main Street sur l'autre rive, Mill Road menait à la fabrique mais, d'abord, desservait une série de commerces parmi lesquels un vieux supermarché A&P au sol couvert de sciure, un magasin de meubles avec des canapés décolorés en vitrine, quelques boutiques de vêtements et deux ou trois cafétérias, plus une pharmacie qui, depuis des années, exposait dans sa devanture le même bassin hygiénique garni d'une violette du Cap en plastique poussiéreux.

Juste après, on arrivait à la fabrique. Bien que le fleuve, à cet endroit, eût son aspect le moins avenant — des remous jaunâtres et mousseux —, la fabrique elle-même, construite en brique rouge un siècle plus tôt, se dressait là avec une sorte d'élégance satisfaite, l'air de se considérer depuis longtemps comme le cœur de cette ville. Pour les ouvriers dont les parents étaient venus du Canada, c'était une réalité ; toute leur vie tournait autour de la fabrique, leurs maisons étaient à proximité, éparpillées au long de petites routes où des néons bleus clignotaient sur la vitrine des épiceries pour vous inciter à y faire provision de bière.

Cette partie de la ville était surnommée le Bassin, même si tout le monde avait oublié pourquoi, et les maisons d'allure bancale comptaient souvent deux étages, c'est-à-dire trois appartements, avec une galerie de guingois sur le devant. Mais il y avait aussi de petits pavillons individuels, aux garages béants qui abritaient tout un bric-à-brac de pneus, de vélos et de cannes à pêche. Un certain nombre d'entre eux étaient peints en bleu lavande, en turquoise ou même en rose vif, et l'on pouvait voir çà et là dans le jardinet une statue de la Vierge ou une baignoire remplie de terre et de pétunias. En hiver, des gens plantaient dans la neige des rennes ou des anges en plastique et les décoraient de guirlandes électriques. Il arrivait qu'un chien attaché dehors dans le froid aboie toute la nuit après les rennes, mais personne n'aurait eu l'idée de téléphoner au propriétaire ni à la police, ainsi que l'auraient sûrement fait les habitants de l'autre rive, qui ne supportaient pas qu'on trouble leur sommeil.

Les médecins, les dentistes, les avocats de Shirley Falls vivaient sur cette autre rive, dans le quartier baptisé la Pointe de l'huître. Il y avait là le lycée, le centre universitaire édifié à la lisière voilà quinze ans, et aussi le temple congrégationaliste. Une simple bâtisse toute blanche au clocher blanc également, bien différente de l'énorme église catholique ornée de vitraux qui trônait sur une hauteur du Bassin. Isabelle Goodrow avait délibérément choisi d'habiter sur la rive protestante. Si, pour une raison ou une autre, elle s'était trouvée contrainte à emménager au deuxième étage d'une maison bleu lavande avec, sur le devant, une Sainte Vierge aux yeux vides, elle aurait refusé. Elle serait simplement retournée vivre dans la bourgade d'où elle était venue, en amont. Par un coup de chance (au début, Isabelle y avait vu la main de Dieu), la loge du vieux domaine des Crane était à louer, et c'était donc là, à la limite de la Pointe de l'huître, au pied des collines boisées et des champs traversés par la Route 22, qu'elle était venue s'installer avec sa fille.

Faute d'isolation, la maisonnette se révéla chaude en été et glaciale en hiver, mais, hormis ces inconvénients, elle répondait à leurs besoins. C'était à l'origine une écurie, construite au début du siècle et aménagée par la suite en loge de gardien, avant que la demeure des Crane fût entièrement détruite par un incendie. Jamais on n'en avait au juste découvert la cause. Sans doute un court-circuit. Mais, à en croire la légende, l'honorable juge qu'était Mr. Crane avait une maîtresse, laquelle avait un beau soir mis le feu chez lui. Selon une autre version, l'auteur de l'incendie n'était autre que le juge en personne, qui avait commencé par tuer sa femme et avait pris la route avec son cadavre calé sur le siège à côté de lui, un chapeau sur la tête.

Enfin, une histoire de ce genre. Elle appartenait au passé et n'intéressait plus personne. Toujours est-il qu'un petit-neveu (lui-même à présent un vieux monsieur) avait hérité du domaine, où repoussaient les peupliers, et de la loge restée debout. Au fil des ans, il l'avait louée à un certain nombre de personnes — un professeur de Boston y avait passé tout un été à écrire un livre, une bibliothécaire aux cheveux courts y avait quelque temps cohabité avec une institutrice (leur couple mettait mal à l'aise le vieux Mr. Crane et il s'était réjoui de les voir partir). Des Canadiens qui descendaient le long du fleuve et se faisaient embaucher à la fabrique avaient brièvement occupé la maison, mais Mr. Crane n'aimait guère avoir des ouvriers pour locataires, et il arrivait qu'elle reste vide.

C'était le cas la première fois qu'Isabelle Goodrow était venue à Shirley Falls pour voir si la ville lui offrirait la possibilité d'élever sa fille — et de trouver un mari, son secret espoir. D'emblée, la petite maison blanche lui était apparue comme un parfait « domicile temporaire ». C'est ce dont elle avait fait part ce jour-là à Mr. Crane, debout les mains dans les poches au milieu du salon. Il avait hoché son crâne dégarni et tavelé, et proposé de repeindre les murs, à l'intérieur, de la teinte qu'elle voudrait. Elle choisit un beige clair, rosé et lumineux, séduite à la quincaillerie par le nom de l'échantillon : « Porte du paradis ». Elle confectionna les rideaux encore accrochés aux fenêtres à ce jour, elle aménagea un jardin sur le bout de terrain, derrière, garnit les jardinières de pétunias violets et de géraniums roses, et Mr. Crane en fut ravi. À plusieurs reprises, il avait offert de lui vendre la maison pour un prix modique, mais Isabelle avait toujours refusé, malgré le pécule qu'elle tenait de sa mère. Il s'agissait d'un domicile temporaire.

Sauf qu'apparemment, il n'en était rien ; cela faisait aujourd'hui quatorze ans qu'elles habitaient là. Cette pensée donnait parfois la nausée à Isabelle, comme si elle avait bu l'eau stagnante d'une mare. Sa vie s'écoulait ainsi que toute vie s'écoule, sans qu'elle se sente plus installée qu'un oiseau perché sur une palissade. Et elle risquait même d'être privée du jour au lendemain de sa palissade, car le vieux Mr. Crane ne tarderait sans doute guère à mourir. Elle n'avait pas trouvé le moyen poli de lui demander ce qu'il adviendrait alors de leur accord de location. Pourtant, elle ne pouvait se résigner à acheter la maison, elle ne pouvait renoncer à l'idée que sa vraie vie se déroulerait ailleurs.

En attendant, faute d'un grenier et d'une cave, il y faisait une chaleur insupportable en été, et cet été-là était le pire de tous. Il n'y avait nulle part où fuir la touffeur ni où s'isoler l'une de l'autre. Leurs deux chambres mansardées n'étaient séparées que par une mince cloison de placoplâtre. Obsédée par les courts-circuits, Isabelle ne voulait pas laisser les ventilateurs branchés pendant qu'elles dormaient, si bien que le silence baignait leurs nuits étouffantes ; à travers la cloison, chacune entendait l'autre se retourner dans son lit.

Ce soir-là, couchée en slip et T-shirt, laissant pendre sa jambe nue au bord du lit, Amy entendit sa mère péter — un son bref, comme si elle s'était retenue par souci de discrétion. Amy se passa la main sur le visage et roula des yeux dans le noir. En regagnant sa chambre après le dîner, elle avait sorti du tiroir de son bureau le petit cahier de son journal intime, cadeau de sa mère pour Noël, et elle avait écrit ceci : *Une divine journée de plus qui s'achève*. Sa mère le lirait, bien sûr. Elle le lisait depuis le début. En déballant son cadeau, Amy avait compris tout de suite qu'elle n'y manquerait pas. « J'ai pensé que ça pouvait te plaire, à ton âge », avait dit sa mère, et il avait suffi du bref instant où son regard s'était dérobé pour qu'Amy sût à quoi s'en tenir. « Oui, il est très joli. Merci beaucoup. »

Elle avait donc toujours pris ses précautions. Elle notait : *Aujourd'hui, j'ai fait un bon pique-nique avec Stacy*, ce qui signifiait qu'elles avaient fumé deux cigarettes chacune dans le bois derrière le lycée. Mais, cet été, elle s'était mise à écrire la même phrase tous les soirs, d'une main rageuse crispée sur son stylo : *Une divine journée de plus qui s'achève*. Cela faisait treize fois qu'elle répétait cette phrase sous la date du jour. Elle posa le cahier par terre à côté de son lit et s'étendit ; mais, en entendant en bas sa mère refermer le dernier placard de la cuisine avant d'aller s'asseoir au salon pour feuilleter le *Reader's Digest*, et en sentant le fil noir qui les reliait comme toujours, qui passait tout droit à travers le plancher, Amy s'était subitement levée et elle avait crié dans l'escalier : « Maman, Stacy est enceinte. Je voulais que tu le saches. »

Voilà. Elle l'avait dit.

Et maintenant, il faisait nuit, sa mère avait pété, et ni l'une ni l'autre n'avait d'endroit où se réfugier. Il ne leur restait qu'à dormir et, par cette chaleur, elles n'étaient pas près de trouver le sommeil. Amy fixait le plafond. La lumière du perron qui restait allumée toute la nuit pénétrait par la fenêtre, et lui permettait juste de distinguer au-dessus de sa tête une tache floue, de la taille d'une grande assiette. Elle résultait de la fonte de l'épaisse couche de neige tombée pendant l'hiver, ça avait causé tout un cirque. « Oh, quelle catastrophe ! s'était exclamée Isabelle ce soir-là, debout à la porte de la chambre d'Amy. Quelle catastrophe ! » On aurait cru qu'elle n'y survivrait pas.

Mais, pour Amy, cette tache était une sorte d'aide-mémoire, de compagne douloureuse, car elle était apparue en janvier, la veille du jour où elle avait fait la connaissance de Mr. Robertson.

Elle n'aimait pas le lycée, par difficulté de se situer au sein de ce plancton flottant que constituait la population scolaire. Toutefois, elle n'était pas l'un de ces drôles de numéros qui restent vraiment à l'écart, même si elle avait bien cru que ce serait le cas, quelques années auparavant, lorsque la puberté avait eu l'audace de l'atteindre avant les autres filles de son âge. Simplement, c'était comme si on oubliait sa présence, en dehors de l'amitié surprenante de Stacy Burrows qui faisait partie des filles dont les autres élèves recherchaient la compagnie, mais lui avait pourtant fait fumer sa première cigarette, un jour d'automne, et qui tenait toujours, apparemment, à leurs escapades de l'heure du déjeuner, souvent le seul rayon de lumière à éclairer la journée d'Amy. Lorsque celle-ci marchait le long des couloirs, son visage disparaissait sous la masse de cheveux blonds, longs et bouclés, son unique privilège ; même les filles les plus sûres d'elles s'écriaient parfois aux toilettes : « Bon sang, Amy, ce que je peux t'envier tes cheveux ! » Mais elle demeurait dans l'ombre, et elle ressentait fréquemment une vague honte qu'elle s'expliquait mal.

Donc, ce fameux jour de janvier, tandis que l'homme à tout faire de Mr. Crane déblayait la neige du toit de la loge, Amy ne s'attendait à rien d'intéressant lorsqu'elle était entrée en classe de maths. Elle avait horreur des maths et détestait miss

Dayble, la prof de maths. Tout le monde la détestait. Vieille fille, elle vivait avec son frère, un homme âgé, et les élèves blaguaient depuis toujours sur Mémé Dayble qui, d'après eux, s'envoyait en l'air avec son frangin. Une supposition délicieusement monstrueuse. Ses cheveux pleins de pellicules laissaient à nu, par endroits, son crâne d'un rose vif de cicatrice. Comme elle portait, même l'hiver, des corsages sans manches, chaque fois qu'elle levait le bras pour écrire au tableau on voyait sous son aisselle un petit paquet de poils grisâtres auxquels s'accrochait par bribes la pâte du déodorant.

Mais miss Dayble n'était pas là. Ce fameux jour de janvier, un homme se tenait debout à sa place devant le tableau. D'assez petite taille, il avait des cheveux bouclés couleur de mélasse et une barbe fournie, tout aussi brune, qui lui couvrait la bouche. Il tiraillait ses poils de barbe en regardant, à travers ses lunettes à monture d'écaille, les élèves entrer à la queue leu leu. À sa vue, sous l'effet de la surprise, Amy eut un instant la sensation de faire partie du groupe qui l'entourait ; elle échangea un coup d'œil avec la jolie Karen Keane. Les élèves gagnèrent leur place de façon disciplinée, contrairement aux habitudes. En l'absence de miss Dayble, la salle de classe semblait déjà transformée, le grand tableau luisait d'un vert sérieux, l'horloge au-dessus de la porte affichait avec précision dix heures vingt-deux. Il régnait une atmosphère d'expectative. Elsie Baxter trébucha contre sa chaise et pouffa bêtement, mais c'était son genre de se faire remarquer, et le nouveau venu ne broncha pas. Il laissa passer quelques instants avant de prendre la parole : « Je m'appelle Thomas Robertson. »

C'était la première fois qu'on le voyait.

Légèrement penché en avant, les mains dans le dos, il ajouta d'un ton aimable : « Nous serons ensemble jusqu'à la fin de l'année. »

Au tréfonds de sa conscience, Amy sentit qu'un énorme changement intervenait dans sa vie. Elle se demanda quel âge pouvait avoir cet homme. On ne pouvait pas le qualifier de jeune, mais il n'était pas non plus vraiment vieux. La quarantaine, peut-être ?

« Bon, écoutez un peu, avant que nous commencions le cours, reprit Mr. Robertson d'une voix grave, contenue (une voix merveilleuse où vibraient simultanément des tonalités différentes), tout en marchant de long en large, les yeux baissés, les mains toujours dans le dos. « J'aimerais... » Ici, il marqua une pause pour scruter les élèves. « J'aimerais que vous m'informiez à votre sujet. » Le rose de ses lèvres transparaissait sous les poils bruns et frisés, et son sourire découvrit brièvement de grosses dents jaunes, tandis que des rides lui plissaient le coin des yeux. « Voilà ce que j'aimerais. Que vous m'informiez à votre sujet. » Ses paupières s'abaissèrent, comme pour ponctuer cette déclaration.

« Vous informer de quoi ? » Elsie Baxter n'avait pas pris la peine de lever la main.

« Qui vous êtes, quelle image vous avez de vous-mêmes. » Mr. Robertson s'approcha d'un pupitre vacant sur lequel il s'assit, les pieds en appui sur la chaise. « Avant de nous atteler à l'étude des nombres, j'aimerais savoir comment vous pensez être dans dix ans. » Il haussa les sourcils et parcourut les rangées du regard, en croisant les bras et frottant les manches de sa veste. « Alors, réfléchissez un peu. Comment est-ce que vous vous voyez dans dix ans ? »

Jamais un professeur ne leur avait posé une telle question, et quelques élèves se trémoussèrent de plaisir, tandis que d'autres, immobiles, plongeaient dans un abîme de réflexion. Dehors, le ciel hivernal était insaisissable. La salle de classe revêtait une importance nouvelle, le plancher huilé servait de base à quelque chose de substantiel, une attente excitante couvait sous l'odeur de craie et de transpiration.

« Qu'est-ce qui est arrivé à miss Dayble ? » lança soudain Elsie Baxter, toujours sans lever la main.

Mr. Robertson hocha la tête. « Ah oui. C'est normal que vous vous interrogiez. » Amy, qui n'avait plus bougé depuis qu'elle s'était assise, posa les mains sur ses genoux et se demanda si la vieille prof était morte, ce qui ne lui aurait fait aucune peine.

Mais ce n'était pas le cas. Miss Dayble était tombée dans l'escalier de sa cave et souffrait apparemment d'une fêlure de la boîte crânienne. Elle se trouvait à l'hôpital dans un état qui n'inspirait aucune inquiétude ; néanmoins, la guérison serait longue à venir. « Si quelqu'un veut lui envoyer un mot, je suis sûr que ça lui fera plaisir », dit Mr. Robertson. Personne n'y aurait songé. Pourtant, quelque chose de sérieux dans son expression se communiqua aux élèves et réduisit au mutisme ceux qui, sans cela, auraient sans doute chuchoté d'un ton sarcastique à leur voisin ce qu'ils avaient envie d'envoyer à miss Dayble.

Mr. Robertson se taisait, les yeux rivés sur le plancher, comme si l'état de miss Dayble exigeait une minute de silence, puis il leva les yeux et reprit doucement : « Je suis toujours désireux de vous entendre parler de vous. »

Flip Rawley, beau garçon sans problèmes, leva une main hésitante. Il se racla la gorge avant de déclarer : « Je voudrais être basketteur.

— Magnifique ! » Mr. Robertson claqua des mains. « Un sport magnifique. Ça ressemble presque à de la danse, je trouve, un merveilleux ballet. »

Amy jeta un coup d'œil à Flip pour voir comment il réagissait à cette comparaison, mais il eut l'air d'acquiescer. Mr. Robertson se leva d'un bond inspiré et gagna le tableau. « Regardez ça, dit-il en dessinant un schéma de dispositif stratégique dans une partie de basket. C'est beau, non ? Quel sport magnifique ! conclut-il en lâchant la craie dans le réceptacle. Quand on y joue bien, en tout cas. » Il s'essuya les mains sur son pantalon de velours côtelé et adressa un signe de tête à Flip. « Bonne chance pour mener à bien tes aspirations. »

Ensuite, de multiples mains se levèrent. Maryanne Barmble voulait être infirmière. Elle voulait « secourir les gens », dit-elle, mais Mr. Robertson se contenta de tirer sur sa barbe et d'incliner la tête. Le visage de Maryanne trahit sa déception ; elle s'était figuré que ça lui plairait, qu'il commenterait aussi la beauté de ses aspirations à elle.

« À qui le tour ? » demanda-t-il.

Derrière le rideau de ses cheveux, Amy l'observait attentivement. Non, il n'était pas grand, mais son corps avait une robustesse, un volume de poitrine et d'épaules qui donnaient une impression de vigueur, d'énergie virile, en dépit de sa chemise rose. Elle était étonnée de la longueur de ses cheveux, pour un homme mûr ; s'il avait été plus jeune, on aurait pu le prendre pour un hippie de la fac. Mais il portait une cravate bordeaux et une veste en tweed du même marron que son pantalon de velours côtelé. On ne pouvait douter de sa qualité de grande personne investie d'autorité. Sa voix seule aurait suffi à l'indiquer.

Mr. Robertson tendit l'index. « Permettez-moi de vous dire que vous tous, vous arrivez à un tournant critique de votre existence. Vous n'êtes plus des enfants. » Il s'avança entre les pupitres ; les têtes pivotèrent pour le suivre des yeux. « Vous devriez tout remettre en question », lança-t-il en serrant le poing pour souligner son propos. Les élèves qui avaient levé la main l'abaissèrent lentement, ne sachant pas trop où il voulait en venir.

« Vous voici devenus de jeunes adultes, enchaîna-t-il. Personne dans cette salle de classe... » Il marqua une pause, debout près d'une fenêtre, les épaules remontées de chaque côté du cou, tandis qu'il faisait tinter de la monnaie au fond de ses poches de pantalon. « ... Aucun de vous ne devrait plus jamais se considérer comme un enfant. »

Les élèves n'étaient pas totalement conquis, malgré la voix mélodieuse de Mr. Robertson. Ça faisait déjà quelque temps qu'ils ne se considéraient plus comme des enfants, et ils se demandaient s'il n'y avait pas dans son discours une certaine condescendance — même si ce n'était pas le mot qui leur venait à l'esprit.

« Vous avez atteint un moment de la vie, poursuivit-il, où il faut tout remettre en question. »

Amy s'interrogeait : était-il communiste ? Ou alors, avec sa barbe et ses longs cheveux, allait-il aborder la question de la marijuana, affirmer qu'il fallait la légaliser ?

« Tout remettre en question », répéta-t-il en déplaçant une chaise vide. Il avait de grandes mains, comme si la nature avait prévu pour lui une plus haute stature, et sa façon d'écarter la chaise était d'une douceur remarquable. « Rien que pour l'exercice mental. C'est tout. Rien que pour vous exercer l'esprit critique. »

Non, il n'était peut-être pas communiste.

« Vous aviez vraiment envie de Cheerios ce matin au petit déjeuner ? » demanda-t-il en balayant des yeux les rangées.

Peut-être était-il simplement un peu tordu.

« Ou bien avez-vous avalé vos Cheerios par pure habitude ? Parce que votre maman vous a dit de les manger ? »

Elsie Baxter murmura de façon audible qu'elle

n'avait pas pris de Cheerios ce matin, mais Amy, assise à côté d'elle, feignit de ne pas entendre et Flip Rawley fit la grimace pour signifier à Elsie qu'elle ferait mieux de la fermer ; le vote était favorable à Mr. Robertson.

« Bon, reprit celui-ci en changeant de ton, redevenu convivial, et en se frottant les mains. Où en étions-nous ? Je vous demandais de me parler de vous. Je veux que vous me parliez de vous. »

Kevin Tompkins envisageait d'être avocat. Il lutta contre son bégaiement pour en dire plus long que quiconque n'avait jamais entendu de sa bouche : sa cousine avait été violée toute petite et le type s'en était sorti libre comme l'air. Voilà pourquoi il voulait devenir avocat. Mr. Robertson posa de nombreuses questions et il écouta attentivement les réponses de Kevin qui parlait avec peine, en se passant la langue sur les lèvres. « C'est vraiment intéressant, la vie », finit-il par conclure. Avec un petit déclic, l'aiguille noire de l'horloge passa sur le chiffre suivant.

Il montra du doigt Amy.

« Moi ?

— Oui, toi. Qu'aimerais-tu faire ? »

La tête lui tournait. « Je voudrais être prof », répondit-elle, mais sa voix s'étranglait, peut-être même avait-elle chevroté ; quelle horreur de révéler sa détresse devant tout le monde. Devant lui.

Mr. Robertson la scruta longuement. Elle rougit et baissa les yeux sur son pupitre, mais lorsqu'elle le regarda à travers ses cheveux, il la dévisageait toujours, impassible. « Vraiment ? » demanda-t-il.

Elle sentit une onde brûlante lui parcourir le crâne. Elle le vit caresser lentement sa barbe, à un endroit où les poils étaient presque roux, sous la lèvre inférieure. « C'est que pour le moment, vois-tu, lui dit-il d'un air songeur, les yeux dans les yeux, je t'aurais bien imaginée actrice. »

Amy sentit que Flip Rawley l'observait avec curiosité. Toute la classe en faisait sans doute autant. Mr. Robertson s'adossa contre le rebord de la fenêtre, comme s'il avait tout son temps pour étudier la question. « Ou alors poète. »

Son cœur se mit à battre plus vite. Comment avait-il deviné l'existence des poèmes dans la boîte à chaussures sous son lit ? Comment savait-il qu'elle avait appris par cœur depuis des années les poèmes d'Edna St. Vincent Millay, que, par des matins d'automne elle était partie à l'école pleine d'espérance — *Ô monde, je ne peux t'étreindre assez fort !* —, et que le soir elle était rentrée lasse et découragée, en traînant les pieds au rythme d'autres vers — *Telle une pluie incessante, la peine me fouette le cœur*. Comment pouvait-il le savoir ? Et pourtant, il le savait, puisqu'il n'avait pas parlé de poésie à Maryanne Barmble. Ni à Kevin Tompkins le bégayeur.

« Comment t'appelles-tu ?

— Amy. » Mr. Robertson haussa les sourcils, la main en cornet derrière son oreille. Elle se racla la gorge et répéta : « Amy.

— Amy. Amy comment ?

— Goodrow.

— Amy Goodrow. » Il se détourna et regagna le tableau contre lequel il s'appuya, une jambe pliée avec désinvolture, le pied sur le mur. Une fois de plus, il balaya des yeux les élèves ; elle crut qu'il en avait fini avec elle. Mais il reprit soudain : « Amy, tu veux vraiment entrer dans l'enseignement ? » Elle aurait peut-être avoué qu'elle préférerait être poète, s'il n'avait pas mis aussitôt les pieds dans le plat en ajoutant, la tête penchée sur le côté : « Ou est-ce simplement ta mère qui trouve que ce serait bien ? »

La justesse de cette supposition la vexa. C'était en effet une idée d'Isabelle qu'elle devienne professeur. Sa mère elle-même aurait aimé être enseignante. Pour sa part, Amy n'avait pas d'objection. Depuis toujours, elle se voyait faire ce métier.

« Je veux être prof, dit-elle doucement.

— Très bien », concéda-t-il, et elle se sentit éliminée.

Sarah Jennings espérait entrer dans la grande famille du cirque et devenir clown. Mr. Robertson prit une attitude bienveillante pour commenter la noblesse de ce genre d'attirance.

Elle se mit à le prendre en grippe. Elle détestait sa façon de s'asseoir sur le bureau, un pied sur la chaise, en se retroussant les manches. Passé le premier jour, il ne garda jamais sa veste. Il desserrait sa cravate, retroussait ses manches et penchait la tête sur le côté d'un air content de lui. Elle détestait sa manie de passer sur ses cheveux frisés sa main pleine de poussière de craie, de se lever d'un bond pour aller au tableau écrire des chiffres, dessiner des triangles, en tapant si fort sur le tableau pour souligner sa démonstration que parfois la craie se cassait en deux sans qu'il prenne la peine de ramasser le morceau qui était tombé, comme si ce qu'il avait à dire était trop important, trop passionnant pour se soucier d'un malheureux bout de craie.

Et elle détestait aussi que ses camarades de classe adorent cette espèce de prétentieux, tout excités lorsqu'il leur posait soudain une question personnelle et idiote. (Un jour, penché sur son bureau, il regarda fixement Elsie Baxter et lui demanda : « T'arrive-t-il d'être déprimée ? ») Elle détestait les voir tomber dans le panneau. « Mr. Robertson, ouais, lui, ça va. Il est cool », les entendait-elle dire entre eux. Un hypocrite, voilà ce qu'il était sans doute.

« Il se prend pour quelqu'un d'extraordinaire », confia-t-elle à Stacy Burrows tandis qu'elles allumaient leur cigarette à l'heure du déjeuner, dehors, derrière le lycée. Stacy parut indifférente. Elle n'avait pas Mr. Robertson comme prof — elle était dans la « classe des nuls » avec Mrs. Weatherby —, mais elle aurait peut-être été indifférente de toute façon.

« Tous les mecs sont des enfoirés », répliqua-t-elle en soufflant sa fumée par les narines.

Amy raconta à sa mère que le remplaçant de miss Dayble était un drôle de type barbu.

« Il est petit ? demanda Isabelle, occupée à laver son collant dans le lavabo.

— Tu le connais ? » C'était une idée déconcertante.

« Non, dit-elle en suspendant le collant à la pomme de douche pour qu'il s'égoutte. Mais les hommes de petite taille portent souvent la barbe. Pour faire plus viril. » Amy aimait bien que sa mère puisse être si clairvoyante. « Occupe-toi de ton travail, voilà tout, conseilla Isabelle. Il n'y a que ça qui compte. »

Et c'est ce que faisait Amy, la tête penchée sur son pupitre dans l'air renfermé de la salle de classe où cliquetaient les radiateurs. À côté d'elle, Flip Rawley ne la dévisageait plus comme s'il cherchait en elle la future actrice, mais, de ses grands yeux, il coulait sur sa feuille des regards en coin, essayant de copier tandis qu'elle s'efforçait de l'ignorer, et écrivait soigneusement ses équations, le visage presque entièrement couvert par sa longue chevelure ondulée.

Jusqu'au jour où Mr. Robertson lui lança : « Amy, pourquoi te caches-tu derrière tes cheveux ? »

Une piqûre d'épingle lui brûla l'aisselle.

Il se tenait adossé au mur dans sa pose habituelle, les bras croisés, une jambe pliée et le pied appuyé derrière lui, ce qui projetait en avant son torse massif. Le radiateur résonna dans le coin. Quelqu'un fit tomber un crayon.

« Tu as des cheveux splendides, poursuivit Mr. Robertson. C'est la première chose qu'on remarque en te voyant. Mais tu te caches derrière. Il est rare qu'on aperçoive ton visage. Est-ce que tu en as conscience ? »

Bien sûr qu'elle en avait conscience.

« Tu fais comme les tortues, Amy. » Il se détacha du mur. « Sinon qu'au lieu d'une carapace tu as ce caparaçon de cheveux. » Les élèves étouffèrent un rire, comme s'il s'était permis une obscénité (bien qu'aucun d'entre eux, y compris Amy, ne connût le mot « caparaçon »).

« J'ai vu récemment un dessin comique dans un magazine, reprit Mr. Robertson en se dirigeant vers son bureau. En regardant ce dessin, Amy, j'ai pensé à toi. »

Elle sentit une douleur sourde lui enserrer le crâne.

« Deux tortues. L'une sort le cou dans une attitude avenante, l'autre est blottie au fond de sa carapace. Et la tortue avenante lui dit : " Allons, sors-toi un peu, tout le monde se demande ce que tu rumines. " »

La classe éclata d'un nouveau rire. Mr. Robertson tapota du poing sur son bureau. « Alors, sors-toi un peu, Amy Goodrow. Tout le monde se demande ce que tu rumines. »

Elle éprouva envers lui une bouffée de haine si pure que c'en était presque un soulagement, comme si cette haine avait couvé en elle depuis des années. Les yeux rivés sur ses équations, elle songeait au long cou de sa mère, et elle avait envie de pleurer à l'idée d'avoir été engendrée par une femme-tortue, et surtout d'être elle-même comparée à une tortue par celui qui avait vu en elle la poète (ou l'actrice).

La sonnerie retentit dans le couloir, et on entendit

les portes des salles de classe s'ouvrir à toute volée, cogner contre les murs. Les chaises raclaient le plancher, des livres tombaient. Mr. Robertson retint Amy au moment où elle allait sortir. « Amy, dit-il en lui adressant un signe de tête, je voudrais te parler deux minutes. » Ses livres et son classeur serrés sur sa poitrine, elle s'arrêta docilement. Les autres la dépassèrent, leurs regards allaient et venaient furtivement entre elle et le professeur.

Mr. Robertson attendit que la salle soit vide pour dire doucement, d'un ton grave comme s'il s'était agi d'un lourd secret : « J'ai peur de t'avoir offensée. Ce n'était pas mon intention et je te présente mes excuses. Je regrette infiniment. »

La tête sur le côté, elle regardait le mur derrière lui. Ils étaient presque de la même taille. Elle se balançait en ployant les chevilles pour se rapetisser un peu, mais elle était grande, elle était aussi grande qu'il était petit, ce qui mettait leurs visages face à face à quelques dizaines de centimètres.

« Amis ? » demanda-t-il en penchant lui aussi la tête sur le côté, parallèle à celle d'Amy.

Si seulement elle avait été quelqu'un d'autre. Karen Keane, par exemple. Si elle avait été Karen Keane, elle aurait pu faire une grimace amusante et répondre : « Évidemment, on est amis », si bien qu'il l'aurait mieux aimée ; ils auraient pu plaisanter ensemble. Au lieu de quoi, elle se tut. Elle ne changea même pas d'expression. Elle sentait son visage figé, à moitié masqué par ses cheveux.

« Bon, dit-il, je vois que nous ne sommes pas amis. » Elle perçut quelque chose de tranchant dans sa voix. Il tourna les talons et s'en alla.

Aux lavabos des filles, elle gribouilla sur le mur une inscription ordurière. C'était la première fois qu'elle écrivait sur un mur et, tandis que son stylo à bille traçait des lignes grenues et ondulantes, elle se sentit en affinité avec le vandale inconnu qui avait saccagé l'an passé la salle de gym, comme si elle-même était à présent capable de briser des fenêtres, celle des toilettes pour commencer, où la neige mouillée collait à la vitre.

La seconde sonnerie résonna. Elle allait être en retard au cours d'économie domestique, ça ne lui arrivait jamais. Mais elle ajouta encore quelque chose à son inscription parce que, maintenant qu'elle y pensait, la prof d'éco do était une enfoirée, elle aussi.

Après ça, il la laissa tranquille, mais elle se mit à appréhender le cours de math. D'abord, elle commençait à comprendre les maths d'une façon toute nouvelle, et parfois, durant ce morne mois de janvier où le ciel était d'un gris permanent à la fenêtre de la salle de classe contre laquelle cognaient les branches noires du lilas gelé, Amy était tentée de lever la main pour répondre à une question de Mr. Robertson. Elle ne le faisait jamais, mais ça l'angoissait, surtout quand les élèves qui levaient la main répondaient de travers et que Mr. Robertson, debout au tableau, un bout de craie entre ses doigts, demandait : « Quelqu'un d'autre aimerait s'aventurer ? » Il arrivait que leurs regards se croisent, et elle grillait du désir de prendre la parole, mais elle craignait trop de se tromper.

Elle ne se serait pas trompée. Mr. Robertson récapitulait les données du problème autant de fois qu'il le fallait, jusqu'à ce qu'il obtienne enfin d'un élève la réponse qu'aurait donnée Amy, si seulement elle avait osé.

Et il pouvait se montrer sévère, à l'occasion. Le pauvre Alan Stewart, un garçon boutonneux et maussade assis au fond de la classe, avait un jour récolté une colle rien que pour avoir fait cliqueter son stylo à bille. La turbulente Elsie Baxter, avec son nez luisant, avait elle aussi été menacée d'une retenue pour avoir soufflé d'énormes bulles de chewing-gum violacé qui lui éclataient sur la figure. Mais elle s'était excusée, elle avait jeté son chewing-gum et obtenu l'indulgence de Mr. Robertson, qui s'était gentiment moqué. À la voir devenir cramoisie, il était évident qu'elle avait le béguin pour lui. (« Elsie n'a pas été favorisée par son milieu », disait la mère d'Amy.)

Personne n'avait envie de le mettre en colère. Il plaisait parce qu'il était différent, et si l'énergie qui l'habitait pouvait parfois se transformer en caprices, ça valait la peine de prendre le risque rien que pour le plaisir d'être assis en classe sans avoir l'impression d'être mort. Même Amy, qui persistait à le détester, avait du mal à ne pas être de cet avis. Un jour, vers la fin du cours, alors qu'il exposait un théorème, Mr. Robertson avait subitement tapé du poing contre le tableau et interpellé Alan Stewart qui bâillait dans la rangée du fond. « Tu ne vois donc pas comme c'est beau ? Si vous aviez une trace de sensibilité, jeunes gens, ce que je vous montre là vous tirerait des larmes. »

Quelques-uns s'étaient esclaffés, mais c'était une erreur car Mr. Robertson avait froncé les sourcils. « Bon sang, je parle sérieusement. Vous avez là trois lignes. Simplement trois lignes. » Il les retraça du bout de sa craie. « Et pourtant, voyez la beauté qu'elles recèlent. » Il parut soudain vidé de ses forces, et ceux qui avaient ri se tortillèrent sur leur chaise, gênés.

Mais Amy, en contemplant la figure géométrique au tableau, se souvint d'un vers qu'elle avait lu : *Seul Euclide a vu la beauté pure.*

Le regard de Mr. Robertson balaya la classe et se posa un instant sur elle. « Oui ? » dit-il en la désignant du menton — mais il était las, et avait pris un ton peu engageant. Amy baissa les yeux et fit un signe de dénégation. « Bon, soupira-t-il, alors le cours est terminé. »

Amy était aux prises avec la migraine quand venait l'heure du déjeuner et des cigarettes. Fumer lui faisait tourner la tête, et elle s'adossa contre le tronc tandis que Stacy fouillait ses poches en quête d'allumettes.

« Ça va ? demanda Stacy en allumant leur seconde clope.

— Je déteste le lycée. »

Stacy acquiesça. « Moi aussi. Ce matin, j'ai dégueulé et je voulais rester à la maison, mais maman n'a pas voulu.

— Tu as *dégueulé* ?

— Oui. Maman s'en fout. Elle m'a tapé le bras avec sa brosse à cheveux.

— Tu rigoles ? »

Stacy haussa les épaules et releva la manche de son caban bleu marine. « Ma mère, elle est complètement dingue. » Elle parlait sans retirer la cigarette de sa bouche et plissa les yeux en regardant la meurtrissure rougeâtre sur son poignet. Puis elle rabaissa sa manche.

« Mince alors, Stacy ! » Amy fit tomber la cendre de sa cigarette dans la neige et l'écrasa sous sa semelle.

Stacy souffla la fumée. « Ces temps-ci, j'ai tout le temps envie de dégueuler. »

Mieux valait avoir mal à la tête, même si ça durait toute la journée, comme c'était de plus en plus le cas pour Amy que la migraine poursuivait chez elle après son retour du lycée, lorsqu'elle faisait ses devoirs sur la table de la cuisine dans la maison glaciale. Elle prenait l'habitude de commencer par les maths, puis, avant que sa mère ne rentre, elle montait dans sa chambre et se dévisageait dans la glace. Elle ne parvenait pas à imaginer de quoi elle avait l'air. Assise sur le tabouret de toilette (un tonnelet que sa mère avait recouvert de tissu rose, avec un volant tout autour et un coussin sur le dessus), Amy s'interrogeait sur son image.

Elle avait les yeux très écartés et le front haut, ce qui, d'après Isabelle, était signe d'intelligence, mais elle s'en fichait. Elle voulait être jolie et pensait que pour cela il aurait mieux valu être petite, avoir des pieds menus. Et quelle que fût la signification des yeux écartés, les siens n'avaient rien de remarquable, ils n'étaient ni d'un bleu lumineux ni d'un brun mystérieux, mais d'un vert glauque, et elle avait le teint pâle, surtout l'hiver ; sous les yeux, la peau prenait alors une transparence presque bleutée.

Au moins, elle avait de beaux cheveux. Elle se l'était entendu répéter toute sa vie. « Où est-ce qu'elle a pris des cheveux pareils ? » disaient à sa mère des inconnus au supermarché, quand Amy était encore assez petite pour se jucher sur le siège du Caddie. « Regardez-moi ces cheveux ! » s'exclamaient-ils, en allongeant parfois le bras pour les toucher, passer le doigt sur une boucle et tirer doucement dessus.

Avec la prescience des enfants (qui savent tout, affirmerait plus tard Mr. Robertson), Amy se rendait compte que sa mère n'aimait pas que des inconnus tripotent sa fille, qu'ils fassent des compliments sur ses cheveux. C'était peut-être son plus ancien souvenir de cupabilisation, car elle, au contraire, adorait que les gens la touchent ; elle tournait le visage vers la main qui se tendait, penchait la tête pour entrer en contact avec les doigts caressants, tandis que la voix aimable disait : « Jolie petite fille, d'où te viennent tes beaux cheveux ? »

En tout cas, elle ne les tenait pas de sa mère. Au premier regard sur le chignon brun et peu fourni d'Isabelle, n'importe qui pouvait le constater. Ce devait être son père qui les lui avait légués. Et c'était justement ce qui motivait la réticence d'Isabelle, Amy l'avait compris très tôt. À cause de la mort de son père, supposait-elle, si peu de temps après sa naissance ; il avait succombé à une crise cardiaque sur un terrain de golf en Californie. « Qu'est-ce qu'il faisait en Californie ? » avait-elle demandé, mais la réponse était toujours : « Il voyageait pour affaires », et Amy n'en savait guère plus sur son compte. Mais elle avait hérité de ses cheveux et, par ces après-midi hivernaux, elle s'en félicitait devant sa glace en brossant les boucles de diverses nuances de blond qui lui tombaient plus bas que les épaules.

Et voilà qu'un jour, en quittant le réfectoire (Stacy n'était pas venue au lycée), Amy tomba sur Mr. Robertson qui sortait de la salle des professeurs. Elle articula un bonjour, sans qu'aucun son ne sorte d'entre ses lèvres sèches, puis elle baissa aussitôt la tête.

« Amy Goodrow », dit simplement Mr. Robertson en la croisant et poursuivant son chemin dans le couloir. Mais elle entendit ses pas s'arrêter et vit par-dessus son épaule qu'il s'était retourné et l'observait. Il secoua lentement la tête avant de lancer : « Dieu seul, jeune fille, serait capable de t'aimer rien que pour ce que tu es et non pour ta blonde chevelure. »

Des mois plus tard, en feuilletant d'une main tremblante le journal intime d'Amy, résolue à découvrir à quel moment cette histoire avait commencé, Isabelle ne trouva rien de plus que cette indication à la date du 10 janvier : *La vieille Dayble est tombée dans l'escalier et par chance elle s'est fêlé le crâne.*

3

Les ventilateurs ronflaient aux fenêtres du secrétariat. Il était tôt, la journée venait de débuter. C'était toujours une phase paisible où les employées gardaient encore une odeur de savon, où leur haleine sentait le dentifrice lorsqu'elles se disaient bonjour ; une fois assises à leur place, elles travaillaient avec plus d'assiduité qu'à aucun autre moment du jour. De temps à autre, on entendait la porte d'une armoire métallique se fermer, une corbeille à papier racler brièvement le plancher. Avery Clark retroussa ses manches et vint sur le pas de la porte de son bureau. « Isabelle, dit-il, vous avez quelques minutes à m'accorder ? »

Pauvre Isabelle ! Si elle s'était doutée qu'Avery Clark allait aujourd'hui lui dicter du courrier, elle aurait mis sa robe en lin. Ce n'était pas du pur lin, mais il y avait du lin dans le tissu d'un bleu pervenche. (« Là-dedans, vous êtes belle comme une fleur », avait dit l'aimable vendeuse.) Isabelle essayait de ne pas la porter trop souvent. Si elle avait trop souvent une allure attirante, les gens feraient attention à elle et remarqueraient d'autant plus qu'en réalité, elle ne l'était pas.

Et sans aucun doute, aujourd'hui, elle n'avait rien

d'attirant, avec ses yeux bouffis et injectés de sang à cause de son insomnie. (« Mais qu'est-ce que Stacy va faire de ce bébé ? » avait-elle demandé, hésitante, sur le seuil de la chambre d'Amy. Laquelle avait répondu d'un ton insouciant, en se retournant sur son lit : « Bof, elle l'abandonnera, j'imagine ».) Oui, Isabelle avait très mal dormi, et maintenant elle se disait qu'elle allait être obligée de passer devant Avery dans sa jupe à carreaux trop longue, informe et qui la grossissait.

Elle n'arrivait pas à mettre la main sur son bloc de sténo. Des papiers, des chemises cartonnées à l'air sage s'empilaient sur son bureau. Mais elle ne retrouvait pas son bloc, et c'était trop de malchance ; elle était une personne ordonnée. « Une petite seconde, s'il vous plaît, dit-elle, je ne sais pas où peut être passé... » Elle transpirait, mais Avery se borna à hocher distraitement la tête, en contemplant, les mains sur les hanches, la salle pleine d'employées. « Quelle idiote ! » s'exclama Isabelle en tapant du plat de la main sur son bloc de sténo, qu'elle avait en fait sous le nez. Mais Avery ne sembla rien remarquer. Il s'effaça tranquillement pour la laisser passer.

Derrière les deux parois vitrées du bureau, Isabelle se sentait encore plus sous le feu croisé des regards. D'ailleurs, tout ce verre ne servait à rien : Avery Clark était loin d'imposer une discipline rigoureuse. Les rares fois où il se trouvait contraint de reprocher à une employée la piètre qualité de son travail (des années auparavant, il y avait eu un incident pénible, une femme qui sentait si mauvais que ses collègues avaient harcelé le patron jusqu'à ce qu'il la convoque — un désagrément qu'il n'oublierait jamais, avait-il confié à Isabelle), les autres, assises à leur place, guettaient l'entrevue de tous leurs yeux. « Qu'est-ce qui se passe dans l'aquarium ? » se chuchotaient-elles d'une table à l'autre.

Mais Isabelle étant sa secrétaire particulière, sa présence dans le bureau d'Avery n'attirait pas l'attention. Personne, se dit-elle aujourd'hui, ne remarquerait sa nervosité, sauf Avery lui-même. Que cela ne paraissait pas frapper. « Bon, dit-il simplement tout en manipulant des papiers, on y va ?

— Je vous écoute. »

Plus d'une nuit, au cours des années passées, Isabelle ayant du mal à dormir s'était imaginée couchée dans un lit d'hôpital avec Avery Clark à son chevet, ses traits vieillissants tout empreints d'inquiétude. Tantôt la cause de son hospitalisation était l'épuisement pur et simple, tantôt elle avait été renversée par une voiture en traversant la rue ; il lui arrivait même de se retrouver amputée. La veille au soir, c'était d'un coup de feu qu'elle avait été victime lors d'un hold-up : la balle avait frôlé le cœur, et le visage d'Avery était livide de détresse tandis que le moniteur auquel on l'avait branchée bippait en continu.

Assise face à lui, son bloc sur ses genoux recouverts par la jupe à carreaux, elle se souvenait avec embarras de ce fantasme, presque engourdie de confusion. Dans la lumière blafarde du bureau, Avery avait une expression préoccupée, flottante — sur son menton, le rasoir avait laissé une minuscule balafre rouge —, et elle se sentait coupée des innombrables détails qui composaient l'existence de cet homme. Elle ne savait même pas quel était son mets préféré. Ni s'il avait un piano chez lui. Et de quelle couleur, se demanda-t-elle, était le papier hygiénique avec lequel il avait ce matin étanché le sang sur son menton ?

« Allons-y, dit-il d'un ton sec. Adressé à la Heathwell Lentex Corporation. Trois exemplaires. Cher Monsieur. Attendez. Vous chercherez dans le dossier qui est au juste la personne concernée.

— Oui, naturellement, dit-elle en le notant sur

son bloc, puis en se tapotant le genou avec son crayon. Ce devrait être facile à trouver. »

Tout cet assortiment de détails qui le déterminaient, cela faisait des années qu'elle essayait de s'en faire une idée. Elle se l'était même représenté enfant. (Ce qui lui avait remué le cœur, car il devait être grand et gauche.) Elle se l'était représenté le jour de son mariage, tout raide dans son costume de cérémonie, les cheveux collés sur le crâne. (Il avait sûrement été en proie à des craintes secrètes, comme tous les hommes.) Et à quoi ressemblait sa vie à présent ? Elle s'était figuré sa penderie, la rangée de chemises suspendues, sa commode, avec un tiroir pour ses pyjamas...

« Le contrat imputait explicitement la prise de risque à l'acquéreur. Voir la clause n° 4, troisième ligne. » Avery Clark marqua une pause en examinant de près un papier sur sa table.

Isabelle pinça les lèvres. Son rouge à lèvres lui donnait une sensation pâteuse.

« Voulez-vous me relire cela, s'il vous plaît, Isabelle ? »

Elle lut à haute voix ce qu'elle venait de noter.

« Une minute, il faut que je vérifie. »

Elle patienta tandis qu'il parcourait divers feuillets. Mais elle se sentait blessée, car naguère elle partageait avec lui la pause-café. Naguère, assise là où elle était en ce moment, elle lui racontait les infiltrations dues à la neige sur le toit, ou les problèmes de thermostat du réfrigérateur qui faisaient flotter des glaçons dans le lait, et il concluait en général : « Eh bien, Isabelle, je crois que vous avez parfaitement maîtrisé la situation. »

« Changement de paragraphe, reprit-il ce matin en lui jetant à peine un coup d'œil. Veuillez observer que dans la dernière semaine du mois de juin de cette année... »

Dieu du ciel.

C'était au cours de cette dernière semaine de juin, il y avait moins d'un mois, que sa vie s'était effondrée. Désintégrée. Comme si ses mains, ses pieds, ses jambes soigneusement gainées d'un collant au long de tant d'années n'avaient été que du sable. Et Avery Clark en avait été témoin, hélas. Lorsqu'elle était entrée dans son bureau le lendemain matin, en rougissant si fort que ses yeux s'humectaient, et qu'elle lui avait demandé sans détour : « Dites-moi franchement, Avery. Est-ce qu'Amy doit quand même venir travailler ici, lundi ? », il avait répondu sans lever les yeux : « Bien entendu. » Avait-il le choix ?

Mais, depuis lors, ils n'avaient pas pris le café ensemble une seule fois. Ils n'avaient pas eu une seule conversation qui ne fût pas strictement professionnelle.

Il fit craquer son fauteuil en se penchant en avant. « ... trois semaines pour nous aviser de tout article qui ne vous serait pas parvenu. »

Si seulement il lui disait quelque chose. Simplement : « Comment ça va, Isabelle ? »

« Ci-joint un formulaire de désistement. Veuillez nous le retourner revêtu de votre signature. »

Elle rabattit la couverture de son bloc, songeant au jour d'octobre dernier où elle lui avait raconté combien Barbara Rawley, la femme du diacre, l'avait froissée en jugeant inappropriés les douces-amères et les feuillages d'automne dont Isabelle, en charge des fleurs pour le mois, avait décoré l'autel.

« Cependant, les couleurs étaient magnifiques, lui avait assuré Avery. Nous nous en sommes fait la remarque, Emma et moi. »

Elle n'en demandait pas plus. (Quoiqu'elle se fût bien passée d'entendre parler d'Emma Clark, cette personne désagréable qui paradait à la sortie du temple dans ses vêtements coûteux, l'air hautain.)

« Voyez si vous pouvez expédier ce courrier dès ce matin, dit Avery.

— Oui, bien sûr. » Isabelle se leva.

Rencogné dans son fauteuil, les doigts plaqués sur la joue, il contemplait à travers la vitre les allées et venues des employées. Isabelle gagna précipitamment la porte afin de ne pas lui laisser le loisir de la voir de dos dans cette affreuse jupe à carreaux.

« Isabelle. » Elle allait sortir. Il avait prononcé son nom si bas qu'elle avait failli ne pas l'entendre.

« Oui ? » murmura-t-elle en se mettant au diapason et se retournant. Mais, le regard plongé dans le tiroir du haut, il n'offrait à sa vue que le sommet dégarni de sa tête grisonnante.

« Ai-je dit trois exemplaires ? » Il ouvrit plus grand le tiroir. « Pendant que vous y êtes, faites-en donc quatre. »

Bouboule balança le carton vide de son jus d'orange dans la corbeille à papier métallique qui résonna dans le silence de la salle, puis elle s'essuya la bouche d'un revers de main et jeta un coup d'œil à Amy Goodrow. Elle lui faisait de la peine. Bev, qui avait élevé trois filles, trouvait cette adolescente bizarre — sa figure avait quelque chose d'absent. Évidemment, ça n'avait rien d'excitant de travailler dans un local étouffant avec une bande de bonnes femmes d'âge mûr. Elle s'éventa à l'aide du magazine que Rosie Tanguay lui avait posé sur son bureau ce matin, en glissant : « Il y a un article là-dedans, Bouboule, sur les multidépendances. » Connasse de Rosie, qui se nourrissait de carottes à déjeuner. Mais cette petite Amy, pensa Bev en la dévisageant discrètement derrière le magazine, elle avait un truc qui ne collait pas, en dehors du boulot assommant dans une salle non climatisée.

Par exemple, elle ne mâchait pas de chewing-gum. Les filles de Bev en avaient eu constamment dans la bouche de gros paquets qu'elles faisaient claquer, au point d'exaspérer tout le monde. Roxanne, la plus jeune, âgée maintenant de vingt et un ans, conservait cette manie. Bev ne la voyait jamais sans chewing-gum dans la bouche quand elle venait le samedi se servir du lave-linge, avec des traînées de maquillage tout autour des yeux en souvenir de la bringue de la veille au soir.

Autre détail, maintenant qu'elle y pensait. Amy Goodrow ne se maquillait pas. Elle aurait dû. Elle aurait pu attirer les regards à condition de se mettre un peu de fard à paupières, du mascara. Seulement, attirer les regards, ça l'aurait gênée, songea Bev en cherchant son paquet de cigarettes ; cette fille était terriblement timide, elle baissait sans arrêt la tête comme un chien qui va se prendre une taloche sur le museau. Dommage. Elle ne semblait même pas s'intéresser au vernis à ongles ni au parfum, avait-on déjà vu une adolescente qui se fichait de ces choses-là ? Jamais, au bureau, elle ne feuilletait un magazine, jamais elle ne décrochait le téléphone pour appeler une copine. « Téléphone à quelqu'un », lui avait dit Bev un jour particulièrement accablant de chaleur, où elle voyait bien qu'elle s'ennuyait, mais Amy avait secoué la tête. « Non, ça va », avait-elle répondu.

Tout ça n'était pas normal.

Et ses cheveux, comment expliquer ça ? Raisonnablement, qui aurait eu l'idée de tondre des cheveux pareils ? D'accord, les filles avaient toutes de drôles d'idées qui leur passaient par la tête, Bev le savait bien. Sa fille aînée s'était teint les cheveux en rouge et elle avait eu l'air d'une imbécile le temps que ça avait duré. Quant à Roxanne, elle traînait indéfiniment des permanentes ratées qui lui arrachaient des gémissements. Mais quand même, couper des cheveux pareils ! En plus, c'était fait n'importe comment, sans se soucier de la forme de son visage. Sincèrement, Bev en avait parfois des frissons, rien que de regarder ces cheveux hérissés — on aurait dit quelqu'un qui avait subi une chimiothérapie, ou une radiation atomique. Comme Clara Swan, après son traitement à Hanover. Enfin, pas vraiment. Amy, il ne lui en manquait pas de pleines touffes. C'était seulement une coupe ratée. Et une lamentable erreur de jugement.

Bev alluma une cigarette, un peu inquiète à la pensée du cancer. Clara Swan n'avait que quarante-trois ans ; mais c'était d'une tumeur au cerveau qu'elle avait souffert, pas d'un cancer du poumon. Une tumeur au cerveau, ça peut arriver à n'importe qui. Si Bev en était menacée, autant se faire plaisir en attendant. Elle souffla sa fumée qu'elle tenta de chasser en agitant sa main grassouillette. « Je ne comprends pas qu'on fume encore, après toutes les études qu'on a pu lire sur la question », avait lancé Rosie Tanguay, dans la salle à manger.

Les études, Rosie Tanguay pouvait se torcher son maigre derrière avec. Bev savait très bien pourquoi elle fumait. Elle fumait pour la même raison qu'elle mangeait : ça lui procurait la perspective d'une gâterie. L'existence n'était pas si rose, il fallait bien avoir quelque chose à attendre. Après son mariage, au début, elle attendait avec impatience d'aller au lit tous les soirs avec Bill, son mari, dans le petit appartement étouffant de Gangover Street. Mince alors, ce qu'ils pouvaient prendre leur pied ! Ça compensait tout le reste, les chamailleries pour l'argent, les chaussettes sales, les gouttes de pipi devant la cuvette des cabinets — toutes ces petites choses auxquelles il faut s'habituer quand on se marie ; rien ne comptait plus dès qu'ils se mettaient au lit.

Bizarre qu'on s'en fatigue, d'un truc si bon. Mais c'est comme ça. Bev en avait perdu le goût après son premier accouchement. Bill s'était mis à lui taper sur les nerfs, à force de vouloir continuer à faire ça tous les soirs, son machin toujours au garde-à-vous. C'était parce qu'elle était éreintée, avec le bébé qui braillait sans arrêt. En plus, ses seins avaient changé, les tétons tout crevassés à force d'avoir été avidement sucés ; et elle n'avait jamais retrouvé son poids d'avant. Son corps restait gonflé, et voilà qu'elle retombait enceinte. Alors, tandis que sa maison, sa vie se remplissaient, elle n'avait pas pu s'empêcher d'éprouver un sentiment de perte. Oh, ça n'avait peut-être plus d'importance, maintenant. Ils faisaient encore l'amour de temps en temps, en silence, et toujours dans le noir. (Au début, il leur était arrivé de passer tout le week-end au lit, avec le soleil qui filtrait à travers le store.)

Elle écrasa son mégot. Elle n'allait pas se plaindre, ce n'était plus de son âge. Mais une sensation de manque restait enfouie en elle. Et l'écho de quelque chose tout proche de l'allégresse vibrait encore dans un coin de sa mémoire, une espèce d'appel qui avait autrefois obtenu une réponse, réponse qui ne venait plus. Elle ne comprenait pas ce phénomène. Elle était mariée à un type bien, et ce n'était pas donné à tout le monde ; elle avait eu les enfants qu'elle voulait, ils étaient en bonne santé. Alors, qu'est-ce que c'était que ce manque ? Un trou rouge sans fond qu'elle bourrait de pastilles mentholées, de pommes de terre, de hamburgers, de gâteaux au chocolat, n'importe quoi. Est-ce que les gens s'imaginaient que ça lui plaisait d'être grosse ? Bev la joviale. Bouboule. Non, ça ne lui plaisait pas. Mais le manque était là, un vide tourbillonnant, un gouffre.

Amy Goodrow éternua.

« À tes souhaits », dit Bev, contente d'avoir l'occasion de parler. Si on se taisait trop longtemps, ça rendait morbide. Elle le répétait toujours à ses filles :

quand tu as le cafard, trouve-toi quelqu'un à qui parler.

« Merci, dit Amy avec un sourire hésitant.

— Tu as chopé un rhume ? Avec ce drôle de temps, il doit y avoir plein de microbes qui rôdent partout. »

La pauvre petite était trop timide pour répondre à ça.

Enfin (Bev bâilla et regarda l'horloge), ça ne devait pas être rigolo de vivre avec Isabelle. Les chiens ne font pas des chats, comme disait Dottie. Isabelle Goodrow était spéciale. Typique du signe de la Vierge. Pas antipathique, mais salement coincée. Il y avait quelque chose là-dessous qui devait mériter la compassion, songea Bev en déplaçant le téléphone pour voir si son rouleau de bonbons avait glissé derrière ; seulement personne n'avait jamais percé le mystère d'Isabelle. Elle sentit le spasme familier de son abdomen et se leva de sa chaise avec une satisfaction anticipée qui était d'ordre presque sensuel, car Dieu sait que l'un des plaisirs de l'existence c'est de réussir à se soulager les boyaux.

En levant les yeux de sa pile de bordereaux jaunes, Amy avait vu sa mère dans le bureau d'Avery Clark ; sa tête baissée, le léger mouvement de son bras indiquaient qu'elle devait prendre une lettre sous la dictée. Rien de chaleureux dans leur tête-à-tête. Amy pianota sur sa machine à calculer et fut prise d'une sensation de nausée qu'elle osait à peine définir : sa mère était attirée par cet homme.

« Tu as de la veine que ta mère n'ait pas de mari, lui avait dit un jour Stacy dans le bois, au moment des premiers froids. Ça t'évite de les imaginer en train de baiser.

— Oh, s'il te plaît ! » avait protesté Amy en s'étouffant sur sa cigarette.

Stacy avait roulé des yeux, puis les avait fermés à demi, révélant le trait d'eye-liner sur ses paupières lourdes et pâles. « Je t'ai déjà raconté qu'une fois j'ai vu mes parents à poil ?

— C'est dégueu.

— Oui. Un samedi, je passe devant la porte entrouverte de leur chambre et je les vois endormis sur le lit, tous les deux tout nus. » Stacy éteignit sa cigarette contre l'écorce de l'arbre. « Le cul de mon paternel, il était tout blanc, rebondi, l'air idiot.

— Seigneur ! s'exclama Amy.

— Ouais, alors tu peux te féliciter de pas avoir de père. Ça t'évite de l'imaginer en train de faire ça. »

À vrai dire, à ce stade, Amy était bien incapable d'imaginer qui que ce fût en train de faire ça. Il lui manquait la notion exacte de ce en quoi « ça » consistait au juste. Sous la surveillance étroite d'Isabelle, elle n'avait jamais pu se faufiler dans une salle de cinéma X comme plusieurs de ses camarades (Stacy, par exemple, qui lui avait raconté une scène où un Blanc et une Noire se livraient à leurs ébats dans une baignoire). Et, faute d'un grand frère qui aurait pu cacher sous son lit des magazines cochons, Amy était très ignorante dans ce domaine.

Naturellement, en ce qui concernait les menstruations, elle était à peu près au courant. Elle savait que c'était normal d'avoir ses règles, mais pas vraiment tout ce que cela impliquait ; voilà quelques années, Isabelle lui avait parlé brièvement de l'ovulation, et longuement des odeurs. (« Tiens-toi à l'écart des chiens, avait-elle recommandé. Ils le flairent toujours. ») Et elle lui avait donné une brochure rose qui contenait un schéma. Amy pensait avoir compris.

Puis elle était tombée un jour sur un gribouillage au feutre noir, sur le mur des toilettes des filles : *En cinq minutes, la queue d'un homme dans le trou d'une femme la met enceinte*, et elle l'avait cru. Mais la prof de gym avait dit aux filles réunies dans le vestiaire qu'une information inexacte avait été inscrite sur le mur des toilettes, à la suite de quoi les autorités du lycée avaient décidé d'instaurer un programme d'éducation sexuelle qui aurait lieu dans le cadre des cours d'économie domestique. Amy se demandait ce qu'il y avait au juste d'inexact dans le fameux gribouillage, et les cours ne l'avaient pas éclairée.

La prof d'économie domestique était une femme nerveuse qui ne fit pas plus d'une année, et dont les grands pieds et les genoux cagneux faisaient ricaner les élèves. « Très bien, mes enfants, avait-elle dit, j'ai pensé que, pour aborder l'éducation sexuelle, nous pourrions commencer par les soins de toilette. » Elle fouilla dans son sac à main. « Le choix de votre brosse à cheveux, reprit-elle, est lié à votre type de cheveux. » Des semaines durant, elle avait poursuivi dans ce sens. Elle avait exposé différentes méthodes pour se limer les ongles, comment il convenait de se curer les orteils, et écrit au tableau une recette de déodorant pour les aisselles. « En cas d'urgence, mesdemoiselles, si vous vous apercevez que vous n'en avez plus. » Elles avaient copié la recette : un mélange de talc et de bicarbonate de soude additionné d'un peu d'eau salée. Plus tard, elle leur avait donné une recette de pâte dentifrice qui était presque identique (moins le talc), et elle avait fait tout un discours sur l'usage du mot « transpiration » de préférence à « sueur ». Les filles se grattaient la cheville et guettaient l'horloge, et Elsie Baxter avait été envoyée dans le bureau du proviseur pour avoir dit à haute voix que tout ça était de la connerie en barre.

Mais tout cela semblait appartenir au passé. Amy avait l'impression d'être une autre personne qu'à cette époque et, aujourd'hui, elle ne pouvait éviter de voir que même si sa mère n'avait sûrement pas fait « ça » avec lui, elle se sentait attirée par son patron, ce type horrible, desséché, et que cette attirance durait depuis longtemps. Amy avait remarqué la façon dont son nom surgissait à tout bout de champ à la maison, au temps où elles se parlaient encore. « Avery dit que je devrais changer de voiture ; il va me recommander à un garagiste qu'il connaît. » La façon dont Isabelle se mettait du rouge à lèvres le matin, en jouant des lèvres et soupirant : « Ce pauvre Avery, il est surmené, en ce moment. »

Comment pouvait-on s'enticher d'un type aussi vieux et moche qu'Avery Clark ? Au temple, le dimanche, sa femme et lui ressemblaient à deux bouts de bois mort. Eux, c'était clair qu'ils n'avaient pas fait « ça » depuis un siècle.

Amy éternua (« À tes souhaits ! » dit Bouboule), et elle jeta un nouveau coup d'œil vers l'aquarium. Sa mère se levait, son bloc dans une main, passant l'autre sur le dos de sa jupe. Avery Clark inclinait la tête, ce crâne dégarni sur lequel ce crétin rabattait ses dernières mèches graisseuses, comme si ça pouvait faire illusion. En enfonçant une touche sur la machine à calculer, Amy se représenta la longue bouche molle d'Avery Clark, ses dents tachées, l'haleine rance qu'elle avait sentie lorsqu'il faisait la quête au temple. Et ses grotesques chaussures de vieux, décorées de petits trous. Il lui donnait envie de vomir.

Il devait avoir rappelé Isabelle, car elle se figea sur le pas de la porte ; du coin de l'œil, Amy vit le pâle visage de sa mère s'éclairer d'un espoir soumis, aussitôt dissipé. Elle sentit son ventre se nouer : c'était terrible, ce qu'elle venait de surprendre, ce visage dans toute sa nudité. Elle aimait sa mère. Sur le fil noir qui les reliait, une boule d'amour enflammé fusa vers Isabelle, mais celle-ci avait déjà regagné sa table et insérait une feuille de papier sous le rouleau de sa machine à écrire. Et Amy retrouva sa répugnance pour le cou affreusement long de sa mère, auquel adhéraient des mèches de cheveux humides. En même temps, cette répugnance parut accroître son élan d'amour désespéré, dont vibra le fil noir.

« Alors, raconte un peu, dit Bev en enfournant un bonbon rouge. Tes copines, qu'est-ce qu'elles font, cet été ? Je me goure, ou c'est Karen Keane que j'ai vue derrière la caisse du McDo ? »

Amy fit signe que oui.

« C'est bien une amie à toi ? »

Amy acquiesça de nouveau et appuya sur la touche « Total » de sa machine. Au fond de ses yeux affluaient les larmes grises d'une angoisse et d'une tristesse inexplicables. À présent, sa mère pianotait sur son clavier, ce qui faisait trembler le bégonia qu'elle avait enlevé du rebord de la fenêtre pour le sauver. Amy vit une fleur rose tomber parmi les feuilles.

« Un petit boulot d'été, c'est ce qu'il faut pour les jeunes, poursuivait Bouboule en faisant tinter le bonbon contre ses dents. Mes filles, elles ont toutes commencé à douze ans à se trouver des jobs. »

Amy hocha la tête. Elle avait envie que Bev continue de parler parce qu'elle aimait le son de sa voix, mais elle ne voulait pas répondre à ses questions. Et surtout pas au sujet de Karen Keane. À la pensée de Karen Keane, elle sentit son angoisse s'appesantir. Elles avaient été amies quand elles étaient petites. Ensemble, elles avaient joué à la marelle dans la cour de récré et fui les nuées de guêpes autour des poubelles. Une fois, Amy avait passé la nuit chez Karen, une grande bâtisse blanche dans Valentine Drive, avec des érables sur le devant. La maison était lumineuse et bruyante ;

les garçons jouaient derrière dans le jardin, et la sœur de Karen bavardait au téléphone tout en se séchant les cheveux. Mais Amy avait été prise de vague à l'âme, elle était allée pleurer dans la salle de bains pendant le dîner parce qu'elle songeait à sa mère qui mangeait toute seule à la cuisine. Quand même, il y avait eu aussi de bons moments. Par exemple, lorsque Karen était venue chez elle et que sa mère les avait laissées confectionner des cookies. Elles s'étaient assises sur les marches derrière la maison pour les déguster tandis qu'Isabelle arrachait les mauvaises herbes dans le jardin ; Amy s'en souvenait encore.

« Rien n'est plus pareil dès qu'on entre au lycée », dit soudain Amy, mais Bouboule avait fait tomber son rouleau de bonbons et s'était baissée pour le ramasser.

« Pardon, mon chou ? » demanda-t-elle, rougie par l'effort physique, mais son téléphone se mit à sonner. « Qu'est-ce qu'elle t'a encore fait, ton chameau de belle-mère ? » dit-elle dans le combiné, un doigt levé en direction d'Amy.

Quoi qu'il en soit, qu'aurait pu raconter celle-ci ? Elle n'allait pas tenter d'expliquer à Bev de quelle façon l'entrée dans les grandes classes au lycée avait tout changé, que ses seins avaient grossi bien avant ceux des autres filles, qu'elle dormait sur le ventre pour essayer en vain de les aplatir, ni que sa mère, d'un air faussement désinvolte, lui avait mesuré son tour de poitrine avec un mètre ruban pour commander un soutien-gorge sur le catalogue de Sears. Lorsque le soutien-gorge était arrivé, il faisait paraître ses seins encore plus gros, ridiculement adultes. Les garçons du lycée avaient inventé une espèce de jeu, ils éternuaient en la croisant. « Quelqu'un a des Kleenex ? » lançaient-ils.

« Ne fais pas attention à eux, lui disait sa mère. Qui s'en soucie ? »

N'empêche, elle s'en souciait.

Puis était venu le matin effrayant où, à son réveil, elle avait découvert une tache sombre sur sa culotte. Elle était allée la montrer à sa mère, dans la cuisine. « Amy ! Oh, Amy ! Est-ce possible, ma petite chérie !

— Quoi ?

— Oh, Amy, avait dit sa mère, c'est une date très importante. »

Sur le chemin du lycée, elle s'était sentie répugnante, avec le ventre lourd, de drôles de douleurs dans les cuisses, et une serviette hygiénique de rechange dans un sac en papier : (Les filles n'emportaient pas encore de sac à main au lycée.) Et elle avait été appelée au tableau pour analyser une phrase. Debout devant toute la classe, elle avait cru s'évanouir de honte, comme si chacun pouvait distinguer, à travers sa jupe de velours côtelé, le paquet dégoûtant qui lui encombrait l'entrejambe.

Sur la suggestion de sa mère, elle avait noté l'événement dans un carnet ; d'après Isabelle, c'était une bonne chose d'avoir les dates de ses règles par écrit pour ne pas se laisser surprendre (mais celles d'Amy étaient imprévisibles, et encore maintenant elles la prenaient au dépourvu). Un samedi où Karen Keane était passée la voir, Amy, en rentrant dans sa chambre au retour des toilettes, l'avait trouvée assise sur son lit, refermant précipitamment le carnet. « Excuse-moi, avait dit Karen en tortillant une mèche de cheveux. Je le répéterai à personne. Juré. »

Naturellement, elle l'avait répété. Il y avait eu des chuchotements, des petits papiers passés de main en main, et Elsie Baxter était allée jusqu'à demander : « Alors, Amy, qu'est-ce que tu as comme sandwich aujourd'hui dans ton petit sac ? » Comme si elle était un phénomène de foire. Et même par la suite, alors que les autres filles, une par une, prenaient de la poitrine et avaient leurs premières règles, Amy avait eu du mal à ne pas se sentir anormale, une espèce de goule monstrueuse.

« J'ai demandé à ma belle-sœur, disait paisiblement Bouboule au téléphone, elle a perdu du sang pendant six semaines. Pas des flots ni des caillots, tu vois. Juste une fuite. » Elle croisa le regard d'Amy et lui tendit le rouleau de bonbons.

Amy sourit et secoua la tête. Elle adorait Bev, en ce moment, comme elle n'avait peut-être jamais adoré personne. Cette vieille Bouboule qui pouvait parler sans broncher de ses intestins et de pertes menstruelles, comme si c'était tout naturel. Et Bev, en écoutant Dottie Brown au bout du fil, eut la surprise de voir passer un frémissement sur le visage diaphane de l'adolescente, une vibration d'envie.

Mr. Robertson lui avait appris des choses dans le domaine de la fierté, de la dignité, de la grâce. En passant entre les rangées, il lui avait dit un jour (c'était en février, et la lumière changeait, elle s'irradiait de jaune, d'une promesse d'embellie) : « Quelle jolie robe ! »

Courbée sur son pupitre, Amy n'avait pas compris tout de suite qu'il s'adressait à elle.

« Amy, tu as une jolie robe. »

Elle avait levé la tête.

« Très seyante, ajouta-t-il en s'approchant, les sourcils haussés en signe d'approbation.

— C'est elle qui l'a faite, dit Elsie Baxter, pressée de mettre son grain de sel. Amy a fait sa robe toute seule. »

C'était la vérité ; le cours d'économie domestique comprenait des travaux de couture. Isabelle l'avait accompagnée dans le magasin de tissus où elles avaient feuilleté le catalogue *Simplicity* jusqu'à ce qu'elles trouvent le modèle de la robe trapèze. « Il faudra coudre à la main la fermeture Eclair, avait recommandé Isabelle. Couds toujours la fermeture à la main, c'est plus net. »

Mais la prof aux genoux cagneux avait exigé qu'Amy le fasse à la machine à coudre, et elle avait eu un mal fou. Le tissu fronçait, la fermeture partait en travers. Les autres filles, assises chacune devant sa machine à coudre, bavardaient, éclataient de rire et juraient tout bas en loupant leurs coutures, mais Amy s'échinait en silence, le visage rosi par l'effort, les doigts moites tandis qu'elle défaisait indéfiniment les points de ses piqûres tordues. Elle avait fini par en venir à bout. Et une fois la robe terminée, elle était tout à fait mettable. Ce qui n'était pas le cas de toutes.

« C'est ton œuvre ? » reprit Mr. Robertson, arrivé à sa hauteur ; du coin de l'œil, elle apercevait le velours côtelé de son pantalon. « Elle est vraiment très jolie », dit-il doucement, de sa voix grave.

Amy baissa la tête, le visage masqué par ses cheveux. Elle ignorait s'il parlait sérieusement. Peut-être se moquait-il, à la façon indiscernable des adultes. Ou bien se montrait-il gentil ? Elle n'en savait rien. Par conséquent, elle restait penchée sur son pupitre.

« Bon, on se lance dans le deuxième problème, dit enfin Mr. Robertson, et ensuite l'un de vous ira au tableau inscrire le raisonnement. » Mais il ne s'éloigna pas. Amy l'entendit s'asseoir au pupitre vacant à côté d'elle, et elle repoussa discrètement ses cheveux en arrière. Il l'observait, les bras croisés, appuyé contre le dossier de sa chaise. Il avait une expression sérieuse et bienveillante ; elle vit qu'il ne se moquait pas. D'un ton feutré, la tête inclinée en avant, il lui glissa : « Il faut qu'une femme apprenne à recevoir les compliments avec grâce. »

Un signal vrombit dans la salle du secrétariat. Il bourdonnait dans toute la fabrique huit fois par jour ; c'était cette fois la pause de la matinée ; dans un quart d'heure, un nouveau signal sonore appellerait les employées à regagner leur bureau, mais, pour l'instant, elles étaient libres de flâner dans le couloir, d'aller aux toilettes ou à la salle à manger, si elles voulaient, prendre au distributeur des crackers ou des biscuits et déboucher des canettes de soda ou de thé glacé. Rosie Tanguay tirait d'un sac en papier paraffiné ses bâtonnets de carottes, et Arlene Tucker avait apporté de chez elle la moitié d'un gâteau au chocolat dont le glaçage, par cette chaleur, avait fondu et collé aux plis de l'emballage en plastique où des doigts gourmands iraient le récupérer, tandis que Bouboule communiquerait à Arlene les dernières nouvelles des pertes de sang de Dottie Brown.

Amy resta à sa place. Contemplant d'un regard distrait les ventilateurs qui tournaient vainement aux fenêtres, elle songeait à Mr. Robertson. Isabelle, rendue presque nauséeuse par le manque de sommeil, se rafraîchissait le visage avec une serviette en papier humide devant le lavabo, et elle ne parvenait pas à chasser de ses pensées les mots qu'avaient prononcés sa fille la veille au soir, lorsqu'elle lui avait demandé ce que Stacy allait faire de son bébé : *Bof, elle l'abandonnera, j'imagine.*

4

Mais il était arrivé autre chose cette année. En février, une fille de douze ans avait été victime chez elle d'un enlèvement. Cela s'était passé à Hennecock, une bourgade toute proche, et Amy et Isabelle en étaient si préoccupées que, trois jours durant, elles avaient pris le dîner sur un plateau devant la télé. Dès que le journal commençait, elles se taisaient.

« Les recherches se poursuivent pour Debby Kay Dorne. » Le présentateur était solennel ; il devait avoir lui-même des enfants. « La police ne semble avoir découvert aucun nouvel indice dans l'affaire de cette adolescente disparue de la maison de ses parents, à une heure indéterminée entre deux et cinq, mardi après-midi. » Amy et Isabelle se penchèrent en avant sur le canapé.

« Elle est mignonne », murmura Isabelle lorsqu'une photo de la petite fille parut sur l'écran. La même photo avait été montrée à la télé la veille au soir, et elle était dans le journal du matin : un visage plein, les cheveux bouclés glissés derrière les oreilles, les yeux plissés comme si l'objectif l'avait surprise au bord d'un fou rire. « Très mignonne », répéta Isabelle. Puis, plus lentement : « Très, très mignonne », et Amy se rapprocha de sa mère. « Chut ! fit Isabelle. Écoutons ce qu'il a à dire. »

Rien d'autre que ce qu'elles savaient déjà. En partant pour l'école le matin du 10 février, Debby Kay Dorne avait glissé sur une plaque de glace dans l'allée. Sans s'être rien fait de grave, elle était quand même restée à la maison et, comme ses parents travaillaient tous les deux, ils l'avaient laissée toute seule. À deux heures de l'après-midi, la mère l'avait appelée et elle avait parlé avec elle, mais lorsqu'elle était rentrée à cinq heures, sa fille n'était plus là. Son blouson non plus, et la porte était fermée à clé. Il ne manquait rien dans la maison, et le chien paraissait calme. Tels étaient les faits qui incitaient la police à croire que Debby Dorne avait été enlevée par quelqu'un qu'elle connaissait.

« Oh, mon Dieu ! s'exclama Isabelle, qui soupira en se levant pour aller éteindre la télé. Quand c'est comme ça, on ne peut rien y faire. » Mais elle garda un certain temps l'habitude de caler tous les soirs une chaise contre la porte.

Quant à Amy, elle y repensait sans cesse. Dans son lit, en attendant de s'endormir, avec le clair de lune qui faisait scintiller le givre sur les vitres, elle imaginait indéfiniment la scène : l'adolescente, vêtue de son chaud blouson vert, qui s'étalait dans l'allée, ses affaires de classe projetées sur le sol gelé ; la mère qui sortait en courant de la maison. « Tu t'es fait mal, mon lapin ? » La mère devait avoir l'air fatigué, mais elle était jolie, pensait Amy, et elle ramenait sa fille à l'intérieur en la soutenant, elle l'aidait à retirer son blouson qu'elle suspendait dans l'entrée. Amy se représentait Debbie allongée sur le canapé tandis que sa mère lui apportait une couverture, posait un baiser sur son front bombé, écartait de son visage les cheveux bouclés. Peut-être lui disait-elle : « Si on sonne à la porte, ne va pas ouvrir. »

Le chien, Amy le voyait de petite taille, le genre à s'exciter dès que des inconnus approchaient, à bondir en tous sens, rebroussant les tapis, peut-être aux dépens d'une ou deux plantes vertes, mais un animal qui restait tranquille s'il savait que tout allait bien. Et ce matin-là, il était peut-être couché sur le canapé avec Debbie qui lui grattait la tête en regardant des jeux à la télévision. Ensuite, elle avait dû avoir faim, se disait Amy — après tout, elle n'était pas malade —, elle la voyait donc se lever, aller à la cuisine et fourrager dans les placards, trouver des biscuits salés et des chips et retourner les manger sur le canapé tandis que le soleil hivernal entrait par la fenêtre et pâlissait l'écran de télé.

Et à présent, elle était morte, sans doute.

Arlene Tucker avait un beau-frère dans la police et, d'après elle, la plupart des kidnappeurs tuent leurs victimes au cours des premières vingt-quatre heures. Isabelle en avait fait part à Amy en rentrant de la fabrique.

Donc, vraisemblablement, Debby Kay Dorne était morte. Amy ne parvenait pas à s'en remettre. Elle ne la connaissait pas, elle ne connaissait personne qui la connaisse, mais elle ne se remettait pas de l'idée qu'elle pouvait être morte. Après s'être habillée ce matin-là pour aller en classe, être sortie de la maison en serrant contre elle son classeur (tout griffonné de fleurs, de cœurs et de numéros de téléphone, imaginait Amy qui se tournait et se retournait dans son lit), en pensant que c'était un ennuyeux mardi d'hiver comme les autres, et sans se douter le moins du monde, évidemment, qu'elle allait se faire kidnapper. Dans une bourgade de la région, une petite fille ne se faisait pas kidnapper chez elle en regardant la télé avec son chien. Et pourtant si, puisque c'était exactement ce qui venait d'arriver à Hennecock.

« Ils ont organisé des équipes de recherche », raconta Amy à Stacy le lendemain, dans le bois. Il faisait un froid épouvantable et elles crachaient des nuages d'haleine, recroquevillées dans leur manteau, les poings au fond des poches. « Les volontaires ont formé une équipe. D'après ma mère, ça se peut même que le kidnappeur en fasse partie. Ça fout le frisson, non ? »

Mais Stacy ne s'intéressait pas à Debby Dorne. Ses lèvres charnues tremblantes de froid, elle contemplait les pins aux aiguilles recouvertes de neige gelée. « Si seulement quelqu'un pouvait m'enlever, dit-elle d'un ton rêveur.

— Mais elle risque d'être morte !

— Peut-être qu'elle en a eu marre de tout et qu'elle s'est tirée. » Stacy donna un petit coup de pied au bas d'un arbre.

« Personne ne croit à une fugue, répondit sérieusement Amy. À douze ans, on s'enfuit pas de chez soi.

— Quelle blague ! Elle a pu aller à Boston en stop.

— Comment elle se débrouillerait à Boston ? » Amy avait fait un voyage à Boston avec sa classe de cinquième. Par la fenêtre du car, elle avait vu des hommes vautrés sur les marches des édifices, dormant sur des bancs dans les jardins publics, des hommes immondes à la chevelure crasseuse, avec de vieux journaux ficelés autour des pieds. Lorsqu'elle était rentrée ce soir-là, Isabelle s'était écriée : « Ce que je suis contente de te voir revenir ! J'avais peur qu'on te tire dessus. »

« Elle pourrait se prostituer. Dormir dans la gare routière, je sais pas, moi. Ce qu'on fait quand on s'enfuit. » Stacy s'assit avec précaution sur le bord du tronc couvert de neige, en envoyant en arrière d'un mouvement de tête ses cheveux roux et raides. « Moi, si je me barrais, je tiendrais bon. » Elle regarda Amy et grimaça. « Je suis pas sûre d'avoir faim. »

Amy tira de sa poche le paquet de crackers qui composait leur déjeuner. Des crackers salés avec du beurre de cacahuètes et de la confiture. En les déballant, ses doigts glacés lui firent mal.

Stacy jeta sa cigarette et l'écrasa dans la neige, puis elle se mit à grignoter son cracker du bout des dents, à son habitude.

« En tout cas, poursuivit Amy, incapable d'écarter Debby Dorne de ses pensées, ils ont interrogé la famille et tous les gens qui la connaissaient, et ils sont pratiquement certains qu'il ne s'agit pas d'une fugue. La police l'a dit tout de suite. Ils pensent que c'est un acte crapuleux. Qu'elle a été enlevée. Elle n'avait pas de problèmes en classe ni à la maison, elle était heureuse.

— Foutaises. » Tout en grignotant, Stacy serrait contre son cou le col de son caban bleu marine. « Y a personne qui est heureux à douze ans. »

Amy médita cette affirmation en mangeant elle-même l'un des crackers et savourant l'acidité de la gelée de groseilles ; le premier lui ouvrait toujours l'appétit. Quand elle aurait fumé une autre cigarette, sa faim se calmerait.

« Moi, je l'étais pas, c'est sûr. Et toi ? » Stacy leva la tête pour suivre des yeux une corneille qui s'envolait d'un épicéa aux branches alourdies par la glace.

« Non. »

Stacy donna un brusque coup de coude à Amy. « Bagnole. Baisse-toi. »

Elles s'accroupirent derrière le tronc. Le bruit de la voiture sur le gravier gelé de la chaussée se rapprochait. Les yeux rivés sur le mégot écrasé dans la neige, Amy attendit. Maintenant qu'elles n'avaient plus pour les cacher que les branchages des conifères, elles étaient plus visibles de la route. Quelqu'un qui passait en voiture pouvait les apercevoir. À l'automne, lorsqu'elles avaient découvert ce coin, la densité des feuillages agités par la brise leur assurait la discrétion ; le tronc abattu, à hauteur de taille et bien sec, était parfait pour s'y asseoir.

C'était une auto bleue. « Merde, ça pourrait être Puddy, dit Stacy avec un regard en biais en parlant du proviseur. Ça va, il a pas tourné la tête. »

Elles se relevèrent et s'adossèrent au tronc. « Tu crois vraiment que c'était Puddy ? » demanda Amy. Si elles se faisaient prendre à fumer, elles écoperaient d'un renvoi temporaire du lycée ; c'était impensable qu'Isabelle se l'entende annoncer au téléphone, assise devant sa machine à écrire au bureau.

Stacy haussa les épaules. « J'ai pas bien vu. De toute façon, toi, il te reconnaîtrait pas. Personne pourrait soupçonner Amy Goodrow de déconner. Remonte quand même ta capuche, conseilla-t-elle en jetant à Amy un regard critique. Avec le foutu paquet de cheveux que tu as. » Mais elle le fit elle-même sans lui en laisser le temps, le cracker entre ses dents tandis qu'elle rabattait la capuche sur la tête de son amie. Le bout de ses doigts glacés effleura la joue d'Amy.

« Karen Keane, je parie qu'elle était heureuse à douze ans », dit Amy en se rappelant la maison blanche dans Valentine Drive.

Stacy tira deux cigarettes de l'étui à Tampax en plastique qui lui servait toujours de cachette. « Karen Keane, elle baiserait un rocher avec un serpent en dessous. Je peux pas croire que je fume alors que j'ai tellement mal au cœur. C'est débile. » Pour exprimer son dégoût d'elle-même, elle secoua la tête en abaissant ses lourdes paupières où l'eye-liner bavait au coin d'un œil. « On fait vraiment une paire de cinglées, de traîner ici dans ce froid bestial.

— Est-ce que les autres te trouvent bizarre de passer l'heure du déjeuner avec moi ? » laissa échapper Amy. Cette question non préméditée lui coûta un martèlement d'angoisse dans la poitrine.

Stacy époussetait des brins de tabac sur sa manche. Surprise, elle leva les yeux. « Qui ça, les autres ?

— Tu sais, tes copains, Karen Keane et la bande. »

Stacy la dévisagea. « Non. Pas du tout. » De la neige gelée tomba d'une branche et atterrit avec un bruit sourd. Elles observèrent la corneille qui changeait de perchoir. « Personne ne me trouve bizarre de passer l'heure du déjeuner avec toi, reprit Stacy. Tu as vraiment une mauvaise image de toi-même, Amy.

— Peut-être. » Du bout de son pied botté, Amy fit tomber la neige d'un rocher de granit. Ses bottes étaient en faux cuir. Elle les détestait, elle détestait cette matière synthétique qui ne s'éraflait même pas quand elle la raclait sur de la pierre, qui ne lui moulait pas le pied comme le faisait le cuir véritable de celles de Stacy, cette matière qui restait toute raide et sans grâce, indestructible.

« Les gens versent des fortunes à mon père à cause de leur mauvaise image d'eux-mêmes. » Sur le point de prendre leurs deux cigarettes entre ses lèvres, Stacy se mit à rire. « Tu imagines un peu, aller voir *mon père* pour se réconcilier avec soi-même ? Y a vraiment de quoi rigoler. » Elle alluma les cigarettes et en tendit une à Amy. « Quelle connerie. Tout est de la connerie. » Stacy souffla sa fumée par le nez. « Tu veux que je te dise ce que je pense d'eux ?

— De qui ? » demanda Amy. Le froid lui brûlait les doigts.

« Karen Keane et toute la bande. C'est des nuls. »

Un œil fermé contre la fumée qui se rabattait sur son visage, Stacy posa l'autre sur Amy. « C'est des nuls. Des débiles. Et pas toi. Tu es la seule personne que je connais qui soit pas une foutue débile. »

Le mois de février suivait son cours. Les jours mornes et froids se succédaient. Le ciel était souvent de la même couleur que les champs couverts d'une neige fatiguée aux abords de la ville, formant un paysage uniforme à l'infini, rompu seulement par les arbres noirs qui bordaient l'horizon, ou par le toit creusé d'une vieille grange rouge. Puis survenait un redoux, un jour lumineux : le ciel d'azur, le soleil sur les branchages dégoulinants, un monde scintillant où l'on entendait les talons claquer sur le trottoir de Main Street, où la neige fondue coulait en petits ruisseaux sur le bord de la route.

« C'est par ce genre de journée qu'un malheureux se suicide », dit Isabelle d'un ton assuré, assise toute droite dans le box de la cafétéria. C'était samedi après-midi, elles prenaient un café chez Leo, près du pont. Les rayons du soleil frappaient la devanture, éclairaient le Formica bleu de leur table et ricochaient sur le métal du petit pot que tenait Isabelle.

« Selon les statistiques, poursuivit-elle tout en ajoutant un peu de lait dans sa tasse, la plupart des suicides se produisent juste après un coup de froid. Le premier jour de beau temps. »

Amy avait envie d'un autre doughnut. Elle mangeait lentement le premier au cas où sa mère dirait non.

« Je me souviens de quelqu'un que je connaissais quand j'étais toute jeune. » L'air songeur, Isabelle hocha la tête. « Un homme très discret. Sa femme était enseignante. Un soir, en rentrant, elle l'a trouvé mort dans le couloir. Le pauvre, il s'était tiré une balle dans la tête.

— C'est vrai ? dit Amy en levant les yeux vers sa mère.

— Oui, hélas. Quelle tristesse.

— Mais pourquoi il avait fait ça ?

— Je n'en sais rien, ma chérie. » Isabelle tourna la cuillère dans son café. « En tout cas, le couloir était tout sali, paraît-il. Il a fallu repeindre un mur. »

Amy lécha des miettes sur ses doigts. « J'ai jamais vu un mort », dit-elle.

Un beignet attendait sur l'assiette d'Isabelle. Elle le trancha avec son couteau et en cueillit délicatement un morceau entre le pouce et l'index.

« Les morts, est-ce qu'ils ont simplement l'air de dormir ? » demanda Amy.

Isabelle fit un signe de dénégation en avalant sa bouchée. Elle se tapota la bouche avec sa serviette en papier. « Non. Les morts ont l'air mort.

— Mais en quoi c'est différent d'avoir l'air de dormir ? Le grand-père de Stacy Burrows, il est mort dans son lit, et sa grand-mère l'a laissé comme ça toute la matinée parce qu'elle croyait qu'il dormait.

— À mon avis, la grand-mère de Stacy a besoin de changer de lunettes, répliqua Isabelle. Quelqu'un qui est mort, on voit qu'il n'est plus là. Sors ton doigt de ta bouche, s'il te plaît. On ne se cure pas les orifices en public. »

Mais Amy était toute au plaisir du soleil, de la saveur de son beignet, de la buée sur la vitre et de l'odeur du café. Elle pensa que sa mère devait partager ce bien-être : la ride qui se creusait constamment entre ses sourcils, tel le sillage d'une mouette, s'était effacée et elle accepta de lui payer un second beignet.

« Mais prends aussi du lait, dit Isabelle. Deux beignets, ça fait beaucoup de graisse. »

Mangeant en silence, elles regardaient autour d'elles, et à travers la devanture les passants dans Main Street. Ce qui plaisait à Amy dans cette cafétéria, c'était de s'y sentir normale. Toutes deux, elles avaient l'air normales : une mère et sa fille un samedi après-midi. Amy avait l'impression de ressembler aux images d'un catalogue de Sears. Et il y avait vraiment du printemps dans l'atmosphère. Le soleil se réfractait sur les ailes des voitures garées devant chez Leo, la neige mouillée se transformait en bouillasse. Isabelle s'écarta de la table et se mit à tripoter sa serviette.

« Pourquoi est-ce qu'elle serait allée ouvrir ? finit par dire Amy en repoussant son assiette après avoir terminé son beignet. Puisque sa mère lui avait interdit de le faire. »

Isabelle hocha la tête. « Eh oui, c'est bien le problème. Je t'interdis d'ouvrir, mais supposons que tu sois toute seule à la maison et qu'Avery Clark téléphone, qu'il t'annonce que j'ai eu un accident et qu'il va passer te chercher pour t'emmener à l'hôpital. Tu irais avec lui, hein ?

— J'imagine.

— Jamais Avery ne te ferait du mal, enchaîna Isabelle. Il ne ferait pas de mal à une mouche. Je te donnais seulement un exemple. » Elle glissa de la monnaie sous le rebord de sa soucoupe ; elle n'aimait pas laisser le pourboire en vue. « On y va ? »

Elles s'avancèrent lentement sur le trottoir, telles une mère et une fille normales, regardant les vitrines, la tête penchée l'une vers l'autre, montrant du doigt une paire de chaussures, un sac à main, une robe que d'un commun accord elles jugeaient importable. De tels moments, pour Amy, c'était le paradis.

Ils étaient rares.

Le temps d'atteindre le parking de l'A&P, le bien-être avait fait long feu. Amy le sentit se dissiper. Cela tenait peut-être simplement à ses deux beignets qui gonflaient dans son estomac plein de lait, mais elle était prise d'une lourdeur, d'une sensation familière de reflux. Tandis qu'elles roulaient sur le pont, la clarté diurne du soleil virait aux ors de la fin d'après-midi ; chargée de mélancolie, la lumière dorée baignait les rives du fleuve et provoquait chez Amy une poussée de nostalgie, un douloureux désir de joie.

« Fais-moi penser à laver des collants », dit Isabelle.

À l'A&P, il y avait de la sciure par terre, mouillée et salie autour de la porte par le piétinement des clients venant du dehors. L'une des roues du chariot que poussait Amy était voilée et elle faisait trembler la carcasse métallique. « Finissons-en vite », soupira Isabelle en scrutant la liste qu'elle tenait à la main. Elle aussi, elle avait changé d'humeur, et Amy s'en sentait responsable, comme si elles étaient démoralisées par sa faute. Comme si les deux doughnuts qu'elle avait engouffrés leur pesaient à toutes les deux.

Le supermarché lui donnait envie de pleurer ; elle était assaillie ici par un mélange d'espoir et de désespoir — l'espoir que recelaient aux alentours toutes ces cuisines inondées de lumières vives, où le téléphone sonnait au mur, où l'argenterie tintait sur la table, où des casseroles fumaient sur le feu, et le désespoir de ces innombrables rangées de boîtes de betteraves et de maïs. Des gens fatigués, moroses, qui poussaient leur chariot.

« Oh, miséricorde, dit tout bas Isabelle, les yeux rivés sur la boîte de thon qu'elle tenait. Voilà cette horrible personne. »

Il s'agissait de Barbara Rawley, une grande femme vêtue d'un manteau long, laquelle examinait les sauces de salade, un doigt ganté posé sur le menton. Isabelle voyait en elle une vipère dressée sur sa queue, Amy la trouvait magnifique ; elle tourna vers elles de grands yeux bruns, ses cheveux brillaient comme sur une publicité pour du shampooing. Elle portait des perles fines sur le lobe rosi de ses oreilles, et son rouge à lèvres bordeaux rehaussait la blancheur des dents que révéla son sourire.

Mais ce n'était pas un vrai sourire, il ne venait pas du cœur. Cela, Amy le perçut aussi bien qu'Isabelle. C'était seulement un sourire d'épouse de diacre lorsqu'elle rencontre des membres de sa congrégation ; avivé, peut-être, d'une certaine curiosité. « Tiens, bonjour, dit-elle posément.

— Bonjour, Barbara. Comment allez-vous ? » Le ton d'Isabelle était plutôt sec.

« Mais très bien, merci. » On aurait dit que Barbara Rawley investissait ces mots d'une signification particulière. Son regard se transféra d'Isabelle à Amy. « Excusez-moi. Votre nom m'échappe.

— Amy.

— Bien sûr. Amy. » Le sourire encadrait toujours les dents éclatantes. « N'êtes-vous pas au lycée dans la même classe que mon fils Flip ?

— Oui, pour le cours de maths. » Amy baissa les yeux sur le bocal d'olives dans la main gantée de Barbara Rawley.

« Alors, mesdames, que faites-vous ce soir ? » demanda cette dernière avec une expression d'intérêt un peu trop accentuée.

Cette question au sujet de leur soirée fit à Amy autant qu'à Isabelle un effet cinglant, et elles échangèrent un regard désemparé. Car c'était bien une forme de gifle — comment croire à autre chose de la part de cette femme à la bouche parfaite, qui les narguait avec son bocal d'olives ?

« Oh, répondit Isabelle, ce qui se présentera, vous savez. »

Un ange passa. La gêne était réelle. Et c'était à

cause d'elles, Amy en avait la conviction. Barbara Rawley aurait pu parler plus agréablement avec pratiquement n'importe qui d'autre.

« Eh bien, reprit Isabelle, je vous souhaite une bonne soirée », sur quoi elle s'empara du chariot et s'éloigna dans l'allée.

Amy lui emboîta le pas. « Elle est vraiment jolie », dit-elle en saisissant sur un rayon les crackers garnis de beurre de cacahuètes et de gelée de groseilles qu'elle mangerait avec Stacy en guise de déjeuner.

Isabelle ne répondit pas.

« Tout de même, elle est jolie, tu ne trouves pas ? » insista Amy.

Isabelle mit dans le chariot un paquet de viande hachée. Elle vira dans une autre allée. « À condition d'apprécier une apparence artificielle, les femmes maquillées, on peut sans doute la trouver jolie. Personnellement, je ne suis pas de cet avis. »

Amy se balança d'un pied sur l'autre tandis que sa mère prenait des betteraves en conserve. Pour sa part, elle aimait bien le maquillage. Elle avait envie de se maquiller, beaucoup. Et de se parfumer — elle voulait être l'une de ces femmes dont on hume le parfum quand on les croise.

« Je voulais dire simplement qu'elle pourrait être jolie si elle se fardait moins, concéda-t-elle, ennuyée de voir Isabelle froncer les sourcils devant les boîtes de Raisin Bran.

— Elle doit avoir des gens à dîner ce soir. Elle va offrir ces olives dans des coupelles en argent. Elle pourra raconter à ses invités qu'elle a rencontré Isabelle Goodrow aujourd'hui, et ça les fera encore bien rire que j'aie décoré le temple avec des feuillages d'automne et non des chrysanthèmes. »

Amy avait oublié cette histoire. Sa mère avait été vraiment blessée par les remarques de Barbara Rawley ce jour-là après le culte, tandis qu'elle buvait un café avec les autres dans la salle de réunion, et deux taches rose vif lui étaient montées aux joues. Elle avait les mêmes en ce moment, en allongeant le bras vers un pot de compote de pommes.

« Tiens-toi droite, dit Isabelle en lisant d'un air renfrogné l'étiquette sur le bocal. C'est terrible, ta manie de te voûter. Et va nous chercher un autre chariot. Cette roue tordue me tape sur les nerfs. »

Dehors, la nuit était tombée, la vitrine était toute sombre à l'exception des affichettes blanches qui annonçaient les produits en promotion ; les portes automatiques chuintaient au passage des clients, des commis en veste rouge A&P poussaient des chariots pleins à ras bord sur le tapis caoutchouté. Amy prit un chariot vide dont la poignée enrobée de plastique gardait la chaleur des mains de quelqu'un d'autre, et elle vit Barbara Rawley dans une file d'attente aux caisses, son bocal d'olives serré contre son cœur, la physionomie avenante et sereine, le regard au loin comme si elle était plongée dans une prière heureuse.

Avait-elle des gens à dîner ce soir ? Amy se dit que ce pouvait être vrai. Sa mère ne recevait jamais personne à dîner — et une pensée subite lui harponna le cœur : Isabelle n'était presque jamais invitée où que ce fût. *Alors, mesdames, que faites-vous ce soir ?* Rien. D'autres habitants de Shirley Falls feraient des choses ; Barbara Rawley aurait de la porcelaine étincelante sur sa table, Stacy sortirait avec un petit ami, ils iraient peut-être à une fête. (Il y en avait parfois des échos le lundi au lycée, un garçon tapait sur l'épaule d'un autre en riant : « Devine qui a foutu du vomi partout dans ma bagnole. »)

C'était triste. Isabelle menait une vie complètement retirée. Amy aperçut sa mère, solitaire, le visage sérieux et pâle, penchée dans son manteau informe sur les cartons de lait dont elle vérifiait la date. « Maman, lança-t-elle en s'approchant avec le second chariot, toi aussi, tu es jolie. » Elle ne pouvait rien faire de plus bête, car cette affirmation fallacieuse et gauche sembla se répercuter dans le silence qui suivit.

Isabelle consulta sa liste et finit par dire : « Va voir si tu peux dénicher du papier hygiénique, tu veux bien ? »

Il faisait froid dans la voiture sur le chemin du retour, au long des petites rues. À la sortie de la ville, les maisons devenaient de plus en plus petites et isolées, parfois plongées dans le noir. Devant l'une d'elles, une lampe allumée au-dessus de la porte du garage projetait un arc de lumière sur les plaques de neige de l'allée, et Amy repensa à Debby Dorne. Une fois de plus, elle imagina sa chute, à cause de quoi elle était restée à la maison à regarder la télé, étendue sur le canapé. Le coup de téléphone de sa mère à deux heures de l'après-midi, Debby allant décrocher dans la cuisine.

Amy se redressa ; l'auto commençait enfin à se réchauffer. Elle songea que c'était peut-être au moment où Debby regagnait le séjour qu'elle avait entendu une voiture rouler dans l'allée et qu'elle était allée à la fenêtre jeter un coup d'œil. Son cœur avait peut-être battu plus vite jusqu'à ce qu'elle reconnaisse la voiture, ou la personne qui en descendait. La petite fille avait peut-être pensé : « Oh, ce n'est que lui », et elle avait ouvert la porte d'entrée.

Elle contemplait la nuit à travers le pare-brise. Une auto arriva en face, ses phares devinrent aveuglants, elle passa et disparut. Il devait encore faire jour au moment où Debby avait quitté la maison, mais pas pour longtemps. L'auteur de l'enlèvement avait dû l'emmener en voiture ; avaient-ils roulé dans le noir ? Il y avait tant de petites routes qu'on pouvait faire des kilomètres sans voir une maison.

Amy se rongea un ongle. Debby avait dû se rendre compte qu'il se passait quelque chose d'anormal, que ce chemin ne conduisait pas là où cette personne avait dit. Se rendre compte qu'elle n'allait pas rentrer chez elle. Amy frissonna sous le souffle chaud qui lui effleurait les jambes. Debby pleurait peut-être, assise à l'avant. Elle avait sûrement fini par se mettre à pleurer. Elle avait plaqué les mains sur ses yeux et crié : « Oh, s'il vous plaît, je veux ma maman ! »

Amy se tapota les dents du bout de l'ongle. Peu importait si on était samedi soir et si Barbara Rawley avait des invités. Ce qui comptait, c'était d'être avec sa mère. C'était tout ce qui comptait au monde — qu'elles soient ensemble, en sécurité.

« Arrête de te ronger les ongles, dit Isabelle.

— Je réfléchissais à Debby Kay Dorne », répondit Amy en retirant docilement son doigt de sa bouche et en posant la main sur ses genoux. « Je me demandais ce qu'elle pouvait penser en ce moment.

— Rien. » Isabelle mit son clignotant et tourna dans le chemin d'accès.

Le froid les accueillit dans la maison. Amy s'avança dans la cuisine avec un sac de provisions en papier brun calé sur la hanche, comme on tient parfois un petit enfant. Par le passé, il lui était arrivé de se raconter que le sac était vraiment un enfant, son enfant, et de le faire doucement sauter sur sa hanche, mais aujourd'hui elle se borna à le poser sur le plan de travail. Elle était fatiguée, un peu sonnée, même.

Isabelle la regarda enfiler un chandail. « Tu as besoin de te nourrir », dit-elle.

Mais, le lundi, Mr. Robertson trouva sa robe jolie, et ensuite rien ne fut plus pareil. Tant pis pour Debby Dorne (qui était peut-être encore en vie —

Isabelle et Arlene Tucker pouvaient se tromper), et quel délice que ce soleil doré de février qui pénétrait dans la cuisine où Amy faisait ses devoirs ! Elle entendait encore la belle voix grave, confidentielle : « Il faut qu'une femme apprenne à recevoir les compliments avec grâce. » Par la fenêtre, Amy regarda une mésange charbonnière sautiller au long d'une branche de pin. Une femme. Elle se régalait de la féminité impliquée dans la phrase de Mr. Robertson, une féminité délicieuse qui la concernait.

Ça changeait tout, d'une certaine façon. Elle caressa du doigt le bord de la table. Son soutien-gorge cessait d'être à ses yeux un ridicule accessoire acheté par correspondance, pour devenir de la lingerie. Et ses règles n'étaient peut-être plus si choquantes. Toutes les femmes les avaient. (Y compris la jolie Barbara Rawley.) C'était agréable d'être une femme. Mr. Robertson, de son ton doux et omniscient, se chargeait de le lui enseigner. Il pensait qu'elle en valait la peine.

Il faut qu'une femme apprenne à recevoir les compliments avec grâce. Elle abandonna ses devoirs pour monter dans sa chambre s'exercer devant la glace. « Merci, dit-elle (avec grâce). Merci infiniment. » Elle coiffa en arrière ses cheveux ondulés, en tournant la tête à droite et à gauche. « Merci. Vous êtes très aimable. »

On frappa à sa porte. « Tu vas bien ? cria Isabelle derrière le battant. À qui est-ce que tu parles ?

— À personne. Je ne t'ai pas entendue rentrer.

— Je prends une douche, et puis je mets le dîner en route. »

Amy attendit que sa mère soit dans la salle de bains. Mais, rendue prudente, elle poursuivit tout bas ses exercices. Le chant d'un bouvreuil lui parvenait du dehors. Un rayon de soleil couchant tombait en travers du lit. Elle s'adressa dans le miroir un sourire gracieux. *Oui, merci. C'est très gentil.* Elle baissa lentement les paupières. *Comme c'est gentil, ce que vous venez de me dire.*

5

La rencontre avec Barbara Rawley au supermarché avait touché Isabelle au vif, et elle avait passé cette soirée de samedi dans l'énervement, à imaginer un grand dîner chez les Rawley : le vin chatoyant dans les verres à la lumière des bougies, le brouhaha léger autour de la table — et l'horrible pensée que son nom pourrait venir sur le tapis. (« J'ai croisé Isabelle Goodrow à l'A&P, tout à l'heure. Je la trouve bizarre. » Et quelqu'un répondrait, en piquant une olive avec un cure-dent : « Cette idée de décorer l'autel avec des feuillages d'automne ! » Des rires, le tintement des couverts. « On se serait cru dans une étable ! »)

Atroce.

Et l'absence d'Avery Clark au temple le lendemain ne fit qu'aggraver les choses. C'était très inhabituel : tous les dimanches ou presque, Avery prenait place avec sa femme Emma dans la troisième rangée. Isabelle, à qui sa mère avait appris jadis que s'asseoir à l'avant signifiait qu'on ne venait là que pour se faire voir, s'était mise discrètement vers le fond et chercha des yeux Avery par-dessus les épaules parsemées de pellicules et les têtes des fidèles ; mais elle ne le trouva pas.

Sur le chemin du retour, la neige se mit à tomber. De petits flocons, mesquins et grisâtres, étoilèrent le pare-brise et firent paraître la journée aussi interminable et sinistre que la route. Les Clark aussi avaient peut-être été invités à dîner et ils avaient si bien festoyé que ce matin, ils étaient restés au lit. Tout le reste de la matinée, Isabelle rumina cette idée en vaquant à ses occupations dans la maison. À midi, il y faisait aussi sombre que si c'était le soir, à cause du ciel plombé, et la neige se mua en pluie, des gouttes irrégulières qui coulaient le long des vitres.

Plus tard dans l'après-midi, alors que la pluie était devenue un grésil glacial cinglant les fenêtres, Isabelle, debout devant la planche à repasser, retournait dans sa tête une autre supposition qui lui était venue entre-temps : Avery Clark s'était absenté. En repassant soigneusement la bordure de dentelle d'une taie d'oreiller, elle se demanda s'il était allé à Boston avec sa femme. Il y avait des gens de Shirley Falls qui allaient de temps en temps à Boston voir un ballet ou visiter un musée. Il y avait des gens qui allaient à Boston rien que pour faire les boutiques. Barbara Rawley la première. Et quelques autres épouses de diacres. Elles s'offraient le déplacement plusieurs fois par an, passaient la nuit dans un hôtel et revenaient le lendemain avec leurs achats, des chemisiers, des jupes, des colliers. De quoi s'habiller pour leurs fameux dîners, sûrement.

Dire que la femme du dentiste allait se faire coiffer à Boston ! Isabelle s'en souvint en pliant la taie d'oreiller et en attaquant la suivante. Elle avait glané cette information dans la salle d'attente du dentiste, et cela avait rendu encore plus intolérable le curetage de son canal de racine : être étendue la bouche ouverte dans le fauteuil de vinyl, avec le petit tuyau qui aspirait sa salive tandis que l'estomac du dentiste produisait des borborygmes tout près de son oreille — endurer ce supplice humiliant, rester ensuite plantée devant la réceptionniste avec la lèvre enflée et engourdie (on ne pouvait même pas savoir si on bavait ou non) et rédiger un chèque pour une somme astronomique en sachant qu'il servirait en partie à payer le prochain voyage à Boston de Mrs. Errin ! Rien que pour aller chez le coiffeur. Tandis qu'elle débranchait le fer et vidait l'eau dans l'évier, Isabelle imagina avec irritation, et une certaine tristesse, Emma Clark et Avery en train de se garer dans leur allée et de décharger la voiture — il porterait les valises et Emma le suivrait, chargée de sacs élégants pleins de nouveaux vêtements, de parfum coûteux, d'une paire de chaussures de luxe.

Mais ce n'était là que de vaines conjectures, des heures gaspillées à des pensées oiseuses. Car le lendemain matin, lorsque Isabelle reprit le travail et qu'elle entra dans le bureau d'Avery en lui demandant d'un ton enjoué : « Alors, vous avez passé un bon week-end ? » la réponse fut négative.

Il avait été saisi de maux de ventre, une espèce de virus, confia-t-il à Isabelle, et il décrivit les douleurs épouvantables qui l'avaient réveillé samedi matin. « Assez pénible, conclut-il, assis dans le fond de son fauteuil, les mains croisées derrière la tête, l'air tout à fait normal à présent.

— Eh bien, j'en suis navrée », dit Isabelle, soulagée de savoir qu'Avery Clark n'était pas allé se baguenauder à Boston ni dîner en ville, mais qu'il était resté cloîtré chez lui, courbé sur les toilettes, un verre d'eau gazeuse tiédasse à côté de son lit. « J'espère que vous vous sentez mieux, ajouta-t-elle. Vous paraissez tout à fait en forme. »

Même si cela n'avait pas été vrai, elle le lui aurait

assuré. Elle pensait que les hommes étaient plus perméables à la flatterie que les femmes, surtout en vieillissant ; elle avait lu des articles sur les problèmes intimes qui affectaient souvent le sexe fort, l'âge venant. Elle doutait qu'Emma Clark y fût sensible. Emma semblait surtout s'intéresser à Emma, et Avery devait en souffrir. « Ce genre de crise, cela peut être très éprouvant, poursuivit Isabelle. Cela peut vous mettre à plat. Avoir un effet déprimant.

— Oui, répondit Avery, l'air de ne pas avoir vraiment envisagé cet effet possible de son virus. Je suis content d'avoir repris le dessus. » Il sourit et plaqua les mains sur son bureau. « Content de m'en sortir indemne.

— Eh bien, je m'en réjouis aussi, et maintenant je me mets au travail. » Elle regagna sa table et, tout en tapotant ensemble une liasse de feuillets pour en aligner les bords, elle songea qu'il ne devait pas être réellement heureux en ménage.

Si elle était sa femme (elle inséra le papier dans sa machine à écrire et élimina Emma Clark grâce à une crise cardiaque foudroyante, pas le temps de paniquer ni de souffrir), Avery répondrait, en des circonstances semblables : « Un méchant virus, mais Isabelle s'est merveilleusement occupée de moi. » Car elle s'occuperait merveilleusement de lui, elle lui préparerait du bouillon et lui épongerait le front, elle disposerait des magazines à portée de sa main. (Elle fit une faute de frappe et chercha des yeux son flacon de correcteur.) Elle s'assiérait à son chevet et lui parlerait des oignons de jacinthes à commander, du rideau de la douche qu'il faudrait remplacer, elle en avait vu un en réclame, qu'en pensait-il... Il poserait sa main sur la sienne et dirait : « Je pense que j'ai de la chance d'être marié avec toi. » Oui, pensa Isabelle en mettant du blanc sur sa faute de frappe, elle saurait le rendre heureux.

Amy était de bonne humeur, elle aussi ; Isabelle

le remarqua dès qu'elle fut rentrée. Le visage juvénile de sa fille était tout rose et charmant tandis qu'elle l'aidait à préparer le dîner. Elle paraissait parfois d'une beauté saisissante ; comme en ce moment, où elle rayonnait en portant une assiette sur la table avec des gestes d'une grâce infinie.

« Aujourd'hui, tu sais, j'avais mis la robe que j'ai faite en cours d'économie domestique, dit Amy tandis qu'elles s'attablaient. Et j'ai eu des compliments.

— C'est agréable, dit Isabelle. Et de qui te sont venus ces compliments ? (Elle se félicitait de sa maîtrise de la syntaxe.)

— Oh, des gens. » Elle prit une grosse bouchée de pain de viande et se mit à mâcher, contemplant par la fenêtre d'un air radieux les dernières lueurs rougeoyantes du soleil de février. « Elle a plu à tout le monde. Tout le monde. »

Mais quand même, quelle enfant imprévisible ! Deux ou trois jours plus tard, au retour d'Isabelle, elle était grognon, presque hargneuse. « Comment s'est passée ta journée ? lui demanda-t-elle en posant ses clés sur la table.

— Comme ça », marmonna Amy. Elle ferma son livre de classe et recula sa chaise, s'apprêtant à sortir de la cuisine.

« Comme quoi ? » Isabelle ressentit une bouffée d'appréhension. « Qu'est-ce qui ne va pas ? » Elle ne pouvait trouver un semblant de tranquillité si sa fille avait des ennuis ; et elle-même n'avait pas eu une journée idéale, Avery Clark ayant été débordé et distrait.

Amy émit un grognement et se dirigea vers l'escalier. Isabelle la suivit. « Qu'est-ce qui ne va pas ? » demanda-t-elle de nouveau, en regardant les jambes de sa fille, longues et minces dans son collant noir, grimper les marches.

« Mais rien, répliqua Amy d'une voix tendue.

— Amy Goodrow, arrête-toi tout de suite. »

Amy se retourna et regarda sa mère du haut du palier, le visage fermé, sans expression, à demi caché par sa masse de cheveux.

« Je suis ta mère, reprit Isabelle saisie de désespoir, et tu n'as pas à me parler sur ce ton. Que cela te plaise ou non, nous vivons sous le même toit, et je travaille dur toute la journée, dans un emploi très inférieur à mes qualifications, rien que pour pouvoir te nourrir. » Elle s'en voulut aussitôt de ses paroles. Affirmer que son emploi était très inférieur à ses qualifications était absurde, elles le savaient toutes les deux. Isabelle n'avait pas été au bout de ses études supérieures. Elle ne pouvait guère prétendre à un meilleur emploi que le sien. Néanmoins, si elle n'avait pas terminé ses études, c'était parce que sa mère était morte et qu'elle n'avait personne pour s'occuper du bébé. C'était donc à cause d'Amy, cette péronnelle qui, en ce moment même, la toisait avec dédain. « Et chasse-moi cette expression de ton visage, lança-t-elle. J'aimerais que tu te montres aimable envers moi. J'aimerais un minimum de politesse dans ta façon de me regarder, et aussi de me parler. »

Le silence.

« Tu as compris ?

— Oui », répondit Amy d'un ton dont la froideur signifiait qu'elle trouvait sa mère odieuse, tout en coupant court à ses réprimandes. Isabelle se détourna pour suspendre son manteau dans le placard de l'entrée, et elle entendit se fermer la porte de la chambre d'Amy.

De tels moments l'inquiétaient. Par exemple que sa colère puisse s'enflammer si vite, provoquée par un simple regard de sa fille. Il fallait s'attendre aux sautes d'humeurs des adolescents ; c'était à cause de tous ces phénomènes hormonaux.

Isabelle s'assit à la table de la cuisine, le visage enfoui dans les mains ; quelle mauvaise façon d'aborder la soirée. Elle n'aurait pas dû perdre son sang-froid. Elle aurait dû se montrer patiente, comme le suggérait le *Reader's Digest* dans les articles sur les problèmes de l'adolescence. Du coup, Amy lui aurait peut-être expliqué ce qui n'allait pas. Bien sûr, elle souhaitait être une mère patiente. Mais c'était irritant, lorsqu'elle rentrait fatiguée de son travail, de subir la mauvaise humeur d'Amy. C'était irritant de penser aux sacrifices énormes (oui, vraiment énormes) consentis pour elle, et de la voir fermer ses livres et sortir de la cuisine simplement parce que Isabelle venait d'y pénétrer. Désirer que sa fille l'accueille gentiment, cela faisait-il d'elle une harpie ? Était-ce odieux d'avoir envie d'un simple « Salut, maman, tu as passé une bonne journée ? » de la part d'une personne à qui elle consacrait toute sa vie, pratiquement ? Sur ce, Isabelle entendit se rouvrir la porte de la chambre et elle respira plus aisément, sachant qu'elle allait recevoir des excuses et contente de n'avoir pas eu trop longtemps à attendre.

Car, de fait, Amy ne supportait pas que sa mère soit fâchée contre elle. Cela lui faisait peur, la désarçonnait ; elle avait l'impression de chanceler dans le noir. Elle descendit l'escalier silencieusement, pieds nus. « Je regrette, dit-elle. Je regrette sincèrement. » Parfois, sa mère répliquait : « Les regrets ne suffisent pas. »

Mais, ce soir, elle se borna à répondre : « Bon. Merci beaucoup. » Elle n'insista pas pour savoir ce qui n'allait pas, et si elle l'avait fait, Amy ne lui aurait rien dit.

C'était à cause de Mr. Robertson. Il l'avait complimentée sur sa robe, mais ensuite, plus rien. Et c'était devenu pareil à une sorte d'infection, le besoin désespéré qu'il la remarque. Chaque jour, elle se brossait les cheveux à l'approche de son cours, elle se pinçait les joues avant d'entrer dans la salle de classe. Chaque jour, elle avait en s'asseyant le cœur qui palpitait d'espoir. Et chaque jour, lorsque résonnait la sonnerie sans qu'il ait une seule fois croisé son regard, elle éprouvait une déception plus forte que toutes celles qu'elle avait connues auparavant.

« Je déteste le lycée, disait-elle à Stacy, dans le bois. Je déteste ma vie, je déteste tout. »

Stacy, la cigarette au bec, plissait les yeux dans la fumée et hochait la tête. « Moi aussi, je déteste tout. »

« Mais pourquoi ? » finit par lui demander Amy. Le mois de février s'achevait ; le temps était couvert mais doux ; la neige s'était amollie sous sa croûte et les bottes en cuir de Stacy se tachaient d'humidité. « Pourquoi est-ce que toi, tu détestes tout ? Quoi, tu es jolie, tu as plein de copains et surtout un petit ami. Comment ça se fait que tu te sentes aussi malheureuse que moi ? »

Stacy examina le bout de sa cigarette. « Parce que mes parents sont des enfoirés et mes copains, des débiles. Sauf toi.

— Oui, mais quand même... » Amy s'adossa contre le tronc et croisa les bras. Quelle importance que les parents et les copains soient des abrutis, du moment qu'on avait un petit ami ? Et celui de Stacy était formidable. Il n'en était pas trop question ici, dans le bois, mais Amy savait qui était Paul Bellows, qu'il habitait maintenant dans un appartement à lui, au-dessus d'une boulangerie de Main Street, qu'au lycée il avait été un grand joueur de football. Les pom-pom girls lui réservaient une acclamation spéciale. Un jour, il s'était cassé la jambe pendant un match et des gens avaient pleuré tandis qu'on l'emmenait sur un brancard. Il était grand, costaud, et il avait les yeux bruns.

« Il est idiot, déclara Stacy après mûre réflexion.

— Il a de beaux yeux. »

Stacy ne releva pas. Elle balança sa cigarette sous les arbres et garda les yeux fixés dans cette direction. « Il est assommant. Il pense qu'à aller au lit. »

Cette remarque fit un drôle d'effet à Amy. Elle tira à fond sur sa cigarette.

« Enfin, il n'est pas si mal, après tout, trancha enfin Stacy. Il est gentil avec moi. L'autre jour, il m'a payé du fard à paupières. » En y repensant, son visage s'éclaira. « Un turquoise génial.

— C'est chouette », dit Amy. Elle se mit debout ; son manteau était tout mouillé par-derrière. Une empreinte en creux marquait l'endroit où elle s'était adossée au tronc.

« C'est du fard de luxe, qui fait pas de paquets, ajouta Stacy. Je l'amènerai en classe demain. Je suis sûre qu'il t'irait bien. »

Amy écrasa son mégot. « Ma mère me tuerait si je me maquillais.

— Ouais, ben, tous les parents sont des enfoirés », conclut Stacy, pleine de sympathie, tandis qu'au loin retentissait la cloche du lycée.

Le vendredi, Mr. Robertson dit qu'il voulait lui parler après la classe. Amy avait tout fait pour l'y pousser. Elle perdait la tête, prête à tout, elle était devenue une autre. Au fil des jours, elle s'était mise à se demander pourquoi Alan Stewart, rien qu'en faisant cliqueter son stylo à bille après que Mr. Robertson l'eut prié de cesser, avait eu droit à la chance fantastique de passer une heure en tête à tête avec lui dans sa salle de classe après les cours. Pourquoi pas elle ? Terrence Landry avait hérité d'une retenue pour avoir soufflé dans un sac en papier et l'avoir fait éclater en sortant. Amy ne pouvait imaginer de taper dans un sac en papier gonflé d'air (une détonation étouffée, comme si on avait tiré sur quelqu'un à travers un édredon), elle ne se sentait même pas capable de faire fonctionner indéfiniment le déclic d'un stylo, mais les chuchotements de Maryanne Barmble à sa voisine avaient failli lui valoir la retenue. « Maryanne, avait lancé Mr. Robertson, si tu m'obliges encore une fois à te demander de te taire, tu resteras après la classe. »

Amy s'était donc mise à chuchoter à l'adresse d'Elsie Baxter, assise derrière elle. Il lui fallait du courage, ce n'était pas son genre. Mais la turbulente Elsie y mit du sien. Amy chuchota que les devoirs de la veille étaient plombants, merdiques. Du pipi couleur de pus, renchérit Elsie. « Silence, s'il vous plaît, mesdemoiselles. »

La tension devint épuisante. Amy était en sueur, saisie de picotements aux aisselles. Elle tourna de nouveau la tête vers Elsie. « Au moins, heureusement que c'est pas le cours d'éco do, chuchota-t-elle, avec cette andouille cagneuse. » Elsie se mit à glousser bruyamment. Mr. Robertson s'interrompit et les regarda fixement toutes les deux. Amy avait le visage en feu ; elle baissa les yeux sur son pupitre.

Mais lorsqu'il devint évident que la manœuvre n'aboutissait pas, lorsque Mr. Robertson se remit à tracer des lignes au tableau, le désappointement rendit Amy enragée. Elle se retourna pour adresser des roulements d'yeux à Elsie. « Amy, tonna la voix grave de Mr. Robertson, si je t'y reprends encore une fois, tu resteras après les cours. »

Le jeu était dangereux. Entre autres périls, le professeur risquait de retenir aussi Elsie. Mais le « encore une fois » recelait une promesse irrésistible. Amy jeta un coup d'œil à l'horloge — il lui restait vingt minutes. Son cœur tressautait dans sa poitrine, les chiffres se brouillaient sur sa feuille. Flip Rawley, son voisin, se tapotait la joue avec sa gomme d'un air absent. L'aiguille avança d'un cran. Amy faillit céder au désespoir, et elle aurait sans doute renoncé à sa tentative si, à cet instant, Mr. Robertson n'avait pas félicité Julie LaGuinn, au premier rang, pour sa réponse à la question qu'il venait de poser.

« Bravo, lui dit-il en martelant le bureau avec sa craie. Tu me fais un grand plaisir. J'aborde quelque chose de nouveau et tu te montres capable de suivre. »

Pour Amy, c'en était trop. Tant de fois la timidité l'avait empêchée de lever la main alors qu'elle connaissait la bonne réponse, et voilà que Julie LaGuinn se rengorgeait, avec un sourire écœurant de vanité, sous les éloges de cet imbécile. Amy se retourna vers Elsie. « Tandis que nous autres, on n'est sûrement qu'une bande d'abrutis. »

Ce fut le triomphe. « Très bien, Amy, tu viendras me voir après les cours. »

Couronnée par le succès, elle était morte de honte. Elle crut surprendre un regard en coin de Flip Rawley. Amy Goodrow en retenue ? Quand la sonnerie retentit, elle sortit tête basse.

Les cours suivants furent une épreuve : l'histoire, mortelle ; l'espagnol, insipide et interminable. Rien n'avait de sens, hormis le fait qu'à la fin de la journée, elle irait s'asseoir dans la salle de classe de Mr. Robertson. À la dernière sonnerie, elle se sentait à bout de forces, comme si elle n'avait rien mangé depuis très longtemps. Aux toilettes, elle s'examina dans la glace au-dessus des lavabos. C'était elle, ce reflet ? C'était ce que les gens voyaient lorsqu'ils la regardaient ? Les cheveux étaient beaux, mais le visage semblait vide de toute expression, et comment cela se pouvait-il alors qu'il se passait tant de choses en elle ? Elle poussa la porte, qui se referma derrière elle avec un bruit sourd.

Le couloir était désert. Jamais encore elle n'était restée après les cours, et le lycée lui parut tout différent. Sur le sol des salles de classe, les rayons obliques du soleil étaient d'un jaune plus dense ; le large rebord des fenêtres et les tableaux noirs poussiéreux avaient un air las et sympathique, comme ses vêtements, parfois, le soir à la maison. Le silence régnait, malgré les échos lointains de l'entraînement des pom-pom girls dans le gymnase.

Mr. Robertson était à son bureau sur l'estrade lorsqu'elle pénétra dans la salle. « Assieds-toi », dit-il sans lever les yeux.

Au lieu de gagner sa place habituelle, elle choisit un pupitre près du tableau et s'assit sans bruit, ne sachant trop comment se comporter. Elle tourna le regard vers la fenêtre ; des particules de poussière dansaient dans la lumière. Le claquement métallique d'un placard du vestiaire résonna au fond du couloir et, plus proche, le balai du concierge cognait dans la cage d'escalier.

Elle entendit Mr. Robertson lâcher son crayon sur le bureau. « Tu peux commencer à faire tes devoirs, si tu veux, dit-il gentiment.

— Non », répondit-elle en secouant la tête ; et tout d'un coup les larmes affluèrent à ses yeux. Vidée par son après-midi d'attente, elle était soudain en proie à une tristesse infinie, un effondrement. Elle resta inerte, les bras ballants sur les cuisses, loin de lui. Ses cheveux pendaient des deux côtés de son visage, elle ferma les yeux et sentit des larmes tièdes tomber sur ses mains.

« Amy. » Il s'était levé et venait à elle. « Amy », répéta-t-il en surgissant à son côté. Il prononçait son nom avec douceur et sérieux, de sa voix aux subtiles vibrations. Quelqu'un lui avait-il jamais parlé si sérieusement ? « Je comprends, Amy. Ce n'est pas grave. »

Il devait en effet avoir compris quelque chose, car les larmes ne semblaient pas l'inquiéter, ni même l'intriguer. Il s'assit auprès d'elle et lui tendit son mouchoir, un grand bandana rouge. Elle le prit, s'essuya les yeux et se moucha. Contrairement à ce qu'elle aurait cru, elle n'était pas au supplice de pleurer devant lui. Probablement parce qu'il ne manifestait aucun étonnement, et parce qu'elle surprit dans son regard une lassitude bienveillante. Elle lui rendit le mouchoir.

« Je connais un poème... », dit-elle enfin, et il sourit de sa façon de prononcer *pôemme*, de se tenir comme une enfant, les yeux encore humides et un peu rougis. Il percevait une innocence absolue, et quelque chose de meurtri.

« C'est un poème d'Edna St. Vincent Millay, poursuivit-elle en glissant ses cheveux derrière ses oreilles, et un jour j'y ai pensé pendant le cours. Ça commence par... euh... " Euclide seul vit de ses yeux la beauté pure ", je crois que c'est ça. »

Il acquiesça, les sourcils levés. « " Qu'ils se taisent, ceux qui pérorent sur la beauté. "

— Vous le connaissez ! » s'exclama-t-elle.

Il hocha de nouveau la tête, plissant le front d'un air songeur, comme s'il réfléchissait à des données imprévues.

« Vous le connaissez, répéta Amy. Je n'en reviens pas que vous connaissiez ce poème. » Pour elle, c'était comme si un oiseau venait de s'envoler de la boîte en carton où il avait été enfermé. « Vous en savez d'autres par cœur ? » Elle se tourna sur sa chaise pour lui faire face, si bien que leurs genoux se trouvèrent tout proches. « De Millay, je veux dire. Vous en connaissez d'autres ? »

Mr. Robertson la dévisagea, la bouche masquée derrière ses doigts. Puis il répondit : « Oui, j'en connais d'autres. Ses sonnets. " Le temps n'apaise pas ; vous tous avez menti... "

— ... Qui disiez que le temps soulagerait ma peine », acheva Amy en se trémoussant un peu sur sa chaise. Ses cheveux se libérèrent et captèrent le rayon de soleil qui tombait de la fenêtre, de sorte qu'elle vit Mr. Robertson à travers un brouillard doré ; elle vit la surprise et l'intérêt se peindre sur son visage, puis elle vit autre chose, quelque chose dont elle se souviendrait très longtemps : un remous tout au fond de ses yeux, comme si un ébranlement venait de se produire en lui.

Il se leva et alla à la fenêtre, les mains dans les poches de son pantalon. « Viens voir le ciel, dit-il avec un geste de la tête. Je parie qu'il va neiger, ce soir. » Il se tourna dans sa direction, puis de nouveau vers la fenêtre. « Viens voir », répéta-t-il.

Docilement, elle le rejoignit. Le ciel avait pris des airs farouches et poignants, envahi de nuées sombres, et le soleil hivernal, doré à cette heure du jour, semblait avoir rassemblé ses forces depuis le matin pour illuminer à présent l'amoncellement de nuages à l'ouest, si bien que leur masse sombre était bordée d'une lumière presque électrique.

« Ah, j'adore ces moments-là, s'écria Amy. Regardez ! » Elle montra du doigt les faisceaux de rayons obliques qui frappaient la croûte de neige dans la rue. « J'adore ça. En vrai, je veux dire. En peinture, ça me plaît moins. »

Il l'observait en mordillant sa lèvre moustachue.

« La vieille dame chez qui je faisais le ménage quand j'étais en cinquième, reprit-elle, une vieille dame de la paroisse, elle avait dans son salon des tableaux affreux, démodés. Un portrait de jeune fille qui avait l'air empaillée. Elle ressemblait à une pelote à épingles. Vous voyez le genre de tableau ? »

Il ne la quittait pas des yeux. « Peut-être. Continue.

— Ça me donnait la chair de poule, d'être là à épousseter les fauteuils sous son regard fixe. »

Changeant de position, Mr. Robertson s'adossa contre le rebord de la fenêtre, face à Amy, les chevilles croisées. Il se passa deux doigts sur la moustache avec une expression songeuse. « Je ne me serais jamais douté que tu pouvais être si loquace.

— Moi non plus », répondit-elle ingénument. Elle regarda dehors. Les nuages noircissaient, encore en lutte avec le soleil ; lumière et ténèbres se partageaient l'étendue du ciel. « En tout cas, reprit Amy (aux prises avec le foisonnement des pensées qui surgissaient dans son esprit), chez cette dame, il y avait un autre tableau tout aussi vieillot, avec un ciel entièrement sombre traversé par des rayons de soleil éclatant. Et au-dessous, une espèce de bataille avec des cavaliers ou un truc comme ça — vous savez, plein de petites silhouettes. Ce genre de tableau... »

Mr. Robertson inclina la tête. Il se retenait de sourire de la façon dont elle prononçait *tobleau*, dont elle avait dit *en tout cas*. « Oui ?

— Eh ben, ce genre de tableau, ça ne me plaît pas.

— Je vois.

— Le ciel a l'air trop fabriqué, trop dramatique. Tandis qu'en vrai... » De la main, Amy balaya le ciel au-dehors. « En vrai, c'est tout différent. Alors, j'adore quand il est comme ça. »

Mr. Robertson acquiesça. « *Chiaroscuro* », dit-il d'un ton professoral.

Elle lui jeta un coup d'œil et se détourna, déçue qu'il lui assène soudain ce terme étranger. Cela l'embrouillait, lui donnait l'impression d'être idiote.

« *Chiaroscuro*, répéta Mr. Robertson. C'est de

l'italien. Le clair-obscur. Le contraste entre la clarté et l'obscurité. » Il regarda le ciel derrière lui. « Comme ce qu'on a là. »

L'oiseau libéré qui prenait son vol, dont l'image était venue tout à l'heure à Amy, se mit à battre de l'aile. Mais Mr. Robertson la regarda gentiment. « Tu ne fais donc plus le ménage chez cette vieille dame ?

— Non. Comme elle est tombée malade, elle est partie dans une résidence médicalisée.

— Je vois. » Mr. Robertson s'assit sur le large rebord de la fenêtre, les mains posées de chaque côté du corps, le torse en avant. « Pourquoi est-ce que ça te déplaisait tant de travailler chez elle ? »

Le ton de la question donna l'impression à Amy qu'il avait vraiment envie de le savoir. Elle réfléchit avant de répondre. « Parce que c'était trop solitaire.

Il plissa les yeux, songeur. « Raconte-moi.

— C'était un endroit momifié, une espèce de musée. Je ne sais pas pourquoi elle me faisait venir une fois par semaine, il n'y avait jamais de saletés.

— C'est que tu faisais du bon travail », dit-il en souriant. Mais elle lui coupa la parole.

« La cheminée, par exemple. Sans jamais allumer le feu, la dame y gardait un tas de bûches de bouleau et, toutes les semaines, elle voulait que je les lave à l'eau chaude avec du détergent. Laver ces bûches... » Amy secoua la tête. « C'était bizarre.

— Cela paraît déprimant, acquiesça Mr. Robertson.

— Oui, déprimant. C'est ça, exactement. » Il la comprenait si bien !

« Et comment étais-tu tombée sur ce travail ? demanda-t-il avec curiosité, la tête inclinée sur le côté.

— Une petite annonce dans le bulletin de la paroisse. » En parlant, Amy se balançait légèrement d'avant en arrière, les mains croisées dans son dos.

Pouvoir s'épancher ainsi, c'était comme de boire l'eau d'une source. « Elle disait qu'elle avait besoin d'une aide ménagère, alors maman avait pensé que ce serait bien si j'y allais. Maman cherche toujours à faire bonne impression dans la paroisse.

— Laisse-moi deviner. » En ajoutant ce dernier élément à ce qu'il connaissait déjà, Mr. Robertson se recula un peu pour l'étudier. (Car Mr. Robertson prenait plaisir à étudier ce qui l'entourait — il aimait à se qualifier d'« observateur de la vie » —, et, pour le moment, il observait combien les bras à moitié cachés d'Amy Goodrow étaient frêles.) « Je ne sais pas pourquoi, je ne crois pas que tu sois catholique. Je dirais... l'Église congrégationaliste. »

Amy s'épanouit ; on aurait cru qu'il avait le don de seconde vue. « Comment vous le savez ?

— Il suffit de te regarder. Cela se voit. » Il se leva d'un bond et gagna le tableau qu'il entreprit d'effacer. « Tu te doutais que tu avais l'air d'une congrégationaliste ? » Son bras s'activait avec vigueur.

Elle s'avança lentement entre les pupitres et s'assit à la place habituellement occupée par Flip Rawley. « Non, répondit-elle avec franchise, parce que je ne sais pas du tout à quoi je ressemble. » Elle pinça une mèche de cheveux sur son épaule et l'examina en quête de bouts fourchus.

« À une biche. » Il posa l'éponge dans le réceptacle et s'épousseta les mains. « Une biche dans la forêt. » (C'était à cause de ses membres si fins.) « Mais on voit d'abord tes cheveux, bien sûr », ajouta-t-il.

Elle rougit et le regarda par en dessous, sur ses gardes.

« Non, sérieusement. C'est intéressant. » Il enfourcha à l'envers la chaise où s'asseyait de coutume Elsie Baxter. « Pendant quelque temps, dans le Massachusetts, j'ai enseigné à des élèves de sixième, et trois ans après j'en ai retrouvé beaucoup en troisième. C'est intéressant, ce qui se passe chez les filles de cet âge. Souvent, du jour au lendemain, elles deviennent bovines.

— Bovines, qu'est-ce que ça veut dire ? » Embarrassée par ces considérations sur le développement des adolescentes, Amy continuait d'examiner ses cheveux.

« Semblables à de lourdes vaches. Bovines. Et d'autres restent frêles et tout en jambes. Semblables à de jeunes biches.

— Une biche congrégationaliste », dit-elle pour dissimuler sa gêne. Elle rejeta sa chevelure derrière son épaule et respira à fond, comme si l'air lui manquait. Puis elle joignit les mains sur ses genoux.

« C'est ça. Une biche congrégationaliste. »

Le ton qu'il avait pris pour répéter ces mots amena Amy à lui sourire.

« Et quoi d'autre te déplaît, raconte-moi, reprit-il, les bras appuyés sur le dossier de la chaise d'Elsie Baxter. Tu n'aimes pas faire le ménage chez les vieilles dames. Quoi d'autre ?

— Je déteste les serpents. Je les déteste si fort que je ne supporte même pas d'y penser. » C'était la vérité. À la seule pensée d'un serpent, elle ne pouvait pas laisser ses pieds par terre hors de vue. Elle se mit donc debout et se dirigea nerveusement vers le fond de la classe, puis vers la fenêtre. Les nuages avaient presque entièrement envahi le ciel ; l'éclat du soleil couchant était réduit à un fragment lointain, au ras de l'horizon. Les rares voitures qui passaient avaient leurs phares allumés.

« Bon », dit Mr. Robertson. Il s'était retourné sur sa chaise pour la suivre des yeux. « Alors, ne parlons plus des serpents. Qu'est-ce que tu aimes ? »

Être ici avec vous, eut-elle envie de répondre. Elle passa la main sur le bois du rebord de la fenêtre. Par endroits, il se soulevait en petites boursouflures fendillées ; ailleurs, il était lisse et luisant des couches successives de vernis qu'on y avait appliquées.

« Les poèmes, je crois, répondit-elle au bout d'un instant. Enfin, ceux que j'arrive à comprendre. Y en a des tas que je ne comprends pas, et je me sens idiote.

— Tu n'as rien d'une idiote. Tu devrais chasser cette inquiétude de ton esprit.

— Merci, dit-elle sincèrement. Mais ce poème sur Euclide, par exemple. Je n'y avais jamais rien compris jusqu'au jour où vous avez parlé des triangles — vous savez, la beauté d'un triangle ou quelque chose comme ça. Encore maintenant, sans doute que la signification m'échappe. Ce mot *pérorer*, qu'est-ce que ça veut dire ? Tous ceux qui *pérorent* sur la beauté. »

Mr. Robertson se leva pour gagner son bureau. « Viens là », lança-t-il. Il tapotait un dictionnaire relié en cuir vert foncé, gros comme un catalogue de Sears.

« Il est beau, dit Amy en venant se planter à côté de lui.

— J'aime les mots. Comme “ clair-obscur ”. » Il jeta un coup d'œil à la fenêtre. « Fini le clair, à présent, plaisanta-t-il, plus que de l'obscur. Prends une chaise. »

Elle s'installa à côté de son fauteuil et, lorsqu'il lui tendit le dictionnaire en lui disant de chercher le mot « pérorer », ses doigts frôlèrent accidentellement la main d'Amy. En un éclair, elle éprouva un drôle d'élancement tel un sillon qui lui creusait le bas du ventre. Puis, tandis que la dernière lueur du soleil de février s'éteignait dans le ciel, assis côte à côte, ils courbèrent la tête sur le dictionnaire. Mr. Robertson avait le coin des yeux qui se plissait en entendant Amy se réciter à voix basse, furtivement, les lettres de l'alphabet pour trouver la lettre P.

Ensuite il y eut d'autres mots à élucider et, au bout d'un moment, le bruit du balai du concierge se tut, les pom-pom girls qui avaient claqué des mains et martelé le sol du gymnase rentrèrent à la maison.

Isabelle alluma la radio dans sa voiture. Les nuages noirs l'alarmaient ; ils semblaient trop sombres pour annoncer de la neige, mais quel autre genre de tempête pouvait-on avoir à cette époque de l'année ? Parfois, très rarement, il était question d'un passage de tornade. Tout en n'ayant qu'une vague idée de ce qu'était une tornade, Isabelle ne pensait pas qu'elle obscurcissait tout le ciel ; il lui revenait un souvenir de sa jeunesse, l'histoire d'une voiture qui roulait sur l'autoroute lorsqu'une tornade l'avait soulevée dans les airs, tandis que le ciel restait tout bleu à proximité. Elle ne se rappelait pas ce qu'il était advenu du conducteur, et doutait aujourd'hui de la véracité de ce fait divers. Elle tripota le bouton de la radio en quête d'un bulletin météo. Si c'était une grosse chute de neige qui se préparait, cela risquait de provoquer de nouvelles fuites à travers la toiture. Cette idée l'accabla. Elle serait obligée d'appeler Mr. Crane.

« ...la famille offre une récompense à quiconque fournirait une piste fructueuse dans l'affaire de l'enlèvement de Deborah Kay Dorne, disparue de chez elle le 10 février. Jusqu'ici, la police n'a parlé d'aucun suspect. »

La malheureuse famille. Isabelle secoua la tête. La pauvre mère. Elle éteignit la radio en s'engageant sur son chemin d'accès. Mais le silence la réfrigéra : il n'y avait pas de lumière à la maison.

« Amy ? appela-t-elle en ouvrant la porte d'entrée. Amy, où es-tu ? » En tombant sur la table de la cuisine, ses clés firent un bruit démesuré.

Elle alluma la lumière. « Amy ? »

L'interrupteur du séjour. « Amy ? »

Elle monta l'escalier. Amy n'était pas dans sa chambre. Ni à la salle de bains. Isabelle ouvrit le placard du couloir sur les piles de serviettes de toilette, trois rouleaux de papier toilette en ordre parfait.

L'hystérie la gagnait. Elle avait l'impression que de l'eau glaciale lui parcourait les bras et les jambes. Elle retourna au rez-de-chaussée, trébucha au bas des marches et se raccrocha au mur. Ce n'est pas vrai, se dit-elle. Non, ce n'est pas vrai. De toute évidence, l'auteur de l'enlèvement de la pauvre Debby Dorne était venu s'emparer d'Amy. « Amy ! » cria-t-elle.

Elle recommença, une pièce après l'autre, un placard après l'autre, une lumière après l'autre. Elle tendit la main vers le téléphone. Qui appeler ? La police. Le lycée. Avery Clark. Tous lui conseilleraient sans doute de s'informer auprès des amies de sa fille. Tous voudraient la rassurer : patientez un peu, elle va rentrer. Mais ça ne lui arrive jamais de ne pas rentrer à la maison tout de suite après la classe, gémit intérieurement Isabelle. Je connais ma fille, il s'est passé quelque chose de grave. Isabelle s'affaissa sur une chaise et se mit à sangloter. Des sons affreux sortaient de sa gorge. Amy, Amy.

Et soudain elle fut là. D'abord le bruit de ses pas sur les marches du perron, puis la porte ouverte à la volée. « Maman, tu vas bien ? »

Sa fille était devant elle. Cette fille dont l'absence avait noyé les entrailles d'Isabelle dans les eaux noires, insondables de la terreur, était plantée là dans la cuisine, les joues rouges, les yeux écarquillés. « Tu vas bien ? » répéta-t-elle, en la regardant comme si elle voyait un fantôme.

« Où étais-tu ? cria Isabelle. Mon Dieu, tu m'as fait une peur épouvantable, Amy !

— Je suis restée après les cours. Pour un soutien

en maths. » Amy tourna le dos à sa mère en déboutonnant son manteau. « On était un petit groupe. Tout un petit groupe de la classe, on est resté après les cours. »

Les joues encore mouillées de larmes, Isabelle eut de façon incohérente la sensation qu'on venait de se moquer d'elle.

6

Les jours rallongeaient. Et le temps se faisait plus doux ; très lentement la neige s'amollissait, se transformait en bouillasse sur les perrons, les trottoirs et le bord des routes. Lorsque Amy causait avec Mr. Robertson avant de rentrer — elle veillait désormais à être à la maison avant sa mère —, la température clémente de la journée s'était enfuie, même si le soleil luisait encore, hostie luminescente dans le ciel laiteux. En marchant, avec son manteau ouvert et ses affaires de classe serrées contre sa poitrine, elle sentait le froid humide sur son cou nu, ses mains, ses poignets. Le ciel de fin d'après-midi déployé au-dessus du champ de Larkindale, le mur de pierre qui disparaissait derrière la crête toute blanche, les troncs d'arbres assombris par la neige fondue, à ses yeux tout cela promettait le printemps. Même le petit vol d'oiseaux au loin promettait quelque chose, dans le silence absolu de leurs battements d'ailes.

Amy avait l'impression qu'un plafond s'était soulevé, que le ciel était plus haut qu'avant et, de temps à autre — s'il ne passait pas de voiture —, elle levait le bras pour l'agiter en l'air. Dans les yeux plissés, pleins d'humour de Mr. Robertson, elle avait puisé une joie de vivre et elle restait en effervescence de tout ce qu'elle avait voulu lui dire et oublié à mesure. Mais il y avait aussi en elle de petits recoins de tristesse, comme si quelque chose de sombre, d'incertain lui pesait au fond de la cage thoracique, et il lui arrivait de faire halte sur la passerelle qui enjambait la route pour regarder les voitures filer en dessous, déconcertée par un sentiment de perte ayant un rapport avec sa mère mais qu'elle n'arrivait pas vraiment à nommer. Elle se dépêchait alors de rentrer, pressée de trouver à la maison des signes d'Isabelle : son collant suspendu à la pomme de douche, la boîte de talc sur la commode de sa chambre. Ces choses la rassuraient, ainsi que le ferait le bruit de la voiture virant sur le gravier du chemin d'accès. Tout allait bien. Sa mère était là.

Pourtant, sa présence en chair et en os n'allait pas sans déception — les petits yeux inquiets lorsqu'elle franchissait le seuil, la main pâle qui rajustait fébrilement les mèches de cheveux châtains échappées du chignon fatigué. Amy avait du mal à reconnaître en cette femme la mère qui, tout à l'heure, lui avait manqué si fort. Culpabilisée, elle courait parfois le risque de lui témoigner une sollicitude excessive. « Il est vraiment chic, ce chemisier, maman », disait-elle, et elle se contractait en surprenant dans son regard une ombre de défiance, si fugace qu'Isabelle elle-même n'était pas consciente de l'avoir éprouvée ; des mois s'écouleraient avant que lui reviennent ces infimes avertissements qui avaient brièvement effleuré la périphérie de son cerveau.

« J'aime vraiment la poésie, annonça Amy à sa mère quelques semaines après le soir où Isabelle, au retour de son travail, avait trouvé la maison vide et connu un moment affreux en croyant que sa fille avait été enlevée comme la pauvre Debby Kay Dorne. Oui, la poésie, je l'aime vraiment, vraiment.

— Ah bon, c'est très bien, répondit Isabelle, distraite par la maille filée qu'elle venait de découvrir sur son collant.

— J'ai emprunté ce livre. » Debout dans l'embrasure de la porte du séjour, le visage masqué par ses cheveux, Amy tenait soigneusement, à deux mains, le volume qu'elle contemplait.

Isabelle suspendit son manteau dans le placard de l'entrée et se retourna pour examiner de nouveau son mollet. « Je me demande quand c'est arrivé, dit-elle d'un ton préoccupé. Qui sait si je ne me suis pas promenée comme ça la moitié de la journée. » Elle passa devant Amy pour monter l'escalier. « Il s'agit de quel livre, chérie ? »

Amy le brandit devant elle en le tenant toujours à deux mains, et Isabelle y jeta un coup d'œil. « Ah, Yeats, dit-elle en prononçant *Yîts*. Oui, bien sûr. Je le connais de nom. Il a écrit de très jolies choses, je crois. »

Elle était à mi-hauteur de l'escalier lorsque, dans son dos, Amy rectifia doucement : « On dit *Yééts*, maman. Pas *Yîts*. »

Isabelle se retourna. « Pardon ? » L'embarras lui nouait déjà la gorge.

« *Yééts*, répéta Amy. Tu as dû confondre avec Keats, qui s'écrit presque pareil. »

Si sa fille avait pris un ton ironique de dédain adolescent, ç'aurait été moins douloureux. Mais elle l'avait corrigée gentiment, avec une hésitation polie, et Isabelle se sentait mortifiée, gauchement plantée sur les marches, avec son collant filé.

« Keats était anglais, poursuivit Amy comme pour marquer sa bonne volonté, tandis que Yeats était un Irlandais. Keats est mort tout jeune, de la tuberculose.

— Ah, oui. Je vois. » La honte l'oppressait comme un chandail trop serré ; la transpiration suinta sur son visage, sous ses bras. Voilà qu'elle avait autre chose à redouter — la pitié de sa fille envers son ignorance. « C'est très intéressant, Amy, lança-t-elle en se remettant à grimper les marches. Il faudra que tu m'en reparles. »

Ce soir-là, couchée dans son lit, Isabelle garda longtemps les yeux ouverts. Depuis des années, elle rêvait d'Amy à l'Université. Pas au petit centre universitaire de Shirley Falls, non, quelque part dans une vraie université. Elle s'était représenté Amy un jour d'automne, qui traversait le campus en serrant son classeur contre un tricot bleu marine, sa jupe écossaise flottant autour de ses genoux. Peu importaient toutes ces filles débraillées qu'on voyait circuler aujourd'hui, leurs seins nus se balançant sous un T-shirt au-dessus du blue-jean crasseux. On trouvait encore de charmantes jeunes filles dans les universités, Isabelle en était convaincue ; des jeunes filles sérieuses, intelligentes, qui lisaient Platon, Shakespeare et Yeats. Ou Keats. Elle se redressa, tapota son oreiller puis s'allongea de nouveau.

En imaginant qu'Amy poursuivrait ses études, jamais elle n'avait pensé à ce qui lui apparaissait tout à coup : sa fille aurait honte d'elle. Amy, s'avançant sur une pelouse ombragée en compagnie de ses nouvelles camarades, si intelligentes, n'allait pas dire : *Ma mère travaille dans une fabrique*. Elle n'inviterait pas ces filles à venir passer le week-end ou des vacances à la maison, pas plus qu'elle ne partagerait avec Isabelle tout ce qu'elle apprendrait de merveilleux, car, à ses yeux, sa mère était une provinciale bornée qui travaillait dans une fabrique. Une personne avec qui il fallait prendre des gants, comme elle l'avait fait ce soir. Isabelle mit longtemps à s'endormir.

À la fabrique, le lendemain, lorsque les employées se rendirent à la salle à manger, Isabelle glissa à Arlene Tucker qu'elle faisait un saut à la banque ; son manteau boutonné jusqu'au cou pour se protéger des bourrasques de mars, elle alla en réalité prendre sa voiture sur le parking pour se rendre sur l'autre rive à l'unique librairie de Shirley Falls. Ce matin-là, en regardant Amy préparer ses livres de classe, l'idée lui était venue qu'elle pouvait faire sa propre éducation. Après tout, elle savait lire. Elle pouvait lire et étudier comme si elle suivait des cours. Pourquoi pas ? Elle se souvenait d'une cousine de son père, une femme au teint rose, pleine de bonté et merveilleuse cuisinière. « Faire de la bonne cuisine, ça n'a rien de magique, avait-elle un jour confié à Isabelle. Trouve-toi un livre de cuisine. Si tu sais lire, tu sais cuisiner. »

Pourtant, en pénétrant dans la librairie, Isabelle jeta autour d'elle un regard intimidé, craignant d'être vue par un membre de la congrégation — Emma Clark, Barbara Rawley — qui s'exclamerait d'un ton surpris : « Tiens, Isabelle Goodrow ! Que faites-vous ici ? » Mais les seuls clients étaient un homme aux lunettes à monture métallique qui lui tombaient sur le nez, et un autre qui tenait un cartable à la main. Il y avait des masses de livres. En s'avançant avec précaution dans les allées couvertes de moquette, Isabelle en fut frappée. Grands dieux, ce n'était pas la première fois qu'elle se trouvait dans une librairie, mais les livres lui parurent vraiment innombrables. Le cou penché sur le côté, elle déchiffrait les titres. Elle ne s'était pas doutée qu'on pouvait acheter Shakespeare en livre de poche. Tendant la main pour en sortir un du rayonnage, elle découvrit avec plaisir son aspect accessible, un mince volume à la couverture ornée d'un joli dessin, avec le titre en caractères recherchés : *Hamlet*.

Hamlet. Isabelle hocha la tête en foulant la moquette. Elle en avait une vague idée, bien sûr ; il y était question d'une mère, et d'une fiancée qui devenait folle. À moins qu'elle ne confonde avec autre chose ? Une tragédie grecque ? À la caisse, elle se sentit un peu écrasée par le poids de son entreprise. Mais le jeune employé au menton couvert d'un duvet blond enregistra la vente avec indifférence et elle en fut soulagée. Manifestement, rien dans son apparence n'amenait ce garçon à s'étonner qu'elle achète *Hamlet* de Shakespeare. Elle devait avoir la tête qui convenait. (Elle sourit en s'apercevant qu'elle venait de faire un petit jeu de mots.) Après avoir glissé son achat dans son sac à main, elle traversa la rue balayée par le vent, monta dans sa voiture et franchit le pont pour regagner la fabrique.

Tout l'après-midi, elle se sentit pleine d'entrain parce qu'elle allait devenir cultivée. En tapant un courrier adressé à la société Beltco Suppliers, Isabelle s'imaginait déjà capable de dire à quelqu'un, d'un ton léger : « Cela me fait penser à cette scène dans *Hamlet* où... » Pas à ses collègues de bureau, bien sûr (elle sourit à Bouboule, qui revenait d'un pas traînant du rafraîchisseur d'eau et s'essuyait la bouche avec la main) — non, elle n'allait pas se mettre à leur parler de Shakespeare. Mais, un de ces jours, cela ferait plaisir à sa fille qu'elles puissent toutes les deux discuter des pièces du grand dramaturge anglais, assises dans une cafétéria. Et en attendant, les dames de la congrégation — ces intimidantes épouses de diacres qui se paraient de leurs études supérieures aussi discrètement que de leurs parfums coûteux, avec la même assurance — s'apercevraient enfin qu'Isabelle n'était pas ce qu'elles croyaient. Elle n'était pas simplement une pauvre femme qui élevait seule sa fille en travaillant à la fabrique, mais une personne intelligente, intéressante, capable de citer Shakespeare à brûle-pourpoint.

Durant la pause de l'après-midi, elle accepta le morceau de barre chocolatée offert par Arlene Tucker, et adressa même un signe complice à

Lenora Snibbens lorsque celle-ci roula des yeux dans le dos efflanqué de Rosie Tanguay qui s'en allait. Il existait une vieille brouille entre Rosie et Lenora. Isabelle n'aurait pu en reconstituer l'historique dans tous ses détails, mais elle se souvenait que tout avait commencé le jour où Lenora avait fait un rêve dans lequel Rosie l'abstinente était complètement ivre et se livrait à un strip-tease dans le bureau de poste. Lenora avait commis l'erreur fatale de raconter ce rêve à la salle à manger, suscitant l'hilarité générale, et Rosie ne lui avait plus jamais parlé.

Isabelle, qui depuis le temps qu'elle travaillait là avait veillé à ne jamais prendre parti dans les fréquentes querelles entre employées, se sentait aujourd'hui, avec *Hamlet* dans son sac, assez sûre d'elle pour adresser à Rosie ce sourire de connivence.

Après tout, Lenora était une femme sympathique. Elle avait des dents de lapin et une peau à problèmes, qu'elle endurait avec une joyeuse autodérision, et même si elle avait fait preuve d'étourderie en racontant son rêve, Rosie était assommante, à traîner sa rancune. D'un autre côté, songea Isabelle en s'essuyant la bouche avec un mouchoir en papier après avoir remercié Arlene pour la barre chocolatée, et en retournant à sa place, on pouvait aussi éprouver de la compassion pour Rosie Tanguay. (Cette dernière venait d'émerger des toilettes, le front crispé par son habituel état de tension.) Isabelle se mit à tailler son crayon avant de relire la lettre pour Beltco Suppliers. On ne pouvait vraiment que compatir à la vie de toutes ces femmes dont les journées étaient occupées par un travail ennuyeux, des plaisanteries minables et des brouilles rancies. Plutôt triste, vraiment. Isabelle passa le bout de sa langue derrière ses incisives ; l'arrière-goût de chocolat finissait de se dissiper.

Elle souffla doucement sur la pointe aiguisée de son crayon.

Elle était différente. Elle était Isabelle Goodrow et elle allait se cultiver.

Stacy avait les yeux rouges. On était presque au mois d'avril, mais aujourd'hui il faisait froid et elles grelottaient toutes les deux dans leur manteau ouvert. Stacy sortit de sa poche l'étui à Tampax pour en tirer leurs cigarettes. « J'ai rompu avec Paul, annonça-t-elle.

— Tu blagues », dit Amy au bout de quelques instants, ne pouvant croire que Stacy communiquerait une telle nouvelle d'un ton si léger.

D'autant qu'elle avait elle-même la tête à l'envers. Au moment où elle sortait de la salle de classe, ce matin, Mr. Robertson lui avait glissé : « Viens me voir après les cours. J'ai un livre qui pourra te plaire. » Après ça, c'était difficile de se concentrer sur quoi que ce soit.

Stacy plaça les deux cigarettes dans sa bouche pulpeuse et entreprit de les allumer sous le regard d'Amy. L'allumette s'éteignit. « Merde ! » lâcha-t-elle du coin des lèvres. Avant d'en frotter une autre, elle cala ses cheveux derrière son oreille. « Non, je blague pas. » La seconde allumette fut la bonne. « Je lui ai dit de foutre le camp hors de ma vie. » Stacy téta les cigarettes, dont le bout vira au gris de cendre. Elle en tendit une à Amy et aspira une longue bouffée de la sienne.

Amy restait sans voix. Que Stacy qui avait la chance d'avoir un petit ami aussi bluffant que Paul Bellows lui dise de foutre le camp hors de sa vie la dotait aux yeux d'Amy d'une magnificence, d'une auréole de courage et d'indépendance qui dépassaient l'imagination. « Qu'est-ce qui s'est passé ? demanda-t-elle.

— Son enfoirée de mère m'a accusée d'être enceinte. » Les yeux de Stacy s'humectèrent et ses paupières rougirent à nouveau. « La connasse. »

Amy découvrait un univers étranger à elle. Des petits amis qui disposaient de leur propre appartement, et les mères de ces garçons... oser dire ça ! « Elle t'a accusée d'être enceinte ? Elle te l'a vraiment dit, à toi ? » Ça ne paraissait pas convenable de tirer sur sa cigarette face à quelque chose d'aussi grave. Elle la tenait sur le côté et la fumée montait autour de son bras.

« Non, à Paul, elle l'a dit à Paul. » Stacy renifla et s'essuya le nez d'un revers de main. « Que je grossissais.

— Ouahou ! fit Amy. Quelle garce ! » Mais elle ne put s'empêcher de baisser les yeux sur le ventre de son amie, dont le regard se posa au même endroit. Pendant un moment, debout dans le bois silencieux, elles contemplèrent la partie du chandail noir de Stacy que le manteau laissait à découvert.

« Tu n'es pas grosse du tout », reprit-elle en pensant qu'elle l'était quand même un petit peu. Mais elle n'avait jamais été très mince ; c'était difficile de se faire une idée précise.

« Je crois que j'ai une tumeur », déclara Stacy d'un air sombre. Elle leva la tête vers les arbres. « Une de ces foutues tumeurs que les femmes chopent sans arrêt.

— Il faut que tu voies un docteur, répondit gravement Amy.

— Alors, quand Paul est venu hier soir, je lui ai dit que c'était fini entre nous. Je lui ai dit de foutre le camp.

— Comment il a réagi ? » Au bruit d'une voiture, toutes deux tournèrent la tête et s'accroupirent. Elles restèrent ainsi, nez à nez, jusqu'à ce que le véhicule soit passé. Amy se redressa et offrit son bras à Stacy, qui eut un petit sourire piteux en se levant lourdement.

« T'as vu la dondon ? » Elle loucha sur sa cigarette avant d'en avaler la fumée.

« T'es superbe », répliqua Amy en toute sincérité : elle la trouvait superbe, avec sa jupe de cuir, son collant noir et ses bottes noires. Elle aurait donné n'importe quoi pour avoir cette allure ; pour avoir une minijupe en cuir, au lieu de sa jupe en velours côtelé vert faite par sa mère, et bien trop longue, presque jusqu'aux genoux. « Alors, Paul, comment il a réagi ? »

Stacy poussa un profond soupir en secouant la tête, les yeux presque fermés à ce souvenir. « Tu veux savoir ce qu'il a fait ? Tu pourras pas le croire. Il s'est mis à pleurer. » Elle jeta à Amy un regard découragé, puis, d'un air pensif, fit rouler sa cigarette contre le tronc d'arbre jusqu'à ce qu'elle ressemble à un crayon pointu. « Merde, je te jure, il a pleuré. » Elle aspira une dernière bouffée et balança dans la neige sa cigarette qui acheva de se consumer avec un petit filet de fumée presque invisible sur le fond blanc.

« Mince ! s'exclama Amy. Il t'aime vraiment. »

Stacy émit une sorte de grognement du fond de la gorge, et Amy vit qu'elle avait les yeux pleins de larmes. « Ces connes de bottes, l'eau passe à travers, dit-elle en se baissant pour palper le bout de son pied.

— Et moi, j'ai un trou dans ma doublure », répliqua Amy. Elle ouvrit tout grand son manteau et se tordit le cou pour examiner la doublure déchirée au-dessous de la manche, par pure discrétion, en fait, à l'égard de son amie. « Ça fait des siècles que je traîne ce manteau. En plus, il a jamais été à mon goût. Les carreaux, ça fait masculin. Ça ressemble à un truc de mec. » Elle discourait pour ne pas donner à Stacy l'impression qu'elle l'observait. « Je déteste toutes mes fringues. »

Stacy se tenait toujours courbée sur ses bottes et Amy, du coin de l'œil, la vit s'essuyer le nez. Mais elle ne tarda pas à se redresser. « Il est pas si mal, ton manteau. La doublure, on la voit pas.

— J'ai horreur des manteaux d'hiver. Et surtout d'en mettre un à cette époque de l'année.

— Moi pareil. » Stacy se passa la main sous le nez.

« À côté de chez nous, les crocus sont déjà sortis, poursuivit Amy en prenant sa seconde cigarette de la main de Stacy.

— Cool, répondit celle-ci en allumant la sienne et lui tendant l'allumette. Mets pas le feu à tes cheveux. T'as déjà senti l'odeur de tifs brûlés ? C'est dégueu. Et ça flambe d'un coup. » Elle souffla sur l'allumette et la lâcha, puis elle fit claquer ses doigts. « Comme ça. Les flammes pourraient dévorer tous tes cheveux, comme ça.

— Génial, dit Amy. Rien que d'y penser... » Elle serra son manteau contre elle et s'adossa contre le tronc.

« Alors, évite. » Stacy s'adossa aussi, tout près d'Amy, si bien que leurs épaules se touchaient tandis qu'elles fumaient et frissonnaient.

Au bout d'un moment, lorsque Stacy observa : « J'ai pas fait mon devoir d'espagnol », Amy comprit qu'elles avaient fini de parler de Paul Bellows.

« Tu n'as qu'à copier sur le mien. » Elle montra du doigt un bouvreuil. « En salle d'étude.

— Ouais, mais miss Lanier s'en apercevra. » Stacy jeta au bouvreuil un regard indifférent. Si je mets les réponses justes, elle saura que c'est pas de moi.

— Mets-en trois ou quatre de fausses, suggéra Amy, et son amie acquiesça. N'importe comment, elle est sympa, elle dira rien. »

Amy essaya de faire des ronds de fumée en ouvrant la bouche à la manière d'un poisson et pointant la langue comme Stacy lui avait montré, mais elle ne parvint qu'à cracher des panaches cylindriques. Elle était un peu malade d'angoisse à l'idée de voir Mr. Robertson après les cours. (Un jour de la semaine dernière, alors qu'ils étaient en train de parler tous les deux, il lui avait effleuré le cou en passant près d'elle pour fermer la fenêtre.) Elle aurait voulu interroger Stacy au sujet de Paul, mais ç'aurait été grossier d'insister. Elle avait aussi la tentation de regarder à nouveau son ventre et, craignant de le faire involontairement, elle se concentrait sur ses essais de ronds de fumée. Des tas de choses lui échappaient. Stacy pensait-elle être enceinte, ou bien s'agissait-il de pure méchanceté de la part de la mère de Paul ? On le savait, si on était enceinte. Même elle, ça, elle ne l'ignorait pas.

« Il suffit de s'exercer », déclara Stacy après avoir produit une série de ronds parfaits. Toutes deux les regardèrent flotter en l'air, s'agrandir en se déformant peu à peu et finir par se dissiper, le temps d'atteindre l'épicéa. Le bouvreuil s'envola de son perchoir et plongea dans le bois.

« Cette pauvre miss Lanier ! » dit Stacy.

Amy hocha la tête. Elles aimaient bien leur prof d'espagnol. Elle s'habillait très court et c'était dommage parce qu'elle n'avait pas de jolies jambes ; jusqu'aux genoux, ça allait encore, mais les genoux rentraient à l'intérieur et, au-dessus, les cuisses ressemblaient à des bûches. En plus, elle portait souvent des robes en synthétique, sans combinaison, et le tissu lui collait à la peau. On distinguait les lignes de son slip et de son collant. Selon la théorie de Stacy, miss Lanier avait le béguin pour le proviseur, le surnommé Puddy, un type d'âge mûr, à la mine pâteuse et moche.

« Mais il est tellement timide, continua Stacy. Je

parie qu'il a même jamais sorti une fille. Il vit encore avec sa mère. »

Amy renonça à faire des ronds et jeta sa cigarette. « Leurs enfants seraient laids et gentils. » Son estomac se nouait. Elle entendait la voix de Mr. Robertson. « Viens me voir après les cours. J'ai un livre qui pourra te plaire. » Tout le reste — les yeux rouges de Stacy, les vilaines cuisses de miss Lanier —, le monde entier passait à l'arrière-plan, dans la perspective de ce rendez-vous. Ces temps-ci, elle vivait dans un univers si étrange, si intime ; les mots *Viens me voir* lui procuraient un plaisir si fort ! Et en même temps, chaque fois, comme en ce moment même, une telle angoisse. Elle fixait du regard sa cigarette dans la neige.

« La pauvre chérie, conclut Stacy d'un ton songeur tandis que résonnait la cloche du lycée et qu'elles se secouaient toutes les deux. Il faudrait vraiment que quelqu'un lui dise, pour la jupe qui colle. »

Le soir, au fond de son lit, dans le rond de lumière jaune de la lampe, l'édition de poche de *Hamlet* calée sur ses genoux, Isabelle se débattait avec Shakespeare. C'était d'abord un effort physique, car ses paupières pesaient des tonnes ; elle avait du mal à garder les yeux ouverts. Même en essayant de se redresser, elle ne réussit pas à arriver au bas de la deuxième page. C'était incroyable, la façon dont ses yeux se fermaient tout seuls. Lorsqu'elle fut certaine qu'Amy dormait, elle sortit du lit et descendit s'asseoir à la table de la cuisine devant une tasse de thé, sa robe de chambre bien serrée ; dans la mule en tissu éponge, son pied se balançait de haut en bas tandis qu'elle relisait indéfiniment les mêmes lignes.

C'était difficile. Une langue très, très difficile.

Elle ne s'était pas attendue à une telle difficulté, et elle devait lutter contre un début de panique. *...Gageait avec sa vie toutes terres du domaine / En sa possession au profit du vainqueur ; / Notre roi en retour mettant dans la balance / Un bien équivalent qui serait revenu / À Fortinbras pour héritage s'il avait vaincu*[1]... Comment s'y retrouver ? Un silence profond régnait dans la cuisine.

En buvant un peu de thé, elle tourna les yeux vers la fenêtre. La vitre noire apparaissait dans la fente entre les voilages, et Isabelle se leva pour en superposer les bords. Elle n'était pas accoutumée à se trouver seule en bas à une heure si tardive. Elle se rassit, avala encore une gorgée et, sautant quelques pages, se remit à lire. *Comme me semble lassant, rebattu, insipide / Et ne menant à rien, tout ce qu'on fait au monde !*

Tiens, pour le coup, voilà bien quelque chose qu'elle comprenait. Elle posa l'index sur la page ; c'était Hamlet en personne qui parlait. *Comme me semble lassant, rebattu, insipide / Et ne menant à rien, tout ce qu'on fait au monde !* Dieu sait qu'il lui arrivait, à elle ausi, de trouver le monde lassant et insipide, et la façon dont Hamlet l'exprimait, c'était très bien dit. Elle ressentit un picotement de plaisir véritable, comme si Hamlet et elle étaient soudain devenus amis.

Enfin en éveil, elle se mit à murmurer les premières paroles de ce monologue. *Oh ! si cette chair — trop, trop solide pouvait fondre...* L'idée d'un morceau de rumsteak qui n'aurait pas été sorti du congélateur à temps pour le repas dominical lui traversa l'esprit. Elle se mordit les lèvres, but du thé et recommença. *Oh ! si cette chair — trop, trop solide*

1. Trad. par Michel Grivelet – *Tragédies I*, coll. Bouquins, Robert Laffont. (*N.d.T.*)

pouvait fondre... Hamlet était sûrement un garçon costaud. Tout à l'heure, elle regarderait mieux le dessin qui le représentait sur la couverture du livre. *Et dans ce dégel se dissoudre en rosée...*

Jusque-là, tout allait bien ; Isabelle hocha la tête. Dans sa propre vie, elle avait connu ce désir de fondre, de disparaître. Jamais elle n'avait souhaité se transformer en rosée, mais c'était une jolie idée, maintenant qu'elle y pensait, ce qui constituait précisément, en somme, la raison pour laquelle elle lisait du Shakespeare. Parce que c'était un génie capable d'exprimer les choses d'une façon qui ne serait jamais venue au reste d'entre nous. Isabelle éprouva une satisfaction redoublée et se tint plus droite sur sa chaise. *Ou si l'Éternel n'avait pas édicté sa loi / Contre le meurtre de soi-même ! Ô Dieu ! Ô Dieu !*

Elle relut plusieurs fois ce passage. L'« Éternel », c'était évidemment le bon Dieu que Shakespeare désignait ainsi, et quant au « meurtre de soi-même », il devait s'agir du suicide ; Hamlet voulait se suicider, mais il savait que Dieu l'interdisait.

Bon. Isabelle leva les yeux. En contemplant le réfrigérateur, elle se demanda si Hamlet ne dramatisait pas un peu. Bien sûr, il était désespéré, il avait de quoi. Mais elle aussi, ça lui était arrivé d'être désespérée, un certain nombre de fois, sans qu'elle ait jamais envie de se supprimer. Elle reprit le livre. Le thé lui donnait envie de faire pipi, mais elle voulait essayer d'arriver au bout de la scène. Apparemment, Hamlet pleurait la mort de son père. Ses parents s'étaient aimés... mais il n'avait pas fallu un mois pour que sa mère se console et épouse l'oncle de Hamlet.

Isabelle se tapota la bouche ; elle comprenait qu'il en soit perturbé. Tout de même, de là à déclarer : « *... fragilité, ton nom est femme* » ! Elle trouvait cela plutôt déplaisant ; d'autant qu'il s'adressait à sa mère. Bonté divine ! Savait-il, ce Hamlet, ce que c'était que de se retrouver seule à élever un enfant, en perdant l'homme qu'on aimait ? Les sourcils froncés, Isabelle repoussa la cuticule autour de l'ongle de son pouce. Là, ce garçon se montrait franchement blessant. Ces femmes qui venaient de brûler leurs sous-vêtements à Boston, sur les marches d'un tribunal (Isabelle avait vu le reportage à la télé), ne verraient sûrement pas d'un bon œil une telle formule : *fragilité, ton nom est femme !* En toute sincérité, elle en était elle-même assez agacée. Les hommes avaient vraiment beaucoup à apprendre. Fragiles, les femmes ? Dieu en était témoin, c'étaient elles qui tenaient le monde en état de marche depuis des temps *in memoriam*. Et elle en particulier, elle n'avait rien de fragile. Fragile, une femme qui élevait seule sa fille dans les rudes hivers de la Nouvelle-Angleterre, avec le toit qui fuyait et la voiture qui avait besoin d'huile ?

Isabelle ne put s'empêcher de fermer les yeux ; elle était très fatiguée. Et elle se sentait bel et bien fragile. Voilà la vérité. Elle resta assise encore quelques instants, passant le bout du doigt sur la tranche du livre, puis elle se mit debout et lava sa tasse dans l'évier, contente d'aller se coucher.

Mais, quelques jours plus tard, elle retourna à la librairie. Ce n'était pas son genre de renoncer ; elle avait simplement commis l'erreur de vouloir commencer par Shakespeare. Elle allait se trouver d'autres lectures dans la section « Classiques ». Cette fois, elle avait l'impression de connaître l'endroit. Le jeune employé au menton duveteux parut lui adresser un signe de tête. Elle sonda longuement les rayonnages avant d'opter pour *Madame Bovary*, attirée par la couverture : une femme aux yeux noirs, aux cheveux noués en un beau chignon et dont le visage révélait une connaissance intime, estima Isabelle, des douleurs secrètes de l'existence féminine.

La dernière semaine de mars, Shirley Falls fut le théâtre d'une série de cambriolages. Les effractions avaient lieu en plein jour, toutes dans le quartier de la Pointe de l'huître. Une collection de monnaies anciennes fut volée chez un professeur d'histoire. Mrs. Errin, la femme du dentiste, s'aperçut que des bijoux avaient disparu du tiroir de sa commode, et ailleurs — dans une belle maison au bord du fleuve — ce furent des pièces d'argenterie, des chandeliers et des sucriers qui disparurent ; on avait forcé la porte de service. Il n'y avait aucun témoin, aucun indice hormis quelques empreintes dans la neige, brouillées par la pluie, qui permirent seulement à la police d'en déduire qu'il s'agissait sans doute d'un homme de taille et de poids moyens. Bref, une absence de piste — on n'avait pas signalé de rôdeurs suspects, rien n'indiquait que ce fût un travail de professionnels, comme ç'avait été le cas voilà quelques années, lorsque deux cambrioleurs venus de Boston avaient emporté dans des camions de déménagement le contenu de deux maisons avant de se faire prendre, la semaine suivante, en s'attaquant à une troisième. Non, ces chapardages n'étaient pas du même style et, avant que la police ait pu faire beaucoup plus que se gratter la tête et enregistrer des déclarations, la série sembla s'arrêter.

Mais Emma Clark, en rentrant chez elle un après-midi (épuisée, car elle venait d'avoir une altercation désagréable avec son tapissier, au sujet du mauvais travail récemment effectué sur le canapé du salon), découvrit la porte du garage à moitié levée ; comme elle avait entendu parler de l'argenterie dérobée dans la maison au bord du fleuve, elle ne descendit pas de sa voiture ; elle retourna en ville et appela Avery pour lui demander de rentrer immédiatement.

Tous ses outils avaient disparu, ainsi qu'un pneu de rechange qu'il gardait dans le garage, mais, apparemment, on n'avait touché à rien dans la maison. Toutefois, Avery se mit en congé pour le reste de la journée et fit venir un serrurier afin d'équiper chaque porte d'un verrou de sûreté. « Il faudrait que je mette Isabelle en garde », dit-il à sa femme. Préoccupée par les traces de boue dont le serrurier couvrait le sol de la cuisine, Emma acquiesça. Isabelle Goodrow habitait à peine quinze cents mètres plus loin sur la route, et ce serait bien de l'avertir que quelqu'un fouinait dans le coin, fauchait des outils et des pneus.

Mais les Clark ayant autre chose à faire pour le moment, Isabelle, qui prenait sa pause-café dans la salle à manger, captivée par *Madame Bovary*, demeura dans l'ignorance de ce qui se passait du côté de la Route 22. Elle ne se doutait pas non plus, en tournant la page, qu'au lycée la dernière sonnerie venait de retentir et que sa fille Amy longeait, en direction des lavabos, les couloirs envahis d'élèves, se préparant à aller retrouver Mr. Robertson.

7

Quelle excitation ! Être là toute seule dans les toilettes, aux murs verts pâlis par la lumière du dehors à travers les vitres dépolies... En dépit des traînées brunâtres dans les lavabos et du robinet qui fuyait, ces fins d'après-midi recelaient pour Amy une intimité aussi palpitante qu'inaccoutumée. Mais une frayeur, aussi, qui lui agrippait le bas du corps, comme une main serrée sur son coccyx, et lui donnait presque des fourmillements dans les fesses ; elle avait les doigts aussi froids que des glaçons. Elle s'imaginait en princesse fiancée tout enfant, apprêtée pour la présentation à son roi.

De la princesse, elle avait au moins les cheveux qui lui tombaient sur les épaules en longues boucles de diverses nuances de blond et de châtain clair, avec, le long de la joue, une vrille si pâle qu'elle paraissait presque blanche. En se dévisageant dans la glace, la bouche entrouverte, elle pensa qu'elle pouvait être belle. Puis une contraction dans l'abdomen l'obligea à entrer dans un cabinet, et lorsqu'elle en émergea et scruta de nouveau son reflet, elle découvrit avec consternation une fille aux lèvres sèches et ternes. Elle les mordit, se pinça les joues, et poussa la lourde porte barrée en rouge de l'inscription *Ma sœur aime se faire sucer le téton gauche*.

Le couloir était désert. Entrevues au passage, les salles de classe semblaient béantes, dans l'attente du lendemain matin. Amy perçut le son d'une trompette au loin, dans la salle de musique ; en descendant l'escalier, elle entendit l'écho des pom-pom girls dans le gymnase.

Et puis elle atteignit sa destination. Par un curieux phénomène de vision, la salle lui parut incolore et rétrécie, telle une esquisse au crayon (sur la couverture de son classeur, la moiteur de ses grandes mains laissait des marques), mais, dès que Mr. Robertson leva les yeux de son bureau, haussa les sourcils et que son visage s'éclaira, Amy sentit s'alléger le poids de son anxiété. Personne, lui semblait-il, ne lui avait jamais témoigné un tel plaisir de la voir, sauf quand elle était toute petite et que sa mère l'amenait à la fabrique ; les femmes se penchaient sur elle et il y en avait toujours une, par exemple Bouboule, pour susurrer : « Comment va mon petit amour ? »

Mr. Robertson ne dit rien, il se borna à la regarder, là où elle s'était immobilisée, dans la lumière oblique du soleil. « Salut, dit Amy avec un tout petit geste de la main, en baissant aussitôt la tête sur un sourire timide, fugace.

— Salut. » Mr. Robertson lui rendit son geste en l'imitant si parfaitement qu'on l'aurait cru intimidé, lui aussi. « Entre. Je t'en prie, entre. »

Elle s'avança vers lui dans la salle illuminée. Cela la mettait mal à l'aise qu'il la regarde ainsi, comme si elle devait rivaliser avec chacune des autres personnes qu'il pouvait avoir sous les yeux, or elle savait depuis longtemps que la compétition n'était pas son fort. Même quand elle était petite, le jeu des chaises musicales la paniquait, elle s'en souvenait — cette affreuse certitude qu'à l'interruption de la musique, quelqu'un serait éliminé. Cela allait mieux dès qu'elle renonçait à se forcer. Parce que les épreuves à affronter étaient trop nombreuses, concours d'orthographe, jeux interminables au cours de gym... Elle avait donc renoncé à se forcer, ou alors elle le faisait en comptant si peu sur ses moyens qu'elle n'était pas déçue d'orthographier de travers un mot compliqué ou de se faire sortir d'une partie de soft-ball parce qu'elle tapait à côté de la balle. C'était devenu chez elle une habitude, de ne pas se forcer, si bien qu'à l'âge où l'essentiel, en classe, était de s'intégrer dans la bonne bande, Amy s'était rendu compte qu'une fois de plus elle n'avait pas le courage de se mettre en avant pour s'imposer. Arrivée au point où elle se sentait pratiquement invisible, elle savait qu'elle était sans doute responsable de sa propre solitude.

Ici, elle se retrouvait avec Mr. Robertson pour qui elle n'était pas invisible. Non, sûrement pas, quand il la regardait ainsi. Elle restait pourtant en proie à l'envie de fuir, à un manque redoublé de confiance en soi. Mais il avança la main pour lui toucher le coude. « Je t'ai apporté quelque chose », dit-il en lui désignant de la tête la chaise à côté de son bureau.

Elle s'assit, en cachant ses grands pieds le plus loin possible sous le siège. Il avait copié à son intention un poème de Yeats intitulé « À une jeune fille ». Elle le lut, saisie par un trouble délicieux. Jamais elle n'avait vu un si grand échantillon de son écriture.

Je sais ce qui vous fait battre le cœur si fort...

C'était comme s'il lui avait écrit une lettre. « Je l'adore, dit-elle. Sincèrement, je l'adore. » Elle leva les yeux du feuillet. « Je peux le garder ?

— Bien sûr. C'est pour toi. »

Elle fut obligée de détourner de lui son regard,

parce qu'elle savait à présent qu'elle l'aimait, et que ça changeait tout.

Avant, il l'attirait : un grand aimant de couleur sombre qui attirait à lui, à travers l'espace, la petite aiguille qu'elle était. Mais, aujourd'hui, un tintement imperceptible venait de se produire ; elle avait parcouru tout le chemin, le contact s'était produit. Elle l'aimait.

« Oh, merci ! » dit-elle en glissant le poème dans son classeur. Puis elle se leva, alla à la fenêtre et vit en bas le trottoir, désert sous le soleil. Par l'entrebâillement de la vitre pénétrait le bruit du dernier car scolaire qui s'ébranlait, le gémissement las de son châssis tandis qu'il virait pour s'engager dans la rue. Derrière, Amy apercevait un plumetis jaune sur la pelouse du lycée, des pissenlits qui poussaient avec vigueur au ras du sol. L'air du dehors avait une suavité qui lui fit presque mal et, en regardant de nouveau le trottoir, les endroits secs où de petites paillettes du revêtement scintillaient au soleil, elle se souvint de la surexcitation qu'une telle journée lui procurait quand elle était petite. Car, naturellement, tout ne se résumait pas à sa terreur des chaises musicales — il y avait eu aussi des journées semblables à celle-ci, l'hiver enfin terminé, où c'était comme une libération de fouler le trottoir dans ses tennis neuves. Elle se rappelait la légèreté, l'élan de ses jambes tandis qu'elle marchait, chaussée de ses tennis, sur un trottoir ensoleillé et sec, et elle se dit que, finalement, elle avait alors connu des moments de bonheur, grâce à ses tennis neuves, grâce aux pissenlits qu'elle cueillait (même s'il fallait faire attention, Isabelle se fâchait quand elle tachait ses vêtements), grâce au chandail qui remplaçait le gros manteau — enfant, toutes ces choses la rendaient heureuse, la remplissaient d'espoir.

« À quoi penses-tu ? demanda Mr. Robertson, et Amy tourna le dos à la fenêtre.

— Je ne sais pas, répondit-elle, parce qu'elle se sentait incapable d'expliquer l'effet que lui faisaient le trottoir scintillant et la senteur de l'air. Je suis contente que ce soit enfin le printemps, et tout ça. » Elle haussa les épaules et se remit à regarder dehors. « Mais, en même temps, je me sens bizarre.

— Tu sais ce qui se dit ? »

Elle l'entendit approcher derrière elle.

« Non, quoi ? » Elle se retourna. Il était tout près et elle en fut mal à l'aise, inquiète de ne pas lui plaire. De près, on voyait les gens autrement — on découvrait qu'ils avaient des saletés au coin de l'œil, ou des points noirs sur le menton. Et leur odeur aussi était différente. Sa mère, par exemple, sentait quelquefois la brique mouillée quand elle se penchait vers Amy pour lui arranger son col ou ôter quelque chose qui s'était accroché à ses cheveux.

« Avril est le mois le plus cruel. » Mr. Robertson enfonça les mains dans ses poches et se balança sur ses talons. Il fit tinter de la monnaie.

« Qui est-ce qui dit ça ?

— T.S. Eliot.

— C'est qui ? » Amy trouva que Mr. Robertson se montrait un peu pédant. Elle se renfrogna et s'assit sur le rebord de la fenêtre.

« Un autre poète.

— Jamais entendu parler. » En balançant sa jambe, elle heurta l'écran du radiateur, et la brusque résonance métallique la contraria. Elle s'immobilisa.

« Avril est le mois le plus cruel, récita Mr. Robertson, mêlant le souvenir au désir. Ou quelque chose comme ça. Je ne me rappelle pas ce qui vient après. » D'un pas lent, il regagna son bureau.

Revenez, fut-elle tentée de crier. Elle descendit

du rebord de la fenêtre et le suivit. « Redites-le-moi, lança-t-elle. Le truc sur le mois d'avril. »

Il avait le regard las et gentil. « Avril est le mois le plus cruel, mêlant le souvenir au désir. »

Elle enfouit le cou entre ses épaules qu'elle laissa retomber en soupirant.

« Quoi ? » demanda doucement Mr. Robertson. Le soleil s'était déjà déplacé ; ses rayons avaient déserté la salle de classe, sauf un coin de la fenêtre qui demeurait doré, mais l'air printanier gardait sa tiédeur.

Amy secoua la tête.

« Dis-moi à quoi tu penses.

— Oh, je sais pas... » Elle parcourut la salle du regard sans s'arrêter sur rien. « L'idée que le mois d'avril est cruel. C'est bien. Je veux dire, ça me plaît.

— Et quoi d'autre ? »

Mais elle ne pensait pas vraiment à autre chose. C'était plutôt une sensation. Une sorte de brûlure intérieure, qui était liée aux pissenlits, au gémissement du car scolaire, à la senteur de l'air, à beaucoup d'autres choses imprécises. Et à lui, évidemment.

« Je suis contente de vous connaître, dit-elle enfin sans le regarder.

— Moi aussi, je suis content de te connaître. »

Elle chercha des yeux son classeur, le manteau qu'elle avait posé sur une chaise.

« Je peux te ramener chez toi en voiture ? demanda soudain Mr. Robertson.

— Oui, j'imagine. » Elle était étonnée.

« Tu crois que quelqu'un y verrait une objection ? »

Elle enfila la manche de son manteau et lui jeta un regard perplexe en dégageant ses cheveux.

« Ta mère, par exemple, reprit Mr. Robertson,

verrait-elle une objection à ce que ton professeur de maths te raccompagne en voiture ?

— Bien sûr que non. » Mais elle n'en parlerait pas à sa mère.

« Alors, je prends ma veste », dit-il en allant vers le placard derrière son bureau. Ils sortirent en silence.

Une fois assise dans sa voiture, elle fut surprise de se trouver si près de lui ; elle ne croyait pas cette auto si petite. Lorsqu'il passa la marche arrière pour sortir du parking des professeurs, sa main effleura la jambe d'Amy. « Excuse-moi », dit-il en lui jetant un coup d'œil.

Elle inclina la tête et la tourna vers l'extérieur, le coude appuyé contre la portière, le pouce sur la bouche. « Au feu, vous tournez à gauche », dit-elle simplement. Puis : « La prochaine à droite », et ensuite ils roulèrent sans parler. Lorsqu'ils franchirent le pont de bois, le bruit résonna soudain sous les roues et s'arrêta tout aussi brusquement. Là où la route passait à proximité du marécage, des saules surgissaient à chaque virage. Devant une vieille ferme, un forsythia commençait à fleurir, étoilé de jaune. Ils longèrent le champ de Larkindale dans lequel se juxtaposaient divers tons de bruns, vestiges déguenillés de l'hiver. Le mur de pierre suivait la pente ascendante d'un champ et se fondait dans le lointain sous les épicéas aussi obscurs que de la toile de camouflage, les branches inclinées vers le bas comme si elles demeuraient alourdies par des mois de neige. La neige, il en restait à peine, quelques vestiges de congères sur le bord de la route, et la voiture rencontrait de longues portions de la chaussée tout à fait sèches ; le tableau de bord paraissait poussiéreux dans la lumière vive du soleil déjà sur le déclin.

Amy songeait qu'elle devrait mettre du parfum, de crainte d'exhaler la même odeur de brique mouillée que sa mère.

« C'est ici, à gauche », dit-elle d'une voix sourde, et Mr. Robertson s'engagea sur le chemin étroit, s'arrêta devant la maison et coupa le contact ; le moteur produisit une série de petits bruits semblables à ceux d'un caillou qui aurait cogné à l'intérieur.

En regardant à travers ses cils à demi baissés le lieu où elle habitait, Amy essaya d'imaginer comment Mr. Robertson le voyait, et elle se dit que la maison était à l'image de sa mère, petite et pâle, avec le voilage blanc à la fenêtre de la cuisine qui ressemblait à un effacement, comme s'il avait raté son but : donner une impression de confort joyeux, de propreté. Amy ferma les yeux.

Depuis des années, elle vivait avec ce secret : elle aurait voulu une mère différente. Elle aurait voulu une mère qui soit jolie, qui accueille les gens avec chaleur. Elle aurait voulu une mère sur le modèle de celles qu'elle voyait dans les publicités à la télé, qui passaient la serpillière sur le carrelage d'une vaste cuisine, qui embrassaient leur mari quand il rentrait du travail, une mère entourée de voisins qui feraient de fréquentes visites, au lieu d'être isolée au milieu des bois, dans ce logement exigu.

« J'ai grandi dans une maison blanche guère plus grande que celle-ci », dit Mr. Robertson. Amy sursauta et ouvrit les yeux. Il se tenait appuyé contre son dossier, une main confortablement posée sur le volant, l'autre à plat sous son menton. « Tout près, il y avait un terrain vague. » Il hocha la tête. « Où les gosses jouaient au ballon. »

De nouveau, Amy pensa à une publicité à la télé. Elle se représenta sa mère à lui, toute jolie avec son tablier, occupée à faire des gâteaux dans la cuisine.

« Mais moi, je n'y jouais pas beaucoup. »

Amy appuya le pouce contre le tableau de bord. « Pourquoi ?

— Je ne me sentais pas à l'aise avec les autres. » Mr. Robertson lui jeta un bref coup d'œil. « Ma mère buvait. Elle était alcoolique. Je faisais de grandes balades en vélo pour fuir la maison. »

Une *alcoolique*. Amy retira son pouce. Alors, elle n'était pas occupée à faire des gâteaux. Elle devait passer son temps en haut dans sa chambre, à boire du gin dont elle cachait la bouteille sous son lit. Amy ne savait pas trop comment pouvait être une alcoolique (une mère alcoolique), mais Isabelle lui avait dit un jour que ces femmes-là devenaient très sournoises, qu'elles cachaient des bouteilles sous leur lit.

« Mince, dit Amy. C'est pas drôle.

— Non. Enfin... » Mr. Robertson soupira et s'enfonça un peu dans son siège, les doigts écartés sur son genou.

En le regardant de côté, à travers ses cheveux, elle examina sa main. C'était une grande main, une main vigoureuse d'adulte, avec deux veines grosses comme des vers de terre qui saillaient sur le dessus. Les ongles étaient larges, plats et propres. L'idée qu'il avait dans son passé une mère alcoolique décevait Amy. Mais la vue de cette main la rassurait. La propreté des ongles suscita son admiration, parce qu'il avait dû avoir les ongles sales quand il était petit. Avec une mère alcoolique, c'était forcé, pensa-t-elle. Et pourtant, comme il était devenu fort, intelligent, citant des poètes et des philosophes, le cerveau bourré de théorèmes mathématiques, les ongles impeccables.

« Racontez-moi encore des choses », dit-elle en s'adossant à moitié contre la portière pour lui faire face.

Il leva un sourcil. « Au sujet de la vie et des épreuves de Thomas Robertson ? »

Elle acquiesça.

« J'ai été viré de l'Université. »

À nouveau, un éclair de déception, presque de frayeur. « C'est vrai ? » Elle était même embarrassée qu'il avoue une histoire aussi minable.

« En première année. » Il avança sa lèvre inférieure et tira sur la touffe de poils légèrement roux qui poussait au-dessous. « J'avais trop de préoccupations. Alors, je me suis mis à travailler pendant quelque temps auprès d'enfants handicapés et, plus tard, je suis parti sur la côte Ouest où j'ai terminé mes études supérieures. » Il haussa les sourcils. « Assez brillamment, même. »

Il retrouva donc tout son prestige aux yeux d'Amy. Des enfants handicapés ; il était encore mieux qu'elle le pensait. Elle le dévisagea avec admiration et, lorsqu'il tourna la tête vers elle, elle lui sourit.

« Je me préparais à faire un troisième cycle en psychologie — quel beau sourire tu as... » Elle rougit. « ...Mais j'avais un ami qui était un brillant mathématicien et qui a éveillé mon intérêt dans cette direction.

— Vous voulez dire qu'à l'Université vous avez étudié la psychologie ? »

Il hocha la tête. « Avec l'économie en matière secondaire, si bien que j'avais une petite connaissance des maths.

— D'après ma mère, tous les psys sont cinglés. » Ces mots avaient échappé à Amy, qui s'empourpra lorsqu'il éclata de rire. Il riait de tout son cœur, la tête renversée en arrière ; elle distingua les plombages de ses molaires. Une fois de plus, elle pensa qu'il ne lui plaisait peut-être plus autant, mais il reprit son sérieux et lui dit d'un ton sincère : « Tu veux savoir, Amy ? Ta mère n'est pas bête du tout. »

Ensuite, elle se sentit bien dans la voiture. Il remonta sa vitre à fond et elle eut l'impression d'être avec lui à l'intérieur d'une bulle. Ils continuèrent de parler, d'une façon détendue et agréable, jusqu'à ce qu'Amy s'aperçoive, en voyant la montre de Mr. Robertson, que sa mère serait là dans une vingtaine de minutes ; elle prit ses affaires sous un bras, s'apprêtant à ouvrir la portière de l'autre main et, subitement, elle se pencha pour poser un baiser très bref sur sa joue barbue.

8

Le fils de la cousine d'Arlene Tucker venait de se faire arrêter pour trafic de marijuana. « Un gosse de quinze ans, et il en avait sur lui pour trois cents dollars, annonça Arlene avec son autorité coutumière, en haussant l'un de ses sourcils maquillés.

— Si c'est possible ! s'exclama Lenora Snibbens. Quinze ans. Miséricorde.

— Pour trois cents dollars ! renchérit Bouboule. Où c'est qu'il avait trouvé les trois cents dollars ? »

Arlene prit un air de professeur satisfaite. « Il faisait le revendeur. On a découvert que ça durait depuis des mois. »

Isabelle leva les yeux de son livre. « Ils habitent où, tes cousins ? »

Arlene lorgna la couverture de *Madame Bovary*. « Kingswood. À environ une heure d'ici. »

Isabelle hocha la tête. Il y avait vraiment de la marijuana partout, au jour d'aujourd'hui. Avec la fac, elle savait bien que Shirley Falls n'était sûrement pas préservée. Mais Kingswood, une simple bourgade, et un gosse de quinze ans qui se livrait à ce trafic ! Elle ferma son livre ; elle ne pouvait plus se concentrer.

« Et croyez-moi, poursuivit Arlene en retirant

quelque chose de son œil qui se mit à cligner frénétiquement, c'est le plus charmant des garçons.

— Là, tu vois, j'y crois pas », dit Bev. Elle fit un signe de dénégation, tout en déballant un sandwich enveloppé dans plusieurs couches de papier paraffiné. « Quand un môme de quinze ans se met comme ça à vendre de la drogue, y a quelque chose qui cloche.

— Évidemment qu'il y a quelque chose qui cloche, répliqua Arlene. J'ai jamais dit le contraire. Ce que je dis, c'est qu'on ne peut jamais s'en douter. Les apparences sont trompeuses.

— Ça, c'est vrai, intervint Rosie Tanguay. L'autre jour, j'ai lu un truc à propos d'un jeune type au Texas. Beau garçon, étudiant modèle, intelligent, du succès — tout ce qu'on peut rêver. Un soir, en rentrant d'un match de basket, il a poignardé sa mère avec une fourchette. »

Lenora Stibbens lui jeta un regard oblique. « Une fourchette ? »

Rosie ne releva pas, mais, au bout de la table, Bev se tordit de rire. « Franchement, Rosie. Quels dégâts elle a fait, cette fourchette ?

— Je crois que la pauvre femme était dans un état critique », répondit Rosie d'un ton vexé.

Lenora se détourna. « Ils ont de sacrées fourchettes, au Texas, remarqua-t-elle posément.

— Ça m'en a tout l'air », dit Bouboule, la tête penchée en avant pour mordre dans son sandwich. Un bout de laitue enduite de mayonnaise tomba sur son ample poitrine ; elle le ramassa et le mangea, puis, fronçant les sourcils, elle se mit à frotter vigoureusement son chemisier avec une serviette.

Isabelle réprima une grimace. Elle allait s'écrier : « Bev, de l'eau chaude, vite », lorsque Arlene reprit la parole et déclara qu'elle comprenait ce que Rosie voulait dire, qu'on ne pouvait jamais savoir qui était capable des pires folies. « C'est à cause de ça que ce monde où on vit est si effrayant, dit-elle en s'adressant à Isabelle pour quelque raison obscure.

— Exactement », acquiesça Isabelle. Elle avait repéré le regard méfiant dardé par Arlene sur *Madame Bovary*, et elle savait qu'en apportant un tel livre à la fabrique elle risquait d'être accusée de snobisme. Elle ne voulait pas qu'on la croie snob. Elle tenait à rester de plain-pied avec les autres et à éviter toute espèce de désagrément, aussi répondit-elle à Arlene : « Oui, vraiment effrayant, le monde où on vit. » Après tout, elle était bien de cet avis.

En revanche, Isabelle refusait de croire que ce genre d'accidents survenaient sans crier gare. Elle refusait de croire que la mère de ce revendeur de drogue de Kingswood n'avait pas pu soupçonner que son fils sombrait dans la délinquance. Quant au jeune homme idéal du Texas, elle était sûre qu'il existait d'autres éléments, connus de Rosie, bien entendu. « Étudiant modèle », par exemple, qu'est-ce que ça signifiait ? Peut-être simplement qu'il remettait des devoirs impeccables. Au lycée, Isabelle avait connu une fille comme ça — une nommée Abbie Mattison — qui recopiait ses devoirs trois ou quatre fois, jusqu'à ce que ce que la présentation, l'écriture soient parfaites. Chez Abbie Mattison, il fallait que tout soit parfait : la coiffure, les vêtements, le sourire. Puis elle s'était mariée, elle avait eu un bébé, et voilà qu'un soir, en rentrant, son mari l'avait trouvée nue comme un ver sur la pelouse derrière la maison : elle chantait en accrochant sa lessive. On l'avait hospitalisée quelque temps à Augusta, mais, aux dernières nouvelles (Cindy Rae, la cousine d'Isabelle, les griffonnait toujours au bas de sa carte de vœux à Noël), Abbie négligeait de prendre ses médicaments et rechutait sans arrêt.

En tout cas, cette manie qu'elle avait eu de recopier indéfiniment ses devoirs, Isabelle s'en souvenait encore. Déjà un peu folle, à l'époque. « Je ne suis pas sûre qu'aucun de ces accidents soit aussi surprenant qu'on l'affirme », dit-elle à Arlene pour se montrer amicale, car elle craignait d'être allée trop loin en lisant *Madame Bovary* toute la semaine.

Arlene faisait la moue, visiblement indifférente à l'opinion d'Isabelle, qui envisagea de raconter l'histoire d'Abbie Mattison à l'appui de ses propos mais se tut par discrétion. Cela lui paraissait déloyal envers Abbie — où qu'elle fût en ce moment, à l'asile ou en liberté — d'en faire un objet de commérages rien que pour s'attirer la bienveillance de ses collègues de bureau.

« Je suis d'accord, dit Bouboule. Des parents qui font un peu attention à leur môme, ils savent bien s'il fume de la marijuana ou pas. Ça se repère à l'odeur. En plus, il aura les yeux rouges et une faim de loup. »

Convaincue qu'Amy n'aurait jamais touché à la marijuana, Isabelle éprouva pourtant une satisfaction certaine à constater, en son for intérieur, qu'elle n'avait repéré chez sa fille aucune odeur particulière, ni les yeux rouges, ni une faim de loup.

« Chaque fois que mes filles allaient à une surprise-partie, poursuivait Bev, on se couchait jamais avant leur retour, Bill et moi. Un soir, je me rappelle, Roxanne était sortie avec des copines, et la première chose qu'elle a faite en rentrant, ç'a été de filer aux toilettes pour pisser comme une vache. »

Isabelle s'efforça de sourire.

« J'ai flairé son haleine, et y avait pas à tortiller. On l'a bouclée à la maison pendant un mois. »

Lenora Snibbens se leva pour aller au distributeur. « Je crois que vous avez bien fait, Bev, dit-elle en appuyant sur le bouton pour prendre une barre chocolatée. Toutes tes filles ont bien tourné.

— On récolte ce qu'on a semé, renchérit Isabelle. J'en ai toujours eu la conviction.

— Probable. » Bev hocha vaguement la tête, tout en regardant Lenora défaire le papier de sa barre chocolatée.

« Ce n'est pas si simple, déclara Arlene. Ma cousine ne pouvait pas savoir ce que faisait son fils. Jamais il n'avait les yeux rouges ni une drôle d'odeur. Il ne consommait pas la drogue lui-même.

— Forcément si. » De ses ongles au vernis rose, Bev pianota sur la table près de Lenora. « Ces barres-là, c'est à soixante pour cent de la paraffine. J'ai lu ça quelque part.

— Non, il la vendait. Jamais il n'en fumait. Il ne faisait que la fourguer.

— C'est dingue, dit Rosie. Dingue, dingue, dingue.

— Qu'est-ce qu'il va lui arriver, maintenant ? s'enquit Lenora. Un gosse comme ça, on l'envoie en prison ?

— Le juge lui a donné un sursis avec trois ans de mise à l'épreuve. Il faut qu'il se tienne à carreau pendant trois ans. » Arlene consulta sa montre et commença à ramasser les restes de son déjeuner, enfonçant le couvercle de son bol Tupperware au fond duquel on apercevait la forme blanchâtre de macaronis en salade. « Et un suivi. Le juge a dit qu'il fallait qu'il ait un suivi, alors il va toutes les semaines causer avec un prêtre. »

Isabelle regarda la couverture de son livre où elle croisa les yeux sombres et impénétrables de Mme Bovary. Elle était impatiente de savoir si l'insatiable Emma allait être rejetée par son amant. Elle l'espérait.

« Ensuite, le prêtre appelle les parents pour leur dire ce que le gamin lui a confié. Il se sent seul à l'école. Sa mère lui crie après. » Arlene fit un geste d'impuissance.

« Comme si ces fariboles l'autorisaient à aller fourguer de la marijuana », dit Rosie.

Lenora fronçait les sourcils. « Ça ne me paraît pas correct », remarqua-t-elle en poussant du poignet la barre chocolatée en direction de Bouboule.

« Bien sûr que ça n'est pas correct, dit Arlene. Le responsabiliser un peu, ça ne ferait pas de mal. Sous prétexte que sa mère lui crie après, c'est normal de devenir un délinquant ? Toutes les mères crient après leurs enfants.

— Je doute que ce soit vraiment la cause, objecta Isabelle en se détachant de son livre pour réfléchir à l'argument d'Arlene. Même si c'est commode de raconter ça au prêtre. Mais il y a autre chose derrière. Les enfants apprennent des choses, vous ne croyez pas ? Il doit avoir appris quelque chose qui lui fait croire que c'est admissible de se conduire comme ça. De vendre de la drogue. »

Arlene interrompit son rangement et dévisagea Isabelle. « Qu'est-ce que tu insinues, Madame Ovary ? Que ma cousine a *appris* à son fils à aller vendre de la marijuana au coin de la rue ? »

Isabelle rougit jusqu'aux oreilles. « Grands dieux, non ! Je voulais seulement dire que, de nos jours, les valeurs se perdent. Et que... eh bien, quand les jeunes voient leurs parents frauder le fisc, et tout ça...

— Ma cousine ne fraude pas le fisc.

— Non, non, bien entendu. » La sueur perlait sur la lèvre supérieure d'Isabelle au moment où le signal sonore annonça la fin de la pause-déjeuner.

« Et moi, ce que je voulais dire, lança Lenora Snibbens en se levant, c'est que ça ne me paraît pas correct de la part d'un prêtre d'aller répéter ce que le gosse lui a confié. Ces entretiens, ils ne sont pas censés être confidentiels ? Maintenant je vais avoir peur de me confesser. Bouboule, je crois que tu as raison, y a pas beaucoup de chocolat, là-dedans, ajouta-t-elle en désignant au passage la barre chocolatée.

— Je ne voulais pas du tout offenser ta cousine, murmura Isabelle à Arlene, qui fit un geste las en se dirigeant vers la porte.

— C'est pas grave. »

Encore émue d'avoir frôlé l'altercation, Isabelle se tourna vers Bev. « Je crois vraiment qu'on récolte ce qu'on a semé. Comme je le disais.

— Sûrement. Je suis d'accord.

— Chez toi, ce soir, essaie donc de tremper cette tache dans l'eau chaude. »

La neige tomba au petit matin. Une chute soudaine qui couvrit tout d'une couche immaculée, épaisse de cinq centimètres. Les autos, les trottoirs, les arbres, les perrons — tout était matelassé de blanc. Avec la même soudaineté, le ciel d'avril redevint entièrement bleu, et le soleil si éclatant qu'à l'heure du déjeuner, en sortant du lycée par la porte de derrière, Stacy et Amy en furent aveuglées et courbèrent la tête, les mains devant leurs yeux qui cillaient, comme pour se protéger contre un assaillant.

La neige fondait à toute vitesse et détrempait le sentier du bois. Ni l'une ni l'autre n'étant chaussée de bottes, elles avançaient avec précaution dans la gadoue, tandis qu'au-dessus de leur tête les arbres s'égouttaient si fort que, sans le soleil éblouissant, on aurait pu croire qu'il pleuvait.

« Mon père s'envoie en l'air avec je sais pas qui », annonça Stacy dès qu'elles eurent rejoint leur coin habituel. Elle enfourna un marshmallow enrobé de chocolat et se mit à mâcher vigoureusement. « Merde, ajouta-t-elle en baissant les yeux, j'ai les pieds tout mouillés. »

En plus, leurs chaussures étaient couvertes de

boue. « Laisse-les sécher avant de les nettoyer », conseilla Amy, mais elle était inquiète. Les siennes étaient en daim et Isabelle avait fait tout un plat du prix qu'elle coûtaient.

« Ouais, dit Stacy en sortant les cigarettes. En fait, je m'en fous pas mal. »

Amy observa le ruissellement qui se formait le long de l'écorce assombrie d'un arbre, puis elle demanda : « Qu'est-ce qui te fait croire ça à propos de ton père ?

— Oh... » Stacy semblait presque avoir oublié qu'elle venait de parler de lui. « Je sais pas, je peux me tromper. C'est juste une impression. Et aussi un rêve que j'ai fait. Ouais, c'est ça. » Elle alluma les deux cigarettes et en tendit une à Amy. « J'y pensais plus, mais j'en ai rêvé. Ouais. » Elle se mordilla la lèvre, les yeux fixés sur sa cigarette.

Amy cracha sa fumée. « Bizarre.

— J'étais dans l'eau, et mon père sur la rive avec une femme, quelque chose comme ça. » Elle tira une bouffée. « Va savoir. Qu'est-ce que j'en ai à foutre ? » Elle haussa les épaules.

« Ils sont drôlement bons », dit Amy en pointant sa cigarette sur la boîte de marshmallows à moitié vide, posée en équilibre sur le tronc. La mère de Stacy les avait achetés pour le goûter d'anniversaire de ses petits frères jumeaux, mais elle les avait fauchés et apportés au lycée.

« Sers-toi. Tu sais, les gens donnent plein de fric à mon père pour analyser leurs rêves, mais moi, quand j'en fais un, il s'en fiche complètement.

— Tu lui as quand même pas raconté celui-ci ?

— Non. Mais merde, quelle idée géniale ! Je vais attendre qu'on soit tous à table en train de manger, et là, je dirai : “ Papa, j'ai rêvé que tu baisais avec une femme qui n'était pas maman. Tu peux m'expliquer ce que ça signifie ? ” »

Amy prit un autre marshmallow. Distraite, elle ne

s'intéressait qu'à moitié au rêve de Stacy. Ce qui lui occupait l'esprit, c'était naturellement le souvenir plus qu'embarrassant de la veille, son baiser sur la joue de Mr. Robertson. Quelle bêtise de faire une chose pareille ! Et il était marié, il portait une alliance, alors en rentrant chez lui il avait dû raconter ça à sa femme et ils avaient bien ri tous les deux. « C'est banal que les filles aient le béguin pour leur prof », avait sans doute dit Mrs. Robertson. L'estomac d'Amy se noua sur le plaisir du marshmallow. Ce qu'elle était en train de vivre avec Mr. Robertson n'avait rien de banal. Elle avala le reste du marshmallow en songeant que s'il lui avait souri ce matin pendant le cours, c'était forcément parce qu'il était gêné qu'elle se soit conduite comme une idiote.

Une goutte d'eau tomba d'une branche sur la tête d'Amy et lui coula sur le front. Elle l'essuya avec sa manche. « À quelle université tu crois que tu iras ? » demanda-t-elle à Stacy. Mr. Robertson lui avait parlé de l'importance du choix de l'université, pendant qu'ils étaient assis tous les deux dans sa voiture devant chez elle.

« Aucune. Je suis trop nulle. Je vais aller à New York pour être chanteuse. » Stacy scruta les marshmallows et en choisit un sur lequel le chocolat paraissait plus épais. « L'ennui d'être une enfant adoptée, poursuivit-elle en tenant sa cigarette dans une main et le marshmallow dans l'autre, c'est que tu peux tomber sur des parents brillants, qui espèrent que tu vas le devenir aussi, mais, manque de pot, tu es nulle. Évidemment, ils sont déçus. Comme ils peuvent pas le dire, ils arrêtent pas de te faire comprendre que tu devrais leur être reconnaissante de t'avoir adoptée. Tu devrais leur être foutument reconnaissante de pas t'avoir laissée dans le ruisseau.

— Tu ne risquais pas d'être abandonnée dans le

ruisseau, quand même ? » Cette éventualité éveillait l'intérêt d'Amy.

« Bien sûr que non. » Stacy grignotait le chocolat du bout des dents. « Justement. Je suis née dans une maternité bien propre, mes parents se sont ramenés, ils m'ont adoptée, emmenée chez eux, et moi, merde alors, il faudrait que je me conduise comme s'ils m'avaient sauvé la vie. »

Amy tira une bouffée et réfléchit à cette situation avant de répondre. « Si ça n'avait pas été eux, ç'aurait été quelqu'un d'autre. Je suis sûre que plein de gens auraient voulu t'adopter. Je suis sûre que tu étais un très joli bébé. »

Stacy balança dans le sous-bois son marshmallow grignoté, puis elle laissa tomber sa cigarette à ses pieds et la contempla longuement, l'air de dormir les yeux ouverts. « Les roses sont rouges, finit-elle par déclarer, les violettes bleues, je suis schizo et moi aussi. » Elle regarda Amy. « Mon père trouve ça marrant. Il trouve que c'est à se taper le cul par terre. »

9

Le printemps arriva. La floraison jaune des forsythias explosa au coin des perrons, le long des murets de pierre ; puis s'épanouirent les jonquilles, et les jacinthes. La tête inclinée sur leur tige, les narcisses tapotaient les bardeaux du mur au bas des maisons lorsque passait un souffle de brise. Jour après jour, le ciel était d'azur ; le soleil chauffait les briques des édifices. Au bord du fleuve, les bouleaux fluets prenaient avec leurs pousses vertes toutes neuves des airs d'écolières hésitantes. Le soleil miroitait dans l'eau, des souffles tièdes balayaient les rives, et les gens mangeaient leur déjeuner sur les bancs du parc, rattrapant au vol le sachet vide des chips emporté par le vent.

Les soirées s'allongeaient ; les fenêtres des cuisines restaient ouvertes après le dîner et on entendait les grenouilles dans le marécage. En sortant balayer les marches de la galerie, Isabelle eut la conviction absolue qu'un changement merveilleux allait intervenir dans sa vie. La force de cette certitude subite était déconcertante ; elle décida que ce qu'elle ressentait n'était autre, en fait, que la présence de Dieu. Dieu était là sur les marches derrière la maison, dans les derniers rayons du soleil sur la bordure de tulipes, dans les notes enrouées qui montaient du marécage, dans la senteur de la terre humide qui enveloppait les délicates racines des renoncules et des primevères. Elle rentra, verrouilla la porte à moustiquaire et éprouva de nouveau la conviction que sa vie, grâce à Son amour, allait enfin déboucher sur quelque chose d'une grande ampleur.

Et Amy, Dieu merci (oui, merci à Lui), se montrait plus loquace qu'avant, elle s'intéressait davantage à ses études. Elle participait au club d'anglais, au comité des délégués de classe, et avait souvent des réunions en fin d'après-midi. Lorsque c'était le cas, elle ne manquait pas de téléphoner à Isabelle au bureau pour la prévenir. Il lui arrivait aussi de rester après les cours pour aider ses camarades en espagnol. C'était miss Lanier, la prof d'espagnol, qui le lui avait demandé. Stacy Burrows, par exemple (« Elle est vraiment sympa, on est copines », avait dit Amy), qui apparemment avait du mal avec les conjugaisons, restait souvent travailler avec Amy. Mais elles passaient pas mal de temps à bavarder au sujet de miss Lanier et de Puddy, le proviseur. « Nous pensons qu'ils sont amoureux l'un de l'autre, expliqua Amy en appliquant une grosse noix de beurre au cœur de sa pomme de terre en robe des champs. L'autre jour, Puddy est venu apporter un mot à miss Lanier, elle a rougi et lui aussi. »

Isabelle trouvait tout cela bien normal : deux adolescentes qui échafaudaient des hypothèses romanesques sur leurs professeurs. Et elle s'en réjouissait, car elle avait craint qu'Amy ne souffre de solitude au lycée. C'était donc un plaisir, par ces belles soirées printanières, d'écouter le babillage de cette adolescente heureuse.

« Il est bien, le proviseur ? demanda-t-elle. Je crois que tu ne m'as jamais raconté grand-chose à son sujet.

— Oh, il est gentil, dit Amy en écrasant avec sa fourchette la pulpe de pomme de terre et le beurre. Il n'est pas sévère du tout. Ça se voit qu'il déteste se mettre en colère. » Elle enfourna une bouchée d'un volume inquiétant. « Sauf qu'il a tout de même collé trois jours de renvoi à Alan Stewart pour avoir saccagé les toilettes des garçons.

— Grands dieux, c'était mérité ! s'exclama Isabelle. Et ne parle pas la bouche pleine, s'il te plaît. »

Amy fit un geste d'excuse et déglutit, non sans un effort qui fit saillir les tendons de son cou. « D'après Stacy, reprit-elle dès qu'elle le put, ce Mr. Mandel — Puddy — vit encore avec sa mère, et il est trop timide pour inviter miss Lanier à sortir avec lui.

— Mandel, releva Isabelle. Il ne serait pas juif, par hasard ? Quel âge crois-tu qu'il peut avoir ? »

Amy haussa les épaules. « Dans les quarante ans, peut-être. Cinquante. Comment tu peux deviner qu'il est juif ? » La tête baissée sur son assiette, elle regardait sa mère par en dessous.

« L'indice, c'est le nom. Est-ce qu'il a un grand nez ? Au nom du ciel, chérie, tiens-toi droite !

— Ouais, c'est vrai qu'il a un nez plutôt grand. »

Isabelle hocha la tête. « C'est fréquent, chez eux. Les pieds plats, aussi, et Stacy a peut-être raison, il vit peut-être bien avec sa mère. Les mères juives ont du mal à lâcher prise. Surtout pour leur fils, je crois. »

Amy rota, et ouvrit de grands yeux dans sa confusion. « Excuse-moi, excuse-moi », bafouilla-t-elle, mais Isabelle était si contente en sa compagnie qu'elle passa l'éponge.

« Et miss Lanier, comment est-elle ?

— Pas trop belle, mais vraiment sympa. » Amy s'abstint de préciser qu'elle portait des minijupes, mais elle expliqua à sa mère le problème du tissu synthétique qui collait.

« Oh, c'est malheureux, dit Isabelle en saupoudrant de sel aromatisé sa cuisse de poulet. Elle ne possède sans doute pas de miroir en pied, sans quoi elle s'en apercevrait. Une femme devrait toujours avoir un miroir en pied. »

Elles échangèrent un regard de connivence. Un courant d'air venu de la fenêtre apporta une odeur de terre humide qui se mêla à celle du poulet assaisonné. « Seulement, vois-tu, reprit Isabelle en pointant sa fourchette sur Amy, Lanier, je crois que c'est un nom français. Ce qui signifie qu'elle doit être catholique. Et que ça ne va pas convenir du tout à la mère de Mr. Mandel.

— Pourquoi ?

— Oh, chérie ! » Isabelle se remit à manger.

« Ça t'embêterait que je me marie avec quelqu'un qui ne serait pas protestant ? » demanda Amy. C'était une question en l'air, innocente.

« Mais non, bien sûr, répliqua Isabelle, tout en éprouvant un petit raidissement. Tu peux épouser qui tu veux.

— Si je me mariais avec un juif, par exemple. » Amy étala du beurre sur la peau de sa pomme de terre.

« Il n'y aurait pas de problème, dit Isabelle, soulagée. Les juifs sont très intelligents. Ils réfléchissent. Ils se servent de leur tête. Ils attachent du prix à l'éducation.

— Et si je me mariais avec un catholique ? »

Isabelle coupa en deux une bribe de poulet. « Ce serait ton affaire. »

Gentiment, Amy la rassura. « Je ne crois pas que je me marierai avec un catholique. Cette manie qu'ils ont de se mettre à genoux, je trouve ça débile. Ça me ferait un drôle d'effet de m'agenouiller dans une église.

— Eh bien, j'avoue que je suis tout à fait d'accord avec toi. Même s'il faut respecter les différences. »

Voilà, c'était une réussite, une bonne petite conversation entre mère et fille. Isabelle se sentait comblée. Elle avait fourni le dur labeur d'élever sa fille toute seule, et le résultat était là : elles se retrouvaient sur la bonne voie. Elle se rappela soudain une nouvelle dont elle voulait parler avec Amy.

« J'y pense, reprit-elle en débarrassant la table, ton prof de maths, celui qui remplace cette année miss Dayble. Comment s'appelle-t-il déjà ?

— Robertson. » Amy se baissa comme pour chercher quelque chose qui serait tombé. « Et alors ? demanda-t-elle, la tête en bas, en libérant ses cheveux de derrière son oreille pour qu'ils lui masquent le visage.

— Sa femme l'a quitté. » À l'aide d'une éponge qu'elle avait passée sous le robinet, Isabelle essuyait la table dans tous les coins.

« Ah bon ? » Amy se redressa en prenant soin de tourner le dos à sa mère. « Je croyais qu'un petit pois avait roulé par terre, j'ai dû me tromper. » Mais sa mère ne la regardait pas, elle retournait vers l'évier. « Comment tu sais que sa femme l'a quitté ?

— Betty Tucker l'a connue à la fac. Chérie, si tu penses qu'il y a un petit pois quelque part là-dessous, j'aimerais bien que tu le retrouves. Je ne veux pas attirer les souris dans cette maison.

— Elle était à la fac avec Mrs. Robertson ?

— Oui, d'après Arlene. Tiens, à défaut de retrouver ce petit pois, mets ça au frais. » Elle lui tendit les restes de poulet, soigneusement enveloppés de papier alu.

Amy attendit d'avoir ouvert le réfrigérateur pour demander : « Comment ça se fait qu'elle est partie ?

— Je n'en sais rien. Ça doit être l'effet de la prise de conscience. »

Amy tripota les pots de mayonnaise, de cornichons et de ketchup, déplaça une boîte d'œufs. « Qu'est-ce que tu veux dire ?

— Referme ce frigo, Amy, au nom du ciel. Mets-y le poulet et ferme la porte. » Isabelle remplissait l'évier d'eau chaude tout en nouant la ceinture de son tablier.

Amy poussa la porte du réfrigérateur. « Qu'est-ce que tu entends par là, l'effet de la prise de conscience ?

— J'ignore si c'est vraiment l'explication. Mais tu sais que ces temps-ci, toutes sortes de femmes se réunissent dans ces groupes de prise de conscience.

— C'est quoi, ces groupes ? » Amy se rassit devant la table et elle ouvrit son manuel de biologie. Il lui restait des devoirs à faire.

« Autant que je sache, répondit Isabelle en récurant une assiette, les femmes vont là pour se plaindre de leur mari et s'encourager mutuellement à demander le divorce.

— Mrs. Robertson fait partie d'un de ces groupes ?

— Je te dis que je n'en sais rien, Amy. Tout ce que je sais, c'est que, d'après Arlene, elle est retournée vivre chez ses parents.

— Mais pourquoi ?

— Miséricorde, Amy ! Franchement, je n'en ai aucune idée. » Isabelle rinça les assiettes, puis nettoya les robinets.

Amy renonça à l'interroger.

« En tout cas... » Isabelle soupira en s'essuyant les mains. « Le pauvre homme, abandonné par sa femme ! » (Par la suite, elle se souviendrait de cet instant, dans la cuisine, où elle avait dit *Le pauvre homme*.)

« Ça lui fait peut-être rien du tout, dit Amy en

feuilletant son manuel de biologie. Il en avait peut-être assez d'elle.

— Qui sait, avec tout ce qu'on voit de nos jours. Mais si tu veux mon avis, en avoir assez l'un de l'autre, ce n'est pas une raison suffisante pour divorcer. » Elle alla dans le séjour et sortit sa corbeille à ouvrage pour refaire l'ourlet d'une jupe. Cela l'énervait de penser à tous ces gens qui faisaient si peu d'efforts pour préserver leur couple. « Ceux qui pratiquent un minimum de considération et d'égards, ils n'en ont pas assez l'un de l'autre », lança-t-elle en dévidant une bonne longueur de fil.

Assise à la table de la cuisine, Amy regardait sans le voir son manuel de biologie. Depuis quelque temps, elle ne venait pas à bout de ses devoirs. La veille, elle avait eu une mauvaise note à son interro de biologie, et le professeur avait écrit en travers : *Vous ne vous concentrez pas sur votre travail.*

Isabelle s'était trouvée si captivée par *Madame Bovary* qu'elle avait depuis longtemps cessé de se féliciter de lire ce livre. Lorsque ses collègues de bureau s'étaient mises à l'appeler Madame Ovary (« Voilà Madame Ovary », entendait-elle en entrant dans la salle à manger), ce n'était pas tant la taquinerie qui l'affectait que le fait de ne plus pouvoir lire tranquillement à la fabrique et d'être privée de ce plaisir jusqu'à son retour à la maison. Pourtant, elle gardait le livre de poche dans son sac à main et, un jour qu'il faisait particulièrement doux, elle sortit en douce à l'heure du déjeuner pour aller s'asseoir dans sa voiture sur le parking, où elle se rongea l'ongle du pouce jusqu'au sang tandis que la malheureuse Emma Bovary finissait par expirer tragiquement dans son lit.

Isabelle pleura. Elle chercha dans le vide-poches une serviette en papier pour se tamponner les yeux et songea au gâchis qu'Emma avait fait de sa vie. Elle prononça même le mot à haute voix. « Quel gâchis », dit-elle avant de se moucher. Heureusement que ce n'était pas elle qui avait subi ce triste sort. Elle respira à fond et regarda, à travers le pare-brise, le parking où des graviers luisaient au soleil. Elle éprouvait un mélange de soulagement et de léger ennui à se retrouver au XXe siècle, sur le parking d'une fabrique de chaussures à Shirley Falls, alors qu'elle était encore tout imprégnée de l'affreux gâchis qui venait de se produire dans un village français, un siècle auparavant : elle voyait la petite chambre, les abeilles à la fenêtre, les derniers cris d'Emma sous la torture du poison... Affreux, affreux, affreux. Quelle peine elle ressentait pour cette pauvre femme ! De nouveau, les yeux d'Emma se remplirent de larmes.

Mais quand même. Tout bien considéré. (Isabelle regarda encore une fois Emma Bovary et la rangea dans la boîte à gants.) Son malheur, elle en était elle-même l'auteur. Eh oui. Elle avait un mari très acceptable en la personne de Charles. Si elle lui avait témoigné de l'affection, elle se serait aperçue qu'il était capable de devenir un homme solide et intéressant. Isabelle en était convaincue. À vrai dire, tout au long du livre, elle n'avait pu se débarrasser du sentiment que, pour sa part, un mari tel que Charles lui aurait fort bien convenu ; elle avait donc eu un peu de mal à percevoir les choses du point de vue d'Emma.

Mais c'était compliqué. Car, au tréfonds de son cœur, Isabelle comprenait les terribles aspirations qui rongeaient Emma. À Shirley Falls, personne n'aurait voulu le croire, mais Isabelle gardait enfouis en elle les souvenirs de l'amour physique dévastateur qu'elle avait connu avec un homme, et ces souvenirs vibraient parfois en elle comme s'ils étaient vivants. Pourtant, c'était un amour coupable, totalement coupable, et son cœur se mit à tressauter dans sa poitrine ; elle se sentit sur le point de suffoquer dans cette voiture.

Pour se calmer, elle marcha le long du parking, contempla deux faucons qui planaient très haut dans le ciel bleu, puis baissa les yeux sur le fleuve, sur l'eau qui se déversait en tourbillonnant au pied de la fabrique sur les rochers de granit. Emma Bovary avait été égoïste, songea Isabelle, égoïste et dure, la preuve n'en était pas seulement son indifférence envers son mari, mais la façon dont elle avait déplorablement négligé son enfant. Oui, elle était bien plus coupable qu'Isabelle Goodrow ne l'avait jamais été ni ne le serait jamais, et si elle avait fini par périr d'une mort lamentable, c'était sa propre faute.

Isabelle tira à elle la lourde porte noire de la fabrique, contente de replonger dans l'odeur familière de cuir et de colle, le vacarme de la salle des machines, le vrombissement de l'ascenseur qui la déposa dans le couloir tranquille du secrétariat. Elle fit halte aux lavabos pour se remettre du rouge à lèvres et se donner un coup de peigne ; ce faisant, elle se dit qu'elle laisserait peut-être passer quelque temps avant de lire un autre livre, que la vie était déjà bien assez difficile sans aller chercher en plus les malheurs de quelqu'un d'autre.

« Tu passeras me voir cet après-midi ? » glissait discrètement Mr. Robertson à Amy lorsqu'elle sortait de la salle de classe, ou qu'il la croisait dans un couloir ; elle allait alors le rejoindre après les cours et ils causaient tous les deux, debout près d'une fenêtre ou perchés sur les pupitres. « Tu voudras bien que je te raccompagne ? » demandait-il, si bien que cela devint une habitude : ils gagnaient le parking des professeurs, empruntaient la Route 22, puis restaient assis dans l'auto devant la maison.

Elle n'avait pas eu l'intention de l'embrasser de nouveau, mais la fois suivante, au moment où elle s'apprêtait à descendre de la voiture, il lui avait dit d'un ton taquin : « Pas de baiser, aujourd'hui ? » et il s'était penché vers elle en lui offrant sa joue. Cela aussi était donc devenu une habitude, les lèvres d'Amy qui effleuraient la joue barbue.

Un jour, il tourna la tête et il l'embrassa sur la bouche. « Passe une bonne soirée », dit-il ensuite, avec un petit geste de salut.

Ce soir-là, une fois de plus, elle ne fit pas ses devoirs. D'ailleurs, elle ne fit pas grand-chose d'autre qu'errer dans la maison, en pensant à son baiser délibéré sur la bouche. Isabelle lui tâta le front pour voir si elle était malade.

« Je vais très bien, affirma Amy. Je t'assure. »

Mais c'était pénible d'avoir à mentir à sa mère.

« Demain, lui dit-elle quelques jours plus tard, assise sur le bord du canapé et tenant une mèche de cheveux devant son visage comme pour examiner les pointes, je resterai sans doute un peu tard au lycée.

— Le club d'anglais ?

— Les maths. » (Le club d'anglais n'existait pas. C'était une invention qui lui était venue comme ça, un beau jour, à brûle-pourpoint.) Un cours de soutien. Enfin, non, pas exactement. On est quelques-uns à être vraiment bons en maths et le prof nous fait faire de la trigonométrie. Pratiquement au niveau de la fac. Il a dit qu'il ferait de temps en temps des heures supplémentaires avec nous en fin de journée.

— Ah bon ? s'écria Isabelle, complètement dupée. Comme c'est bien. Et intéressant, aussi.

— Pourquoi, intéressant ? » Amy persistait à loucher sur ses cheveux.

— Parce que mon père était très doué pour le calcul. Tu as peut-être hérité ça de lui. »

Amy n'était pas si bonne en maths. Quand elle voyait Mr. Robertson en tête à tête, jamais ils ne parlaient de maths. « Je préfère l'anglais », dit-elle en lâchant sa mèche, et elle repensa à la femme de Mr. Robertson et aux raisons de son départ. Il avait dû lui demander de s'en aller.

« J'ai fini le livre que je lisais, annonça Isabelle. *Madame Bovary*, de cet écrivain français... » (Elle craignait de prononcer son nom de travers.) « C'est vraiment remarquable. Un classique.

— Bon, en tout cas, dit Amy, si je reste après les cours, je te passerai un coup de fil pour que tu ne t'inquiètes pas de ne pas me trouver à la maison.

— Oui, dit Isabelle, s'il te plaît. Sinon, je serais malade d'angoisse. »

Quant à Mr. Robertson, il ne changeait rien à son attitude — avec ou sans sa femme. Il continuait de la raccompagner. Tous deux continuaient de causer dans la voiture. Sur le côté de la maison, la bordure de tulipes avait des couleurs rutilantes. À présent, il lui donnait chaque fois, sans aucune gêne, un bref baiser sur la bouche. Mais par une chaude journée de mai, alors qu'il venait de dire : « Allez, ma belle, il est temps que tu rentres », Amy crut déceler l'ombre d'une différence dans son regard et dans la lenteur de son mouvement pour se pencher vers elle en regardant sa bouche.

10

Le Dr. Gerald Burrows tripotait un bouton de sa veste en regardant son patient, un homme à peine plus jeune que lui, déchiqueter un mouchoir en papier tandis qu'il relatait un souvenir d'enfance, une partie de pêche en compagnie de son père sévère. Lorsqu'il marqua une pause et se tourna vers la fenêtre pour rassembler ses idées, le Dr. Burrows laissa son regard effleurer la pendule — une petite pendule grise et discrète, posée sur une table derrière le patient, un peu sur sa droite.

Lui qui s'enorgueillissait de l'attention méticuleuse accordée à ses patients, il avait aujourd'hui du mal à se concentrer sur ce récit d'une traumatisante partie de pêche qui remontait à une trentaine d'années. Il se croyait blindé contre les phases de découragement que son métier ne pouvait manquer de provoquer, mais, ces temps-ci, il se sentait en proie à un sentiment de futilité envahissant. Jamais personne ne guérissait — du moins, presque personne. Les gens qui s'adressaient à lui avaient contracté leurs problèmes si jeunes, à un âge si délicat que, le temps qu'ils arrivent dans son cabinet, leurs souffrances s'étaient enracinées, avaient engendré tout un ensemble encroûté d'expressions, de déviations et de manipulations retorses. Non, ils ne guérissaient pas. Ils venaient parce qu'ils souffraient de solitude et parce que leur état les troublait. Au mieux, songea le Dr. Burrows qui tripotait toujours son bouton, il pouvait leur fournir un refuge momentané, un répit, le temps de rassembler les morceaux.

Cela, il ne pouvait se l'offrir à lui-même. Derrière son visage impassible, en cet instant, couvaient les préoccupations que lui inspirait sa fille. Stacy le détestait. Il percevait cette haine dans ses regards sarcastiques, il la détectait dans le défi de son laisser-aller à la table du petit déjeuner, tous les matins. Dans le coup d'œil insolent qu'elle lui jetait avant de sortir de la cuisine, c'était effrayant de lire, ou de croire y lire, la dureté d'un sous-entendu.

Il ne savait pas au juste ce qui causait cette hostilité. Mais elle indiquait (forcément, non ?) que l'éducation de Stacy n'avait pas réussi à en faire une jeune fille aimable. Il avait tenu à adopter un bébé à la naissance de préférence à une enfant plus grande, précisément pour éviter cette empreinte négative du malheur — comme s'il était en mesure d'éviter la conscience du malheur à ce bébé hurlant, au visage cramoisi ! Déjà, elle était en colère. Âgée de quelques semaines, elle dardait sur eux un regard féroce entre deux braillements ; dans les moments plus calmes, elle les dévisageait d'un œil torve. Un accouchement difficile, avaient-ils appris par la suite — elle avait été coincée dans le col de l'utérus avec le cordon ombilical qui lui enserrait le cou. Était-ce contre cela — ce souvenir obscur, les vestiges de ce traumatisme — qu'elle se révoltait ?

Il n'en croyait rien. Si l'un de ses patients avait mis sur le compte d'un accouchement difficile la révolte de sa fille, il ne l'aurait pas cru. Il se serait demandé ce qui se passait en ce moment dans ce foyer, dans la vie de cette famille.

Le Dr. Burrows changea de position dans son fauteuil. Il n'allait pas prétendre que chez lui la vie quotidienne était idéale, mais ses autres enfants, les jumeaux, allaient très bien — des petits garçons pleins de santé qui gambadaient à travers la maison, toujours contents de le voir. (Trouvez donc l'explication, pensa-t-il avec une vague agressivité.) Pour compenser sa distraction, il hocha la tête à l'adresse de l'homme assis devant lui. Le patient avait achevé son récit et le regardait d'un air à la fois gêné et douloureux. « Bon, dit le Dr. Burrows. Nous avons là d'abondants sujets de réflexion. Nous y reviendrons la prochaine fois. »

Longtemps après le départ du patient, le Dr. Burrows garda à l'esprit son visage, tout nu dans sa quête d'un sourire approbateur. Cela l'ennuyait de constater sa propre frustration douloureuse.

Isabelle se trouva en proie à des changements d'humeur d'une brutalité inquiétante. Elle se demanda si, à son insu, elle avait toujours été ainsi. Non. Seigneur, c'était impossible de ne pas s'en rendre compte : elle faisait un saut en voiture à l'A&P, en y allant elle se sentait bien dans sa tête et dans sa peau, comme dans un vêtement parfaitement ajusté, et au retour elle était toute démolie, parce que sur le parking l'odeur du sac plein de provisions qu'elle tenait dans ses bras s'était mêlée à celle du printemps et avait éveillé en elle une espèce de nostalgie. C'était épuisant. Car, pour chaque moment d'espoir en un Dieu tout proche, chaque moment où elle sentait son cœur s'ouvrir, s'épanouir, Isabelle en connaissait d'autres où c'était de la rage qui l'envahissait.

La seule vue du linge à laver pour Amy, par exemple, pouvait la mettre en fureur : soudain, elle se sentait écrasée par les simples tâches matérielles à accomplir pour sa fille, et c'était incompréhensible ; n'avait-elle pas réussi à élever toute seule cette enfant, les années les plus difficiles n'étaient-elles pas derrière elle ? Pourquoi lui semblait-il par moments qu'elle s'effondrait sous le poids de la charge maternelle ?

Souci plus souci plus souci. C'est ce qu'elle confiait un matin à Avery Clark, assise face à son bureau, légèrement penchée en avant avec son café dans un gobelet en polystyrène expansé. « Une enfant, c'est souci plus souci plus souci. » Mais elle le dit avec un sourire d'autodérision qui lui abaissa les coins de la bouche.

« Et comment ! » acquiesça Avery en gloussant. Il bascula en arrière dans son fauteuil pivotant pour se mettre à raconter en détail l'aventure de son fils parti faire du bateau avec un ami, et qui n'était pas encore rentré à la nuit tombée. Ce récit lui prit tant de temps (avec l'interruption d'un coup de téléphone) qu'Isabelle ne savait plus que faire de son visage ; l'expression d'intérêt commençait à lui donner des crampes, mais Avery parvint enfin à sa conclusion.

« Et quand il a fini par franchir le pas de notre porte, je ne savais plus si j'allais le tuer ou le serrer dans mes bras. » Avery éclata d'un rire sonore et secoua la tête. « Oh, nom d'un chien, j'étais dans tous mes états !

— Naturellement ! s'exclama Isabelle. Ça ne se compare à rien d'autre au monde. » Mais Avery ne l'écoutait pas. De nouveau, il riait et secouait la tête. « Dans tous mes états », répéta-t-il.

A peu près la seule chose à laquelle pouvait penser Amy, c'était la bouche ouverte de Mr. Robertson : le choc de sa langue chaude et mouillée contre la sienne, le gémissement étouffé qui était monté de sa gorge tandis qu'il lui serrait la nuque dans sa main, le craquement de sa mâchoire au moment où il avait ouvert la bouche encore plus grande, poussé la langue au fond de sa joue, un organe vivant qui pénétrait sa bouche à elle. Elle s'était sentie presque soulagée lorsqu'il avait fini par lui dire doucement : « Amy, il vaut mieux que tu rentres. »

Elle était restée de longues minutes immobile sur le canapé du séjour, avant le retour de sa mère. C'était absolument incroyable. Mr. Robertson l'avait embrassée avec la langue. Il l'avait fait. Est-ce que ça signifiait qu'il l'aimait ? Elle n'avait pas eu l'impression d'un baiser amoureux. D'une certaine façon, c'était comme si elle n'y était pour rien, ou presque. Mais c'était idiot, parce qu'on n'embrasserait pas ainsi quelqu'un qu'on n'aimerait pas très fort. Pourtant, assise là dans le silence du séjour, elle se sentait mal à l'aise, presque triste.

Le lendemain matin, à son réveil, c'était passé. Elle éprouvait une calme détermination, comme si quelque chose de crucial dans sa vie avait pris forme. Elle se fit un shampooing, se brossa les cheveux encore humides, ce qu'Isabelle lui avait dit de ne jamais faire, et une fois secs ils furent tout soyeux, brillants et ondulés, la perfection avec le sweater rose qu'elle enfila sur sa robe bleu pâle.

« Mon Dieu, que te voilà ravissante ! » s'écria Isabelle en versant des Rice Krispies dans un bol.

Mais, dès le milieu de la matinée, elle avait cessé d'être ravissante ; dans le miroir des lavabos, son visage était blafard. Ses cheveux semblaient à présent inconsistants, ils flottaient dans tous les sens comme ceux d'un petit enfant émergeant de la sieste. Comble de désarroi, Mr. Robertson ne se tourna pas une seule fois vers elle pendant le cours.

Amy ne s'y attendait pas. Un bref regard complice, un clin d'œil discret ? Non, rien. On aurait dit qu'il ne la voyait pas. Il couvrit d'éloges Julie LaGuinn, la fille effacée et moche du premier rang. « Très bien, lança-t-il en lisant par-dessus son épaule ce qu'elle écrivait. Excellent. Voilà quelqu'un qui sait se servir de ses méninges. » Et, à la fin du cours, Mr. Robertson regagna simplement son bureau tandis qu'Amy, hébétée, sortait dans le couloir où elle se fit bousculer par un groupe de garçons qui allaient au gymnase.

Stacy était absente. Elle n'était pas en salle d'étude, et à l'heure du déjeuner Amy ne la trouva pas non plus en train de l'attendre au vestiaire. Un jour, alors que c'était Amy qui avait manqué la classe à cause d'une angine, Stacy l'avait appelée pour râler contre les « foutus débiles » avec qui elle était obligée de déjeuner ; Amy se rendit dans le hall où se trouvait le téléphone public et pêcha une pièce de monnaie au fond de son sac.

Stacy décrocha à la cinquième sonnerie. « Allô ? dit-elle d'un ton maussade.

— C'est moi. » Amy vit Karen Keane qui marchait de long en large, les mains dans le dos, la tête penchée en arrière comme une de ces filles sortant d'une piscine dans les publicités des magazines.

« Salut, marmonna Stacy.

— Tu es malade ? » Amy suivait toujours des yeux Karen Keane, laquelle lui fit signe qu'elle avait besoin de téléphoner.

Il y eut un silence, un blanc au bout du fil, puis Stacy répondit : « Il faut que je voie le toubib. » Elle renifla avant d'ajouter d'une voix éteinte : « Fait chier.

— Ça ne va pas ? » Amy se tourna vers le mur, les deux mains autour du combiné. « Karen Keane attend que je libère le téléphone, ajouta-t-elle à voix basse.

— Ma mère m'emmène chez le toubib.

— Tu es malade ? demanda encore Amy.

— Il faut que je voie le toubib, répéta Stacy. Dis de ma part à Karen Keane d'aller se faire foutre. Dis à tout ce bahut de merde d'aller se faire enculer et qu'il crève. »

Ayant fini son café, Isabelle se courbait pour jeter son gobelet en polystyrène expansé dans la corbeille à papier et lissait sa jupe sur ses hanches lorsque Avery Clark reprit la parole : « Au fait, Isabelle... »

Elle se tourna vers lui (elle se sentait distinguée et jolie, contente de leur conversation sur les soucis qu'amènent les enfants) et l'interrogea du regard, en pinçant les lèvres au cas où son rouge aurait bavé.

« Je me demandais... Il m'est venu une idée. » Avery se penchait en travers de son bureau. Isabelle comprit qu'il voulait éviter d'être entendu par une autre personne du secrétariat.

« Oui ? » Elle se rassit sur le bord de sa chaise, courbée en avant, l'air de dire qu'il pouvait naturellement compter sur sa discrétion.

« Enfin, ce n'est qu'une idée, poursuivit Avery, mais je pourrais peut-être employer Amy ici cet été. »

De nouveau, Isabelle l'interrogea des yeux, la tête penchée pour témoigner de son intérêt.

« Au stade actuel, Dottie Brown préfère que cela demeure confidentiel, dit Avery tout bas, encore penché sur son bureau, avec un bref regard à travers la vitre en direction des autres femmes. Mais elle risque d'avoir besoin d'un arrêt de maladie. Apparemment, elle doit se faire opérer. » Il chuchota le mot : « Gynécologie.

— Ah, je vois. Mon Dieu, j'espère que ce n'est pas trop grave. »

Avery la rassura d'un signe de tête. « Non, je ne

crois pas. Toutefois, elle en aurait pour l'été. Il semble que son médecin lui ait recommandé plusieurs semaines de congé de convalescence. Je lui ai dit de prendre tout son temps.

— C'est très généreux de votre part.

— Et l'idée m'est donc venue que je pourrais embaucher quelqu'un pour donner un coup de main. Rien de difficile, bien entendu. Du classement. Vérifier les bordereaux. Des tâches très simples. Rappelez-moi, quel âge a Amy, exactement ? Pour un plein temps, il faut qu'elle ait seize ans.

— Elle les aura dans trois semaines, répondit Isabelle. Même si j'ai du mal à le croire, je vous assure.

— Bon, dit Avery en se reculant d'un air content dans son fauteuil. Réfléchissez. Mais, si un petit boulot d'été chez nous lui convenait, j'en ferais mon affaire.

— C'est vraiment très gentil à vous. Presque trop beau pour être vrai. L'an dernier, elle a fait la baby-sitter pour la congrégation quelques matinées par semaine, mais maintenant elle est assez grande pour se lancer dans un travail plus sérieux. Et ce serait merveilleux qu'elle puisse commencer à mettre un peu d'argent de côté en vue de l'Université.

— Parfait. » Avery hocha la tête. « Vous me donnerez votre réponse. Et en attendant, je compte sur votre discrétion. Je crois que Dottie a l'intention de mettre bientôt les gens au courant. »

Isabelle leva la main. « Bien sûr. » Elle se leva pour sortir du bureau. « Merci encore », dit-elle doucement en se sentant comme illuminée de l'intérieur. S'il faisait beau demain, pensa-t-elle, elle mettrait sa robe de lin bleu pervenche.

Le silence régnait. Assise sur le canapé, Amy ne savait que faire. Malgré le grand soleil de l'après-midi qui l'avait baignée de ses rayons sur le chemin du retour, et qui, par endroits, faisait monter une chaude odeur de goudron de la chaussée, il faisait sombre et presque froid dans cette maison blottie sous des arbres persistants, avec la façade orientée au nord.

En pénétrant dans les pièces sans lumière — la cuisine figée, les chaises contre la table comme si elles avaient passé la journée au garde-à-vous ; le séjour qui semblait endolori de sa propre solitude, le plaid soigneusement plié sur le dossier du canapé, la fougère sur son grêle guéridon noir —, Amy se sentit le cœur de plus en plus lourd. Elle resta longtemps assise sans bouger sur le canapé dont le tissu lui grattait les cuisses. Elle ne comprenait pas comment elle avait pu, depuis tant d'années, rentrer jour après jour dans ce désert qu'elle voyait autour d'elle. Comment elle avait pu passer la porte de la cuisine, farfouiller dans les placards, se préparer du thé, s'asseoir à la table pour faire ses devoirs. Si son existence devait retomber dans cette ornière — ce qui était apparemment le cas, puisque Mr. Robertson ne lui avait pas accordé la moindre attention aujourd'hui —, elle ne pourrait pas le supporter.

Le téléphone résonna dans la maison silencieuse.

Amy se leva. C'était sans doute sa mère, à qui elle n'avait pas envie de parler, mais elle courut à la cuisine et décrocha.

Rien. Le vide.

« Allô ? répéta-t-elle.

— Coucou », murmura une voix d'homme.

Le cœur d'Amy se mit à battre si fort qu'elle croyait l'entendre à travers ses côtes. « Qui est à l'appareil ? Qui est-ce, s'il vous plaît ?

— Coucou, murmura-t-il de nouveau. Tu aimes

la glace à la vanille ? » La voix était rauque, avec un léger accent du Sud.

« Oh, s'il vous plaît, dit Amy au bord des larmes, qui êtes-vous ?

— J'ai envie de lécher de la glace à la vanille dans ta chatte », murmura lentement la voix, d'une douceur obscène.

Amy raccrocha le téléphone comme s'il s'était transformé en serpent au creux de sa main. « Oh, mon Dieu, gémit-elle. Oh, je vous en prie, mon Dieu. » Elle tira une chaise contre la porte d'entrée en coinçant le dossier sous le pommeau, ainsi qu'elle avait vu sa mère le faire au mois de février, après la disparition de Debby Kay Dorne.

Ses bras, ses jambes nues sous sa robe s'étaient couverts de chair de poule, elle avait la bouche sèche. Elle reprit le téléphone pour appeler sa mère, elle avait besoin de sa maman. Pourtant, au dernier moment, durant la fraction de seconde qui précédait la sonnerie au secrétariat de la fabrique, Amy raccrocha. À travers sa peur un fil ténu avait vibré, la conscience que la panique allait s'emparer d'Isabelle. (Elle s'emparait d'Amy ; contre le plan de travail, son bras tremblait.) De plus, sa mère voudrait désormais savoir où elle était à chaque instant de la journée, plus encore qu'auparavant, et comment faire si Mr. Robertson redevenait gentil ?

Elle renonça à appeler Isabelle.

Mais elle avait peur. Elle se força à monter l'escalier, à regarder sous les lits, à ouvrir les armoires. Dans celle de sa mère, les cintres en métal se mirent à se balancer en tintant un peu, comme sous l'effet d'un maléfice.

Quelle angoisse ! L'horreur de cette maison muette et sombre ! Amy redescendit en courant, elle jeta même un coup d'œil dans les placards de cuisine, dans le réfrigérateur. Elle craignait d'inspecter par la fenêtre le chemin d'accès ou la galerie, au cas où il y aurait eu quelqu'un. Puis elle fut saisie de terreur à l'idée qu'un homme se trouvait peut-être là en train d'épier à travers la vitre, s'efforçant de distinguer, dans l'ombre, où Amy se cachait.

En pleurant sans bruit, elle se faufila à l'intérieur de la penderie de l'entrée, se recroquevilla au milieu des bottes, derrière la doublure matelassée du manteau de sa mère. Elle pensait à Debby Dorne ; chacun des détails qu'elle avait lus ou entendu raconter lui revenait. La petite Debby, qui avait douze ans, qui portait un chandail et des chaussettes jaune d'or, qui attendait le retour de sa maman. Elle avait disparu à un moment indéterminé entre deux heures et cinq heures de l'après-midi, alors qu'elle attendait le retour de sa maman.

Amy était trop terrorisée pour rester dans la penderie. Elle enjamba les bottes et émergea, non sans avoir d'abord exploré des yeux le couloir. Elle parcourut une nouvelle fois la maison en fouillant tous les recoins, puis elle s'assit à la table de la cuisine et attendit. Elle ne savait pas si elle attendait son kidnappeur ou sa mère, ni lequel arriverait le premier. N'aurait-elle pas mieux fait de sortir de la maison ? Si elle s'éloignait de la maison, il lui semblait qu'elle serait moins en danger. Mais la route déserte, le segment inhabité de la Route 22... Elle resta donc là où elle était, ses paumes moites plaquées contre la table.

Le téléphone se remit à sonner.

Amy regarda fixement ce serpent noir qui se réveillait, enroulé sur le plan de travail. Elle pleurait quand elle se décida à répondre.

« Alors, devine un peu, dit joyeusement Stacy en faisant claquer son chewing-gum. Je vais entrer dans le septième mois. Je suis enceinte — tu peux croire ça ? »

11

Les parents de Stacy vinrent sans elle au lycée et ils passèrent la matinée en entretiens avec le proviseur, le censeur, le conseiller pédagogique, et avec chacun de ses professeurs. Sa situation serait abordée sans détours. Elle l'avait dit au téléphone à Amy, qui aperçut Mr. et Mrs. Burrows en passant devant le bureau du conseiller, et qui s'étonna du sourire de la mère de Stacy, des solides poignées de main échangées par ces adultes, comme s'ils avaient quelque chose à célébrer. Plus tard, en regardant par la fenêtre pendant le cours d'anglais, elle vit les Burrows quitter le lycée ; la très mince Mrs. Burrows souriait toujours et acquiesçait aux propos de son mari en traversant le parking ; Mr. Burrows, les épaules voûtées, lui ouvrit la portière et lui effleura le dos avant qu'elle monte en voiture. (« Tu peux pas savoir ce que mes parents prennent ça bien, avait dit Stacy au téléphone. Merde, qu'est-ce qu'ils sont gentils ! »)

Une guêpe se promenait au soleil sur le rebord de la fenêtre tandis que la vieille Mrs. Wheelwright, avec du rouge à joues incrusté dans ses rides, écrivait au tableau : *Wordsworth — beauté de la nature*. La guêpe prit soudain son vol à l'intérieur de la salle de classe, se cogna au plafond puis, après avoir un peu tournoyé, retrouva la fenêtre et s'en fut. « Quelle jolie image, n'est-ce pas, dit Mrs. Wheelwright (personne ne l'écoutait ; c'était le dernier cours de la matinée et il faisait très chaud dans cette salle du haut), que celle des jonquilles qui appuient leurs petites têtes contre les rochers pour se reposer ! »

Amy lui jeta un coup d'œil et se détourna. Deux pensées se disputaient son esprit : elle ne serait jamais enseignante, en dépit des vœux de sa mère, et elle irait trouver Mr. Robertson après les cours pour le supplier de redevenir son ami, car ce matin il l'avait ignorée encore une fois. Elle en avait éprouvé de l'anxiété, et à présent les détails les plus familiers lui apparaissaient étrangers : Mrs. Wheelwright était un cadavre ressuscité d'entre les morts ; ses camarades de classe (Maryanne Barmble, sa voisine, était en train d'écrire sur son pupitre, en majuscules, WORDSWORTH BAISAIT SA SŒUR) constituaient une espèce à part. Il ne restait plus à Amy qu'une sorte de terreur annihilante.

Mais il y avait dans la ville de Shirley Falls des gens parfaitement contents de leur sort ce jour-là. Par exemple miss Lanier, la prof d'espagnol, juste au-dessous des pieds d'Amy dans la salle des professeurs, souriait aux anges en se servant une tasse de café : Lenny Mandel, le proviseur, l'avait invitée à dîner ce soir avec sa mère. « Vous êtes deux personnes charmantes, avait-il dit. Vous vous entendrez très bien, j'en suis sûr. » Et l'épouse d'Avery Clark, Emma, ayant appris ce matin que son fils aîné était admis en troisième cycle à Harvard, se trouvait maintenant — après avoir donné tous les coups de fil qui s'imposaient — allongée sur son lit, les bras en croix et les doigts de pieds en éventail. Mrs. Errin, la femme du dentiste, était ravie parce qu'elle avait trouvé de jolies chaussures en solde, et parce que son mari était de bonne humeur à la suite d'un entretien avec son comptable.

La ville était donc le théâtre de toutes sortes de joies, grandes ou petites, y compris une franche rigolade, au bureau, entre Dottie Brown et Bouboule, le genre de rigolade (dans le cas présent, aux dépens de la belle-mère de Dottie) que s'offrent deux femmes qui se connaissent depuis de longues années, qui se comprennent à demi mot et qui éprouvent, une fois la crise de rire achevée ou presque — elles ont encore de petits soubresauts et se tamponnent les yeux avec des mouchoirs en papier —, la chaleur d'un lien humain, la conviction qu'après tout, on n'est pas si seul que ça sur la terre.

Après les cours, elle se rendit dans la salle de Mr. Robertson et elle y trouva Julie LaGuinn plantée devant le tableau.

« Amy ? dit-il. Tu voulais me voir ? » Comme elle ne répondait pas, il ajouta : « Prends un siège. Nous avons presque fini. »

Lorsque Julie LaGuinn partit, avec un regard impassible en direction d'Amy, Mr. Robertson poussa un profond soupir et vint s'asseoir près d'elle. « Alors, lança-t-il en croisant les bras et s'appuyant contre son dossier, comment te portes-tu, Amy Goodrow ?

— Ça va. »

Ils restèrent ainsi, en silence, sans se regarder. Au mur, sur le cadran de l'horloge, l'aiguille fit entendre son déclic. Par la fenête ouverte, on entendit le grincement d'un car scolaire et la brise souffla le parfum des lilas en fleur près de la porte principale. « Viens, dit enfin Mr. Robertson, je te raccompagne chez toi. »

Alors que tout semblait perdu, que le changement intervenu dans leurs relations paraissait définitif, Mr. Robertson quitta la route en s'engageant dans un chemin et se gara sous les arbres. « Marchons un peu », proposa-t-il.

Ils s'engagèrent dans ce qui restait d'une ancienne piste d'exploitation forestière, les yeux baissés sur les ornières recouvertes de végétation. « Ce n'était pas une bonne idée de te donner ce baiser, Amy, reprit enfin Mr. Robertson.

— Parce que vous êtes marié, vous voulez dire ? » (Elle était venue là avec sa mère. Chaque printemps, quand elle était petite, elles se promenaient en quête de fleurs sauvages, renoncules, lis, arums. Une fois, elles avaient trouvé des sabots de Vénus et Isabelle lui avait recommandé de n'en parler à personne, parce qu'ils étaient très rares et qu'il ne fallait pas les cueillir.)

Mr. Robertson secoua la tête en poussant une pierre du bout de sa chaussure. « Non, nous nous sommes séparés. Ma femme est retournée vivre chez ses parents. »

Amy tripota sa robe ; elle ne voulait pas lui révéler qu'elle le savait déjà.

« Non. » Mr. Robertson se remit à marcher et elle le suivit. « C'est parce que si les gens découvraient que nous nous embrassons, ils ne comprendraient pas.

— Mais pourquoi est-ce que quelqu'un le découvrirait ? »

Il tourna la tête pour lui jeter un coup d'œil scrutateur.

« Comment est-ce que quelqu'un le découvrirait ? insista-t-elle en le regardant à travers ses longues boucles. Moi, jamais je n'en parlerais à personne.

— Je ne sais pas, dit-il. Cela pourrait arriver. »

Ils s'arrêtèrent. Amy se taisait. Un engoulevent lança son chant vibrant. Mr. Robertson croisa les bras et, les yeux mi-clos, il dévisagea sa jeune élève.

Ensuite, la pluie tomba pendant trois jours d'affilée — une pluie désagréable qui fouettait les toitures, les autos et les trottoirs ; des flaques s'étalaient sur les parkings, leur surface constamment agitée par les gouttes, si bien qu'elles ressemblaient à de petites mares pleines de poissons affamés. Au coin du bâtiment du lycée, une gouttière était crevée et l'eau se déversait en cataracte ; au-dessous, la pelouse avait disparu, ce n'était même pas de la boue ; transformé en une matière spongieuse, le terrain inondé n'avait plus de couleur à cet endroit-là.

Stacy mit le nez dehors et s'arrêta net. Elle lâcha un juron et toucha la manche d'Amy. « Allez, on fonce », dit-elle. Le temps de traverser en courant la pelouse et le parking, leurs chaussures étaient pleines d'eau, leurs cuisses et leurs épaules trempées sur le devant ; arrivées à la voiture, elles s'écroulèrent sur la banquette arrière en s'exclamant au milieu de leur fou rire : « Oh, merde, oh, bon Dieu, qu'est-ce qu'on est mouillées ! »

La Volkswagen jaune et cabossée appartenait à une fille de terminale, Jane Monroe, qui leur permettait de s'y abriter pour fumer quand il faisait trop mauvais. Serrées l'une contre l'autre au milieu de la banquette pour éviter l'eau qui s'infiltrait à l'intérieur, elles allumèrent leur cigarette. Les parents de Stacy lui avaient donné de l'argent pour s'offrir les babioles dont elle pourrait avoir envie, produits de maquillage, bijoux, tout ce qui contribuerait à ce qu'elle se sente mieux, avaient-ils dit. Elle avait acheté deux cartouches de cigarettes, une qu'elle laissait au lycée et une autre qu'elle fourrait sous son lit, et tout un sac de barres chocolatées.

Fumant d'une main et dévorant leur friandise de l'autre, tandis que la pluie battait les vitres, elles échangèrent un sourire.

« Je suis bien, dit Amy.

— Ouais, c'est super, dit Stacy. Y aurait des chiottes dans cette bagnole, ce serait l'idéal.

— Tu es sûre que ça ne l'ennuie pas, Jane, que sa voiture soit toute trempée et pleine de fumée ? » Amy regarda dans le sac de barres chocolatées et elle y plongea la main.

« Elle s'en fout complètement. En ce moment, elle est quelque part dans un camion, en train de se défoncer avec son mec. »

Stacy était devenue une célébrité. Confrontées à la situation de façon si franche, les autorités du lycée tenaient à faire preuve d'un esprit éclairé, moderne et conciliant. Même les enseignants imperméables à ces qualités éprouvaient de la compassion pour une fille si jeune (quinze ans seulement !) qui, selon eux, avait manifestement été abusée. Parlant entre eux dans la salle des professeurs, les plus âgés (parmi lesquels cette bonne Mrs. Wheelwright) déploraient que ces choses-là arrivent toujours aux « jeunes filles bien élevées » ; sous-entendu, toute fille capable de prendre des précautions ne pouvait être qu'une traînée.

Mais un autre élément intervenait, une considération tacite mais qui contribuait fortement à l'attitude tolérante du lycée. À savoir, le fait que Stacy Burrows habitait le quartier de la Pointe de l'huître. Elle n'habitait pas dans le Bassin, ses parents ne travaillaient pas à la fabrique, n'étaient ni pompistes ni cultivateurs. Le père de Stacy était un psychologue, il enseignait à l'Université ; ses parents étaient des « intellectuels », et la preuve en était qu'ils vivaient dans l'une de ces nouvelles demeures ornées d'un toit à la Mansart. Certes, l'affaire suscitait en ville quelques réactions offusquées, mais le fait était là : le Dr. Burrows occupait un certain rang dans la société et, si sa femme et lui accueillaient sans broncher la grossesse de leur fille, personne ne voulait être pris à faire la fine bouche.

Cette réaction s'étendait aux camarades de classe de Stacy. Loin d'avoir à endurer des remarques sous cape ou des ricanements, elle était traitée en héroïne. Dans les couloirs, on la regardait avec sympathie, on s'écartait sur son passage lorsqu'elle gagnait son vestiaire, en lui lançant : « Hé, Stacy, comment tu vas ? » Les grandes lui témoignaient leur amitié, comme Jane Monroe avec sa voiture. Et l'une des filles les plus snobs de terminale, dont le père était premier diacre de l'Église congrégationaliste, parla longuement avec elle un matin aux lavabos, lui avouant qu'elle-même était allée se faire avorter à New York non pas une fois mais deux, et qu'elle n'avait pas fini de rembourser sa dette.

Au milieu de tout cela, Stacy rayonnait. D'un seul coup, elle était devenue très visiblement enceinte, comme si son corps avait été libéré par la reconnaissance publique de son état ; son dos se cambrait pour contrebalancer le ventre protubérant dont son ample sweater moulait la rondeur.

Les sweaters étaient ceux de son père. Quand il faisait chaud, elle mettait ses chemises qui lui tombaient presque jusqu'aux genoux, si bien qu'elle ressemblait par moments à une innocente bergère aux cheveux roux, en blouse de cotonnade. Toutefois, sous ces hauts flottants, elle portait toujours les mêmes vieux jeans sans les fermer jusqu'en haut ; tout en lui donnant de quoi se passer ses envies, ses parents avaient décidé qu'ils ne lui achèteraient aucun vêtement de grossesse. Elle n'en semblait pas étonnée, pas plus que cela ne la gênait, les jours de pluie, de se promener dans un jean détrempé en bas ; c'étaient des pattes d'eph, et les ourlets effrangés traînaient sur le sol mouillé.

Dans la voiture, les jambes de Stacy posées sur les siennes, Amy tirait sur un gros fil humide qui pendait du jean de son amie tout en l'écoutant raconter les gentillesses dont elle avait fait l'objet aujourd'hui. « Puddy Mandel s'est étalé en se précipitant pour m'ouvrir la porte du gymnase. Il rougit chaque fois qu'il me voit. » Elle marqua une pause en tirant sur sa cigarette. « Pas croyable, hein, le coup de Sally. » (Sally était la fille du diacre qui avait avorté deux fois.) Elle se pencha en avant pour jeter sa cigarette dehors, puis elle ouvrit le carton de lait qu'elle buvait maintenant chaque jour au déjeuner. « Avec son air de petite scoute bien sage, elle est là à écarter les cuisses en douce. » Stacy bascula la tête en arrière pour boire tout en étouffant un rire, si bien qu'il lui coula du lait sur le menton.

« Faut jamais rire en buvant — ça risque de te sortir par le nez. »

Stacy acquiesça. « Un jour, j'étais allongée et je mâchais un caramel... » Amy agita les doigts pour lui indiquer qu'elle lui avait déjà raconté cette histoire. « J'ai eu mal à crever. Un des deux mecs qui ont mis Sally en cloque, c'était un Noir qu'elle avait rencontré en traînant à la fac. Je te l'ai dit, hein ? »

Amy hocha la tête. C'était ahurissant, tout ce qui se passait au lycée sans qu'on s'en doute. De quoi être déprimée si elle n'avait pas eu Mr. Robertson dans sa vie, mais elle l'avait, et même si elle s'abstint d'en faire la confidence à Stacy, c'était comme d'avoir sous sa tête dans la voiture un oreiller doux et chaud qui évoquait une odeur de peau.

« Le Noir l'a emmenée à New York, en car Greyhound. Elle a raconté à ses parents qu'elle était je sais pas où. Au retour, elle a eu mal tout le long de la route. Y a pas du chewing-gum, là-dedans ? »

Amy regarda dans le sac de barres chocolatées et fit signe que non.

Stacy alluma une autre cigarette et jeta l'allumette dehors. « Comment elle réagirait, ta mère, si tu tombais enceinte ? »

Amy écarquilla les yeux. « Ma mère à moi ?

— Tu vas pas tomber enceinte. Mais supposons que ça arrive, tu vois. Comment ta mère réagirait ? » Stacy écarta les doigts sur son gros ventre et elle cracha de la fumée entre ses lèvres mi-jointes.

« Elle m'enverrait quelque part.

— Tu crois ?

— Oui, elle m'enverrait quelque part. » Amy était incapable de justifier cette certitude, mais elle savait qu'une faute pareille entraînerait son bannissement.

« Moi, je crois pas que ta mère t'enverrait quelque part », décréta Stacy, déjà lasse, manifestement, de la question qu'elle avait soulevée, vu l'extrême invraisemblance d'une grossesse d'Amy Goodrow. « J'ai sommeil, dit-elle en fermant les yeux, la tête appuyée contre le dossier.

— Moi aussi. » Mais la cloche du lycée perça le son de la pluie qui tambourinait sur le toit de la voiture.

« Merde. » Stacy souleva les paupières et tira deux longues bouffées avant de se débarrasser de son mégot par la fente de la vitre. Elles se ressaisirent, s'extirpèrent de la voiture et s'élancèrent en courant à travers le parking.

« Je t'ai parlé de ces foutus cachets de vitamines que j'ai à prendre ? cria Stacy, arc-boutée contre une bourrasque qui leur jetait la pluie au visage. Amy secoua la tête. « Ils sont énormes, poursuivit Stacy. Gros comme des ballons de foot. » Sur le point de sauter par-dessus une flaque, elle se ravisa et la franchit en barbotant et en laissant traîner dans l'eau le bas de son jean.

L'après-midi du même jour, de nouveau assise dans une voiture sous la pluie, Amy regardait à travers le pare-brise ruisselant danser les branches du lilas près de la maison. Dans les jardinières aux fenêtres, les pétunias plantés de neuf semblaient irrémédiablement détruits par le déluge, leurs fleurs mauves toutes fermées et flasques. Seules les boules orangées des œillets d'Inde qui bordaient l'allée menant à la porte résistaient sans dommage apparent.

« *Telle une pluie incessante, la peine me fouette le cœur*, récita lentement Amy.

— Vraiment ? » Appuyé contre la portière, Mr. Robertson lui faisait face.

« Non, pas vraiment », répondit Amy en souriant, et il la contempla sous ses paupières à demi baissées. Il savait bien qu'elle n'éprouvait pas de peine pour le moment. Commencé dès qu'il avait coupé le moteur, leur premier baiser de l'après-midi venait de s'achever.

« Je ne voudrais pas que tu sois triste », dit Mr. Robertson d'un ton presque somnolent, les yeux toujours mi-clos sur son regard pénétrant.

Amy se remit à regarder tomber la pluie, en se demandant comment on pouvait survivre sans ce genre d'amour. Hier, il avait examiné un par un le bout de ses doigts tandis qu'elle lui racontait le coup de téléphone de cet homme qui voulait « lécher de la glace à la vanille sur mon corps » — c'est ainsi qu'elle avait rapporté ses propos à Mr. Robertson, car elle ne pouvait pas répéter le mot qu'il avait employé —, et il lui avait demandé de le lui dire si cela se reproduisait.

Elle se retourna vers lui, espérant qu'il allait

l'embrasser encore, lui toucher les cheveux. Mais il resta adossé à la portière et passa un index distrait sur la courbe du volant. « Parle-moi un peu de ton amie Stacy, reprit-il.

— Qu'est-ce que vous voulez savoir ? »

Mr. Robertson suivit des yeux le parcours de son index et dit avec nonchalance : « Elle aime qu'il se passe des choses, c'est ça ? »

Amy haussa les épaules.

« Qui est son petit ami ? » insista Mr. Robertson.

Elle lui expliqua qu'après avoir été un champion de football, Paul Bellows travaillait à présent comme pompiste à la station Sunoco de Mill Road. « Il a pleuré quand Stacy a rompu avec lui », ajouta-t-elle, regrettant aussitôt ses paroles qui auréolaient Stacy de séduction.

« Il a perdu son trésor. » Sans sourire, Mr. Robertson fit glisser ses doigts à travers les cheveux d'Amy.

« Je n'aurais pas dû vous le dire. Même si Stacy ne m'a pas demandé de le garder pour moi... »

Il l'interrompit en lui saisissant le poignet. « Je sais garder un secret. » Il prit dans sa bouche le doigt d'Amy et elle cessa de penser à Stacy et à Paul.

12

Miss Davinia Dayble, la professeur de maths dont la chute dans l'escalier de sa cave avait entraîné la venue de Mr. Robertson, s'était remise de sa fêlure au crâne et, ayant passé le printemps confinée chez elle, elle était dévorée d'impatience de reprendre ses cours à l'automne. Son remplaçant, ce Robertson, n'aurait qu'à s'en aller.

Mais, en fêtant son anniversaire par un jour venteux de la première semaine de juin, Davinia Dayble dévala son allée carrossable au guidon d'une sorte de très grand tricycle, elle se retourna sur le bitume et se fractura la hanche. Son frère, un homme pâle et tendu âgé de soixante-trois ans, en fut horrifié ; c'était lui qui venait de lui offrir cette bicyclette, ou plus exactement ce tricycle puisqu'il y avait une très grande roue à l'avant et deux roues plus petites à l'arrière ; il avait pensé qu'en été elle pourrait l'utiliser pour aller en ville et rapporter dans le panier fixé au guidon de petites choses — des livres empruntés à la bibliothèque, ou une miche de pain. Mais voilà qu'elle gisait sur l'allée, nu-pieds car ses chaussures avaient atterri dans un massif.

Emma Clark, la femme d'Avery, lui rendit visite

à l'hôpital. En tant que membre du comité du Rayon de soleil de la congrégation, c'était son devoir d'aller voir les malades. Plantée au pied du lit, elle entretenait avec une politesse teintée d'ennui la conversation sur les fleurs et sur la nourriture servie à l'hôpital, tandis qu'une mauvaise odeur envahissait la chambre.

Davinia Dayble paraissait avoir très chaud ; son front luisait, ses joues étaient congestionnées. Mais, sans marquer la moindre pause, elle se mit à raconter combien le lycée lui avait manqué, ce qui amena Emma Clark à lui dire qu'une élève fortement enceinte continuait de suivre les cours — la fille du psychologue —, et que les autorités ne paraissaient pas s'en formaliser le moins du monde.

Davinia leva les yeux au ciel. Elle était déjà au courant de cette situation inconcevable. Mais la fille du psychologue, tiens, comme c'était intéressant, n'était-ce pas l'avis d'Emma ? Celle-ci acquiesça : oui, c'était bien son avis. Stupéfiant, reprit Davinia, quand on y songeait, à quel point les mœurs avaient changé — elle trouvait tout cela répugnant.

Lasse de hocher la tête, Emma Clark s'apprêta à partir.

Dans ce cas... Lui serait-il possible, au passage, d'avertir une infirmière ? « J'ai fini avec le bassin », lança Davinia d'un air triomphant.

Au volant, sur le chemin du retour, Emma Clark ne pouvait chasser de son esprit certaines images déplaisantes ayant trait à cette révélation : tout au long de sa visite, Davinia Dayble avait fait usage du bassin. Emma grimaça dans la lumière limpide de ce mois de juin ; elle n'en pouvait plus de ces pieuses corvées qu'elle se tapait pour faire plaisir à Avery. À la maison, elle allait lui déclarer tout net qu'elle en avait soupé de ce *satané* club du Rayon de soleil.

Mais il faisait un temps idéal. « Quel temps idéal ! » disaient les gens entre eux. Le ciel était immensément bleu, les pelouses vibraient du vert tendre des pousses de gazon. On sortait le barbecue du garage, et les gens dînaient dehors, sur la galerie ; les sons étaient ceux de l'été, la porte à moustiquaire qui claquait, les glaçons qui tintaient, les enfants qui criaient en zigzaguant à bicyclette au milieu de la rue.

Dans sa petite maison sous les pins, Isabelle entendait les grenouilles dans le marécage tout proche et elle savourait ces longues soirées. En vérifiant l'humidité de la terre dans ses jardinières, ou accroupie pour nettoyer les bordures d'œillets d'Inde le long de l'allée, elle se surprenait souvent à penser à la bouche d'Avery Clark, longue et un peu tordue, et à la sensation qu'elle éprouverait si elle posait dessus sa propre bouche, avec infiniment de tendresse. Elle était sûre qu'Emma Clark n'avait pas embrassé tendrement son mari depuis des années. Les gens vieillissants ne le faisaient guère, pensa-t-elle au moment même où Amy hurlait par la fenêtre : « Maman, tu n'as pas vu mon corsage jaune, celui qui se boutonne dans le dos ? » Emma avait peut-être un dentier qui sentait mauvais, conjectura peu charitablement Isabelle. Outre le fait, bien entendu, que c'était une femme glaciale. « Dans la corbeille du repassage, répondit-elle. Et ne crie pas, pour l'amour du ciel. » Elle se mit debout et remit en place quelques cheveux échappés de son chignon, en écoutant les grenouilles et humant sur ses doigts l'odeur des œillets d'Inde. Les dons de Dieu, songea-t-elle, et elle se représenta de nouveau la bouche d'Avery — tous ces dons de Dieu !

Pourtant, cette nuit-là, elle fit un cauchemar. Elle rêva qu'Amy se mettait nue sur un pré rempli de hippies et pénétrait dans l'eau fangeuse d'une mare où un garçon aux cheveux longs et sales l'enlaçait en riant. Dans son rêve, Isabelle courait à travers le pré et appelait frénétiquement sa fille.

Elle l'appelait encore en se réveillant et la découvrit debout en chemise de nuit près de son lit. « Oh, ma chérie ! bredouilla-t-elle, embarrassée et encore en proie à sa détresse.

— Tu rêvais », lui dit Amy. À la lumière qui venait du couloir, Isabelle distinguait son visage et, sous la pâle chemise de nuit, son corps longiligne courbé vers elle. « Tu m'as fait peur, maman.

— J'ai eu un horrible cauchemar », répondit Isabelle en se redressant.

Gentiment, Amy alla dans la salle de bains chercher un verre d'eau pour sa mère.

Isabelle serra le drap contre elle ; c'était réconfortant d'avoir une fille mignonne comme Amy, et non la hippie crasseuse de son rêve. Et de savoir qu'à quinze cents mètres d'ici Avery Clark dormait dans son lit. Elle mit quand même un certain temps à retrouver le sommeil. Elle ne pouvait se débarrasser d'une sensation bizarre, désagréable, quelque chose de noué sous ses côtes.

Amy aussi tarda à se rendormir, mais elle planait, un léger sourire sur les lèvres, en pensant à Mr. Robertson. Tous les jours, à présent, ayant garé la voiture sur l'ancienne piste d'exploitation forestière, ils s'enfonçaient dans le sous-bois. Après avoir longé le sentier, parfois main dans la main, et après la phase où Mr. Robertson discourait, tous deux s'asseyaient, adossés au gros rocher gris, et il se mettait à lui picorer le visage de baisers, ou alors il regardait fixement sa bouche et l'embrassait sans préliminaires avec la langue ; ensuite, assez vite car il n'y avait jamais le moindre déshabillage, ils se retrouvaient allongés, lui bougeant sur elle, leurs vêtements écrasés et emmêlés, tandis qu'Amy, envahie par une sorte de chant intérieur, toute mouillée entre les cuisses et à la racine de sa longue chevelure, contemplait le ciel bleu à travers les branches des pins ou encore les boutons d'or, si elle avait la tête tournée sur le côté.

C'était le bonheur, de parcourir avec ses lèvres ouvertes la figure de cet homme, d'avoir ses cheveux bruns et bouclés mêlés au siens, de lui glisser quelquefois ses longs doigts dans la bouche et de les presser contre ses gencives ; oui, c'était un délice divin de l'avoir si proche.

Un soir de la semaine qui suivit, le temps devint lourd et, dès le matin, il fit très chaud. Le lendemain, il fit encore plus chaud et plus lourd. Le surlendemain, c'était pire. Au bout de quelques jours, le fleuve se mit à empester. Le ciel était blanchâtre. Dans l'air embrumé, les guêpes bourdonnaient au-dessus des poubelles comme si elles étaient trop sonnées pour se poser. C'était le début de ce qui allait être l'un des étés les plus torrides qu'on eût connus à Shirley Falls, mais nul ne s'en doutait encore. Personne ne s'appesantissait sur la question, sinon pour pincer sa chemise entre deux doigts et observer : « C'est l'humidité qui est pénible, je trouve. » La saison n'était guère avancée ; les gens avaient d'autres choses en tête.

Dottie Brown, par exemple, couchée dans son lit d'hôpital (à l'étage au-dessus de miss Dayble), son regard absent fixé sur le poste de télévision suspendu au plafond, avait survécu à son hystérectomie et elle s'en réjouissait — en son for intérieur, elle avait craint d'y rester. Mais elle se sentait toute chose. Son repas attendait près d'elle sur un plateau : une canette de 7-Up tiédasse, de la glace au citron en train de fondre et un gobelet en polystyrène expansé plein d'un bouillon de bœuf qui ressemblait à de la vieille eau de vaisselle et dont l'odeur lui tournait le cœur. Elle se demandait où se trouvait son mari. D'après le docteur, elle pourrait rentrer chez elle d'ici quelques jours — dès qu'elle serait allée à la selle.

Et Barbara Rawley, l'épouse de diacre qui avait tant énervé Isabelle au temple et le jour de leur rencontre à l'A&P, était à présent elle-même énervée. Sa meilleure amie, Peg Dunlap, elle aussi mariée à un diacre, avait une liaison répugnante avec Gerald Burrows, le psychologue, et Barbara subissait ses confidences de plus en plus détaillées. Cet après-midi au téléphone, Peg était allée jusqu'à laisser entendre que leurs amours adultères étaient encore plus jouissives par cette chaleur. « Quand sa fille est tombée enceinte, j'ai eu peur qu'il décide de rompre. Mais non [un soupir de bonheur]. Bien au contraire, si tu me suis. »

Barbara avait dit qu'elle avait un poulet à préparer, et raccroché. Elle était profondément choquée. La vie conjugale n'était pas parfaite, elle le savait ; la vie tout court n'était pas parfaite. Mais elle aurait voulu qu'elle le fût.

Le jeudi 25 juin était le dernier jour de classe. Comme les élèves sortaient de bonne heure et qu'il faisait très chaud, ils avaient été autorisés à venir en short s'ils le voulaient, et tout le lycée vibrait à présent d'une effervescence festive, les couloirs envahis par des adolescents en long T-shirt et jean coupé, souvent coiffés de casquettes de base-ball ou de chapeaux en denim mou qui leur couvraient un œil. L'ensemble produisait l'effet étrange d'un samedi où le lycée aurait été exceptionnellement ouvert au trop-plein de jeunesse exubérante de la ville. Des élèves sortaient du bâtiment pour s'asseoir sur les marches du perron ou sur la pelouse, appuyés en arrière sur leurs coudes, le visage offert au soleil voilé mais brûlant.

Amy n'était pas en short, parce que Isabelle l'avait empêchée ce matin de quitter la maison vêtue d'un jean raccourci. Elle avait voulu lui faire enfiler le short bleu marine de Sears, ce qu'Amy avait refusé. Elle portait donc une jupe bleu lavande avec un chemisier blanc et se sentait ridicule, alors que ses camarades paraissaient plus sûrs d'eux que jamais, et même insolents. Lorsque la vieille Mrs. Wheelwright souhaita de bonnes vacances à toute la classe, peu d'entre eux se donnèrent la peine de lui répondre. Ils faisaient claquer leur chewing-gum et s'interpellaient à haute voix. Amy avait l'impression que tout le monde comptait se rendre à une fête à la sortie, et ce fut donc un baume sur ses plaies d'entendre Mr. Robertson lui murmurer : « On se voit tout à l'heure ? »

À l'heure du déjeuner, elle alla dans le bois avec Stacy. En tirant le paquet de cigarettes de son sac, celle-ci s'exclama : « Merde, qu'est-ce que je suis contente que l'année soit finie ! Marre de ce foutu bahut ! »

Sa cigarette entre les lèvres, Amy entortilla sa chevelure pour avoir un peu d'air sur la nuque. « Pour moi, répliqua-t-elle, ça risque d'être pire de bosser toute la journée à la fabrique avec ces vieilles bonnes femmes. Je commence lundi, tu sais.

— Ah, ouais. Quelle plaie. » Mais Stacy ne semblait pas très affectée par le sort d'Amy. Elle bascula la tête en arrière, souffla un long jet de fumée et reprit : « Mon père est redevenu un sale con. Il a été sympa un bout de temps, mais maintenant il est pareil qu'avant.

— Comment ça se fait ? » La chaleur était étouffante, un four.

Stacy haussa les épaules. « C'est sa nature, je

crois. Va savoir. » Elle tenta de s'éventer le cou avec le paquet de cigarettes. « Quand on est enceinte, la température du corps monte de cinq degrés. » De l'autre main, elle s'essuya la figure. « Il passe son temps à pondre des papiers pour ces foutus bulletins et tout ça. »

Amy hocha la tête, tout en ne comprenant pas de quels papiers et de quels bulletins parlait Stacy.

« Il devrait en écrire un sous le titre " Pourquoi je suis un sale con : une étude psychologique ", par Gerald Burrows, Tête de nœud, Ph.D. » À son tour, Stacy souleva ses cheveux. « Quelle chaleur de merde. T'as de la veine que tes tifs restent jolis. Les miens, ils ressemblent à un truc collé sur la croupe d'un cheval de cirque. »

Amy aurait voulu pouvoir inviter Stacy à la maison un samedi de l'été, mais que faire dans cet endroit minuscule et minable ? Regarder les œillets d'Inde de sa mère ?

Son amie ouvrit son carton de lait et elle en but quelques gorgées. « L'autre jour, au supermarché, j'ai croisé Maryanne Barmble et sa mère. T'as déjà vu sa mère ? »

Amy fit signe que non.

« Elle est exactement pareille que Maryanne. Paumée, sympa. Elle a agité la main devant sa figure comme Maryanne.

— Bizarre.

— Ouais. Ce lait est tiédasse. » Stacy fit la grimace.

Amy tira une bouffée en la regardant vider le lait sur le sol, une flaque blanche d'où partaient de minuscules ruisseaux qui serpentaient entre les feuilles et s'assombrissaient à mesure que la terre les absorbait. D'avance, Stacy lui manquait. C'était comme si elle en était déjà séparée.

« Je me demande si je ressemble à ma vraie mère, dit Stacy en fumant d'un air songeur. Parce que si c'est à tous les coups telle mère telle fille, alors à quoi ça sert ? »

Dès qu'Amy se retrouva en voiture avec Mr. Robertson, les choses lui parurent un peu plus normales, même s'il était plus tôt que d'habitude. Le soleil était haut dans le ciel blanc, et brûlant. « Est-ce que je vous verrai cet été ? » lâcha-t-elle peu de temps après qu'ils eurent quitté le parking.

Mr. Robertson la regarda d'un air légèrement étonné. « J'espère bien, répondit-il.

— Parce que, à partir de lundi, vous savez, j'aurai mon boulot idiot à la fabrique. »

Il hocha la tête et freina pour marquer un stop. « On trouvera une solution », dit-il en lui effleurant le bras.

Elle se détourna, le cou offert au vent qui entrait par la vitre baissée ; d'une main, elle tenait ses cheveux dont le bout des mèches tapotait le montant de la portière. Pour la première fois, elle se sentait près de se disputer avec lui. Jusqu'ici, cela paraissait impossible.

Et ça l'était encore, car les mots lui manquèrent pour exprimer son irritation maussade tandis qu'elle regardait dehors et ruminait le fait qu'après des semaines de baisers échangés dans la forêt il ne lui avait rien appris de plus au sujet de sa femme, ni d'ailleurs de lui-même (sinon les petites histoires de son passé), rien de ce qu'il éprouvait, ni de ses projets ou de ses espoirs pour l'avenir.

« Ça va ? finit-elle par demander alors que, après avoir quitté la route, il garait la voiture sous des arbres dans l'ancien chemin forestier.

— Oui, très bien. » En retirant la clé de contact, il lui toucha la main.

Mais, en réalité, il semblait distrait, silencieux, et les choses ne se déroulèrent pas comme d'habitude.

Lorsqu'il l'embrassa, elle eut seulement conscience des aiguilles de pin sous ses jambes nues et du souffle fort et court de cet homme qui se pressait rythmiquement contre elle. Elle avait très chaud et lui aussi ; en lui étreignant le dos, elle sentait la moiteur de sa chemise fripée.

Au bout d'un moment, il s'écarta et dit en contemplant le ciel : « Je crois que nous savions tous les deux que ce n'était pas le jour. »

Elle demeura muette. Il lui tendit la main pour l'aider à se mettre debout. Ils retournèrent vers la voiture. « Tu devrais aller en fac à Boston », dit-il soudain. Au lieu de répondre, elle s'épousseta la jambe où étaient restées collées des aiguilles de pin, puis elle monta dans l'auto.

Il examina une éraflure sur la carrosserie avant de s'asseoir à son tour, dos à la portière, un coude posé sur le volant. De l'autre main, il lui caressa la face interne du bras et sourit d'y voir apparaître la chair de poule. « Tu frissonnes, dit-il, alors qu'il fait si chaud. »

C'était tout juste s'il ne lui inspirait pas de l'hostilité. Amy baissa les yeux avec un petit haussement d'épaules. Dans la lumière blanchâtre, elle voyait de la poussière sur le tableau de bord. Elle avait l'impression que sa peau était grasse, malpropre.

« Amy, reprit-il, tu sais qu'on t'aimera toujours ? »

Elle le dévisagea sans rien dire. Mais après un certain temps, à cause de la tristesse qu'elle lut dans son regard bienveillant, elle répliqua : « Seigneur, ça ressemble à une phrase d'adieu.

— Non, non, non, murmura-t-il en lui attirant la tête contre son épaule et en lui caressant les cheveux. On trouvera une solution, ma petite Amy Goodrow. »

Elle se redressa, prête à l'embrasser, mais il semblait se satisfaire de la contempler ; elle resta donc inerte, les mains sur les genoux, les yeux timidement baissés.

« Amy, souffla-t-il, enlève ton chemisier. »

Surprise, elle le regarda. Il l'observait sous ses paupières mi-closes.

Elle défit lentement, un à un, les boutons plats et luisants. « Complètement », dit-il parce qu'elle hésitait après s'être déboutonnée.

Penchée en avant, elle courba une épaule puis l'autre pour retirer le chemisier froissé auquel adhéraient encore deux aiguilles de pin. Il le lui prit des mains et ôta les aiguilles, le plia soigneusement et pivota pour le poser sur la banquette arrière.

Elle était là en soutien-gorge, un soutien-gorge de Sears en coton blanc, avec une minuscule pâquerette entre les bonnets. Elle transpirait et, quand il la regarda, elle se passa la main sur la bouche et se détourna.

« Enlève ça, aussi », dit-il très bas de sa voix grave, pleine de vibrations. Elle rougit dans la touffeur de la voiture. Il lui semblait que la sueur suintait de ses paupières, que ses yeux étaient gonflés. Elle hésita de nouveau, puis elle avança le buste et se dégrafa ; elle avait le bout des doigts tout froid. Il tendit la main pour prendre le soutien-gorge. Sans la quitter des yeux, il le jeta à l'arrière.

Elle déroba son regard qui se fixa sur le pommeau noir du levier de vitesse. Avec un battement de paupières, elle leva la main, sur le point de se couvrir la bouche, mais son geste s'arrêta et elle serra les lèvres. Pour que ses cheveux lui masquent le visage, elle baissa la tête et vit, entre ses seins ronds aux mamelons roses nus comme des nouveau-nés, un filet de sueur qui lui coulait sur l'estomac et s'infiltrait sous la ceinture de sa jupe bleu lavande.

« Que tout ça est joli, dit Mr. Robertson sur le ton de la conversation, mais avec une grande douceur.

Tu es vraiment belle, Amy. » Aussitôt, tout alla mieux pour elle. Un sourire fugace passa sur ses traits et elle leva les yeux vers lui, mais il regardait plus bas.

« Ça t'ennuierait de faire certaines choses ? » murmura-t-il.

Ne sachant pas ce qu'il voulait dire, elle garda le silence.

Par exemple, est-ce qu'elle voulait bien prendre son sein par en dessous et le tendre ainsi vers lui ? Elle rougit et étouffa un petit rire embarrassé, mais elle obéit, et cela parut lui faire si plaisir qu'elle cessa d'être gênée. Elle ne fut pas gênée d'en faire davantage, de presser ses seins l'un contre l'autre, puis de laisser ses cheveux les recouvrir, avec les bouts roses qui pointaient au travers. Ensuite, il lui demanda de les toucher après s'être craché sur les doigts et, malgré sa surprise, elle se soumit à cette requête.

Il la pria de se tourner à droite, puis à gauche. Il la pria de lever le bras en relevant ses cheveux et de pencher la tête sur le côté. Plus il la regardait, plus elle aimait ça. Elle regrettait qu'il ne lui ait pas demandé ces choses plus tôt. Elle sentait sa propre odeur sous son aisselle, mêlée au parfum de lilas du déodorant. Comme le nez lui démangeait, elle le frotta avec son bras où elle sentit aussi son odeur.

« Recommence à les toucher », ordonna-t-il, et elle le fit.

Après cela, il abaissa le dossier, si bien qu'elle se retrouva allongée. Ses seins s'aplatirent, étalés vers les bras. Il faisait très chaud dans la voiture.

« Ferme les yeux », dit-il.

Caressée par une petite brise inattendue venue du dehors, Amy ouvrit des yeux papillotants.

« Tu es inquiète ? interrogea-t-il doucement. Je ne vais pas te faire de mal. »

Elle secoua la tête.

« Je ne veux pas que tu aies peur.

— Je n'ai pas peur. C'est seulement mes yeux qui ne veulent pas rester fermés.

— Ça ne fait rien. Relève ta jupe, chérie. Jusqu'à la taille. »

À nouveau embarrassée, elle sourit un peu et s'empourpra avant de retrousser sa jupe bleu lavande autour de sa taille, montrant sa culotte en coton blanc et le petit renflement de ses poils pubiens.

« Je ne veux pas que tu retires ta culotte, dit-il. Tu comprends ? »

Elle acquiesça, le regard rivé sur lui, la bouche entrouverte, troublée au plus profond d'elle-même d'avoir entendu cette voix grave et voilée prononcer le mot « culotte ». Le visage de Mr. Robertson semblait s'abandonner ; il la contemplait, là en bas.

« Restons comme ça un moment, reprit-il. Jouissons simplement de cette chaude journée d'été. » Une goutte de sueur coula le long de sa joue et disparut dans sa barbe ; une autre suivit. « Ne bouge pas. Essaie encore de fermer les yeux. Jouis de cette journée d'été. »

Il lui sourit, la tête appuyée contre le montant de la portière, et ferma lui-même les paupières. Elle l'imita, et se détendit en l'entendant murmurer : « Tu es très belle. »

Et puis, soudain, elle sentit sa bouche se poser sur son sein et se mettre à téter ; dans son saisissement, elle rouvrit les yeux et vit ses lèvres poilues la sucer, d'abord lentement puis de façon de plus en plus active. Au bout de quelques instants, il ne se borna plus à faire aller et venir sa langue sur le mamelon raidi, mais le mordilla, en tirant dessus avec ses dents. Amy laissa échapper un petit cri, puis ce fut comme si elle pleurait car les sons qu'elle produisait étaient continus, non pas des sanglots mais d'étranges gémissements implorants, et plus elle gémissait plus il suçait avec ferveur le bout de sein durci, et cette espèce de puits vertigineux creusé entre ses cuisses créait un appel, renforcé par chaque pression de la bouche, si bien qu'elle commença à remuer les hanches en se cambrant, et en criant.

Il s'arrêta, s'écarta d'elle. Son front était rouge, ses joues cramoisies au-dessus de la barbe. D'un air presque désagréable, il ôta ses lunettes et les jeta sur le tableau de bord. Amy crut qu'il était en colère, mais il s'exclama « Bon Dieu, tu es stupéfiante ! » et elle referma les yeux, le ventre palpitant, la bouche desséchée par le souffle précipité des gémissements.

« Baisse ta culotte, dit-il tout bas. Baisse ta culotte sur tes genoux. » Amy hésita. « Allez », insista-t-il.

Elle obéit, les bouts de seins meurtris et durs dans la chaleur, la jupe encore retroussée à la taille. « Elle est mouillée », chuchota-t-elle, au bord des larmes tant elle avait honte.

« C'est normal que tu mouilles », lui dit-il doucement, redevenu gentil. Il se pencha non pour toucher Amy, mais l'humidité de sa culotte. « Parce que tu es sensationnelle. Tout ce dont un homme peut rêver. Une fille qui mouille », poursuivait-il en passant les doigts sur le coton poisseux puis, à la stupeur d'Amy, les lui fourrant brusquement dans la bouche, de sorte qu'elle goûta sa propre saveur salée, étrange. « Tu mouilles foutrement. Et je veux que tu mouilles encore plus fort », murmura-t-il ; si bien que, là encore, au lieu d'être submergée par la confusion, elle tressaillit du plaisir de lui faire plaisir, d'être encouragée à aller plus loin, presque sous son ordre — c'était ce qu'il désirait, qu'elle soit ainsi. Il recommença à lui sucer les seins, très fort, et elle, dans sa nudité, avec ses poils bouclés et blonds exposés là au grand jour, ses cuisses jointes et luisantes au milieu, les genoux au contact humide de sa culotte, elle dit d'une voix sourde et entrecoupée : « Je ne veux pas tomber enceinte.

— Non, ne crains rien », répondit-il sans détacher la bouche de son mamelon et, tandis qu'il continuait de le sucer, elle sentit sa main lui effleurer le haut des cuisses et venir la toucher là au milieu ; ce fut d'abord toute sa paume qui couvrit les poils, si légèrement qu'on aurait dit une brise, puis, avec une détermination douce et lente, ses doigts qui pénétrèrent en elle, un tout petit peu, et que c'était bon, qu'il était bon !

Il s'arrêta de lui sucer le sein et il lui sourit. Elle lui mit ses doigts dans la bouche, puis les passa tout humides sur son oreille, à la naissance de la barbe. « Il ne faut pas que tu t'inquiètes », murmura-t-il, les paupières mi-closes, sans cesser de bouger très doucement le bout des doigts. Puis l'un d'eux s'enfonça un peu plus profond en elle avec une tendre audace, une connaissance de ses sensations. Il courba la tête en avant pour regarder ce qu'il lui faisait, et elle aperçut son propre corps offert : ses seins nus encore luisants de salive, son ventre, et là, en bas, la grande main de cet homme si terriblement merveilleux.

En sortant de chez le dentiste, Avery Clark fit un saut en voiture chez lui afin de prendre des documents indispensables pour une réunion dans l'après-midi. Tandis qu'il traversait le secteur boisé de la Route 22, il tourna par hasard la tête et vit luire au soleil le pare-choc d'une auto garée sous des arbres dans le chemin forestier. Cela le tracassa ; il se souvenait des cambriolages de l'hiver.

Emma n'était pas à la maison, ce qui n'avait rien d'étonnant. Elle lui avait dit qu'elle comptait faire des achats avec une amie. Il trouva les papiers dont il avait besoin et griffonna un mot dans la cuisine, l'informant que le dentiste allait lui mettre un bridge — hélas ! — et qu'il serait de retour vers dix-sept heures. Il lui laissait toujours un mot quand il devait rentrer à une heure inhabituelle. Il repensa à la voiture garée dans la forêt. C'était peut-être bien celle de Hiram Crane ; le bruit courait qu'il projetait de vendre du terrain. Les impôts devenaient trop lourds. Mais, si elle se trouvait encore là quand il repasserait en allant à la fabrique, il appellerait Hiram, pour voir.

La voiture était toujours là. Avery Clark se gara un peu plus loin sur le bord de la route, il mit pied à terre et rebroussa chemin. Il s'agissait probablement de Hiram, en compagnie d'un géomètre. Sinon, il allait au moins relever le numéro de la plaque, et il mettrait Hiram au courant. Entre bons voisins, on se devait d'ouvrir l'œil. Sur ses gardes, il fit quelques pas sur l'ancienne voie d'exploitation forestière. Apparemment, il n'y avait personne à bord de la voiture. Il s'épongea le front avec son mouchoir ; ses grands pieds avançaient à travers les boutons d'or, écrasaient les délicates corolles bleues des houstonias qui poussaient par plaques entre les touffes d'herbe.

Au bureau, fatiguée et affamée à cette heure de la journée, Isabelle finissait d'agrafer le courrier qu'elle avait tapé et poussait un profond soupir en jetant un coup d'œil à la pendule lorsqu'elle vit Avery Clark faire son entrée ; elle pensa : quelqu'un d'important vient de mourir.

13

Au long des petites routes des environs de Shirley Falls poussaient des marguerites et du trèfle rouge. Il y avait aussi des pois de senteur emmêlés dans la fléole et les lupins, des framboisiers sauvages et des mûriers ronces, ainsi que des liserons à grandes feuilles qui rampaient sur les murets de pierre, et des carottes sauvages dans les prés. Mais tout cela, cet été, avait l'air flapi et terne que prennent les herbes et les fleurs des champs quand elles bordent un chemin de terre et que la poussière les recouvre ; c'était à cause de ce temps lourd qu'il faisait, de cette affreuse chaleur, de ce ciel perpétuellement blanc, uniforme, qui semblait résolu à éteindre toutes les couleurs habituelles du monde.

C'était le mois de juin, et le monde, en juin, aurait dû être tout vert et plein de vigueur, mais là c'était raté, comme si, pensait Mrs. Edna Thompson, la femme de l'éleveur de bétail, en accrochant son linge sur l'étendage, comme si le bon Dieu avait oublié cette année de fertiliser sa vaste jardinière de la Nouvelle-Angleterre ; les marguerites poussaient en hauteur mais toutes maigres, avec des fleurs étiolées ; les pétales se détachaient tout seuls lorsque les enfants jouaient à les effeuiller : « Je t'aime un peu, beaucoup... » Les pousses vert pâle de fléole des prés ne tardaient pas à se courber avec lassitude, le bout jauni. Et les ombelles qui parsemaient les pâturages ressemblaient à des toiles d'araignée, à peine visibles, se confondant avec le ciel blanc.

Les cultivateurs qui travaillaient la terre depuis de longues années, armés d'une capacité stoïque à affronter les aléas saisonniers de la nature, étaient là dans leurs champs à examiner les haricots grimpants ratatinés sur les tiges et à jeter un regard inquiet aux hectares de maïs moitié moins haut qu'il n'aurait dû être à cette époque ; le fourrage ne montait pas, et c'était cela surtout qui les perturbait : on aurait dit qu'il n'y avait plus de croissance spontanée des végétaux, ou du moins qu'elle était atrophiée. En difficulté. Le globe terrestre semblait en difficulté.

Ces craintes se heurtaient à l'atavisme de multiples générations ayant survécu aux épreuves. Sur la rive du fleuve, de vieilles pierres tombales qui remontaient jusqu'au début du XVIIe siècle l'attestaient : des mères avaient vu mourir leurs bébés l'un après l'autre, parfois enterrés avant même d'avoir reçu un prénom, mais beaucoup avaient survécu sans faiblir sous leur nom de baptême : Confiance, Expérience, Patience. Des ancêtres de certaines familles de Shirley Falls avaient été scalpés par les Indiens. (Mrs. Edna Thompson, par exemple, avait une arrière-arrière-arrière-grand-mère, Molly, que les Indiens avaient enlevée en 1756 et emmenée à pied au Canada où elle avait été vendue à un Français avant que son frère vienne la tirer de ce mauvais pas.) Au début de la colonisation, les foyers et les récoltes avaient été incendiés sans répit. Une telle endurance — le nom d'Endurance Tibbetts était gravé sur une stèle — avait engendré des hommes et des femmes dont subsistaient encore les traits de puritains et les yeux bleu clair ; ce n'étaient pas des alarmistes.

Et pourtant, cet été-là, les gens s'inquiétaient, et lorsque le bruit courut qu'on avait vu des ovnis dans le nord de l'État, que le gouvernement avait même envoyé des enquêteurs, il se trouva en ville des personnes qui refusaient toute discussion, qui se bornaient à se renfrogner en vaquant à leurs occupations. La fréquentation des édifices religieux était en hausse ; sans le formuler, on priait pour apaiser le bon Dieu. Son courroux se manifestait aussi dans l'état du fleuve, comme mort au cœur de la ville, frangé de ces paquets d'écume jaune et putride, tel un serpent écrasé sur la route et répandant ses chairs en décomposition sous le soleil incolore. Seuls les lis tigrés paraissaient indemnes. Ils s'épanouissaient comme toujours sur la rive ; près des maisons, des granges et des murs de pierre, leurs fleurs semblables à des bouches ouvraient leurs pétales fauves et mouchetés, pleines d'ardeur par comparaison avec tout le reste.

Les gens étaient donc en attente. Face à leurs propres appréhensions, les paysans s'armaient de cette patience dont leurs ancêtres avaient parfois porté le nom. Les travailleurs de la fabrique, eux aussi, avaient de longue date appris à supporter les moments les moins supportables de l'existence. C'était en fait au centre universitaire qu'on se plaignait le plus. Parmi les membres de la faculté, beaucoup — sinon la plupart — n'étaient pas originaires de Shirley Falls ni même de la Nouvelle-Angleterre. Cet endroit qui, tapissé par des neiges modérées, par un printemps exubérant, leur avait donné l'impression d'une petite ville provinciale au charme vieillot, prenait à présent l'aspect d'une misérable agglomération étalée autour de sa fabrique, avec des édifices de brique défraîchie et un fleuve qui empestait. Il en résultait une certaine exaspération qui fermentait sous de nombreux toits du quartier de la Pointe de l'huître. Mais dans d'autres coins aussi — les environs de la ville, le Bassin — un malaise s'installait.

La lassitude était manifeste au secrétariat de la fabrique. De gros ventilateurs ronflaient sur le rebord des fenêtres tandis que les employées dédoublaient lentement les factures, fermaient lentement les enveloppes. Dans l'air moite, les bordereaux, quatre couches de papier pelure, semblaient presque imprégnés d'humidité. Les chaises raclaient mollement le plancher, une boîte d'agrafes se répandit dans le tiroir métallique d'une armoire à classement. Bouboule, assise jambes écartées à sa table, tailla un crayon, souffla sur la mine, puis elle croisa les bras et s'endormit.

Quelques instants plus tard, son propre ronflement la réveilla brusquement et lui jeta la tête en arrière. « Jésus Marie, s'exclama-t-elle, le regard embrumé, on risque le coup du lapin à bosser ici. »

Mais la fille qui occupait face à elle la place de Dottie Brown se borna à lui jeter un bref coup d'œil avant d'appuyer sur une touche de sa machine à calculer. En proie depuis déjà soixante-douze heures à une constipation record, Bev rumina cette attitude et conclut que c'était malpoli. Ça faisait trois jours que cette fille travaillait là, et elle n'avait pas ouvert la bouche.

« T'as perdu ta langue ? lança Bev, et l'interpellée s'empourpra.

— Excusez-moi, dit-elle tout bas. Je ne sais jamais quoi dire. » Dans ses yeux, les larmes tremblaient au bord des paupières rougies, et Bouboule fut saisie d'inquiétude.

« T'en fais pas, va. » Elle se planta une cigarette dans la bouche et frotta une allumette. « T'as rien à dire, eh ben, c'est pas grave. » La cigarette tressautait entre ses lèvres. « Pour mon compte, je serais bien plus aimable si j'arrivais à poser ma crotte. »

La fille rougit de nouveau, et Bev l'examina avec curiosité. Quel drôle d'oiseau c'était, avec son cou maigre, ses yeux immenses et ses cheveux tailladés au ras des oreilles, formant des touffes dans tous les sens. « Tant que ça t'embête pas de m'entendre jacasser comme une pie, reprit-elle. Je peux pas la fermer cinq minutes, à moins de roupiller.

— Au contraire, j'aime bien, répondit la fille, si spontanément qu'elle parut la première étonnée et, du coup, rougit une troisième fois.

— Alors tant mieux. C'est une affaire qui marche. » Une sorte de pacte d'amitié venait ainsi de s'établir. En revenant de classer des papiers dans la grande armoire métallique, Isabelle ne put s'empêcher de jeter au passage un coup d'œil à sa fille, et elle surprit le sourire qu'échangeaient Amy et Bouboule. Elle se détourna, mais pas assez vite ; Amy avait croisé son regard, et son visage s'était fermé.

À l'heure du déjeuner, Rosie Tanguay déclara qu'elle aurait dû aller chez l'opticien commander les lunettes de repassage que lui avait prescrites son médecin, mais il faisait salement trop chaud pour bouger.

Bev lâcha un hoquet et repoussa les tiges de céleri qu'elle avait apportées de chez elle, enveloppées dans du papier paraffiné ; elle espérait que personne ne prendrait la peine de relever la remarque de Rosie, qui se donnait tant d'importance. Bev se fichait pas mal de savoir si le docteur de Rosie lui avait prescrit des lunettes ou un collier anti-puces, mais Arlene Tucker demanda : « Comment ça, des lunettes de repassage, Rosie ? »

Celle-ci expliqua donc que chaque fois qu'elle

repassait pendant plus de cinq minutes, elle attrapait un affreux mal de tête, et que, d'après son médecin, ce problème avait un nom, même s'il se présentait très rarement. Ce dont elle souffrait, poursuivit-elle en prenant un air de martyre résignée, c'était une affection des yeux nommée « accommodation spasmodique ».

« Quoi ? s'écria Arlene Tucker tandis que Bev poussait un grognement.

— Accommodation spasmodique — une personne qui en est affectée a les yeux qui passent toutes les trois secondes de la myopie à la presbytie. »

Des regards perplexes furent échangés (Lenora Snibbens roula des yeux sans regarder personne) et Arlene demanda : « Quel besoin ils ont de faire ça ?

— Justement, ce n'est pas un besoin, mais ils le font quand même. »

L'intérêt de l'auditoire parut se dissiper. Isabelle Goodrow avait son sourire bizarre et vague, et elle mordit délicatement dans son sandwich avec un air de s'excuser, comme si c'était honteux de manger. Arlene Tucker (dont Rosie comptait au moins retenir l'attention) fourrageait dans son sac à main, en quête de monnaie pour le distributeur, et Bouboule tournait et retournait dans sa main un bout de céleri, se demandant apparemment s'il méritait d'être consommé.

« Pour moi qui ai toujours eu une vision parfaite, poursuivit Rosie, cette maladie est une grosse surprise. » S'étant aperçue que la petite Goodrow la dévisageait en ouvrant de grands yeux, Rosie lui avait adressé la fin de sa phrase, mais son regard se déroba précipitamment et elle baissa la tête.

Crunch, crunch. Bev croquait son céleri, le bruit était assourdissant. *Crunch.* Elle acheva de mastiquer et déglutit résolument. « Je pige pas, dit-elle enfin.

— Qui peut me faire la monnaie d'un dollar ? demanda Arlene.

— Le distributeur la rend, la monnaie. » Lenora Snibbens poussa un bâillement sonore et battit des paupières.

« Oui, soi-disant, mais ça marche jamais.

— Y a cinq minutes, rétorqua Lenora, à moi, il me l'a rendue.

— C'est que tu dois avoir le bon contact. Moi, je l'ai pas. Les distributeurs m'ont dans le nez et c'est réciproque. » Arlene jeta un coup d'œil en coin à la corpulente machine adossée au mur. « S'il m'a entendue, tu vas voir, il voudra rien me donner du tout.

— Attends. » Rosie pivota pour prendre le sac à main accroché au dossier de sa chaise. « Il te faut combien ?

— Je pige pas, répéta Bouboule. Je pige pas pourquoi tes yeux font ce drôle de truc au-dessus de la planche à repasser et pas ici au boulot.

— Sûrement que ça m'arrive ici aussi, bredouilla Rosie en regardant dans son sac. Mais c'est en rapport avec la distance. De près, pour lire ou tout ça, j'ai pas trop de problème. Tandis que le repassage, c'est un peu plus loin et j'ai la vue qui se brouille. Alors il faut que je porte ces lunettes. M'en demande pas plus, c'est tout ce que je sais. » Rosie tendit de la monnaie à Arlene, puis elle se tamponna le front avec une serviette en papier.

« Il fait trop chaud pour repasser », observa Bev. Ayant réussi à désarçonner Rosie, elle avait un peu honte de sa propre perfidie. « Qu'est-ce que t'as besoin de faire ton repassage par cette chaleur ? C'est aussi bête que mon idée de bouffer du céleri.

— Le céleri, c'est très bon pour ce que tu as.

— Oui, les fibres. Doux Jésus, il m'en faut, des fibres. » Elle leva les yeux au ciel d'un air entendu, puis vida ses provisions sur le linoléum usé de la table au moment précis où Arlene Tucker tapait du plat de la main contre le distributeur et criait : « Putain de machine ! »

Toutes les têtes se tournèrent vers elle. « Hé là, tiens-toi ! » firent deux ou trois de ses collègues en lui signalant discrètement la présence de la petite Goodrow.

Arlene leva la main en direction d'Amy. « Pardon pour mon vocabulaire. »

La canicule s'éternisa. Le ciel était toujours aussi blanc. Dès le début du mois de juillet, on avait l'impression d'être en plein été depuis longtemps et que ça ne changerait plus. Même au barbecue rituel chez Bouboule, en l'honneur de la fête nationale du 4 Juillet (auquel n'alla pas Isabelle, pour la première fois depuis des années), la gaieté bruyante n'était pas au rendez-vous ; tout l'après-midi, les invités s'imbibèrent de bière qui semblait tiédasse malgré les deux poubelles remplies de glace d'où sortaient les canettes, puis ils rentrèrent chez eux de bonne heure soigner leur mal de tête. Au secrétariat, le lendemain, il traînait une atmosphère de gueule de bois ; même Rosie Tanguay, qui n'avait bu que du Pepsi, avait l'air écrasée par la température et le degré d'humidité.

Quant à Isabelle, elle était hagarde de stupeur. Une stupeur qui résistait à la succession de journées incolores. C'était comme si la touffeur de l'air lui imprégnait le cerveau ; elle perdait pied dans une sensation d'irréalité, d'incrédulité. À la salle à manger, si ses collègues, en mâchonnant avec lassitude leur sandwich, croyaient parfois voir passer sur son visage une crispation de douleur qui faisait tressaillir ses traits tirés (Arlene Tucker fut plus d'une fois tentée de demander : « Ça ne va pas ? » mais elle se retint : on ne posait pas une telle question à

Isabelle Goodrow), c'était en fait qu'un détail supplémentaire de ce qui s'était passé au printemps, qu'un mensonge supplémentaire de sa fille venait rétrospectivement de prendre tout son sens.

Pour elle, c'était comme un puzzle. Sa mère avait adoré faire des puzzles, et Isabelle gardait de son enfance le souvenir d'une table de jeu, dans le coin du salon, sur laquelle se trouvaient perpétuellement étalées les pièces d'un puzzle. Sa mère progressait lentement ; le squelette approximatif d'une image pouvait rester là pendant des mois et, tout en ne partageant pas cette passion, la petite Isabelle tripotait quelquefois un morceau — un coin de ciel bleu, le bout d'une oreille de chien, un pétale de marguerite (sa mère avait une prédilection pour les scènes pastorales) —, et il lui arrivait de trouver où il fallait le mettre.

Malgré son peu d'enthousiasme, elle avait remarqué la satisfaction que cela procurait, et elle avait été frappée de constater combien les apparences étaient trompeuses. Par exemple, on prenait d'abord un bout d'oreille du chien pour un fragment de tronc d'arbre. Mais, dès qu'on l'avait correctement placé, à gauche du museau, dès qu'on le voyait dans ce contexte, l'évidence sautait aux yeux. Il n'avait rien à voir avec le tronc, d'ailleurs il n'était même pas de la même couleur.

Tandis que, cet été, Isabelle ne tirait évidemment aucune espèce de plaisir de la mise au clair de ses souvenirs. Elle en avait seulement le souffle coupé. Ces dîners en tête à tête dans la cuisine lorsque les jours rallongeaient — « Alors, raconte un peu, quoi de neuf ? » avait-elle gaiement demandé à sa fille tout en dépliant sa serviette.

« Bof, pas grand-chose. On est restés à plusieurs après les cours pour faire des maths avec le prof. » Un haussement d'épaules. « Il nous montre un nouveau truc. » Le charmant visage d'Amy, ses yeux lumineux.

Oh, mon Dieu ! Isabelle avait envie de pleurer.

La découverte de la vérité était vraiment quelque chose d'effrayant pour elle. Non seulement tous les souvenirs de ce printemps heureux devenaient pernicieux à mesure qu'elle imaginait les scènes qui avaient réellement eu lieu, mais celles-ci la poursuivaient partout. Lorsqu'elle faisait la lessive et sortait de la machine à laver les sous-vêtements de sa fille, par exemple. Ce soutien-gorge, est-ce que le monstre l'avait touché ? Et ce slip rose qu'elle tenait en main à présent ? Avait-il, lors d'une étreinte, appuyé sa tête contre ce chemisier, posé les doigts sur ces boutons ? Si elle avait pu savoir avec précision quels vêtements avaient été au contact de cet homme abominable, Isabelle les aurait jetés à la poubelle. Seulement il n'y avait aucun moyen de le découvrir, et les vêtements, les dessous définitivement souillés restaient là sous son toit, dans la corbeille, dans les tiroirs de la commode ; la maison d'Isabelle était contaminée.

Mais tout n'était-il pas contaminé ? Et d'abord, son lieu de travail. Elle se trouvait confinée dans la même salle que sa fille — à chaque instant de la journée, elle sentait la présence d'Amy sur la chaise de Dottie Brown —, et qui plus est, elle était privée d'Avery Clark, le seul élément de son existence qui lui avait réservé un secret apaisement, car, dans sa gêne, il évitait désormais de la regarder.

Elle savait du moins qu'il serait discret. On pouvait compter sur lui. Et, grâce à Dieu, les femmes qui travaillaient avec elle, qui déjeunaient avec elle en ce moment même, ignoraient tout. Mais lorsque Bouboule, le nez plongé dans un catalogue Avon, s'écria : « Deux rouges à lèvres et une crème pour le visage... il me faut un crayon pour calculer ça, j'ai toujours été nulle en maths », le repas d'Isabelle fut terminé. Elle ne pouvait plus rien avaler, le mot « maths » l'avait cueillie à l'estomac. Elle se souvint de ce soir d'hiver où, trouvant à son retour la maison déserte, elle s'était mise à chercher frénétiquement sa fille, convaincue qu'elle avait été enlevée tout comme Debby Kay Dorne. Or, elle le comprenait soudain, sa fille avait déjà commencé à lui mentir ! (« On est un petit groupe à rester après les cours parce qu'on est bons en maths », avait affirmé Amy. Et, une autre fois, c'était Isabelle qui avait dit comme une idiote : « Mon père était bon en calcul, tu tiens peut-être ça de lui. ») Dire qu'Amy lui avait menti tout au long ! C'était effarant. Isabelle était abasourdie. Elle remit dans le sac de son déjeuner la pêche à laquelle elle avait à peine touché, et jeta le sac.

« Au fait, lança Lenora Stibbens à Arlene tandis qu'elles commençaient toutes à débarrasser leurs restes, où en est le fils de ta cousine ? Celui qui revendait la marijuana. Il continue à parler avec le prêtre ?

— Oui, pour autant que je sache », répondit Arlene. Isabelle s'éclipsa avec un sourire d'excuse en se faufilant derrière la chaise d'Arlene. Elle ne se souvenait que trop bien du jour où cette dernière avait raconté les ennuis du gamin. Isabelle avait dit que ces choses-là ne se produisaient pas par hasard. Elle se rappela sa propre assurance lorsqu'elle avait fait cette remarque, et elle en eut la nausée.

En se réinstallant à son bureau, elle se tapota les cheveux, remit en place ceux qui s'étaient échappés de son chignon. C'était la vérité. Si, après avoir mordu dans sa carotte, Arlene Tucker avait annoncé : « Vous savez, cette cousine que j'ai à Orono, eh bien on a découvert que sa fille, une adolescente, avait depuis des mois une aventure avec un de ses profs », Isabelle se serait dit : *Et où était la mère pendant ce temps-là ? Comment a-t-elle pu ne rien deviner ?* Elles auraient probablement toutes pensé la même chose. Elles auraient secoué la tête en sirotant leur soda et commenté d'un air entendu : « C'est sûr que ces choses-là n'arrivent pas toutes seules. Si la mère avait ouvert les yeux... »

Aujourd'hui, Isabelle faillit retourner en courant à la salle à manger pour leur crier : « On peut vraiment ne rien deviner. »

Mais qui la croirait ? Elle ne méritait plus que la pitié et, par moments, c'était au-dessus de ses forces. Le sursaut atroce chaque fois qu'un minuscule détail prenait son sens dans le puzzle — quelle importance à présent ? C'était l'image entière de sa vie qui avait explosé en mille morceaux. Elle aurait voulu obstruer le coin de sa mémoire où gisaient les éléments cachés qui concernaient Amy. Elle aurait voulu cesser de se représenter certaines choses. Parfois, assise devant sa machine à écrire, elle fermait les yeux et se mettait à prier.

Il lui semblait réellement qu'elle était morte (même si c'était une sensation si bizarre, si angoissante qu'elle n'aurait pu la décrire à personne). Bien sûr, son corps survivait, car elle mangeait, peu, mais elle mangeait, elle dormait — et même parfois très bien, curieusement —, elle se levait tous les matins pour aller à la fabrique. Son existence se poursuivait. Mais elle se sentait étrangère à tout, sauf à l'horreur et à la désolation. Et, de plus en plus, elle se rendait compte que la source de cet « incident » remontait à bien des années auparavant, à un mensonge enfoui au plus profond d'elle-même. Ce qu'elle affrontait en réalité, pensait-elle alors, c'était une crise de nature presque spirituelle, face à laquelle elle se sentait profondément démunie.

Assise sur la chaise de Dottie Brown, Amy refoulait continuellement ses larmes. C'était un effort physique épuisant, comme de se retenir de vomir à l'arrière d'une voiture, de ne parvenir à réprimer une nausée que jusqu'au virage suivant où l'estomac se retournait de nouveau ; ou comme de s'empêcher de tousser pendant le culte, la gorge nouée contre l'irritation diabolique.

Une ou deux fois, elle se leva pour aller aux toilettes, mais quitter sa place la plongeait dans un accès de timidité paralysante. Fallait-il annoncer à Bouboule qu'elle allait aux lavabos ? Elle se souleva de sa chaise et bafouilla quelque chose, toute rouge. En traversant la vaste salle entre les rangées de tables, elle sentait tous les regards converger sur elle, et il lui semblait qu'elle mesurait trois mètres et qu'elle était toute nue.

Derrière la porte verrouillée, elle s'asseyait sur la cuvette des cabinets et pleurait sans bruit, craignant d'entendre arriver quelqu'un (le clic-clac des escarpins beiges de Rosie Tanguay, le bruit d'une autre porte se fermant à côté, le froissement d'une jupe retroussée, le petit silence avant la giclée d'urine). Amy se mouchait, elle regagnait sa place et, au bout de quelques minutes, elle retombait en proie à la même envie de pleurer, d'éclater en sanglots.

Et sa main, avec une persistance de l'ordre du réflexe, se levait indéfiniment pour palper ses cheveux. Chaque fois, elle éprouvait la même stupéfaction à rencontrer les touffes inégales, au ras des oreilles. Elle était hideuse. Le miroir au-dessus des lavabos venait de le lui confirmer, malgré la précipitation avec laquelle elle avait détourné les yeux. Elle aurait voulu se lacérer les joues, se défigurer complètement. Prendre un rasoir pour se taillader le visage, le couvrir de sang, le mutiler.

Seulement, les gens qui faisaient ce genre de

choses, on les envoyait à Augusta. À l'asile de fous. Sa mère lui avait parlé d'une vieille femme, Lillian, qu'on avait enfermée à l'asile ; le personnel y était trop mal payé pour se donner du mal et, d'après Isabelle, il arrivait à Lillian de macérer dans ses propres excréments parce que personne ne voulait la nettoyer. Elle restait comme ça, le regard rivé sur le mur.

« Hou hou ! La Terre appelle Amy. Hou hou ! »

Amy jeta un coup d'œil furtif à Bouboule.

« Ça ne va pas ? On dirait que ta batterie est à plat.

— Comment on sait si on devient fou ? bredouilla Amy en se penchant sur sa table.

— Tant qu'on se pose la question, répondit Bev comme si c'était tout naturel, c'est qu'on n'est pas fou. »

Amy réfléchit à cet argument en se mordillant l'intérieur de la joue. « Alors, les fous se croient normaux ?

— À ce qu'il paraît. » Bouboule tendit à Amy son rouleau de bonbons. « Si tu veux tout savoir... » Elle soupira et haussa les sourcils d'un air de lassitude candide. « Ça m'arrive de penser que je deviens timbrée. Ou que j'en suis pas loin.

— Moi, je ne te trouve pas l'air timbrée du tout. Tu as l'air incroyablement normale. »

Bev eut un sourire presque mélancolique. « Tu es mignonne. Bah, ajouta-t-elle, on est tous un peu timbrés, sans doute. »

Amy écrasa son bonbon entre ses molaires ; ça faisait un bruit qu'Isabelle ne pouvait pas supporter, et elle s'arrêta net de mâcher en se mettant la main devant la bouche d'un air confus. Mais Bev ne semblait rien avoir entendu. « Sauf que si on est tous fous, insista Amy, toujours penchée en avant sur sa table — la table de Dottie Brown —, pourquoi il y a des gens qu'on met à l'asile et d'autres pas ? »

Bouboule hocha la tête, comme si cette question-là aussi, elle se l'était déjà posée. « Parce qu'ils le montrent. Peu importe si tu te sens dérailler. Pourvu que ça se voie pas. » Elle martela sa table avec ses ongles roses pour souligner son propos. « Cause pas toute seule en public. Prends un bain de temps en temps. Lève-toi le matin, habille-toi. Moi, c'est ce que je me dis. Tant que tu marches droit, que tu fais ce qu'on attend de toi, tu risques rien. Personne va te passer la camisole tant que tu fais ce qu'on attend de toi. »

Amy acquiesça en silence. L'idée lui venait qu'elle ferait mieux, ces temps-ci, d'éviter son propre reflet. Lorsque, à la sortie de la fabrique, elle attendrait debout à côté de la voiture que sa mère ait déverrouillé les portières, elle tournerait son regard vers le fleuve inerte pour ne pas s'apercevoir dans la vitre. Et, demain matin, elle se lèverait, s'habillerait et reviendrait travailler. Elle ferait ainsi chaque jour jusqu'à ce qu'il se soit écoulé assez de temps pour amener un changement. Jusqu'à ce que Mr. Robertson et elle soient réunis. Elle adressa un sourire hésitant à Bouboule.

« Encore une chose, ajouta celle-ci en levant une main du clavier de sa machine à écrire. Jamais de rouge à lèvres sur les dents. Quand je vois une femme qui a du rouge à lèvres sur les dents, je me dis toujours qu'elle doit dérailler. »

Amy hocha la tête et poussa un soupir. « Enfin, moi, le rouge à lèvres, je n'en mets pas souvent.

— Tu devrais, répliqua Bev, dont les ongles colorés pianotaient allègrement sur les touches. Tu pourrais être très jolie, tu sais. »

Avery Clark n'aimait plus aller au bureau maintenant qu'Amy était là. C'était embarrassant. Ainsi, ce matin même, alors qu'il empruntait le couloir en direction de l'ascenseur pour descendre au service d'expéditions, Amy était sortie des toilettes et ils s'étaient retrouvés à marcher l'un vers l'autre en silence. Elle aurait pu lui inspirer de la compassion — en fait, il en avait presque ressenti en la voyant rougir et courber la tête ; ses cheveux étaient bizarres, ils lui donnaient l'air un peu malade — si, au moment où elle avait levé les yeux sur lui en le croisant et articulé un « Bonjour » inaudible, il n'avait pas surpris, ou cru surprendre une lueur narquoise qui l'avait mis en colère.

« Bonjour », avait-il répondu sèchement et, en arrivant devant l'ascenseur, il avait tapé du poing sur le bouton.

Quelle sale fille. Quelle histoire répugnante.

Chaque fois qu'il pensait à elle, à ce qu'il avait vu ce jour-là (et il s'efforçait de repousser ce souvenir, mais il lui revenait sans cesse), il était saisi de la même colère. Il lui arrivait aussi de l'éprouver au lit avec sa femme. Il se sentait vieux et frustré de bien des choses dans la vie.

Ses pensées prenaient parfois le tour d'un langage vulgaire, et il n'ignorait pas que s'il avait été un autre homme il aurait raconté à ses amis ce qu'il avait vu ce jour-là dans la voiture garée sous les arbres. « Une sacrée paire de nichons, aurait-il dit. Des lolos du tonnerre. » Mais ce n'était pas son genre, et il ne livra ces confidences à personne.

Lorsqu'il en parla à sa femme, il lui fit part de ce qu'il avait découvert en des termes vagues et châtiés. Ils avaient ensuite passé la soirée à déplorer la situation et à commenter le peu qu'ils savaient de la vie d'Isabelle. « Par égard pour elle, n'ébruitons pas ce scandale », avait recommandé Avery Clark à Emma, qui avait répondu : « Mais non, bien sûr, la pauvre, c'est tellement honteux. »

14

L'existence d'Amy et Isabelle avait donc été bouleversée. Quand elles s'adressaient la parole, les mots franchissaient difficilement leurs lèvres. Si leurs regards venaient à se croiser — lorsqu'elles descendaient de voiture ou au secrétariat — aussitôt, elles détournaient les yeux. Dans la petite maison, elles prenaient garde de ne pas se frôler, comme si c'était dangereux. Mais cela ne faisait que rendre chacune plus consciente de la présence de l'autre, que les enfermer dans l'intimité perverse d'une vigilance de tous les instants ; elles n'en connaissaient que mieux le bruit de leur mastication, elles repéraient avec plus d'acuité encore l'odeur moite laissée dans la salle de bains, elles savaient même si l'autre dormait ou non, si elle se retournait dans son lit, puisque seule la mince cloison de placoplâtre les séparait.

Isabelle se demandait combien de temps cela pourrait durer. C'était intolérable d'avoir ainsi à prendre le repas face à face tous les soirs, à cohabiter, à travailler au même endroit, à aller ensemble au temple le dimanche, si près l'une de l'autre dans la travée qu'en chantant les psaumes elles humaient réciproquement leur haleine. Isabelle avait songé à envoyer sa fille vivre chez sa cousine Cindy Rae, en amont sur le fleuve, mais une telle mesure aurait nécessité des explications qu'elle se refusait à fournir, et, surtout, même maintenant, elle ne voulait pas qu'Amy lui échappe.

Alors, elles étaient condamnées à se côtoyer. À chacune, il semblait qu'elle souffrait plus que l'autre. En fait, il leur semblait par moments que personne au monde ne souffrait autant. Le soir où l'on annonça, au Journal télévisé, qu'une chaussette ayant appartenu à Debby Kay Dorne venait d'être retrouvée dans un champ par le chien du fermier et que la mort probable de la petite fille devenait officielle, Amy et Isabelle, chacune de son côté — sans échanger un regard, sans quitter la télé des yeux —, se laissèrent aller à penser que leur propre sort était pire, en un sens.

Au moins, pensa Amy, la maman de Debby l'aimait. Au moins, tout le monde a de la peine. Au moins, elle est morte et elle ne sent plus rien.

Isabelle, qui à son âge ne pouvait s'y tromper, qui savait que la mère devait être en proie à la plus cruelle de toutes les douleurs, ne pouvait s'empêcher de penser : au moins, sa fille était gentille. Au moins, elle n'avait pas passé des semaines à gober les odieux mensonges de sa fille.

Elle se leva et elle éteignit la télévision. « Je vais me coucher », annonça-t-elle.

Amy allongea les jambes et se croisa les mains derrière la nuque. « Bonne nuit », répondit-elle, les yeux dans le vague.

Couchée sur son lit dans la nuit d'été, une nuit douce et presque palpable, Isabelle éprouva une fois de plus le besoin de tout récapituler mentalement, comme si ce processus obsessionnel était le seul moyen de dominer son état, et celui de sa fille.

Lorsqu'elle était rentrée en voiture de la fabrique, le jour où Avery Clark avait surpris Mr. Robertson et Amy à l'orée de la forêt, elle ne parvenait pas encore à croire que c'était vrai. Elle se sentait étrangement lucide, même si son corps témoignait d'une grande perturbation : un picotement dans le menton et le bout des doigts, les jambes qui tremblaient si fort qu'elle avait du mal à conduire, le souffle court. Pourtant, elle persistait à penser : il y a forcément erreur, ce n'est pas vrai.

Mais lorsqu'elle franchit le seuil en appelant Amy et la trouva assise sur le bord du canapé, les genoux serrés et le visage livide, en particulier les lèvres vidées de toute couleur, Isabelle comprit que les faits rapportés de façon si incroyable par Avery étaient parfaitement exacts.

Toutefois, elle ne saisit pas tout de suite ce que cela impliquait. Elle ne saisit pas *tout* ce que cela impliquait. Dans son esprit, il était arrivé quelque chose de terrible à Amy ce jour-là. Elle était bien loin d'imaginer alors ce qui devait s'être passé auparavant, ou ce qui pourrait encore se passer les jours suivants ; elle ne ressentait que l'horreur du moment présent.

Dans la lumière de l'après-midi qui pénétrait par la fenêtre, la salle de séjour paraissait insolite — elles n'avaient pas l'habitude de se trouver ici ensemble à cette heure de la journée, sauf pendant le week-end, ce qui était tout différent. D'emblée, Isabelle eut donc la sensation oppressante que procure une chambre de malade ; d'autant que pour elle, quatre heures avait toujours été le moment le plus triste de la journée, même au printemps — ou surtout au printemps.

Elle s'approcha lentement de sa fille et s'agenouilla pour pouvoir la regarder en face. « Amy, c'est très grave. Ce que vient de me raconter Avery Clark, c'est très, très grave. »

Amy tenait rivés droit devant elle des yeux vides de toute expression.

« Quand un homme emmène une adolescente dans la forêt et l'oblige à ... quand il l'oblige à faire certaines choses...

— Ce n'est pas ça du tout. » Amy jeta un bref regard à sa mère, qui se releva.

« Avery ne peut pas... » Elle vit les yeux d'Amy dériver et redevenir absents. « Tu veux dire que cet homme ne t'a pas obligée ? »

Amy ne répondit pas, ne broncha pas.

« C'est ça, hein ? »

Presque imperceptiblement, sa fille leva la tête.

« Amy, réponds-moi.

— Non, maman, il ne m'a pas obligée. »

Isabelle s'assit sur l'accoudoir du canapé, signe d'un état de crise ; jamais elle ne s'asseyait sur les accoudoirs.

« Amy... »

Mais, des semaines plus tard, elle n'avait plus un souvenir précis de toute la scène ; elle revoyait seulement certaines images : elle-même assise sur le bras du canapé, l'atmosphère de chambre de malade, la pâleur d'Amy, son visage fermé, la montée de l'angoisse dans la pièce.

Cependant, Isabelle était passée au début par une phase étonnante de calme. Si l'on peut dire, car elle avait la bouche sèche et sa jambe s'était remise à trembler, au point qu'elle avait dû se lever de l'accoudoir et marcher de long en large. Mais, au début, quelque chose en elle s'était manifesté, amplifié, comme pour se montrer à la hauteur. Quelque chose en elle avait pris le dessus, de façon assez étonnante et admirable, comme si cela faisait des années qu'elle se préparait à affronter une telle situation.

Il y avait donc de la tendresse dans sa voix lorsqu'elle s'adressa à Amy pour lui arracher autant d'informations qu'elle pouvait, et même si les lèvres de l'adolescente demeuraient blêmes, même si elle ne regardait pas sa mère en face, lorsque celle-ci lui demanda d'un ton particulièrement doux et posé si elle était allée jusqu'au bout du rapport sexuel, elle répondit : « Non, bien sûr que non » avec juste assez de mépris, juste assez de dérision pour que sa réponse soit crédible.

« Tu es très innocente », dit Isabelle en s'agenouillant de nouveau devant elle pour chercher son regard. Amy bascula un peu la tête en arrière puis sur le côté, un geste presque identique à celui qu'elle faisait toute petite dans sa poussette quand Isabelle se courbait pour lui essuyer la bouche. « Et il se pourrait, poursuivit-elle comme si elle parlait à cette toute petite fille, que quelqu'un se permette d'en profiter sans que tu comprennes bien ce qui se passe. »

C'est à cet instant qu'Isabelle avait vraiment senti pour la première fois que sa fille avait échappé à son emprise, que la situation était bien plus grave qu'elle ne l'avait cru d'abord ; car l'expression de son visage, le dégoût muet en réaction aux paroles de sa mère, le fugace éclair de condescendance la frappèrent en plein cœur. La fausse sérénité qui l'avait soutenue jusque-là commença à l'abandonner.

Elle se releva et alla s'adosser à la fenêtre. « Aujourd'hui dans la voiture, ce n'était pas la première fois que tu étais avec lui », dit-elle, et le silence d'Amy ressembla à une confirmation.

« Je me trompe ? »

Amy fit signe que non.

« Ça dure depuis quand ? » Isabelle était sûrement en état de choc ; elle était en état de choc depuis l'instant où Avery Clark l'avait appelée dans son bureau. Mais ce ne fut qu'à ce stade de sa conversation avec Amy que les proportions de la pièce lui parurent distendues ; elle perdait bizarrement le sens des distances, il lui fallait plisser les yeux pour distinguer sa fille.

Celle-ci haussa les épaules. « J'en sais rien.

— Ne fais pas ça, Amy. »

Dans son regard aussitôt dérobé, Isabelle lut de la peur, et ce fut cette peur qui lui fit entrevoir l'ampleur de ce qu'on lui cachait. Elle eut une intuition indéfinissable en repensant à l'expression de supériorité qu'elle avait lue quelques instants plus tôt sur le visage d'Amy, lorsqu'elle lui avait parlé de son innocence.

« Ça dure depuis quand ? » répéta Isabelle. Un spasme incontrôlable lui fit tressaillir la jambe, et elle s'appuya au rebord de la fenêtre.

Amy baissait les yeux sur le tapis tressé. Elle mit la main devant sa bouche, un réflexe de timidité qui lui était venu quand elle était toute petite (« Enlève ta main de la bouche », lui serinait sans relâche Isabelle), et elle répondit : « On est devenus amis cet hiver.

— Depuis *cet hiver* ?

— Non, enfin, je veux dire...

— Que veux-tu dire ? »

L'adolescente parut réduite au silence ; à côté de sa main, ses lèvres s'ouvrirent et se refermèrent à moitié.

Cela continua sur ce mode. Les efforts d'Isabelle pour obtenir d'Amy des précisions, l'hystérie qu'elle sentait monter... Elle finit par s'élancer vers Amy pour s'asseoir à côté d'elle sur le canapé et elle lui prit les mains. « Amy, ma chérie ! Un individu pareil... Oh, mon Amy, un individu pareil est un malade. Bonté divine, penser que... »

Mais, déjà, Amy secouait la tête et dégageait ses mains. « Tu te trompes, maman. Ce n'est pas ce que tu crois. » Ses lèvres avait repris de la couleur.

« Alors, qu'est-ce que c'est, Amy ? » Isabelle ressentait comme un rejet, comme une injustice flagrante la manière dont sa fille lui avait retiré ses mains, qu'elle-même venait de saisir dans les siennes avec tant d'amour. Elle se releva et se mit de nouveau à arpenter la pièce pour aller s'affaisser cette fois sur le fauteuil vert dans lequel, au long d'innombrables hivers, elle avait si souvent passé ses après-midi du week-end à regarder les mésanges charbonnières voleter autour de la mangeoire.

Elle repartit à l'assaut. « Ce n'est pas quelqu'un de bien, Amy. Il ne se soucie pas de toi. Comme tous les hommes de ce genre. Il dit qu'il t'aime parce qu'il veut en venir à ses fins. »

Sa fille leva la tête et tourna vers elle un visage gagné par l'inquiétude. « Il me veut, moi, lâcha Amy. Je lui plais, voilà tout. » Des larmes de défi enfantin tremblaient dans ses yeux.

Isabelle ferma les siens et murmura : « Mon Dieu, ça me rend malade. » Et elle avait réellement la nausée, la bouche pâteuse comme si elle ne s'était pas brossé les dents depuis huit jours. Quand elle souleva les paupières, Amy fixait de nouveau le tapis tressé, mais à présent elle était en pleurs, elle avait le nez qui coulait sur la bouche.

« Tu n'as aucune idée de ce qu'est le monde extérieur », lui dit doucement Isabelle, qui pleurait presque, elle aussi, penchée en avant dans le fauteuil vert.

« Non ! s'exclama brusquement Amy en tournant vers elle son visage mouillé. C'est toi qui n'en as aucune idée ! Tu ne vas jamais nulle part, tu ne parles à personne. Tu ne lis rien... » Elle parut faiblir un instant, mais elle balaya l'air de sa main comme pour se propulser et elle enchaîna : « Sauf ces imbécillités du *Reader's Digest.* »

Elles se dévisagèrent jusqu'à ce qu'Amy baisse les yeux. « Même au cinéma, tu n'y vas jamais, ajouta-t-elle avec des larmes de colère qui lui coulaient sur les joues. Qu'est-ce que tu peux savoir, toi, du monde extérieur ? »

Cette réplique fit tout basculer. Elle fit tout basculer pour Isabelle. En s'en souvenant des semaines plus tard, dans la douce nuit d'été, elle revivait la douleur aiguë en pleine poitrine que ces mots lui avaient infligée ; quoique immobile, elle avait eu l'impression de chanceler, son cœur battait à tout rompre. Car l'humiliation était atroce. Prononcer de travers le nom de ce poète n'était pas un péché, mais qu'est-ce que ça changeait, au bout du compte ? La vérité, c'était qu'Amy avait fait mouche, lui avait assené un coup plus fatal qu'elle n'en avait sans doute eu l'intention, ni ne s'en croyait capable.

Dans son fauteuil vert (elle n'allait plus s'y asseoir de toute une année), Isabelle avait longtemps gardé le silence, comme si son corps en avait besoin pour amortir le choc, puis elle avait dit à mi-voix : « Tu n'imagines pas ce que ça m'a coûté d'élever une enfant toute seule. »

Ce qu'elle s'était retenue de crier, ce qu'elle avait une telle envie de crier qu'elle sentait les mots prendre forme dans sa bouche, c'était : *Tu n'aurais même pas dû venir au monde !*

Chaque fois qu'elle revivait mentalement cette scène épouvantable, ainsi qu'elle était en train de le faire dans l'obscurité de sa chambre, elle s'accordait de brèves félicitations, car elle avait vraiment eu du mérite à ne pas prononcer ces paroles.

Mais elle avait mal. Ces réminiscences lui faisaient mal et, même si elle ne se souvenait pas exactement de tous les détails, elle revivait sa douloureuse prise de conscience d'avoir vécu jusque-là avec une fille qu'elle connaissait à peine. Elle se rappelait qu'un long silence avait suivi et qu'elle avait fini par s'extraire de son fauteuil pour aller ouvrir la fenêtre ; elle s'était appuyée contre le rebord, et l'air du dehors lui avait paru aussi étouffant qu'à l'intérieur. « Qui est-ce, d'ailleurs, avait-elle dit enfin, cet homme ignoble, ce Robertson ? D'où est-ce qu'il sort ?

— Il n'est pas ignoble ! »

Cette phrase l'avait mise en fureur. « Pour commencer, lança-t-elle à sa fille d'une voix cinglante, ce qu'il s'est permis de faire est coupable aux yeux de la loi. »

Amy roula des yeux comme si sa mère venait de donner une preuve de plus de sa stupidité provinciale.

« Tu n'as pas à rouler des yeux, ma chère enfant. Tu te figures que ta mère est une crétine illettrée et qu'elle est trop bornée pour comprendre quoi que ce soit à la vraie vie, mais laisse-moi te dire que c'est toi qui ne sais rien de rien ! »

Oui, elles en étaient arrivées là, à échanger des hurlements, à se jeter à la figure leur ignorance et leur stupidité.

Les larmes ruisselaient sur les joues d'Amy. « Maman, plaida-t-elle, je voulais seulement dire que tu te trompes sur Mr. Robertson. C'est vraiment quelqu'un de bien. Jamais il n'a voulu...

— Il n'a jamais voulu quoi ? »

Amy tira sur les petites peaux autour de l'ongle de son pouce.

« Il n'a jamais voulu quoi ? *Réponds-moi !*

Amy ferma le poing sur son pouce et leva au plafond des yeux angoissés. « C'est moi qui l'ai embrassé la première, articula-t-elle, redevenue livide. Il ne voulait pas. Il m'a dit de ne pas recommencer, mais ça ne m'en a pas empêchée.

— Quand ? » Les battements de cœur d'Isabelle s'accéléraient.

« Quoi ?

— Quand ? C'était quand ? »

Amy eut un geste d'hésitation. « Je sais plus.

— Si, tu le sais.

— Je me rappelle pas. »

Plus elle scrutait ce visage blême, ces yeux qui fuyaient les siens, plus Isabelle se rendait compte que sa fille s'était coupée d'elle, qu'elle était bien différente de ce qu'elle avait cru, que cette adolescente allait jusqu'à la mépriser. *Tu ne lis rien, sauf ces imbécillités du* Reader's Digest.

Ce qui suivit, Isabelle n'en parlerait qu'une seule fois, des années plus tard, quand sa vie aurait changé du tout au tout. Tandis qu'Amy, devenue adulte, le raconterait à toutes sortes de gens, tant qu'elle n'aurait pas compris que c'était une histoire parmi des milliers d'autres et que, finalement, personne ne la prenait au sérieux.

Pour elles, au contraire, pour Amy et Isabelle, ce qui se passait là était plus que sérieux ; avec le temps, elles en oublieraient une partie et leurs souvenirs ne se recouperaient pas, mais toutes deux se rappelleraient toujours certains épisodes. Par exemple, le moment où Isabelle s'était mise à jeter les coussins à travers la pièce en hurlant que cet individu, ce Mr. Robertson, n'était qu'un maquereau. L'un des coussins renversa une lampe dont l'ampoule se fracassa sur le sol, et Amy cria : « Maman ! » telle une enfant terrorisée.

Ce cri fit surgir le souvenir d'Amy toute petite, une petite fille aux boucles blondes assise à l'avant de la voiture à côté d'Isabelle qui la conduisait tous les matins chez Esther Hatch. « Maman », gémissait parfois Amy en essayant de saisir la main de sa mère.

Pour le moment, ce souvenir était intolérable et, alors que quelque chose dans le cœur d'Isabelle la poussait à étreindre cette grande adolescente si pâle, elle tapa du plat de la main sur le dossier du canapé ; la douleur lui arracha une exclamation : « Saloperie ! » Elle vit les épaules maigres de sa fille sursauter de frayeur, et l'idée qu'elle lui faisait peur ne fit qu'accroître la rage d'Isabelle ; elle sentit que quelque chose de terrible venait d'être libéré, quelque chose qui devait remonter à des générations antérieures et s'était accumulé depuis des années, qui sait — mais en elle, une force terrible se libérait.

Elle partit en quête de Mr. Robertson.

N'ayant pas trouvé le nom dans l'annuaire, Isabelle avait appelé d'une voix bizarrement enjouée les renseignements et obtenu le numéro de téléphone et l'adresse d'un certain Thomas Robertson.

En conduisant, elle avait une perception exceptionnellement aiguë de la voiture, des bruits de tôles disjointes au long d'une côte puis dans un virage, de l'infime décalage entre l'instant où elle tournait le volant et celui où les roues répondaient, comme si cette machine était une créature vivante, vieille et déboussolée, mais soumise. Avec des trépidations, des à-coups, des crissements de pneus, la voiture faisait ce qu'elle lui demandait.

C'était le genre d'immeuble que méprisait Isabelle : construit à l'économie et crépi en gris, il cherchait à se parer faussement du style avenant de la Nouvelle-Angleterre ; pour la frime, une palissade blanche, en plastique plein de raideur, longeait l'allée qui menait à la porte principale. Le couloir qu'elle emprunta sentait l'hôtel et, en frappant à la porte de l'appartement 2L, elle entendait les bruits de casseroles qui venaient d'à côté. Il faudrait à tout prix parler bas, se dit-elle.

Apparemment, ce monsieur attendait sa visite. Ce fut seulement quelques jours plus tard qu'elle en fut frappée, se souvenant de l'attitude hostile et suffisante qu'il avait eue en lui ouvrant ; sans aucun doute, Amy l'avait appelé pour lui annoncer que sa mère était en route. Mais ce qu'elle sentit tout de suite, c'était la complicité qu'il entretenait avec sa fille.

Il était de petite taille et pieds nus.

« Je suis la mère d'Amy Goodrow, avait dit Isabelle, consciente de sa voix sèche et acerbe. Et je voudrais vous parler. S'il vous plaît », ajouta-t-elle plus doucement en affectant un ton détaché, ce qui était absurde : elle était au supplice.

« Entrez donc », répondit-il en s'inclinant très légèrement, les paupières mi-closes derrière ses lunettes à monture d'écaille, comme s'il se moquait d'elle. Ce qui était sûrement le cas, songea-t-elle par la suite. Il avait l'air à la fois absent et sur ses gardes ; ses pieds nus, tout blancs au bas des jeans, étaient aux yeux d'Isabelle une offense dans leur nudité.

Elle pénétra devant lui dans une salle de séjour anguleuse et vide (il n'y avait aucun tableau aux murs, une petite télé était posée sur une caisse) et, par la fenêtre entrouverte, son regard buta contre un arbre. Un érable si proche de la maison que le feuillage, dense et moucheté de lumière dans le soleil couchant, lui donna l'impression d'avancer sur elle. Un bref instant, elle en entendit le bruissement.

Sans vraiment comprendre pourquoi la vue de cet arbre guetté par le jour déclinant provoquait en elle le pire sentiment de tristesse et de dépossession qu'elle eût jamais éprouvé, Isabelle crut un instant qu'elle allait s'affaisser sur le sol. Au lieu de quoi elle se tourna vers l'homme qui lui avait ouvert et lui demanda d'une voix sourde : « Vous êtes bien Thomas Robertson ? »

Il battit lentement des paupières, sans les baisser tout à fait. « Oui. Voulez-vous vous asseoir ? » Quand il parlait, sa mâchoire bougeait comme celle d'un pantin ; sa grosse barbe rendait sa bouche invisible.

« Non. Non, merci. » Elle faillit sourire de sa propre lassitude. En fait, elle sentit les commissures de ses lèvres se retrousser imperceptiblement et elle eut même la sensation fugace et déconcertante qu'ils allaient tous deux collaborer, unis face à la catastrophe.

Presque simultanément, elle sut que c'était faux, bien sûr ; il n'y avait pas eu l'ombre d'un sourire sur son visage à lui. Dans son regard, elle percevait la vigilance de quelqu'un qui affronte l'instabilité de son interlocuteur. « Mais je vous en prie, reprit-elle, vous, asseyez-vous. »

Sans la quitter des yeux, il prit place au bord d'un canapé en vinyl gris, les avant-bras posés sur les genoux, le cou en avant.

« Laissez-moi vous dire ce que je sais de certaines lois », commença Isabelle, qui se mit à réciter approximativement les textes qu'elle connaissait. Sur le moment, elle pensa l'avoir impressionné, mais plus tard, en se remémorant la scène (mal, son souvenir était très fragmentaire), elle se dit qu'elle avait commis une grosse erreur en procédant ainsi, qu'elle n'aurait jamais dû se démasquer de cette façon.

Car ce fut lui qui « gagna », pour finir. Il avait réussi à préserver sa dignité et à saper celle d'Isabelle. Ils le savaient tous les deux. Et elle ne parvenait pas à se rappeler, ni à imaginer comment il avait fait, au juste.

Elle avait exposé ses vues sans détour : elle voulait qu'il quitte la ville. « Évidemment, je souhaiterais faire intervenir la police, avait-elle dit posément, mais je me soucie d'Amy avant tout et je préfère lui éviter ce que cela entraînerait. »

Silencieux, il la contemplait avec une étrange indifférence et s'était renfoncé dans le canapé, une jambe pliée appuyée sur le genou de l'autre, si bien qu'il paraissait insolemment à son aise.

« Suis-je claire ? demanda Isabelle. Y a-t-il quoi que ce soit qui vous échappe dans mes propos ?

— Mais non. Tout est parfaitement clair. » Il balaya du regard la salle de séjour, à laquelle Isabelle trouvait de plus en plus l'aspect d'installation temporaire d'un logement d'étudiant (sur un rayonnage près de la porte était posée un aspidistra, dont beaucoup de feuilles étaient jaunies et pliées au milieu). Puis, tout en passant lentement la main dans ses cheveux châtains, ondulés au-dessus du front, qui donnaient un frisson de dégoût à Isabelle, il lui dit que, si cela lui faisait plaisir, il pourrait partir dès le lendemain.

« Comme ça, tout de suite ? demanda-t-elle.

— Bien sûr. » Il se leva et fit quelques pas en direction de la porte, comme pour indiquer que leur entretien était terminé. « Je n'ai aucune raison de rester », ajouta-t-il, la paume tournée vers le haut — un geste qui, joint à cette déclaration, visait apparemment à la convaincre de sa sincérité.

Mais ce qu'elle entendit, elle, dans ces mots, c'était qu'il estimait ne rien devoir à sa fille ; alors même que, s'il avait osé dire qu'il tenait à elle, Isabelle l'aurait très mal pris, elle fut encore plus outrée qu'il se comporte ainsi.

« Avez-vous la moindre idée, lança-t-elle en s'avançant vers lui, avez-vous la moindre idée du mal que vous avez fait à mon enfant ? »

Il cligna des yeux, puis pencha la tête sur le côté. « Pardon ? »

Elle aurait voulu se jeter sur lui pour lui arracher les cheveux, les tenir à pleines touffes dans son poing avec des lambeaux de peau autour des racines, elle aurait voulu lui tordre le bras jusqu'à ce qu'elle entende l'os craquer sous la peau, elle aurait voulu le tuer. Sa vue se brouillait, elle avait le vertige.

« Vous vous êtes emparé d'une enfant totalement

innocente et vous l'avez marquée pour toujours de votre empreinte. » Elle fut consternée de voir deux gouttes de salive gicler de sa bouche sur la manche de chemise de cet homme.

Il y jeta un coup d'œil, lui faisant savoir par son expression qu'il jugeait avoir reçu un crachat (une incroyable injustice, songeait Isabelle, la tête en feu chaque fois qu'elle revivait cet instant).

Il posa la main sur le pommeau de la porte. « Mrs. Goodrow, dit-il, puis il pencha la tête sur le côté. « Vous êtes bien *Mrs.* Goodrow ? Je n'en ai jamais eu la certitude, je vous l'avoue. »

Elle avait les joues brûlantes. « Oui, je suis Mrs. Goodrow, murmura-t-elle, car la voix lui manquait.

— Bon. Mrs. Goodrow, je crains que la réalité ne vous échappe. Certes, Amy est mineure, et là-dessus je ne peux que respecter votre position, mais j'ai peur que vous n'ayez été quelque peu naïve en ce qui concerne le tempérament passionné de cette personne extrêmement attirante qu'est votre fille.

— Que cherchez-vous à dire par là ? » articula Isabelle, en proie à de sauvages battements de cœur.

Il marqua une pause en regardant autour de lui. « Mrs. Goodrow, disons qu'Amy n'avait pas grand-chose à apprendre.

— Oh, fit Isabelle. Oh, vous êtes abominable ! Vous êtes vraiment quelqu'un d'abominable. Je vais vous dénoncer — vous êtes répugnant. Est-ce que vous le savez ? » Elle avait posé cette question d'une voix enrouée, ses yeux pleins de larmes rivés sur lui. « Un homme répugnant. Je vais vous dénoncer au proviseur, à la police. »

Il soutenait son regard sans broncher, et dans ses yeux marron, rendus plus impénétrables par les verres de lunettes, elle ne décela aucune inquiétude ; ce furent ses yeux à elle qui se détournèrent — jamais, même dans son enfance, elle n'avait tenu plus de trois secondes à ce jeu-là —, et ce fut à cet instant qu'elle vit les livres dans le rayonnage, au-dessous de l'aspidistra moribond. *Dialogues de Platon*, déchiffra-t-elle ; à côté, sur une couverture blanche tachée d'un rond de café en travers du titre, *L'Être et le Néant*, et enfin, *Yeats : œuvres complètes*.

Thomas Robertson n'avait pas cessé de l'observer et, quand elle le regarda de nouveau, elle lut sa propre défaite sur ses traits. « Je crois qu'il vaut mieux vous abstenir de raconter quoi que ce soit, dit-il. Dès demain, je serai parti. »

Sur le seuil, elle se retourna pour lui lancer : « Je vous trouve méprisable.

— Je l'avais deviné », dit-il avec une très légère inclinaison de tête.

Il referma lentement la porte, elle entendit le déclic dans son dos.

Sur le chemin du retour, Isabelle pensa que, dans son état, elle aurait dû éviter la conduite automobile. Ce furent les mots qui lui vinrent à l'esprit, comme si elle les lisait en petits caractères sur une boîte de médicaments — *Éviter la conduite automobile* — car son aptitude à évaluer les distances, à distinguer les trottoirs, les signaux de stop paraissait très amoindrie. Au contraire de ce qu'elle avait ressenti à l'aller, il lui semblait n'avoir aucun contrôle de la voiture, aucune perception. Il n'y avait que l'image de Thomas Robertson, de ses lents battements de paupières, et l'écho cuisant de ses mots : « Je l'avais deviné. »

Elle ne pouvait pas supporter que cet homme soit intelligent. Il était plus intelligent qu'elle, et ça la rendait malade. C'était une espèce d'intellectuel hippie, il avait sûrement été un hippie, vécu en communauté, fumant de la marijuana et couchant avec toutes les filles dont il avait envie.

Le pire de tout, bien sûr, c'était ce qu'il avait dit au sujet d'Amy, ce qu'il avait laissé entendre.

Et tous deux avaient parlé ensemble d'Isabelle. Elle s'en rendit compte sur le chemin du retour, ils avaient parlé d'elle pendant leurs horribles petits rendez-vous. Oui, ça s'était vu dans ses yeux mi-clos qu'il savait des choses sur son compte (« Vous êtes bien *Mrs.* Goodrow ? »). Mais que pouvait-il savoir ? Qu'elle était stricte ? Qu'elle n'avait guère d'amies ? Qu'elle travaillait à la fabrique ? Qu'elle avait prononcé « Yîts » au lieu de « Yééts » ? (Oui, il le savait sans doute, et elle s'empourpra.)

En s'engageant dans le chemin d'accès, elle éprouvait un mélange de fureur et de douleur si violentes qu'elle n'aurait jamais cru qu'on pouvait y survivre. Sur les marches de l'entrée, elle se demanda sérieusement si elle n'allait pas mourir ici même, avant d'ouvrir la porte de la cuisine. C'était peut-être ça, l'agonie, ces ultimes instants vers lesquels vous entraînait une vague à la puissance irrésistible, si bien qu'au bout du compte ça n'avait plus d'importance, il n'y avait plus de raison de le regretter : c'était la fin, voilà tout.

Mais elle n'était pas à l'agonie. En jetant ses clés sur la table de la cuisine, elle sentit resurgir la vie quotidienne. Le fardeau à endurer. Se sentant incapable d'y faire front, elle s'abandonna à sa colère ; et, grimpant les marches de l'escalier, ses jambes tremblaient sous elle.

15

En effet, Amy avait téléphoné à Mr. Robertson après le départ de sa mère. Debout à la fenêtre de la cuisine, elle regardait dehors pour s'assurer que la voiture ne reparaissait pas brusquement. Dès que Mr. Robertson avait répondu, Amy fondit en larmes et elle lui raconta ce qui venait de se passer. « Je la déteste, conclut-elle. C'est terrible, ce que je la déteste. » Elle se moucha dans ses doigts.

Il y eut une longue pause au bout du fil. « Vous êtes toujours là ? demanda-t-elle en s'essuyant de nouveau le nez.

— Oui, je suis là.

— Mais qu'est-ce qu'on va faire ? reprit Amy, surprise par son laconisme. Qu'est-ce qu'on va lui dire ? » Elle tourna le combiné vers le haut pour qu'il ne l'entende pas pleurer ; les larmes ruisselaient sur son visage.

« Ne lui dis rien de plus, conseilla Mr. Robertson. Laisse-moi faire. Je vais régler ça. Quand elle rentrera, ne lui dis rien de plus. » Sa voix était étrangement neutre, comme s'il parlait en dormant. Même lorsqu'il ajouta : « Ça s'arrangera, Amy. Tout finira par s'arranger. »

Tandis qu'elle raccrochait, une peur d'un genre

différent l'envahit. L'image d'une mer immense et sombre lui traversa l'esprit ; Mr. Robertson et elle dérivaient chacun de son côté sur des vagues noires, dans une nuit noire.

Mais non. S'il disait que ça s'arrangerait, c'était qu'il l'aimait. Et qu'il tiendrait bon à ses côtés. Aujourd'hui même, il l'avait dit : « On t'aimera toujours. » Il l'aimait. Il le lui avait dit. Elle aurait dû le crier à la face de sa mère, qui ne comprenait rien.

Amy monta l'escalier. Mr. Robertson allait peut-être dire à Isabelle : « J'aime votre fille et nous voulons être ensemble. » Le dirait-il ? Et emploierait-il ces mots-là ? De toute façon, c'était un adulte et il saurait ce qu'il fallait faire, raisonna Amy en trébuchant soudain en haut de l'escalier ; elle avait cru qu'il y avait une marche de plus, son pied avait rencontré le vide. Elle reprit l'équilibre en s'appuyant au mur et elle entra dans sa chambre.

Elle s'assit sur le tabouret à volant devant son miroir pour attendre le retour de sa mère. Au bout d'un moment, elle se mit à se brosser les cheveux, et il lui vint même l'idée qu'Isabelle rentrerait peut-être accompagnée de Mr. Robertson. Le soleil de fin d'après-midi, dont les rayons, au mois de juin, inondaient toujours à cette heure-là pendant quelques minutes la chambre d'Amy, auréolait ses cheveux et les faisait ressembler à l'écheveau d'or des contes de fées. (Ce fut ce qu'elle pensa en se regardant.) Mais elle se sentait mal, comme si elle venait de vomir sans se vider tout à fait de ce qu'elle avait sur l'estomac.

Et c'était bizarre. La brosse blanche qu'elle tenait à la main, le cahier sur le lit, ces objets familiers paraissaient appartenir à une vie dont elle n'avait plus qu'un souvenir lointain. À présent qu'Isabelle avait découvert qu'un homme l'aimait, rien n'était plus pareil.

Oui, il l'aimait. Il avait dit : « Tu sais qu'on t'aimera toujours ? » Elle voyait qu'il l'aimait rien qu'au sourire qui lui éclairait le visage lorsqu'elle entrait dans sa salle de classe après les cours, mais il le lui avait surtout prouvé par sa façon de la toucher aujourdhui dans la voiture, et par ce qu'ils avaient fait tous les deux. Ces choses incroyablement intimes. Quand un homme et une femme faisaient des choses pareilles... eh bien, c'était qu'ils s'aimaient de toutes leurs forces. Après ça, on ne pouvait que vivre ensemble.

Mr. Robertson allait dire à sa mère que rien ne pouvait empêcher l'amour. Peut-être même lui annoncerait-il que d'ici quelques années — après tout, sa femme l'avait quitté — il voulait se marier avec Amy. (Elle s'imagina vivant avec lui ; le premier jour, il viderait des tiroirs de commode pour qu'elle y range ses vêtements, il lui tendrait une serviette et un gant de toilette en lui disant : « Tiens, Amy, c'est pour toi. »)

La porte de la cuisine claqua ; les clés de la voiture heurtèrent le plan de travail ; puis il y eut les pas de sa mère dans l'escalier.

Amy posa sans bruit sa brosse sur la coiffeuse, comme si c'était mal de la tenir. Le dernier rayon de soleil lui effleura les cheveux à l'instant où elle se tournait vers sa mère qui atteignait le pas de la porte, le souffle court. « Il quitte la ville dès demain », dit Isabelle. Sa poitrine se soulevait et retombait à une cadence accélérée. « On devrait le jeter en prison. »

Amy ouvrit la bouche. Elles se dévisagèrent jusqu'à ce qu'Isabelle tourne les talons pour entrer dans la chambre d'en face.

Déboussolée, Amy regardait autour d'elle. Elle aurait dû descendre en courant et se ruer sur la route, parce qu'il fallait rejoindre tout de suite Mr. Robertson. Elle se vit passer en trombe devant les pins et le marécage, l'apercevoir au volant de sa voiture qui venait vers elle, agiter les bras pour lui faire signe. La panique s'emparait d'elle à l'idée qu'il s'en allait... Mais non, jamais il ne pourrait s'en aller sans elle.

« Non mais regarde-toi ! » Sa mère avait reparu à la porte. Elle avait à la main ses grands ciseaux noirs de couture. « Regarde-toi, assise là ! » Elle s'avança dans la chambre.

Amy crut qu'Isabelle voulait la tuer. Elle crut qu'elle s'approchait pour la poignarder avec les ciseaux, car elle semblait être devenue folle, être devenue quelqu'un d'autre. La haine froide sur la figure de sa mère qui levait le bras, Amy qui levait le bras elle aussi, qui rentrait la tête entre ses épaules (« Maman, non ! »), son bras rabaissé d'un coup sec, la main qui empoignait ses cheveux, le crissement des lames, d'autres mèches empoignées, coupées, sa tête violemment poussée d'un côté, de l'autre. Amy était parcourue d'une terreur en avalanche, chargée de sédiments d'odeurs oubliées, le canapé chez Esther Hatch, l'auto quand sa mère l'emmenait là-bas, les vieux trognons de pommes et le sable crasseux, la dureté opiniâtre d'une tête de poupée en plastique, la chaleur métallique du radiateur et les crayons de couleur écrasés.

Courbée en avant, à moitié debout, secouée chaque fois que sa mère saisissait une nouvelle poignée de cheveux, le crâne cuisant comme si elle était scalpée, Amy entendait ses propres cris étouffés — « Ne fais pas ça, maman ! » « Oh, maman, je t'en supplie » — suivis brusquement d'un râle guttural : « Non, pas ça. » Le bruit des ciseaux qui coupaient sans répit (ce bruit, elle en garderait le souvenir exact, elle l'entendrait dans ses rêves durant bien des années), l'éclair dans le miroir du reflet métallique des lames sous les dernières lueurs du soleil, et enfin la sensation de déséquilibre, l'impression que sa tête ne pesait plus rien.

« Nettoie ça. » Sa mère se recula. « Tu vas me nettoyer cette cochonnerie ! » cria-t-elle d'une voix stridente.

En sanglots, chancelante, Amy descendit prendre sous l'évier un sac du supermarché. Elle grimpa l'escalier à quatre pattes comme un animal ivre en raclant le mur avec le grand sac en papier brun qu'une fois rentrée dans sa chambre, elle remplit de ses cheveux épars. Elle se mit à hurler de plus en plus fort, car prendre entre ses doigts les longues boucles, c'était comme d'avoir à ramasser une jambe arrachée, le pied encore dans la chaussure, tout ça venait d'elle et elle en était amputée, que restait-il d'elle ?

Assise sur son lit de l'autre côté du couloir, Isabelle se balançait d'avant en arrière, la main sur le ventre, et elle psalmodiait : « Oh, s'il te plaît, arrête ces cris. » La nuit était déjà presque venue dans sa propre chambre. D'abord tapie dans les coins, la pénombre gagnait sans cesse du terrain, jusqu'à engloutir le dessin d'oiseaux bleus sur le papier peint, et donnait une impression de sanction définitive.

Plus tard, Isabelle eut envie de reprendre les ciseaux pour se tondre elle-même. Elle eut envie de découper le couvre-lit sur lequel elle était assise, et tous les vêtements dans sa penderie. Elle eut envie d'aller dans la salle de bains lacérer les serviettes, d'aller taillader les meubles du rez-de-chaussée. Elle aurait voulu mourir et que sa fille meure aussi afin qu'elles n'aient ni l'une ni l'autre à affronter des lendemains intolérables. Elle fut même tentée d'ouvrir le gaz sur la cuisinière et de le laisser s'échapper toute la nuit tandis qu'à l'étage elle tiendrait Amy dans ses bras et la bercerait jusqu'à ce que le sommeil les emporte.

(Qui était Amy ? Qui était celle à propos de qui cet homme, cet inconnu s'était permis de tels sous-entendus ? Qui était l'adolescente qu'à son retour Isabelle avait trouvée assise devant la glace, les mains croisées dans une attitude de feinte soumission enfantine, mais baignée d'une sorte de luminosité, avec sa chevelure de toutes les nuances de blond, en désordre et éclatante, qui lui tombait sur les épaules et devant le visage, avec cette expression au fond des yeux, cet air de tout savoir ? Qui était sa fille ? Qui avait-elle été à son insu ?)

« S'il te plaît, mon Dieu, murmura Isabelle en se pétrissant le visage. Mon Dieu, je t'en prie. » De quoi Le priait-elle ? Elle n'éprouvait que de la haine envers Dieu. Elle Le haïssait. Dans l'obscurité, elle brandit le poing ; Dieu, elle lui en voulait à mort. Depuis des annnées, elle avait joué aux devinettes avec Lui. Ai-je raison, mon Dieu ? Est-ce que j'agis bien ? Toutes les décisions, elle les avait prises en fonction de ce qui plairait à Dieu, et voilà où ça l'avait menée : nulle part. Pire que nulle part. « Dieu, je Te maudis », murmura-t-elle entre ses dents, au cœur des ténèbres.

Au petit matin, alors que le ciel blanchissait à la fenêtre et que montait le chant des oiseaux, Amy se réveilla sur le sol là où elle avait sombré dans le sommeil, la main mouillée de la salive qui avait coulé de sa bouche. Elle se redressa et se mit presque aussitôt à pleurer, pour s'arrêter bientôt, car ce qu'elle éprouvait était bien plus grave ; les larmes, la crispation de son visage paraissaient futiles et dérisoires.

« Amy. » Sa mère se tenait sur le pas de la porte.

Mais cela n'alla pas plus loin. Amy ne regarda pas sa mère. Il lui suffit d'un coup d'œil dans sa direction pour voir qu'apparemment elle ne s'était pas déshabillée de la nuit. Et elle s'en fichait. Elle se fichait des mots qui, en cet instant, s'étranglaient peut-être dans la gorge d'Isabelle ; ils étaient aussi futiles que les larmes piteuses qu'elle venait de verser. Elles étaient enchaînées l'une à l'autre, condamnées à traîner le boulet de leur existence imbécile.

Amy commençait lundi à travailler à la fabrique.

16

C'était la pause de la matinée, et Arlene Tucker était en train de raconter : « Il y avait une fontaine au milieu du gâteau.

— Sur celui de ma Charlene, il y avait un pont », intervint une autre employée. Cela faisait un certain nombre d'années que le mariage et le divorce de sa fille offraient un sujet de conversation à la salle à manger. « Je me souviens, je lui avais demandé : " Tu es sûre que tu veux ça, Charlene ? » Mais le pont, elle y tenait.

— Oui, là aussi, y avait un pont, poursuivit Arlene. Assez large pour porter les figurines des mariés. La mariée tenait une ombrelle. J'ai trouvé ça joli.

— C'est qui, déjà ? » Lenora Snibbens sortit de son sac un étui de poudre compacte, et elle examina le bouton qu'elle avait au menton.

« Une cousine à Danny. Elle est à Hebron.

— Ça t'en fait, des cousines ! » observa Lenora en poudrant son nez rouge.

Bouboule entra dans la salle à manger. « C'est pas croyable, lança-t-elle, ce que le fleuve empeste.

— Une infection, renchérit Lenora en avançant sa chaise pour laisser passer Amy Goodrow qui s'était hasardée dans la salle à manger et regardait vaguement les sucreries dans le distributeur.

— C'est vrai que cette année ça paraît encore pire », dit Isabelle, qui remuait son café avec une paille en plastique à l'autre bout de la table. Elle secoua la tête. « Ça paraît encore pire », répéta-t-elle en suivant des yeux la sortie de sa fille ; car Amy avait tourné le dos au distributeur et s'éclipsait.

« Ah, c'est quelque chose. » Lenora poussa un soupir.

« Oui, vraiment. » Isabelle appuya cette conclusion d'un hochement de tête qui, enchaîné au mouvement latéral, lui donna l'impression de ressembler à un handicapé moteur. Elle n'aimait pas ces pauses de la matinée depuis qu'elle ne les partageait plus avec Avery Clark dans son bureau-aquarium. Et la puanteur du fleuve la laissait indifférente ; elle s'en apercevait à peine. Ce qu'elle remarquait, c'était qu'Avery ne levait plus la tête de ses paperasses lorsque résonnait le signal de la pause. Elle remarquait que leurs regards ne se croisaient plus lorsqu'il passait devant elle, et elle se demandait si les autres femmes, elles aussi, l'avaient remarqué.

« J'ai toujours trouvé ça ridicule de dépenser tant d'argent pour un mariage, déclara la mère de la fameuse Charlene.

— Oh, je sais pas. » Arlene fit la moue. « Moi, je trouve ça bien.

— Pourquoi ? » Les yeux presque sans cils de la mère de Charlene clignèrent une fois, comme ceux d'un crapaud.

« C'est le jour le plus important dans la vie d'une femme. Voilà pourquoi. En principe, ajouta Arlene (de façon superflue, jugèrent par la suite ses collègues, d'un commun accord), en principe, on se marie pour toujours.

— Et Charlene, en principe, est-ce que son mari aurait dû la battre ? En principe, il fallait qu'elle accepte ça ? » Devenue toute rouge, elle battait des paupières très vite, à présent.

« Ne t'énerve pas, s'il te plaît », dit Arlene, l'air embarrassée et contrariée d'être l'objet de cette interpellation agressive.

Cela faisait déjà un moment que la tension montait. Toutes les femmes présentes (sauf Isabelle) en avaient eu conscience. C'était à cause de la chaleur, évidemment, cette chaleur stagnante, asphyxiante. Mais elles n'y pouvaient rien, semblait-il, car Arlene Tucker reprit soudain : « N'empêche qu'aux yeux de Dieu le pape dirait que Charlene est mariée pour toute la vie.

— Le pape, il peut aller se faire voir. »

Cette réplique provoqua un certain saisissement. De retour des toilettes juste à temps pour l'entendre, Rosie Tanguay se signa. Pour ne rien arranger, après avoir envoyé le pape se faire voir, la mère de Charlene éclata de rire. Pliée en deux, congestionnée, elle n'en finissait plus de rire et, au moment où elle paraissait sur le point de se calmer, elle recommença au point que les larmes lui coulaient des yeux et qu'elle fut obligée de se moucher. Sans que son rire s'arrête.

Les autres échangeaient des regards inquiets, et Lenora Snibbens finit par suggérer : « Faudrait peut-être lui asperger la figure à l'eau froide. » D'un air imbu de son importance, Rosie Tanguay prit sa tasse à café vide pour aller la remplir au rafraîchisseur, mais, entre deux spasmes, la mère de Charlene leva la main. « Non, dit-elle en reprenant son sérieux et se tamponnant le visage, ça va aller.

— Je ne trouve pas ça drôle, tu sais, répliqua sèchement Arlene Tucker.

— Oh, Arlene, tais-toi ! » Bev tambourina sur la table avec ses ongles et, voyant la bouche indignée d'Arlene s'ouvrir dans sa direction, elle insista : « Ferme-la, Arlene. Pour une fois. »

Arlene Tucker se leva. « Le diable vous emporte ! » Cela s'adressait aussi bien à Bev qu'à la mère de Charlene. « D'ailleurs, vous n'y couperez pas », ajouta-t-elle en se dirigeant vers la porte.

Bouboule balaya l'air d'une main nonchalante. « Diable, voilà que le diable va m'avoir », dit-elle, ce qui eut le don de réveiller l'hilarité de la mère de Charlene. Rosie Tanguay tendit la main vers sa tasse pleine d'eau, mais Bev lui fit signe de rester tranquille ; à bout de forces, la rieuse s'arrêta toute seule. Quand elle fut calmée, un silence inconfortable s'installa. Les femmes se scrutaient du regard, ne sachant pas trop qui était de quel côté.

« Bon, s'exclama Bouboule en tapant sur la table du plat de la main. Quelle belle journée.

— Et toi, Isabelle ? demanda soudain Lenora Snibbens. Tu as eu un grand mariage ? »

D'un geste rapide, Isabelle sembla écarter la question. « Non, très discret. Rien que la famille. » Elle se leva et alla vers la poubelle à côté de la porte, comme si elle tenait à y jeter tout de suite sa paille en plastique ; en réalité, elle voulait voir si sa fille était dans les parages et risquait d'avoir entendu. Mais Amy se trouvait au fond de la salle du secrétariat, à la fenêtre proche de sa table, et elle regardait dehors.

Amy ne croyait pas au départ de Mr. Robertson. Elle était convaincue qu'il était encore en ville. Elle le sentait. Elle était parvenue à la conclusion qu'il rongeait son frein, attendant la première occasion de prendre contact avec elle. Elle guettait donc un signe de lui. Même en ce moment au bureau, elle fouillait des yeux le parking, en bas, prête à le découvrir assis au volant de sa voiture rouge, des lunettes noires sur le nez, la tête levée vers le bâtiment pour tenter de l'apercevoir.

Non, il n'était pas là.

Le ventilateur soufflait de l'air chaud sur le visage d'Amy. Elle avait d'abord pensé qu'il lui téléphonerait à la fabrique. Ou même à la maison : il lui dirait de faire semblant qu'il s'agissait d'une erreur, si sa mère était près d'elle. Comme il n'appelait pas, elle se rendit compte que ça lui était impossible, évidemment. Il n'avait aucun moyen de communiquer avec elle sans qu'Isabelle le sache. Il serait obligé d'attendre, et elle aussi.

Combien de temps ? Ses cheveux auraient repoussé, imaginait-elle, juste assez pour qu'elle soit redevenue elle-même, il y passerait ses doigts en disant : « Oh, ma pauvre Amy, comme tu as souffert ! » Il l'embrasserait et elle pourrait se déshabiller et sentir cette vague de chaleur qui déferlait en elle quand il lui prenait le bout du sein dans sa bouche mouillée. Debout dans la touffeur du secrétariat, les yeux fermés, elle retrouvait presque cette sensation la parcourant, au souvenir de l'expression particulière qu'il avait eue en courbant la tête sur elle, ce dernier jour dans sa voiture.

Le signal sonore vrombit soudain à travers la salle et Amy rouvrit les yeux en sursaut. Elle tourna la tête vers l'aquarium et observa Avery Clark, penché sur son bureau ; les mèches qu'il rabattait en travers de son crâne dégarni s'étaient un peu écartées au milieu et, d'un côté, elles se dressaient en l'air.

Il leva les yeux et la vit. Pendant une minute, leurs regards s'affrontèrent ; ce fut Avery Clark qui se détourna.

« Hé ho, du bateau, lança Bouboule en regagnant sa place. C'est la tempête.

— Qu'est-ce que tu veux dire ? » Amy s'assit.

« Une tempête entre nos murs, poursuivit Bev,

courbée sur sa table, en indiquant de la tête ses collègues. « Ça grince dans notre petite famille si unie. » Elle donna un coup de poing sur la table. « Zut, j'ai oublié mon soda. » Elle se souleva de sa chaise pour repartir vers la salle à manger en balançant entre les tables son énorme derrière en forme de cœur. Amy la suivit des yeux, saisie d'un élan d'affection pour sa corpulence même. Il lui venait à l'esprit des images d'hommes et d'enfants accrochés à cette femme, la tête nichée contre ses formes généreuses.

En même temps, elle se demanda où Bouboule achetait ses sous-vêtements. Dans les magasins, Amy n'en avait jamais vu de taille à lui convenir. Naguère, elle aurait posé la question à sa mère, parce que c'était le genre de choses que savait Isabelle. Tandis qu'aujourd'hui, elle se retint de regarder en direction de sa mère et se mit à pianoter sur les touches de sa machine à calculer, laissant ses pensées s'envoler à nouveau vers Mr. Robertson.

Je pense à toi, formula-t-elle mentalement, les yeux fermés durant quelques instants, la main figée sur les chiffres. *Je t'attends.*

Il était là, tout près. Elle le savait, elle devinait ses allées et venues, ses repas solitaires. Le soir, elle le sentait s'allonger sur son lit, retirer ses chaussettes, poser ses lunettes et rester couché dans le noir à penser à elle. De tout cela, elle était sûre, et de plus en plus sûre à mesure que les jours passaient.

Tandis que la pauvre Isabelle n'était sûre de rien. Et sûrement pas d'elle-même. La seule chose certaine, c'était l'incrédulité dans laquelle elle baignait. Elle avait infligé cela à sa fille, elle lui avait empoigné les cheveux pour la tondre.

C'était comme si elle avait commis un meurtre.

On lit de tels faits divers, de temps à autre, un citoyen ordinaire qui commet un meurtre. Un paroissien normal, sympathique, qui brusquement plante un couteau dans la poitrine de sa femme, qui frappe et frappe encore, sans répit, la lame butant contre l'os, le sang giclant, il retire le couteau, l'enfonce encore une fois dans les chairs... et puis il reste là pétrifié, incrédule. Pourtant, c'est vrai, puisqu'il vient de le faire.

Seulement, dans le cas d'Isabelle, le cadavre continuait d'aller et venir, il l'accompagnait en voiture au bureau tous les matins, il dînait face à elle tous les soirs, la confrontant au sang séché sous la forme de ces cheveux hideux, de ce visage altéré, pâle et anguleux, de ces yeux vides et perdus. Elle avait défiguré sa fille. Mais n'était-ce pas prémédité, lorsqu'elle était entrée dans sa chambre les ciseaux à la main ?

Cela semblait impossible. Parce que, qui était Isabelle Goodrow ? Sûrement pas une meurtrière. Pas l'une de ces mères monstrueuses qui défigurent leur bébé, le plongent dans une bassine d'eau bouillante, lui brûlent les menottes avec une cigarette ou un fer à repasser. Pourtant, ce soir-là, elle avait empoigné les cheveux d'Amy, elle avait saisi les boucles blondes de sa propre enfant avec une gigantesque envie de détruire qui explosait au plus profond d'elle-même.

Elle ne se reconnaissait plus. Ce ne pouvait pas être Isabelle Goodrow.

Les journées étouffantes défilaient. Quand elle jetait un coup d'œil à sa fille à l'autre bout de la salle (courbée sur la machine à calculer, avec son cou maigre, blanc comme du papier, qui paraissait si long), les yeux d'Isabelle s'emplissaient de larmes brûlantes et elle était tentée de courir à elle, de l'enlacer, de presser ce visage diaphane contre le sien et de lui dire : Amy, je te demande pardon.

Mais l'adolescente ne la laisserait pas faire. Ni en ce moment ni jamais. Non, madame. Dans le regard vide, implacable, on voyait que quelque chose avait été irrévocablement tranché par ces ciseaux ; les cheveux finiraient par repousser, mais pas cette autre chose dont l'attitude de sa fille proclamait la perte absolue. C'est fini, disaient ses yeux en se refusant à regarder Isabelle, c'est fini, tu es éliminée.

De fait, les cheveux repoussaient et, en l'espace de quelques semaines, la coiffure d'Amy devint moins choquante, moins barbare qu'au début. Elle avait quand même besoin d'être rectifiée, mise en forme. Mais Isabelle ne pouvait se résoudre à en parler, elle était incapable de prononcer le mot « cheveux » devant sa fille. Ce fut Arlene Tucker qui s'en chargea. « Cette chaleur, dit-elle un jour à la salle à manger, c'est une calamité pour les cheveux. On est toutes affreuses à voir. » Et, volontairement ou non, elle effleura du regard la tête courbée d'Amy Goodrow qui mordait dans un sandwich au beurre de cacahuètes de l'autre côté de la table.

« Bon sang, Arlene, riposta Bouboule en la foudroyant des yeux, parle pour toi. » Isabelle s'empourpra.

« Précisément, je parle pour moi. » Arlene tira sur une mèche de ses cheveux bruns. « Je suis allée chez le coiffeur me faire faire les racines et la couleur a viré. » C'était évident, à l'examiner de plus près. Le haut du crâne était d'une espèce d'orange foncé tandis que le reste de sa chevelure avait gardé sa teinte marron. « Et la fille a raconté que le matin même elle avait fait une permanente qui n'avait pas pris à cause de la chaleur. La cliente était sortie du casque tout hérissée...

— J'ai lu quelque part qu'un nouvel institut de beauté vient d'ouvrir à Hennecock, intervint

Isabelle, pressée de détourner la conversation. Ils offrent un relooking pendant tout le mois de juillet. Pour attirer la clientèle, j'imagine. Des fois, je me dis que ça serait amusant, ajouta-t-elle, emportée par son élan. D'être transformée en quelqu'un d'autre. »

Elle crut percevoir sous les paupières baissées d'Amy une expression de dégoût.

« Ça ne marche jamais, réfuta Arlene. Ils se contentent de te barbouiller comme une morte avec tous leurs produits pour te les vendre.

— Bon, tant pis, conclut Isabelle. N'en parlons plus. »

Au temple, un grand ventilateur tournoyait au milieu de la salle commune, mais il semblait inopérant. La chaleur était étouffante et sentait le rance, comme si elle avait fait sortir du plancher, des murs et des rebords de fenêtres en bois la sueur qui s'y était infiltrée depuis des années, comme si les réunions innombrables qui s'étaient tenues là — les scoutes prépubères, bruyantes et anxieuses (ainsi la petite Pammy Matthews, qui avait un jour mouillé sa culotte, du pipi lui coulait le long de la jambe jusque dans sa chaussure rouge pendant le serment solennel) ; le café servi après le culte, avec les diacres en pantalon gris foncé qui mangeaient poliment leur doughnut tandis que leurs femmes bavardaient entre elles ; les nombreuses causeries de la Historical Society (Davinia Dayble avait un jour fait tout un exposé sur la première chasse d'eau de Shirley Falls, laquelle, selon ses recherches, avait été installée dans la demeure du juge Crane) — comme si tout ce passé de la congrégation exhalait l'odeur de ses vieux tourments refoulés, avec un effet à la fois asphyxiant et chargé de nostalgie.

En faisant grincer le plancher sous ses chaussures

noires, Isabelle gagna le fond de la salle et prit une chaise pliante. Elle resta un moment plantée là, ne sachant trop où s'installer.

Les premières arrivées se tenaient debout auprès d'une petite table sur laquelle étaient posées une grosse bouteille Thermos marquée CITRONNADE au feutre noir et une pile vacillante de gobelets en polystyrène expansé. À son entrée, elles lui avaient adressé des signes de tête et vaguement dit bonjour de la main, mais elles étaient plongées dans leur conversation et aucune n'avait dit : « Isabelle, venez donc prendre une boisson fraîche avec nous. »

Elle déplia sa chaise à proximité et s'assit, épinglant sur son visage un sourire qu'elle espérait aimable, même s'il lui paraissait crispé ; elle craignait qu'il n'accuse ses rides, et d'avoir l'air bête.

Elle venait ici dans l'espoir d'améliorer son existence. Elle voulait se montrer ouverte et chaleureuse, se faire une place dans le petit monde de l'Église congrégationaliste ; car, en y réfléchissant ces derniers jours, elle était parvenue à la conclusion qu'elle n'avait pas fourni assez d'efforts dans ce sens. Pour avoir des amis, il faut être amical, comme disait son père.

Toutefois, assise sur sa chaise métallique, avec son sourire sans objet, sinon ridicule, elle avait l'impression de souffrir d'une infirmité, car si elle avait été capable, par exemple, d'aller tout de suite au-devant de Peg Dunlap en s'écriant gaiement : « Alors, Peg, vous n'avez pas trop froid, ce soir ? » ces femmes auraient vu à quel point elle était sociable et semblable à elles.

Seulement, elle ne l'était pas, semblable à elles. D'abord, elle travaillait à la fabrique. Elle habitait une petite maison en location, et, surtout, elle n'avait pas de mari.

Elle croisa soigneusement les chevilles. À la fabrique non plus, elle n'était pas à sa place, voilà le problème. Dottie Brown, Bouboule, Arlene Tucker, Lenora Snibbens étaient toutes de religion catholique, leurs familles originaires du Canada français, et c'était un tout autre milieu. Sans rien avoir contre ces femmes, Isabelle ne tenait pas à les fréquenter en dehors du travail. Chaque année, sauf celle-ci (s'étant déclarée souffrante, ce qui n'était pas faux : elle souffrait de l'existence), elle était allée au barbecue du 4 Juillet chez Bouboule, où elle avait regardé les hommes lamper de la bière et s'essuyer la bouche d'un revers de main tout en écoutant les bonnes blagues qu'ils échangeaient. « Qu'est-ce que ça donne quand on met une blonde la tête en bas ? »

Il arrivait qu'Arlene Tucker lance en riant à son mari : « Ne commence pas à raconter des cochonneries », mais, en réalité, Isabelle semblait la seule à être choquée. Elle s'efforçait de faire bonne figure, pour ne pas jouer les rabat-joie, mais ce n'était pas amusant, voilà tout. *Une brune qui a mauvaise haleine.* Franchement pas drôle. Pas plus que l'histoire de flatulence et de collant qui faisait encore monter le rouge au joues d'Isabelle en se revoyant debout dans son coin, mal à l'aise, en train de manger de la salade de pommes de terre dans une assiette en carton.

Elle en était parfaitement sûre, jamais ces femmes qui se trouvaient ici, Clara Wilcox, Peg Dunlap et les autres, n'auraient goûté ce genre de plaisanteries. Ah, si seulement elle avait pu devenir enseignante, tout aurait été bien différent. Les dames de la congrégation auraient su qu'elle était des leurs. Elles lui auraient téléphoné pour l'inviter à dîner, elles auraient causé littérature ensemble.

Quoique, pour le moment, ce n'était pas de littérature qu'elles parlaient. Il s'agissait de quelqu'un, Isabelle le devinait à leur façon de lever la main devant leur bouche, à leur timbre de voix confidentiel. Peg Dunlap croisa son regard et elle s'interrompit au beau milieu d'une phrase adressée à Clara Wilcox, pour lancer : « Un peu de citronnade, Isabelle ? »

Isabelle se leva avec empressement. « C'est vraiment incroyable, non ? dit-elle en touchant son front où perlait la sueur. Cette chaleur.

— Vraiment incroyable. »

Elle saisit son gobelet, et les autres sourirent dans le vague, se taisant. Après avoir avalé un peu de citronnade, elle les regarda d'un air d'expectative timide. Mais leurs yeux évitaient les siens, et elle regagna gauchement sa chaise.

Peg Dunlap dit quelque chose à Clara Wilcox et Isabelle capta les mots : « une mammographie immédiate » ; elle fut si soulagée de savoir qu'au moins ce n'était pas d'elle qu'il était question qu'elle faillit se relever pour aller mettre son grain de sel : la personne à qui on avait prescrit une mammographie n'avait pas trop à se tourmenter, parce que neuf kystes sur dix étaient bénins. En tout cas, c'était ce qu'elle croyait se rappeler d'un article lu dans le *Reader's Digest*. (La voix d'Amy lui revint soudain aux oreilles : « Tu ne lis jamais rien sauf les imbécillités du *Reader's Digest*. »)

Elle but une longue gorgée de citronnade. Si elle vidait son gobelet, elle pourrait peut-être retourner en chercher, ce qui lui offrirait l'occasion de communiquer son information. Mais elle ne voulait pas avoir l'air d'abuser, la Thermos n'était pas inépuisable. Tandis qu'Isabelle ruminait ce dilemme, Barbara Rawley, la femme de diacre qui avait fait, l'automne dernier, ces remarques désagréables sur son idée de décorer l'autel avec des feuilles roussies et des douces-amères, fit son entrée et claqua des mains. « Okay, mesdames. On va commencer. »

Cela semblait absurde, en pleine canicule, de

s'occuper de la vente de charité de Noël. Mais cette vente était l'événement principal de l'année, leur fit observer Peg Dunlap, et elles ne pouvaient s'y prendre assez tôt pour l'organiser. Les dames hochèrent la tête, tout en se tamponnant les sourcils avec des mouchoirs en papier et en s'éventant à l'aide de programmes du culte abandonnés sur le rebord des fenêtres le dimanche précédent. Il fallait des volontaires pour le stand de pâtisserie, et Isabelle leva la main ; son numéro de téléphone fut noté sur une liste. « Je confectionnerai volontiers quelques gâteaux au chocolat, proposa Isabelle, souriante. Une merveilleuse recette de ma mère. Au lait caillé, vous savez. »

Personne ne lui rendit son sourire. Clara Wilcox fit un signe d'assentiment, et Peg Dunlap, chargée de dresser la liste, énonça simplement : « Isabelle Goodrow, deux gâteaux. »

Isabelle feignit de chercher quelque chose dans son sac à main, puis le referma. Elle enleva une peluche de sa jupe et se mit à agiter le pied de haut en bas.

« Papeterie », annonça Barbara Rawley. Moins éclatante que d'habitude, sans doute à cause de la chaleur, elle avait de légers cernes sous les yeux. « L'an dernier, nous avions complètement oublié ça. » Peg Dunlap et elle évoquèrent rapidement à mi-voix les sous-comités à constituer.

« À propos, intervint Clara Wilcox, un doigt tendu dans leur direction, j'ai eu Emma Clark au téléphone. Elle ne pouvait pas venir ce soir, mais elle se propose à nouveau pour les gerbes.

— Oui, moi aussi, j'ai parlé avec elle », dit Peg Dunlap, sur quoi Isabelle, que le nom d'Emma Clark avait fait tressaillir, la vit lever les yeux vers elle — un regard involontaire — et se détourner aussitôt.

Peg Dunlap était au courant. Ce bref regard,

simple réflexe, ne laissa aucun doute à Isabelle : Peg Dunlap était au courant.

Sur la route du retour, il faisait nuit. Les stridulations des grillons entraient par la vitre baissée ; en franchissant le pont de bois au bord du marécage, Isabelle entendit le chant guttural d'un crapaud-buffle. La fraîcheur du soir commençait juste à se faire sentir dans le courant d'air et, aux abords d'une exploitation agricole, l'odeur du foin remplit Isabelle d'un frémissement presque érotique, un afflux de désirs et de regrets ; puis les larmes lui mouillèrent le visage, s'égouttant de son menton, et elle les laissa couler en conduisant au ralenti, les deux mains sur le volant.

Elle pensait à Avery Clark qui avait raconté à sa femme ce qu'il avait découvert dans la forêt, après avoir promis à Isabelle de n'en parler à personne. Elle pensait à sa fille, à sa propre mère qui était morte, à son père décédé quand elle était toute petite, et à l'ami de son père, Jake Cunningham, lequel était lui aussi décédé à présent. Elle se demandait à quel moment avait été déterminée la tournure que prendrait sa vie.

« Belle, Belle, notre petit miracle ! » disait son père en lui ouvrant les bras lorsqu'elle le rejoignait sur le canapé. C'était sincère : les médecins ayant annoncé à sa femme qu'elle n'aurait sans doute jamais d'enfant, la naissance d'Isabelle avait donc été un miracle ; mais cela comportait de lourdes responsabilités de représenter un miracle et, dès sa tendre enfance, elle avait senti peser en elle une espèce de caillou, lisse, sombre et dense. Jamais elle ne l'avait identifié comme de la peur, mais c'était bien de cela qu'il s'agissait. Car, apparemment, le bonheur de ses parents reposait sur elle seule. En conséquence, ils semblaient terriblement vulnérables en ce qui la concernait et ils exigeaient de sa part, sans en avoir conscience, un amour aussi exclusif que le leur.

Isabelle avait douze ans lorsque son père, assis au volant de sa voiture un matin dans une station-service, était mort pendant que le pompiste lui faisait le plein. Ensuite, sa mère s'était mise à pleurer à tout bout de champ. Il lui arrivait de pleurer à cause d'un toast brûlé, et Isabelle essayait de gratter au-dessus de la poubelle les parties calcinées. Sa mère pleurait chaque fois que la toiture se mettait à fuir, et Isabelle courait avec des seaux à travers le salon, en guettant le ciel par la fenêtre dans l'espoir que la pluie allait s'arrêter.

Elle adorait sa mère. Elle la vénérait. Ses amies commençaient à fumer en cachette, ou à faire des balades en voiture avec les garçons à la sortie du lycée, mais pas Isabelle. Elle rentrait tout droit à la maison pour être auprès de sa mère. Elle ne pouvait supporter de l'imaginer malheureuse et seule.

Pourtant, la solitude était leur lot, dans cette vie qu'elles menaient ensemble telles deux orphelines. Aussi, quelle ne fut pas leur joie lorsqu'elles virent, un beau jour du mois de mai où le magnolia était en fleur devant la galerie et où les premières abeilles se cognaient aux moustiquaires, Jake Cunningham apparaître sur le pas de la porte. Le meilleur ami du père d'Isabelle, qu'elles n'avaient pas revu depuis l'enterrement. Il fallait qu'il reste dîner, dit sa mère en le faisant entrer dans le salon. Asseyez-vous, asseyez-vous. Comment vont Evelyn et les enfants ?

Tout le monde allait bien. Jake Cunningham avait les yeux gris, extrêmement gentils. Il souriait à Isabelle.

De plus, il répara la toiture. Après être allé acheter du papier goudronné et des bardeaux, il grimpa sur le toit et le répara. Puis, tandis qu'Isabelle aidait sa mère à préparer le dîner, il s'assit à la table de la cuisine, les manches de sa chemise retroussées, les avant-bras posés devant lui. Il était merveilleusement musclé. Et il souriait à Isabelle chaque fois qu'elle le regardait.

Le reste du temps, elles n'étaient que toutes les deux, sa mère et elle, à passer la soirée ensemble tranquillement. Sa mère était fière d'elle, vraiment fière qu'elle se prépare à devenir enseignante, qu'elle soit sortie première des classes de terminale au lycée. Elle lui avait confectionné une robe en lin blanc pour faire le discours de fin d'études, par cette chaude journée de juin. (Et quand elles étaient rentrées à la maison, Isabelle avait vomi et définitivement gâché la robe.)

En roulant à la nuit tombée sur la Route 22, Isabelle pleurait à chaudes larmes. Elle balançait la tête d'avant en arrière et se passait le bras sur les yeux.

Le plus fort, c'était qu'elle avait bien cru s'en être sortie avec Amy. Pour tout avouer, elle avait bien cru avoir été plus forte que sa propre mère. Elle s'engagea sur le chemin d'accès et resta assise dans le noir, le visage enfoui dans ses mains contre le volant. Comment avait-elle pu se faire de telles illusions ? Cet hiver encore, lorsque la neige avait fondu et causé une fuite à travers le plafond de la chambre d'Amy, elle en avait fait tout un drame et s'était tordu les mains en envoyant sa fille chercher une cuvette à la cuisine. Ne s'était-elle pas rendu compte que sa réaction était complètement disproportionnée ? N'avait-elle pas vu se retrancher le regard d'Amy ?

Isabelle se frotta les joues et gémit doucement dans l'obscurité. Elle songea à ces mots qu'Amy lui avait jetés à la figure, voilà quelques semaines : « Tu ne sais rien du monde extérieur. » Cette accusation, elle aurait pu la porter contre sa propre mère.

(Jamais elle ne l'aurait fait, à cause de ce lisse caillou de peur qui pesait si lourd en elle.)

Mais c'était la vérité. Sa mère ignorait à peu près tout du monde extérieur. Elle était mal à l'aise dans la plupart des domaines. Par exemple, elle ne lui avait rien expliqué du tout sur les mystères de son corps. Le jour de ses premières règles, Isabelle s'était crue en train de mourir.

Elle s'était donc efforcée d'adopter une autre attitude. Elle avait acheté une brochure rose pour Amy ; elle lui avait dit : « Si tu as des questions à me poser, n'hésite pas. »

Isabelle descendit de voiture et elle gravit d'un pas rapide les marches du porche. Il y avait de la lumière dans le séjour. Son cœur battait plus vite du besoin de parler avec sa fille, de l'embrasser.

Mais, visiblement, Amy était allée se coucher. Isabelle monta l'escalier et s'arrêta derrière la porte close. Ses larmes s'étaient remises à couler. « Amy, murmura-t-elle, tu dors ? »

Elle crut l'entendre se retourner dans son lit. « Amy ! » chuchota-t-elle de nouveau, crucifiée à l'idée que sa fille puisse feindre de dormir.

Après avoir en vain frappé des coups légers à la porte, Isabelle l'ouvrit. Dans la faible lumière qui venait du couloir, elle vit Amy étendue sur son lit, le visage tourné vers le mur. « Amy ! dit-elle. Amy, il faut que je te parle.

— Seulement moi, je ne veux pas parler avec toi, répondit sa fille d'une voix sourde. Je ne veux plus jamais parler avec toi. »

17

La souffrance prenait toutes sortes de formes à Shirley Falls ce soir-là. Si Isabelle Goodrow avait pu soulever le toit de diverses maisons pour plonger le regard dans leurs profondeurs secrètes, elle aurait été témoin de bien des malheurs, petits ou grands. Ainsi, Barbara Rawley avait découvert la semaine précédente, en prenant sa douche, une petite boule dans son sein gauche et, en attendant ses rendez-vous médicaux à Boston, elle était en proie à une panique qu'elle n'aurait jamais imaginée ; car, outre la terreur de l'avenir (allait-elle mourir ?), elle s'apercevait que son mari n'était pas à la hauteur : tandis que, couchée près de lui dans l'obscurité de leur chambre, elle lui faisait part de ses craintes, il avait eu le culot de s'endormir.

De son côté, assis dans le salon aux lumières tamisées de Linda Lanier, la prof d'espagnol, le proviseur Len Mandel (surnommé Puddy par les élèves à cause de son visage grêlé comme un pudding) se sentait très malheureux. Après avoir invité Linda à dîner des semaines plus tôt, sa mère n'avait cessé de reporter la date. Ce soir, l'événement avait enfin eu lieu et ne s'était pas bien passé. La robe de Linda, trop courte et trop rose, avait suscité la réprobation de sa mère. Il l'avait lue sur son visage dès l'entrée de Linda. Et à présent qu'il l'avait raccompagnée chez elle, il savait qu'elle escomptait un baiser. Pendant que sa mère l'attendait à la maison, qu'elle surveillerait l'heure tout en finissant de ranger la cuisine et imaginerait qu'il avait succombé tel un collégien. Il effleura l'épaule de Linda et s'en fut, mais, au volant, il était poursuivi par son image, debout près de la porte dans sa robe rose vif, souriant bravement pour masquer sa déception et sa surprise, clignant ses petits yeux équipés de lentilles de contact.

Et entre les murs d'une vieille maison qui s'étalait sur l'autre rive, au-delà des faubourgs du Bassin, Dottie Brown fumait dans le noir à la cuisine, en écoutant un robinet fuir goutte à goutte. Assise, elle tenait une main posée sur son ventre ; la cicatrice de son hystérectomie avait cessé de lui faire mal, mais des deux côtés la peau formait un petit bourrelet bizarrement insensible ; même à travers sa chemise de nuit de coton, ça faisait un drôle d'effet. Les cigarettes étaient un réconfort. Elle s'étonnait de retrouver ce pouvoir qu'elles avaient. Quand elle avait cessé de fumer, sept ans plus tôt, elle avait cru qu'aucune circonstance ne pourrait la pousser à rechuter. Mais voilà, elle s'y était remise. La cerise sur le gâteau, songeait-elle, le sel sur la plaie.

Un kilomètre plus loin, le fleuve coulait imperceptiblement ; à sa surface brunâtre et languissante, des brindilles tournoyaient au ralenti. Dans les chenaux plus profonds, l'eau avançait plus vite, de sombres courants formaient des tourbillons autour de rochers invisibles. La lune, indistincte derrière les nuages, diffusait une clarté floue dans le ciel ténébreux qui se découpait à la fenêtre de la chambre d'Amy, éveillée au fond de son lit.

Jamais elle n'aurait cru qu'il s'en irait. Jamais cette idée ne lui serait venue.

Tout à l'heure, dès que sa mère était partie en voiture pour assister à la réunion au temple, Amy avait couru vers le téléphone et elle avait composé le numéro de Mr. Robertson. Mais une voix de robot l'avait informée que la ligne n'était plus attribuée ; elle avait recommencé à plusieurs reprises et obtenu chaque fois le même résultat. Pour finir, elle avait cherché le numéro du prof de gym, parce que Mr. Robertson et lui étaient assez amis. Elle lui avait raconté qu'elle voulait rendre à son professeur de maths un livre qu'il lui avait prêté, mais il avait répondu qu'il ne savait pas au juste où était Mr. Robertson. Il avait dû repartir pour le Massachusetts. « Quand ça ? » demanda Amy. « Oh, fin juin, je crois, tout de suite après la fermeture du lycée. »

Amy ne pouvait pas le croire. Elle ne pouvait pas croire qu'il avait quitté la ville sans le lui dire.

Elle alla dans le séjour, retourna dans la cuisine. Puis elle monta dans sa chambre et se coucha tout habillée. Ce départ était l'œuvre de sa mère. Tout d'un coup, l'évidence lui sautait aux yeux. Isabelle avait dit : « Il quitte la ville dès demain. On devrait le jeter en prison. » Et ce n'étaient pas des mots en l'air. Comment Amy avait-elle pu se faire des illusions ? Comment n'avait-elle pas compris que sa mère était plus forte que Mr. Robertson ?

Le lendemain matin, lorsqu'elle croisa Amy dans le couloir en se rendant à la salle de bains, Isabelle vit que le visage de sa fille était déjà figé dans son masque immuable, elle laissait derrière elle un sillage de colère méprisante ; au point où en étaient les choses, il n'était même plus question de revenir sur la phrase de la veille au soir, *Je ne veux plus jamais parler avec toi.* Il n'était plus question de lui dire : « Amy, tu devrais me faire des excuses pour m'avoir répondu sur ce ton. »

Elles se préparèrent en silence et ne mangèrent rien ni l'une ni l'autre.

Dans la voiture, au moment où elles atteignaient le parking de la fabrique, Amy annonça : « Stacy Burrows m'invite chez elle samedi.

— Très bien, dit simplement Isabelle. C'est pour quand, son bébé ? ajouta-t-elle gauchement.

— Bientôt. » Amy avait prévu de se heurter à la résistance de sa mère, elle comptait riposter qu'elle irait chez Stacy avec ou sans sa permission.

En manœuvrant lentement pour garer la voiture, Isabelle reprit : « Elle va le faire adopter ? »

Amy fit un signe vague.

« Oui ? » Sa mère coupa le moteur et se tourna vers elle.

« Qu'est-ce qu'elle serait censée faire d'autre ? » grommela Amy.

Le visage d'Isabelle se vida de toute expression ; elle resta immobile quelques instants, la main encore sur la clé de contact. « Rien, répondit-elle enfin, d'un ton dont la sincérité étonna Amy. Je me demande simplement si elle aura des regrets, un jour.

— Sûrement pas. » Amy ouvrit sa portière et descendit. En traversant le parking avec sa mère, elle se sentit obligée d'ajouter : « L'assistante sociale dit qu'elle a en vue un couple très sympathique. Des gens sportifs. Ils adorent la randonnée.

— La randonnée ? » Isabelle la regarda comme si elle entendait ce mot pour la première fois.

« Oui, quoi, marcher en montagne et tout ça », dit Amy d'un ton agacé. Quand Stacy lui avait répété cette information, elle avait éprouvé une jalousie étrange ; elle s'était représenté quelqu'un qui ressemblait à Mr. Robertson, un couple actif qui ne mènerait pas avec son enfant l'existence isolée d'Isabelle et Amy. « Ils ont vraiment envie d'un bébé, insista-t-elle. Alors, ils seront impeccables. »

Pour franchir la porte, elle passa devant sa mère, dont elle rencontra de façon imprévue le reflet dans la vitre ; elle fut si frappée de sa mauvaise mine — Isabelle avait positivement l'air d'une vieille femme — qu'elle se demanda un instant si elle n'était pas gravement malade.

Mais le secrétariat fut mis en effervescence, ce jour-là, par une annonce d'Avery Clark : Dottie Brown allait reprendre son travail. À la salle à manger, les employées commentèrent en détail cette nouvelle, ainsi que les compléments d'information fournis par Bouboule et par Rosie Tanguay qui venaient toutes les deux de téléphoner à Dottie. Alors que le patron lui avait généreusement accordé tout l'été pour se remettre de son hystérectomie, elle voulait revenir au bureau plus tôt que prévu. Dès la semaine suivante. Elle en avait assez de rester toute seule à la maison pendant que son mari était au boulot. Elle avait vu un ovni.

Ce dernier point perturba passablement ces dames, et elles ne tardèrent pas à se diviser en deux camps, celles qui croyaient à l'affirmation de Dottie et celles qui n'y croyaient pas. Pourquoi cette divergence provoquait-elle un affrontement d'une telle âpreté, nulle ne semblait se poser la question, mais Bev se trouva dans une position délicate. À titre de meilleure amie de Dottie Brown depuis près de trente ans, elle était forcée de prendre vigoureusement sa défense. Mais, pour sa part, elle était convaincue que c'était une invention, que ça ne pouvait pas être vrai.

L'histoire était la suivante : Dottie Brown, qui en avait ras le bol des feuilletons télé, était sortie s'étendre dans le hamac de la galerie. C'était le milieu de l'après-midi et elle avait emporté un verre de citronnade qu'elle tenait mollement appuyé sur son ventre. Peut-être bien qu'elle somnolait. À vrai dire, c'était très probable, par cette chaleur, mais en tout cas elle avait ouvert les yeux et vu la citronnade trembler dans le verre, ce qui l'avait tout de suite intriguée. Il n'y avait pas de raison pour que le liquide s'agite comme ça alors que le verre ne bougeait pas.

Subitement, le verre s'était cassé. Elle ne l'avait pas fait tomber, il avait volé en éclats tout seul. Tandis qu'elle se redressait, ahurie, bien sûr, et effrayée, elle avait vu cette chose dans le ciel. L'« objet » était gros, argenté, il avait la forme d'une soucoupe volante et il s'approchait au-dessus du terrain derrière la maison, jusqu'à ce qu'il arrive là, dans son jardin. (Et elle, qu'est-ce qu'elle faisait pendant tout ce temps, s'enquirent plusieurs personnes ?) Elle regardait, voilà tout, incapable de remuer, à moitié assise, à moitié couchée dans le hamac que son mari lui avait acheté au début de l'été, inondée de citronnade et couverte de bouts de verre, avec le cœur qui battait si fort qu'elle s'attendait à périr sous le choc.

Quand le vaisseau spatial s'était posé sur sa pelouse — il occupait toute la surface —, une porte s'était ouverte et une créature au teint olivâtre, avec une très grosse tête (sans cheveux ni vêtements, pour ainsi dire), en était sortie et était venue vers elle. La créature ne parlait pas mais lui « transmettait des pensées », du genre : ils ne voulaient pas lui faire de mal, ils avaient besoin de l'étudier, ils venaient d'une planète lointaine pour faire des recherches sur ce qui se passait sur la Terre.

Après ça, elle ne se rappelait plus rien. (Ah, c'est trop commode, commentèrent les sceptiques en dardant sur Bev un regard dégoûté, comme si elle y était pour quelque chose.) Lorsque son mari était rentré du travail vers cinq heures et demie, elle était là couchée dans le hamac, encore couverte de citronnade. Oui, mais... Sa montre-bracelet, une jolie petite Timex qu'elle avait achetée à Sears l'an dernier en profitant des soldes de Noël, s'était arrêtée à trois heures et demie précises, ce qui selon Dottie devait être le moment où, en ouvrant les yeux, elle avait vu la citronnade clapoter dans son verre.

« Bon, eh ben, elle avait peut-être oublié de la remonter, dit Lenora Snibbens d'une voix sonore et quelque peu agressive.

— Tu parles qu'elle y a pensé, rétorqua Rosie Tanguay. Seulement, elle l'avait bel et bien remontée comme elle le fait chaque matin, avant tout le reste. Et en plus », enchaîna Rosie de plus en plus rouge, ayant d'emblée et pour on ne sait quelle raison pris ardemment le parti de Dottie Brown, « en plus, la montre ne marche plus. Ka-put !

— Pour l'amour du ciel ! s'exclama Lenora en roulant des yeux. Je n'ai jamais entendu pareilles insanités.

— Isabelle, qu'est-ce que tu en penses ? » demanda Rosie Tanguay.

Un peu inquiète, Isabelle se rendit compte qu'une sorte de scrutin avait lieu ; les deux camps se définissaient. « Oh, mon Dieu, bredouilla-t-elle, cherchant à gagner du temps. Eh bien, ma foi... Tout est possible, j'imagine.

— Mais est-ce que tu la *crois* ? insista Rosie Tanguay, et Isabelle sentit tous les regards rivés sur elle, y compris celui d'Amy, le plus gênant, car elle détestait laisser paraître ses incertitudes devant sa fille.

— Je n'ai jamais entendu Dottie dire un mensonge, répondit-elle enfin.

— Les gens mentent sans arrêt, riposta Arlene

Tucker. Franchement, Isabelle ! D'où tu sors ? »

Isabelle avait les joues brûlantes, elle craignait de devenir cramoisie. « Je ne crois pas, moi, que les gens mentent sans arrêt. Mais si tu me forces à prendre position... » Sa voix tremblait et, pour tenter de le dissimuler, elle haussa le ton : « Je suis prête à soutenir Dottie. »

Depuis le temps qu'Isabelle travaillait là, on ne l'avait jamais vue se prononcer aussi radicalement, et sa figure témoignait de ce que cela lui coûtait. « À présent, si vous voulez bien m'excuser, reprit-elle, j'ai du courrier à taper. »

Elle avait peur de trébucher en sortant de la salle à manger. Au dernier moment, tandis qu'elle réussissait malgré sa vue brouillée à se frayer un chemin entre les dames et entre les chaises, elle croisa le regard de Bouboule, et ce fut pour elle un phare dans la tempête, car sur le visage de cette femme qu'elle côtoyait tous les jours elle lut une telle connivence que, pour la première fois depuis bien longtemps, elle se dit : *J'ai une amie*.

18

Avery Clark était plus préoccupé de maintenir la paix au secrétariat que de déterminer si, oui ou non, Shirley Falls avait reçu la visite d'un ovni. Personnellement, il en doutait, mais en même temps cela l'ennuyait parce que jamais, depuis dix-sept ans qu'elle était là, Dottie Brown n'avait manifesté la moindre tendance à l'hystérie. En tout état de cause, si elle voulait reprendre le travail plus tôt que prévu, la question ne se posait pas, il fallait qu'elle revienne. Cela signifiait que la petite Goodrow devait s'en aller. Un véritable soulagement pour lui, en fait : il avait ressenti comme une épine dans le pied la présence de l'adolescente ; mais il se serait bien passé d'en avertir Isabelle, envers qui, dans un coin de son cœur, il éprouvait une réelle compassion, se dit-il en la priant d'entrer dans son bureau.

Elle avait maigri. En s'effaçant sur le pas de la porte pour la laisser passer, Avery Clark en fut frappé : le bras d'Isabelle ressemblait à une brindille. Et, tandis qu'elle prenait place face à lui, il vit qu'elle avait le teint marbré ; ses yeux paraissaient tout nus, naufragés, comme papillotant sous l'effet d'une sorte d'émoi timide.

Il se pencha vers elle par-dessus sa table pour lui

exposer la situation en ce qui concernait Dottie Brown et Amy.

Elle réagit plutôt bien, ce dont il n'aurait jamais dû douter. « C'est normal, dit-elle simplement. Je comprends. » Elle semblait s'en tenir là, au point qu'Avery était assez déconcerté d'avoir si aisément accompli sa corvée. Mais Isabelle ajouta : « Je vous sais gré de ce que vous avez déjà fait pour Amy, en la laissant travailler ici.

— Je vous en prie. » Il craignait qu'elle ne fasse allusion à ce qu'il avait découvert ce fameux jour.

« Son salaire sera très utile, poursuivit Isabelle. L'argent va tout droit à la banque et, le moment venu, elle en disposera pour aller à l'Université.

— Bon, tant mieux. » Il adressa un vague hochement de tête à cette petite dame obligeante qui se trouvait assise devant lui, ses mains pâles croisées sur les genoux. Légèrement affaissée, elle le faisait penser à un ballon de plage en train de lentement se dégonfler par un trou minuscule et invisible. Il croisa brièvement ses petits yeux qui brillaient un peu, et il s'aperçut que, sous sa constante politesse, elle avait l'esprit ailleurs.

« Vous survivez sans trop de mal à cet été caniculaire, Isabelle ? »

La question sembla la prendre au dépourvu ; elle le regarda en battant des paupières, comme si elle débouchait en plein soleil au sortir d'une pièce obscure. Il la vit hésiter avant de répondre, et il espéra de nouveau qu'elle n'évoquerait pas cette sale histoire.

Mais elle articula simplement : « Je suis fatiguée, Avery. Je me sens très lasse.

— Certes. Ce temps est parfaitement horrible. Et nous n'en avons pas fini, sans doute, si l'on en croit les prévisions météo.

— Tout le monde est perturbé, dit Isabelle d'un

ton presque indifférent, indiquant d'un petit mouvement du menton qu'elle parlait de ses collègues.

— Oui. » Avery soupira par le nez, adressant à Isabelle un demi-sourire d'assentiment qui impliquait un certain degré de complicité entre eux deux : des parents confrontés à une bande de gosses indisciplinés, irritables, face auxquels ils feraient de leur mieux. « Nous finirons par nous en tirer, j'imagine. » Avery posa ses mains à plat sur la table, sa façon typique de conclure. « Mais je tiens à vous le dire, Isabelle, j'apprécie votre coopération. En toutes choses. Sachez-le. »

Elle inclina la tête et se leva pour regagner en silence la salle étouffante.

La voiture sentait mauvais. Après toute une journée sur le parking, vitres closes, elle se transformait en une espèce de serre pernicieuse où fermentaient les miasmes, et Isabelle ouvrait toujours toutes grandes les quatre portières avant de s'installer au volant ; Amy trouvait ce rituel profondément embarrassant. Pourquoi sa mère ne pouvait-elle pas faire comme la plupart des gens qui laissaient simplement leur voiture vitres baissées ? Mais pour Isabelle, issue d'une bourgade, Shirley Falls était une grande ville ; par conséquent elle verrouillait sa voiture tous les matins, et tous les soirs il fallait l'aérer, ces temps-ci, tel un gros oiseau aux ailes déployées au-dessus du bitume, tandis qu'Isabelle cherchait vainement à faire circuler l'air en agitant son sac et qu'Amy s'affalait sur le siège à l'avant, une main plaquée sur le front.

Aujourd'hui, bâclant la procédure, Isabelle ne tarda pas à claquer les portières et elles prirent la route.

« Tu ne crois pas à cette histoire d'ovni, hein ? demanda Amy.

Isabelle lui jeta un coup d'œil. « Non. »

Elles passèrent en silence devant le camp de caravanes, puis le long du marécage, et l'embranchement de l'ancienne piste d'exploitation forestière où Amy avait été surprise en compagnie de Mr. Robertson.

« Pourtant, ça pourrait être vrai », reprit Amy, plissant un peu les yeux dans la chaleur, accoudée sur la portière en se tripotant machinalement les cheveux. Comme sa mère ne réagissait pas, elle ajouta : « Moi, j'y crois. »

Isabelle persistait à se taire.

« Pourquoi ça ne serait pas vrai ? Notre petite planète minable n'est pas toute seule dans l'Univers. »

L'attention d'Isabelle semblait rivée à la route.

« Alors, pourquoi la vie n'existerait pas sur une autre planète ?

— Ce n'est pas impossible, sans doute, répondit Isabelle.

— Quoi, tu t'en fiches ? À t'entendre, on croirait que tu t'en fiches. »

Pendant une minute, Isabelle donna l'impression qu'elle ne prendrait même pas la peine de riposter, mais elle finit par dire d'un ton neutre : « J'ai d'autres sujets de préoccupation. »

Amy se tassa davantage sur son siège et roula des yeux dégoûtés.

Horrible, pensa Isabelle à qui la tête tournait un peu, tout est horrible. « Quoi qu'il en soit... » Les deux mains sur le volant, elle conduisait avec application, le regard fixé droit devant elle. « Dottie Brown revient au bureau lundi, tu te retrouves donc au chômage. »

Du coin de l'œil, elle observa sa fille, laquelle parut sans réaction.

« Avery me l'a annoncé cet après-midi, ajouta-t-elle. Une fois Dottie de retour, il n'y aura pas assez de travail pour t'occuper. Ni assez d'argent pour te payer. Apparemment. »

Amy se taisait, la tête tournée vers la vitre ouverte. Lui jetant un nouveau coup d'œil, Isabelle ne put voir son visage.

« Qu'est-ce que je vais faire ? » demanda enfin Amy. Elle semblait poser sincèrement la question, et sa mère ne put deviner ses pensées. Craignait-elle la solitude, l'ennui ? (Songeait-elle à s'enfuir ?)

« Je n'en sais rien.

— Avec un peu de chance, je serai kidnappée par un ovni », suggéra méchamment Amy au moment où elles s'engageaient sur le chemin de la maison.

Isabelle coupa le contact et elle ferma les yeux. « Qui sait, dit-elle. Peut-être bien. »

Pourtant, il restait des choses à préciser. Faute de pouvoir décider dans l'immédiat de ce que ferait Amy le reste de l'été, sa mère voulait au moins savoir à quelle heure Stacy Burrows l'attendait chez elle samedi, si elle resterait dîner et comment elle comptait rentrer.

À toutes ces questions, Amy répondit qu'elle n'en avait aucune idée. Isabelle en éprouva une exaspération qui se répercuta sur sa fille, si bien que, au bout du compte, le samedi en fin de matinée, celle-ci partit à pied en lui annonçant qu'elle téléphonerait si elle devait rentrer après cinq heures. « Je te conduis là-bas en voiture, si tu veux, proposa une dernière fois Isabelle en la suivant dehors.

— Non », cria Amy sans se retourner.

Pour aller en ville à pied, il fallait passer devant la piste forestière où elle allait naguère avec Mr. Robertson, et elle détourna la tête comme elle le faisait toujours. (En voiture avec sa mère, elle se contentait de fermer les yeux.) Dans sa tête, elle le racontait à Mr. Robertson. Dans sa tête, elle imaginait ses yeux gentils posés sur elle. Mais ce n'était plus tout à fait pareil à présent, depuis qu'elle avait découvert que son numéro n'était plus attribué, découvert qu'il était *parti* ; elle ne pouvait réprimer un tremblement intérieur.

Elle fut contente d'arriver dans le centre-ville — la circulation, les magasins, les passants. Elle traversa Main Street, puis coupa à travers le parking de la Poste et emprunta un trottoir qui aboutissait du côté de chez Stacy. Les rues avaient des noms merveilleux : Maple Street [1], Valentine Road, Harmony Drive, Appleby's Circle. Rien d'aussi moche que la Route 22. Les maisons étaient jolies, et en plus elles avaient l'air propres ; elles étaient peintes en gris, en blanc ou même en bordeaux. Leurs salons possédaient des fenêtres en saillie et, en haut, des rideaux ornaient les chambres. Des pelouses les entouraient, et il y avait parfois une clôture blanche en bois.

La maison de Stacy était différente. Elle faisait partie d'un quartier neuf sur le pourtour de la Pointe de l'huître, où les demeures étaient plus grandes qu'ailleurs en ville. Celle de Stacy était la plus grande de toutes. Elle avait des fenêtres immenses et un toit à la Mansart. L'allée carrossable était couverte d'éclats de calcaire blanc qui craquaient sous les baskets d'Amy. C'était la première fois qu'elle venait chez Stacy. Sans l'avouer, elle partageait l'aversion de sa mère pour l'architecture moderne ; elle aimait les maisons d'aspect traditionnel. Or celle-ci, en plus de la pente particulière de sa toiture, avait une porte d'entrée laquée de jaune vif qui la mit mal à l'aise et qu'elle associa obscurément au fait que le Dr. Burrows était un psychologue. Mais elle n'avait pas besoin de ça pour être mal à l'aise : Stacy l'avait invitée pour regarder avec elle un film

1. *Maple Street :* rue de l'Érable. (*N.d.T.*)

sur l'accouchement que son père lui avait apporté de l'Université. Elle s'était abstenue d'en informer Isabelle.

Elle hésita, puis frappa à la porte.

Des bruits étouffés à l'intérieur lui parvinrent aux oreilles, puis la voix de Stacy s'approchant de la porte — « Débarrassez le plancher, les mômes » —, et enfin la porte s'ouvrit sur Stacy, toute rousse, toute belle et très, très enceinte. « Salut ! dit-elle en levant les deux mains comme si allait cueillir entre ses paumes le visage d'Amy. Merde, qu'est-ce qui est arrivé à tes cheveux ? »

En franchissant le seuil, Amy abaissa les yeux sur le paillasson et s'efforça de sourire, mais sa bouche s'y refusait ; des spasmes en tiraient les commissures vers le bas.

À demi caché derrière une porte de placard, un enfant l'épiait et Amy lui tourna le dos en s'essuyant furtivement le nez avec le bras. « Tirez-vous, petits merdeux », dit Stacy. Il se produisit un piétinement autour du placard, suivi d'un glapissement.

« Maman, pleurnicha le gamin en s'enfuyant dans le couloir, Stacy m'a traité de merdeux et elle m'a frappé ! » Un autre petit garçon se mit à courir derrière lui en braillant : « Stacy nous a frappés !

— Espèces de cafards ! cria Stacy dans leur direction. Oui, des petits merdeux, et comment. Arrêtez d'espionner mes amis sans quoi je vous tuerai, la prochaine fois. Viens », dit-elle en prenant Amy par le bras. Celle-ci la suivit au bas d'une volée de marches. Jamais elle n'avait imaginé qu'on pouvait se parler sur ce ton au sein d'une famille et, pénétrant dans la chambre de Stacy, qui claqua la porte, la sensation de dépaysement provoquée en elle par la laque jaune s'accentua.

« Alors, qu'est-ce qui est arrivé ? » demanda Stacy dès qu'elles furent assises sur son lit. C'était un lit à deux places et il parut colossal à Amy, avec ses quatre colonnes de bois foncé et ses draps en désordre.

« Quelle chambre formidable », dit-elle en regardant autour d'elle. Près du lit, la fenêtre s'ouvrait presque au ras du sol ; on voyait des arbres sur la pente qui descendait vers la rivière de l'Huître.

« Ouais, elle est pas mal », concéda Stacy.

Amy tira sur une mèche de ses cheveux et elle haussa les épaules, embarrassée. « Euh... C'est ma mère. Elle a piqué une rage contre moi. »

Les yeux baissés, elle se mit à tripoter les draps imprimés de fleurs. Elle craignait d'être obligée de tout expliquer, mais Stacy se borna à dire au bout d'une minute : « Y a de quoi les exécrer, hein, les parents ? »

Amy releva la tête, et Stacy lui tendit les bras. « Je t'aime », dit-elle simplement. Trop gênée pour répondre, Amy ferma les yeux un instant, au contact de la douce chevelure de Stacy.

Le Dr. Burrows fit tout un numéro autour de l'appareil de projection. « Ceci risque de me prendre un certain temps », annonça-t-il avec un froncement de sourcils qui lui barra le front. Vaguement consciente que, pour son mari, c'était un aspect de sa virilité qui était en jeu (il aimait « être aux commandes »), Mrs. Burrows se rendit à la cuisine pour faire du pop-corn dont l'odeur parvint bientôt dans la salle de séjour où Amy et Stacy, assises sur le canapé, attendaient avec une certaine nervosité.

Le canapé était en cuir brun et il paraissait gigantesque à Amy. Si elle s'appuyait contre le dossier, elle avait presque l'impression de se coucher. Mais en se tenant toute droite, elle avait l'air d'une plouc, elle en était sûre — l'air d'être en visite pour la première fois de sa vie. Pour sa part, Stacy s'était assise en tailleur, son gros ventre en avant, et elle foudroyait du regard ses petits frères dès qu'ils s'aventuraient dans la pièce. « Vous êtes prévenus, petits enfoirés », murmurait-elle.

Les préparatifs furent laborieux — Stacy voulait rajouter sur son pop-corn du sel que Mrs. Burrows s'empressa d'aller lui chercher ; il fallut se débarrasser des enfants, tirer les stores sur les immenses fenêtres — mais, pour finir, Mrs. Burrows prit place sur le canapé à côté d'Amy, et les images du film commencèrent à défiler en noir et blanc sur l'écran, assez floues au début ; tandis qu'une femme enceinte pénétrait dans un hôpital, le commentaire dit par une voix masculine parlait du miracle de la vie.

Amy n'aimait pas le pop-corn. Des années auparavant, l'estomac chamboulé par un virus, elle s'était aperçue que son vomi avait le même goût. Même ses renvois avaient ce goût-là, et elle se retrouvait à présent égarée sur l'océan de ce canapé de cuir avec un grand bol de pop-corn posé sur les genoux ; il lui venait dans les replis de la bouche un afflux de sécrétions aqueuses qui précédaient souvent de peu le vomissement, elle le savait. Elle avait les mains moites d'appréhension à l'idée de souiller le canapé des Burrows. « Tâchez de ne pas mettre du beurre sur le cuir », leur avait recommandé la mère de Stacy quelques instants plus tôt en leur tendant une serviette à chacune.

Un schéma animé occupait à présent l'écran : de petites choses qui ressemblaient à des têtards se dirigeaient vers un « œuf », présenté comme une figure souriante battant des cils pour les séduire.

« Comment est le pop-corn ? demanda Mrs. Burrows.

— Délicieux. » Amy rougit et elle en mit timidement un grain dans sa bouche.

« Un peu plus de sel ?

— Non, merci. »

Sans bouger la tête, Amy essayait d'examiner ce qui l'entourait. Le plafond était aussi haut que celui d'une église, et sur les murs blancs étaient accrochés toute une série de masques sculptés, dont beaucoup avaient l'air sauvages et étrangers. Amy s'étonna qu'on puisse avoir envie de s'entourer de ces têtes effrayantes.

La femme enceinte se trouvait à présent allongée sur une espèce de table, un linge posé sur son ventre gros comme une montagne ; Amy crut la voir cligner des yeux de terreur tandis que la voix d'homme commentait calmement la dilatation du col de l'utérus.

Amy ferma les yeux en priant pour ne pas vomir. Elle essaya de penser à des jonquilles, des champs de jonquilles. Le ciel bleu, l'herbe verte, les jonquilles jaunes.

« C'est répugnant ! s'exclama Stacy. Seigneur ! »

Amy regarda l'écran : la femme perdait les eaux. Puis elle vit une tête toute sombre, mouillée, commencer à sortir d'un orifice dont elle ne pouvait imaginer qu'il se trouvait vraiment entre les cuisses de la malheureuse. L'objectif de la caméra alla chercher son visage, contorsionné, trempé de sueur, horrible ; Amy trouva cette image beaucoup plus gênante que celle de l'entrejambe où émergeaient maintenant des épaules, des membres minuscules repliés contre un corps, tel un poulet de supermarché prêt à cuire.

« Hideux, dit Stacy. Qu'est-ce qu'il est laid, ce bébé !

— Les bébés sont toujours comme ça au début, répliqua Mrs. Burrows d'un ton enjoué. Il faut les laver. Une chatte lèche ses chatons pour les nettoyer. Elle lèche toutes les mucosités et le sang — ça s'appelle le placenta. »

Une nausée révulsa la gorge d'Amy. Des jonquilles, pensa-t-elle de toutes ses forces. Le ciel bleu. Elle posa le bol de pop-corn à ses pieds.

« Dieu merci, moi au moins je ne serai pas forcée de nettoyer le bébé à coups de langue, dit Stacy en changeant de position sur le canapé et en se fourrant dans la bouche une poignée de pop-corn.

— Il paraît que c'est plein de protéines, n'est-ce pas, Gerald ? » Penché sur l'appareil de projection, le Dr. Burrows fronçait à nouveau les sourcils : le film allait s'achever sur l'image du bébé qu'on mettait dans les bras de sa mère.

« Riche en protéines. Oui. Une patiente à moi, après son accouchement, a fait cuire le placenta dans une soupe qu'elle a consommée avec son mari et des amis — dans leur esprit, c'était une sorte de célébration, je crois. »

Amy serra les lèvres.

« Dégueulasse ! lâcha Stacy. Merde, c'est trop dégueulasse. Tes patients sont sacrément cinglés, papa ! »

Le Dr. Burrows s'efforçait de rembobiner la pellicule sans la déchirer ; elle ne cessait de lui faire des misères et il sentait que tout le monde l'observait. « Stacy, dit-il, ce langage est inadmissible. Inadmissible. Et il est totalement inopportun de qualifier de “ cinglés ” des personnes névrosées. Combien de fois faudra-t-il te le répéter ? »

Du regard, Stacy prit Amy à témoin tandis que Mrs. Burrows s'écriait : « Eh bien, c'était un film très intéressant. D'une grande utilité. Stacy sait mieux maintenant à quoi se préparer.

— Je me prépare à crever. Vous avez vu la tête de cette bonne femme ?

— Remercie ton père de nous avoir procuré ce film, s'il te plaît. Ce n'était pas commode d'apporter ici de l'université l'appareil de projection. » Mrs. Burrows souriait en se levant ; elle ramassa par terre le bol de pop-corn d'Amy et l'emporta à la cuisine en s'abstenant de toute remarque sur le fait qu'il était encore plein.

Soulagée, Amy lança hardiment : « Merci de m'avoir invitée.

— C'est tout naturel », dit le Dr. Burrows sans lever la tête, toujours aussi préoccupé par le projecteur. En réalité, Amy n'était pas sûre qu'il l'eût regardée une seule fois depuis son arrivée. Il lui faisait l'effet d'un homme nerveux au derrière large et plat et lui inspirait une certaine aversion. La formule de Stacy lui revint en mémoire : « avec son gros cul idiot ». Quand elle voyait un père comme ça, elle ne regrettait pas d'avoir été privée du sien.

« Ouais, merci, papa. » La voix de Stacy était un peu sourde. « J'ai la trouille, finit-elle par avouer.

— Voyons, tout ira bien, dit Mrs. Burrows, de retour de la cuisine. On te fera une péridurale, chérie. Tu ne sentiras rien.

— C'est quoi ?

— Une injection dans la moelle épinière, répondit le Dr. Burrows avec une impatience mal dissimulée. Le film vient d'aborder la question. »

Amy rentra chez elle à pied par la forêt au bord du fleuve. C'était claustro, horrible, comme si des toiles d'araignée l'avaient enveloppée, le contraire de ce qu'elle avait imaginé — ce à quoi elle s'était raccrochée, assise sur le canapé de cuir. Le ciel n'était pas bleu, il n'y avait pas d'herbe verte ni de jonquilles. Les aiguilles de pin étaient flapies et spongieuses et le ciel toujours aussi blanchâtre, pour ce qu'on en distinguait à travers les arbres. Elle s'assit sur un vieux muret qui semblait s'élever graduellement au-dessus du tapis d'aiguilles avant de disparaître quelques mètres plus loin.

La forêt était pleine de murs semblables à celui-ci, des pierres moussues qui s'écroulaient et, çà et là, cédaient la place à quelque tronc d'arbre abattu par une tempête, pourrissant sur place, recouvert de végétation rampante ; puis les blocs de granit émergeaient de nouveau, ayant cessé de marquer la limite d'un terrain pour n'être plus que le vague rappel d'une époque où d'autres gens (bien avant Amy et Stacy) avaient vécu à cet endroit, une époque sans doute si rude que le seul fait de résister à l'épreuve des saisons, de survivre à l'accouchement constituait en soi un triomphe.

Mais ce n'était pas à cela que pensait Amy en ce moment. Les années passées, en marchant dans la forêt, elle avait imaginé des Indiens — des jeunes filles, des hommes — et des colons blancs barricadés dans leurs maisons de rondins, dont ils tiraient chaque soir les lourds volets de bois ; elle s'était interrogée sur leur sort, avait songé à ces femmes en jupes longues qui vivaient sans l'eau courante ni les toilettes, qui faisaient cuire leur pain dans de grosses cocottes. Pour le moment, ça ne l'intéressait plus. Il s'agissait seulement pour elle de fumer une cigarette, de se débarrasser si possible de l'état dans lequel l'avait mise le pop-corn, de ce malaise physique qui était devenu moral. Stacy, avec son ventre énorme, son canapé de cuir et ses drôles de parents, Stacy semblait être sortie de sa vie.

Et Mr. Robertson était parti. Évidemment, c'était ça surtout qui la rendait malade, la douleur sourde qui ne la quittait plus. Où était-il allé ?

Plus tard, en traversant Main Street, elle entendit quelqu'un l'appeler. Amy n'était pas habituée à s'entendre héler en public, et elle mit un peu de temps à se convaincre que ce beau garçon qui avait l'air sincèrement content de la voir ne l'avait pas prise pour une autre.

C'était Paul Bellows. L'ex-petit ami de Stacy.

19

Seule.

Assise dans le fauteuil près de la fenêtre du séjour, Isabelle regardait les moineaux sautiller et voleter autour de la mangeoire ; le moindre de leurs mouvements paraissait preste et déterminé, mais aussi la conséquence d'une menace permanente. Si tel était le cas, songea Isabelle, leur existence devait être éprouvante. Tout de même, ils avaient un partenaire. N'avait-elle pas lu quelque part que les oiseaux s'accouplaient pour la vie ? Elle observa le moineau qui s'envolait de la mangeoire pour se poser sur une petite branche de l'épicéa ; l'instant d'après, l'autre le rejoignit et la branche se balança légèrement sous leur poids délicat. Qui se ressemble s'assemble.

Et les gens, eux aussi — des tas de gens se tenaient compagnie en ce moment même. Sa propre fille chez son amie enceinte... Isabelle ferma les yeux un bref instant. Les dames de la congrégation — Barbara Rawley, Peg Dunlap. Peut-être étaient-elles en train de faire leurs courses ensemble. À l'autre bout de la ville, sur l'autre rive, Bouboule se trouvait peut-être chez Dottie Brown, assise avec elle sur la galerie pour plaisanter aux dépens d'Arlene Tucker. *Mais moi, pourquoi suis-je toute seule ?*

Et Avery Clark ? Isabelle changea de position dans son fauteuil et posa son menton sur son poing, comme si elle abordait là un sujet qui demandait mûre réflexion. Avery Clark était-il tout seul, lui aussi ? Elle préférait le penser, mais il avait bel et bien une épouse ; Isabelle était obligée d'en tenir compte. Peut-être, en ce moment, Avery jardinait-il derrière la maison tandis qu'Emma tapait au carreau de la fenêtre et lui criait qu'il s'y prenait de travers.

Oui, c'était là qu'Isabelle avait envie de se réfugier mentalement. Elle se représenta Avery avec des gants de jardinage, coiffé d'un bob cabossé. Il s'attaquait aux mauvaises herbes, peut-être, il les arrachait de la rocaille (avait-il seulement un jardin de rocaille ?), puis il les ratissait. Elle le voyait s'appuyer une minute sur le rateau, s'essuyer le front... Ah, comme elle aurait aimé lui prendre la main pour y nicher sa joue au creux de la paume ! Mais lui, il ne la voyait pas, il ignorait qu'elle était là, et il passait devant elle pour rentrer dans la maison où le silence de l'après-midi pesait sur le mobilier massif de la salle à manger, sur le tapis de l'escalier, sur le canapé rembourré du salon. Avery allait à la cuisine chercher une boisson fraîche, puis, son verre à la main, il se plantait à la fenêtre et regardait dehors.

Au creux de son fauteuil, Isabelle exhala un grand soupir. Parfois, elle s'étonnait de pouvoir être aussi absorbée par quelque chose qui ne se passait pas réellement. (D'ailleurs, qu'est-ce qui se passait réellement ? Rien. Elle était assise dans la salle de séjour d'une maison déserte, et cela faisait un bon moment.) Mais Avery s'était montré si gentil l'autre jour dans son bureau, si plein d'attentions. « Vous survivez sans trop de mal à cet été caniculaire,

Isabelle ? » Elle continua donc de l'imaginer accoudé sur le rebord de la fenêtre, avec sa boisson fraîche, le regard perdu au loin effleurant le râteau qu'il avait laissé contre le mur du jardin ; puis il allait remettre son verre sur l'évier, et il devait grimper l'escalier, parce qu'il avait besoin de prendre une douche après le jardinage.

Ses parties intimes... Ah, combien intimes, toutes moites au creux de l'aine. Il arrivait à Isabelle de frôler pour ainsi dire un état d'excitation en se représentant cette région de son corps ; mais, en ce moment, elle l'imaginait dans sa tranquillité, moite et pâle, nichée sous le caleçon. Elle aimait Avery, et cela l'émouvait qu'il y ait en lui ce domaine secret.

Quelle chose terrible, quelle ironie de savoir qu'il existait sur la terre quelqu'un (elle-même, Isabelle Goodrow) qui, si la chance lui avait été offerte, n'aurait pas hésité à caresser avec une délicatesse et un amour extraordinaires ces parties vieillissantes d'un homme vieillissant ! Tout homme mourait sûrement d'envie d'être caressé de cette façon, avec une infinie tendresse, et ce n'était pas Emma, cette femme raide donnant toujours l'impression de pincer le nez, comme assaillie par une mauvaise odeur, et dénuée de la plus élémentaire discrétion due aux malheurs d'autrui (répandant des ragots au sujet d'Amy dans l'oreille de Peg Dunlap), non, ce n'était sûrement pas elle qui saurait donner à un homme cette preuve délicate de son amour.

Ainsi qu'Isabelle aurait su le faire, ainsi qu'elle l'aurait fait.

Voilà donc ce que l'existence réservait. Vivre tout près de chez un homme avec qui on travaillait quotidiennement, derrière qui on était placé au temple, qu'on aimait d'un amour presque parfait... et rien. Rien, rien, rien.

Isabelle perçut un mouvement à travers les arbres, quelqu'un qui marchait sur la route. Elle regarda la silhouette — c'était Amy — approcher lentement, tête basse, sur le chemin d'accès. À sa vue, elle eut le cœur serré. Son cœur se noua, mais pourquoi ?

Parce qu'elle avait l'air malheureuse, avec ses épaules voûtées, le cou projeté en avant, avançant à pas lents en traînant presque les pieds. C'était sa fille, c'était sa faute. Isabelle n'avait pas su s'y prendre, elle n'avait pas su être une bonne mère, cette image juvénile de la désolation en était la preuve. Mais, à cet instant, Amy se redressa, elle darda sur la maison un regard circonspect et elle sembla soudain métamorphosée, quelqu'un dont il fallait tenir compte. Ses membres étaient fuselés, ses seins ronds et juste comme il fallait, ni trop gros ni trop petits, contribuant simplement à une harmonie physique ; son visage paraissait intelligent et perspicace. Immobile au fond de son fauteuil, Isabelle se sentit intimidée.

Et en colère. Une colère qui la saisit brusquement. À la vue du corps de sa fille. Ce n'était pas l'attitude hostile de l'adolescente qui la mettait en rage, ni même le fait qu'elle lui eût menti durant des mois. Elle n'en voulait pas à Amy d'avoir pris toute la place dans sa vie. Isabelle lui en voulait d'avoir connu le plaisir sexuel avec un homme alors qu'elle-même en était privée.

Avec une violence horrible, elle était assaillie par le souvenir de ce jour de juin où Avery lui avait dit, en détournant les yeux, qu'il venait de surprendre dans la forêt sa fille « partiellement dévêtue ». Il était devenu tout rouge en précisant : « Complètement nue, en haut. Pour le reste, je n'ai pas vu. » (Ce qui était faux ; Avery Clark avait bel et bien vu la jupe retroussée, les longues cuisses, minces et pâles, la touffe de poils, il avait vu comment la jeune fille, prise sur le fait, plaquait précipitamment la main sur son entrejambe — autant de détails qu'il se remémorait fréquemment et qu'il n'avait pas révélés à Isabelle, ni même à sa femme.) Puis il avait ajouté : « L'homme prenait son plaisir à cet endroit. Au-dessus d'elle, je veux dire. »

Oh, ce pauvre Avery ! Il était cramoisi en bredouillant ces mots.

Quant à Isabelle, elle en était malade ; elle avait envie de vomir. Amy exposée de cette façon, offrant ses seins... y prenant plaisir elle aussi ! Non que le contraire eût mieux valu, mais de toute façon ce n'était pas le cas. Sans trop savoir pourquoi, Isabelle était sûre qu'Amy avait participé activement et avec bonheur, et cela lui donnait envie de pleurer.

En dépit de la remarque d'Arlene Tucker — proférée voilà des années avec une autorité imparable, et Isabelle ne l'avait jamais oubliée — selon laquelle les adolescentes qui faisaient l'amour n'y prenaient pas plaisir parce qu'elles étaient trop jeunes sexuellement (d'ailleurs, d'où Arlene Tucker tenait-elle cette information ?), Isabelle savait bien à quoi s'en tenir.

Elle le savait parce que le contact des mains de Jake Cunningham l'avait jadis emplie de sensations incontrôlables. Elle le savait parce que, depuis tout ce temps, elle s'était souvenue précisément de ce qu'elle avait éprouvé, de cette joie extraordinaire. Tandis qu'en proie à une grande agitation elle s'extrayait de son fauteuil, il lui vint la pensée fugace que, par la suite, elle n'avait jamais plus cessé de refouler les élans tumultueux de désir qui surgissaient en elle ; qu'elle avait désespérément appelé un homme de ses vœux, afin de retrouver ces folles sensations.

Et c'était Amy qui les avait connues à sa place. (Pour éviter sa fille, dont elle entendait les pas dans l'entrée, Isabelle gravit en hâte l'escalier.) Amy avait pris la défense de cet individu de façon si véhémente — elle ne l'aurait pas défendu ainsi si elle n'avait pas réagi ardemment au contact de ses mains. Et puis, il y avait les odieux sous-entendus auxquels il s'était livré en affirmant qu'Amy n'avait pas grand-chose à apprendre, ou autres horreurs qu'il avait pu proférer ce jour-là dans son misérable logement. Que cherchait-il à dire ? Qu'Amy était « faite pour ça » ?

Ah ! Isabelle la haïssait. (Elle s'enferma dans sa chambre et s'assit sur le bord du lit.) C'était trop injuste !

Et ce n'était pas juste non plus d'avoir à endurer à l'époque actuelle toutes ces histoires d'amour libre, des jeunes qui vivaient ensemble hors mariage, qui changeaient de partenaire dès qu'ils se fatiguaient l'un de l'autre, ces hippies crasseuses avec des fleurs aux cheveux. Isabelle avait lu qu'aujourd'hui, dans certaines universités, des médecins donnaient la pilule à qui la voulait ; ces filles-là s'amusaient avec leur jeune corps comme si c'était un simple jouet.

C'était navrant.

Navrant de voir ces affiches, ces spots télévisés, toute la publicité qui utilisait de séduisantes jeunes filles. Ce système était devenu universel. Quel que fût le produit qu'on cherchait à vendre, on aurait dit que tout se ramenait au sexe. Tout le monde s'y adonnait, il n'y avait qu'à demander.

Isabelle entendit en bas la porte de la cuisine s'ouvrir et se refermer. « Maman ? »

Sans bouger du lit, elle écouta les pas qui montaient lentement l'escalier.

« Maman ?

— Je me repose », répondit Isabelle derrière la porte fermée. Elle entendit Amy faire halte sur le palier.

« Je ne savais pas si tu étais à la maison ou non.

— Je suis là. » À travers le silence, Isabelle sentait la présence de sa fille. « Tu as passé un bon après-midi ? finit-elle par demander, les traits secrètement crispés de fureur.

— Pas mal. » Le silence retomba sur le palier, ainsi que dans la chambre d'Isabelle. Toutes deux attendaient, sur le qui-vive. Puis Amy entra dans sa propre chambre.

Sous le toit, il faisait une chaleur étouffante. Amy referma la porte et elle brancha le ventilateur en l'orientant vers son lit sur lequel elle s'allongea, une jambe pliée sur le bord, le pied posé à terre. Au fond, elle avait espéré parler avec sa mère. Après s'être sentie si étrangère chez Stacy, s'engager sur leur chemin privé et voir sa mère — c'était presque un soulagement de se retrouver à la maison.

Sinon que c'était raté. Tant pis. Isabelle était toujours aussi détestable. Mais qu'est-ce qu'elle avait cru ? Que sa mère l'accueillerait sur le seuil en lui disant : « Ma chérie, je t'aime, viens m'embrasser » ? Ce n'était pas son genre. Même quand Amy était petite et accourait vers elle en larmes, le genou écorché, Isabelle la priait de cesser de pleurer. « Ça ne fait pas si mal, serre les dents », disait-elle. Et aujourd'hui, elle « se reposait » dans sa chambre, ce qui était de la foutaise parce que, quelques instants plus tôt, Amy l'avait aperçue à la fenêtre, en bas.

Il n'y avait donc pas de quoi se réjouir d'être à la maison. Elle ne s'en réjouissait pas. Pourtant, ce constat l'amena à s'interroger sur Debbie Dorne, à se demander une fois de plus pourquoi cette petite fille avait disparu de chez elle ce jour-là, pourquoi on ne l'avait jamais retrouvée. Il n'en était pratiquement plus question dans le journal. La semaine dernière, le type de la télé avait seulement glissé : « En ce qui concerne Debby Kay Dorne, les recherches se poursuivent. » Voilà tout. Amy se coucha à plat ventre. Cette histoire lui fichait des frissons.

Et ça montrait bien la stupidité de l'attitude d'Isabelle. N'importe quelle autre mère aurait été contente d'avoir sa fille auprès d'elle, contente de causer avec elle en ce moment même, au lieu de se sauver dans sa chambre pour « se reposer ». Amy se dit qu'elle aurait mieux fait de rester plus longtemps avec Paul Bellows. Ou chez les Burrows. Sinon que là-bas elle s'était vraiment sentie mal, surtout après le film, quand elles étaient retournées dans la chambre de Stacy et que celle-ci lui avait montré un bouquin sur la sexualité offert par son nouveau petit ami. Amy ne se doutait même pas qu'elle avait un nouveau petit ami, un certain Joshua qui allait entrer en terminale. Il lui avait donné ce bouquin. À l'intérieur, il y avait des dessins qui illustraient les diverses façons de faire ça, et, tandis qu'elle les regardait, Mr. Robertson s'était mis à lui manquer à un point presque intolérable. Le type sur les dessins était barbu comme lui, et sa partenaire avait de longs cheveux raides. Amy s'était sentie atrocement seule. (Et saisie de curiosité, en même temps, car le sexe de Mr. Robertson devait ressembler à ça, avec un renflement au bout, et les petites bourses en bas ; et les poils.) Elle avait dit à Stacy qu'elle devait rentrer avant que sa mère fasse un drame, mais, en réalité, c'était parce qu'elle avait envie de partir pour aller fumer toute seule dans la forêt, assise sur le muret.

Et puis elle était tombée sur Paul Bellows, un truc bizarre, car elle le connaissait à peine, et qu'il l'avait traitée comme une copine. Il voulait avoir des nouvelles de Stacy, naturellement, puisque ses parents à elle ne le laissaient même pas lui téléphoner. Amy n'avait pas parlé du petit ami qui l'avait remplacé ; elle avait simplement dit que Stacy tenait le coup.

« Tant mieux, avait répondu Paul. Parce que je l'aime vraiment bien, tu sais.

— J'en suis sûre. »

Il emmena Amy faire un tour dans sa nouvelle voiture. « Elle te plaît ? » demanda-t-il en souriant. Comme ses grands yeux, ses dents paraissaient humides ; sa main vigoureuse caressait le levier de vitesse.

« Elle est super, dit Amy. Vachement bien. » En fait, elle ne savait pas trop quel commentaire on pouvait faire en de telles circonstances. C'était une petite voiture de sport, bleue à l'extérieur, grise au-dedans. « J'aime bien la couleur, ajouta-t-elle timidement, en palpant le vinyl gris du siège à côté de sa jambe.

— Elle ronronne comme un chaton, hein ? »

Elle hocha la tête et songea qu'il avait la même bouche que Stacy, pulpeuse de la même façon, la joue lisse irradiée d'une espèce de lueur sombre sous la peau, les dents très blanches.

Il gagna la Route 4 afin de lui montrer « les reprises géniales » de la voiture, ce qui signifiait manifestement qu'elle pouvait aller très vite, car il tapota le compteur pour inviter Amy à observer l'aiguille tandis qu'il roulait à cent quinze, puis à cent trente, puis à cent cinquante kilomètres-heure. C'était le bitume de la chaussée qui semblait bouger devant les yeux terrifiés d'Amy, un tapis roulant déchaîné qui fusait sous les roues.

« Et voilà ! s'exclama Paul avec un coup d'œil satisfait à l'aiguille qui tressautait au-delà de cent soixante. C'est une petite merveille. »

Il ralentit enfin. « T'as déjà roulé à cette vitesse ? »

Amy fit signe que non.

« Je t'ai fait peur ? »

Elle fit signe que oui.

« Je recommencerai pas. » Il avait l'air sincèrement désolé. « C'était juste pour frimer », dit-il, et la teinte de sa joue parut encore s'assombrir.

« C'est normal, répliqua Amy, rendue loquace par le soulagement. C'est une nouvelle voiture. Moi aussi, quand j'ai un nouveau truc, j'aime bien, quoi, m'amuser avec. »

Il la regarda un instant en empruntant une bretelle qui les ramenait vers la ville. « T'es sympa, lui dit-il simplement. J'ai envie de t'offrir quelque chose. »

Elle tenta de protester. « Oh, c'est pas la peine. Non, je t'assure. »

Mais il y tenait vraiment, c'était visible, et un moment plus tard ils entraient dans un drugstore où Paul lui acheta du gloss pour les lèvres et du mascara. C'était du gloss de luxe. « Oh ! la la ! s'écria Amy. Merci. »

Intimidée, elle resta plantée sur le trottoir en regardant autour d'elle, de crainte que sa mère ne survienne au volant de sa voiture. « Je vais rentrer à pied, dit-elle. Ça me fera du bien. »

Mais Paul avait l'air tout heureux, surexcité. « Attends une minute », lança-t-il, et il s'engouffra chez le fleuriste voisin du drugstore. Il en ressortit avec un bouquet de marguerites. « C'est pour toi, dit-il avec un sourire éclatant. Parce que tu as été tellement chouette avec Stacy. Et avec moi. T'es une chouette fille, Amy. »

À ce souvenir, Amy se redressa et elle tendit vers le ventilateur son visage en sueur. C'était bien de s'entendre dire qu'on était chouette. Vraiment. Elle ne comprenait pas pourquoi toute l'affaire la rendait triste, d'une certaine manière. Elle ferma les yeux face au souffle du ventilateur. Sa chambre était étouffante et avait une odeur de grenier ; à la racine des cheveux, mouillée de transpiration, elle sentit un petit froid.

En quittant Paul, elle avait marché jusqu'au lycée

et, ayant trouvé ouverte la porte de derrière près du gymnase, elle avait longé le couloir silencieux et posé le bouquet de marguerites devant la porte de la salle de Mr. Robertson.

Le mois d'août arriva. Le ciel pâle, qui semblait chaque jour prendre de la hauteur, donnait de plus en plus l'impression d'une membrane de ballon dilatée par son propre épuisement.

Peg Dunlap, cette fidèle de la congrégation, membre du comité des fêtes, qui avait une liaison avec le père de Stacy, passa l'un de ces chauds après-midi à l'A&P où il faisait plus frais et où elle pouvait suivre l'innocente Mrs. Burrows poussant son chariot d'une allée à l'autre. Équipée de lunettes noires, Peg Dunlap épiait à travers la pile de laitues l'épouse de son amant tandis que celle-ci examinait les pots de confitures et de gelées de fruits. Elle n'aurait su dire pourquoi cela lui procurait une telle excitation, en même temps qu'une souffrance aiguë.

À cet instant précis de ce mois d'août caniculaire, dans un appartement du dernier étage à quelques kilomètres de là, Linda Lanier, la professeur d'espagnol, se trouvait nue au lit avec Lenny Mandel, tous deux ahanant et suant copieusement tandis qu'ils s'agitaient dans les draps entortillés ; le bouquet de marguerites ramassé avec étonnement dans le couloir du lycée par Lenny Mandel frémissait dans le pichet posé sur la table de chevet. (À Mrs. Mandel, qui appelait son fils au lycée pour lui demander d'acheter de la moutarde sur le chemin du retour, on répondit qu'il était parti et ne reviendrait pas aujourd'hui.)

Sur l'autre rive du fleuve, au secrétariat, Bouboule avait des problèmes intestinaux. Ces temps-ci, à peine arrivée au bureau, elle était prise de douleurs violentes et elle avait d'horribles flatulences. En traversant lentement la salle, le sphincter contracté à mort, elle avait quelquefois l'impression que tout son ventre était sur le point d'éclater — pour se retrouver simplement et sans dommage assise sur la cuvette des W.-C. et constater qu'il ne sortait d'elle qu'une explosion de gaz. Rigoureusement rien d'autre.

Au moins, ça lui fournissait un sujet de conversation avec Dottie. Pas question de parler de l'ovni. « Tu peux pas savoir ce que ça gronde dans mes tripes », s'exclama-t-elle en se rasseyant à sa place.

Dottie Brown leva les yeux, le front plissé. « Ah bon ? » fit-elle, et Bev vit qu'elle n'avait pas enregistré ses paroles, qu'elle n'était pas vraiment au contact du reste du monde ; le déphasage se lisait dans son regard, qui ne se posait pas tout à fait ; il s'entendait dans l'accentuation un peu exagérée de son « Ah bon ? ».

Bev en éprouva de la fatigue, comme si elle avait nagé à la poursuite de quelqu'un, comme s'il lui avait fallu parler à Dottie plus fort, plus vite, plus clairement pour lui tenir la tête hors de l'eau. Tout en tapant à la machine, elle l'observa du coin de l'œil. Son amie avait la mine de quelqu'un qui souffre physiquement. Un lointain souvenir lui revint, une tante morte d'un cancer qui avait eu la même expression que Dottie en ce moment, quelque chose de réprimé au fond des yeux, le mors dans la bouche d'un cheval, Dieu sait quoi... Bev fut alarmée.

« Dottie... » Elle s'arrêta de taper et regarda fixement son amie, qui leva de nouveau les yeux, surprise. « Dottie Brown, tu vas bien ? »

Un nuage d'irritation passa sur le visage de Dottie. « Pourquoi tu me demandes ça ?

— Parce que tu n'es plus la même, répondit sans

détour Bouboule. Ça fait un sacré bout de temps que je te connais et tu n'es plus la même.

— Bon sang, dit posément Dottie, si une soucoupe volante avait atterri dans ton jardin, toi non plus, tu ne serais plus la même. »

On s'engageait là sur un terrain périlleux ; le ventre de Bev se noua. Elle ne croyait pas à cette histoire d'ovni et Dottie devait s'en douter. Mais quand celle-ci se heurtait à quelqu'un de sceptique (la pire était Lenora Snibbens, avec sa grande gueule), ses yeux se remplissaient de larmes indignées, et elle répliquait d'une voix douce que personne ne pouvait rien comprendre en ce monde tant qu'on n'avait pas vécu un tel moment. « Sûrement », disait Bouboule pour lui apporter son soutien loyal, et la question s'arrêtait là.

« Mais physiquement, je voulais dire, reprit Bev. Physiquement, tu vas bien ? Tu ne saignes plus du tout ? La cicatrice te fait encore mal ?

— C'est sensible, répondit Dottie en allumant une cigarette.

— Ça m'embête de te voir te remettre à fumer », ajouta Bev tout en l'imitant, et Dottie lui jeta un regard qui signifiait clairement qu'elle était mal placée pour la critiquer. « Tu étais mon modèle, expliqua Bev. Je me suis toujours dit que tôt ou tard je serais capable d'arrêter parce que toi, tu y étais arrivée.

— Eh bien, je suis pas un modèle ni pour ça ni pour autre chose. » Dottie posa soigneusement sa cigarette sur le cendrier de verre, puis elle se passa le doigt sur la langue avant de feuilleter une pile de bordereaux. « Tu peux tirer un trait là-dessus, merci bien. »

Bouboule exhala lentement sa fumée et elle examina ses ongles. « Comment va Wally ? Il est sympa vis-à-vis de tout ça ?

— De tout quoi ?

— Ton opération. Il paraît qu'y a des hommes qui ont des drôles de réactions, des fois. J'en ai connu un qui a fondu en larmes quand le toubib a dit qu'il avait retiré les ovaires à sa femme. Un grand costaud, il a craqué, il s'est mis à pleurer. Et il a plus jamais couché avec elle.

— C'est des vrais bébés, tous autant qu'ils sont. » Dottie reprit sa cigarette.

« Ouais, y a du vrai là-dedans. » Bev pensa qu'elle devrait cracher le morceau, avouer à Dottie qu'elle avait du mal à croire à cette histoire d'ovni, et que ça la gênait. Depuis le temps qu'elles étaient amies, elles auraient dû pouvoir se dire les choses en face.

« Nom d'un chien, souffla-t-elle en se penchant vers Dottie, mes boyaux me jouent un tour de cochon. » Elle recula bruyamment sa chaise et se leva. « Excuse, je vais essayer de chier un éléphant. »

Elle vit des larmes affluer dans les yeux de Dottie et, si elle n'avait pas redouté l'explosion dudit éléphant, Bev se serait rassise.

« Stacy a eu son bébé », annonça Amy.

Isabelle leva les yeux de son assiette et la dévisagea. « C'est vrai ? »

Amy hocha la tête.

« C'est vrai ? répéta Isabelle. Elle a accouché ?

— Oui. Le bébé est né. Sa mère a téléphoné. » Amy se leva et se mit à débarrasser la table.

« Raconte. » Pâle et insistante, Isabelle suivait des yeux les allées et venues de sa fille.

« Y a rien à raconter », répondit Amy avec un petit haussement de ses épaules nues et juvéniles qui luisaient au moindre de ses mouvements. « Elle a accouché. Fin de l'histoire. » C'était bizarre, cette façon de parler à sa mère qu'elle avait parfois ces temps-ci, ouvertement insolente, dédaigneuse. Avant cet été, elle n'aurait jamais osé.

« C'est loin d'être la fin, riposta Isabelle. Bien loin. »

Amy se tut. Elle détestait ces avis péremptoires qu'émettait sa mère, ces remarques décochées d'un ton sagace dans l'air moite de la cuisine. « J'en sais un peu plus long que toi », lui arrivait-il de dire quand Amy était encore petite, et Isabelle s'en tenait là comme si, du haut de sa supériorité en matière de savoir et d'expérience, elle ne la jugeait pas digne de recevoir de plus amples explications.

« Est-ce que Stacy en parle quelquefois ? reprit Isabelle, qui tortillait sa serviette en papier tout en guettant du coin de l'œil Amy encore occupée à débarrasser la table.

— Si elle parle de quoi ?

— De l'abandon du bébé. »

Amy prit un air absent, l'air de ne pas se souvenir des propos de Stacy. « Je crois que l'accouchement lui faisait peur, finit-elle par concéder en posant les assiettes dans l'évier. Elle ne l'a pas vraiment dit, mais je crois qu'elle avait peur de souffrir. En tout cas, d'après sa mère, ça s'est bien passé. » Amy revit l'image de la femme dans le film que leur avait projeté le père de Stacy ; les traits contorsionnés, les gémissements de douleur. « Ça fait vraiment si mal ? » En se détournant de l'évier, Amy interrogeait sa mère avec une subite sincérité.

« Assurément, ce n'est pas très agréable. » Isabelle cessa de tortiller sa serviette et elle regarda par la fenêtre. Son visage paraissait perturbé et très vulnérable. Amy ressentit un pincement d'anxiété : sa mère s'efforçait de ne pas pleurer.

Pendant quelques instants, il n'y eut que les bruits de vaisselle, l'eau qui coulait, le couinement du robinet, le tintement des couverts dans le compartiment de l'égouttoir.

Isabelle reprit la parole. Face à l'évier, Amy percevait au son de sa voix qu'elle avait toujours la tête tournée vers la fenêtre. « Alors, Stacy n'a jamais parlé de ce que ça lui faisait, de se préparer à abandonner son enfant ?

— Non. » Amy rinça une tasse sous le robinet, la mit sur l'égouttoir. « Mais je me suis posé la question, ajouta-t-elle en toute franchise. Je veux dire, elle pourrait le croiser dans la rue quand elle aura quarante-cinq ans, et elle n'en saurait rien. C'est quand même bizarre, je trouve. Seulement je ne lui ai jamais demandé si elle y pensait. »

Isabelle se taisait.

« Il me semblait qu'il valait mieux ne pas lui parler de ça, tu comprends. » Amy se retourna, les mains dans l'eau de vaisselle. Sa mère regardait encore par la fenêtre, le chignon un peu défait à cette heure de la journée, des mèches éparses sur son long cou tout blanc.

« Maman ?

— Oui, je crois que tu as bien fait de ne pas lui demander. » Isabelle se retourna elle aussi, avec un sourire d'excuse car elle avait en effet les joues mouillées de larmes. Elle se tamponna la figure avec la serviette qu'elle avait gardée dans ses mains. « Oui, tu as bien fait, répéta-t-elle. On ne pose pas des questions inutiles qui risquent de faire souffrir. » S'étant apparemment ressaisie, elle se moucha, se leva de sa chaise et jeta la serviette dans la poubelle.

« Tu devrais aller la voir, dit-elle en ramassant ce qui restait sur la table. Elle est dans quelle maternité ?

— Aller la voir à la maternité ?

— Eh bien, oui, il me semble.

— Elle est à Arundy. Pas à Hennecock. » Amy rinça une autre tasse et s'écarta pour laisser sa mère mettre les derniers couverts dans l'évier.

« Appelle pour savoir les heures de visite, insista Isabelle en passant une éponge sur le plan de travail. Je t'y conduirai ce soir. Ne t'inquiète pas, ajouta-t-elle comme si elle lisait dans les pensées de sa fille. Je n'entrerai pas avec toi. Je t'attendrai dans la voiture.

— Tu es sûre ? demanda Amy. Ça ne t'ennuie pas ?

— Vas-y. » Sa mère lui fit signe de la tête. « Change de corsage, celui-ci n'est plus très frais. » (En réalité, le corsage sans manches révélait les épaules de l'adolescente d'une façon qui mettait Isabelle mal à l'aise.) Je me charge d'appeler la clinique. »

Lorsque Amy redescendit quelques minutes plus tard, vêtue d'un autre chemisier et recoiffée — ses cheveux avaient suffisamment poussé pour boucler juste au-dessous des oreilles —, elle trouva sa mère en train d'explorer les placards de la cuisine. « Vingt heures, dit Isabelle. Mais il faut que tu lui apportes quelque chose.

— Quoi, par exemple ? Je ne sais pas quoi lui offrir.

— Voilà. » Isabelle sortit du placard une petite corbeille. « Allons chercher des fleurs dans le jardin et tu lui apporteras ça. »

Elles passèrent un petit moment à s'activer ensemble ; plus exactement, Isabelle s'activait et Amy la regardait faire. Isabelle doubla la corbeille de papier alu puis elle prit une truelle et toutes deux descendirent au jardin où Isabelle s'agenouilla pour transférer dans la corbeille des touffes d'œillets d'Inde et de jacinthes des bois, en tassant soigneusement la terre. Elle travaillait avec ardeur, la transpiration perlait au-dessus de sa lèvre supérieure et luisait au creux des poches sous les yeux ; Amy se détourna.

« Comme ça, dit sa mère en se redressant et en

s'essuyant le visage d'un revers de main, elles tiendront un peu plus longtemps que si nous nous étions contentées de les cueillir.

— Et c'est bien plus joli. » Impressionnée, Amy contemplait la corbeille de fleurs.

« C'est vrai que c'est joli, hein ? » Les yeux plissés, sa mère faisait lentement pivoter la corbeille. Elles rentrèrent dans la maison où Isabelle trouva un ruban blanc qu'elle noua autour de l'anse, puis, à l'aide de ses grands ciseaux de couture (ni Amy ni elle ne se souvinrent à cet instant que c'étaient ces mêmes ciseaux qui avaient coupé la chevelure d'Amy), elle frisa les pans du ruban, si bien que deux spirales blanches dansèrent au-dessus des fleurs bleues et orangées.

C'était une clinique privée, ouverte assez récemment. Elle ressemblait plus à un discret immeuble de bureaux qu'à un hôpital. Construite en retrait de la route, elle n'avait que deux étages, dont les petites fenêtres s'alignaient le long de ses murs cimentés. La porte principale était en verre fumé et, à travers le pare-brise, elle parut intimidante aux yeux d'Amy. Isabelle se gara dans un coin du parking.

« Qu'est-ce que je fais ? » demanda Amy, qui tenait sur ses genoux la corbeille d'œillets d'Inde et de jacinthes des bois. Elle commençait à sentir sur sa cuisse l'humidité qui transperçait le fond. « C'est la première fois que je mets les pieds dans une clinique.

— Tu n'as qu'à dire à l'accueil que tu viens voir Stacy... comment déjà ?

— Burrows. On laisse entrer les mineurs ?

— Tu as seize ans, dit Isabelle, dont le regard l'effleura des pieds à la tête comme pour la jauger.

Mais si on te pose la question, tu peux toujours dire que tu en as dix-huit. On te croira. »

Amy lui jeta un coup d'œil surpris ; de la part d'Isabelle, c'était inhabituel de suggérer un mensonge, même véniel. La main sur la poignée de la portière, elle hésita. « Et si dans le cas de Stacy — je veux dire qu'elle a accouché mais qu'elle ne garde pas le bébé — les visites n'étaient pas autorisées ?

— Ce serait une erreur, riposta Isabelle, le regard dans le vide.

— Ouais, mais au cas où ?

— Dis que tu es de la famille. S'il le faut.

— Okay. » Amy fut prise d'une nouvelle hésitation. « Qu'est-ce que tu vas faire en m'attendant ? Tu as quelque chose à lire ? »

Isabelle secoua la tête. « Allez, va. »

En regardant sa fille traverser le parking (comme le short bleu marine de Sears était chic avec ce chemisier blanc), Isabelle reconnut soudain dans sa démarche un certain flottement qu'elle avait déjà toute petite. Malgré la gracieuse symétrie de ses jambes qui s'éloignaient, le pied droit rentrait un peu à l'intérieur à chaque pas ; depuis toujours, ce défaut presque imperceptible trahissait chez elle la timidité, tel un chuchotement : « J'ai peur. » Isabelle en eut un petit frisson, tant la superposition des deux images était déconcertante ; le dos de cette grande personne tenant à la main une corbeille de fleurs, et la petite fille aux boucles blondes s'en allant vers la maison d'Esther Hatch, ses doigts menus serrés sur une tête de poupée en plastique.

Personne ne demanda rien à Amy. Dans les couloirs silencieux, des infirmières à l'air somnolent, indifférent, lui indiquèrent le chemin d'un geste vague.

Stacy était seule. Adossée à une pile d'oreillers dans son lit, elle avait une expression de vacuité et d'attente qui se mua en stupéfaction à la vue d'Amy. « Salut ! s'écria-t-elle. Oh, ça alors ! » Elle tendit les bras comme une enfant demandant qu'on la soulève de terre, et la corbeille de fleurs faillit être écrabouillée dans la mêlée d'embrassades et de rires nerveux, mais elle en réchappa de justesse et parvint saine et sauve sur les genoux de Stacy. Celle-ci la contempla avec des yeux brillants.

« Ce que c'est joli, Amy ! »

Elles examinèrent ensemble le jardin miniature, la vigueur des œillets d'Inde, la fragile réticence des jacinthes des bois. « C'est ma mère qui l'a préparée pour toi, dit Amy.

— *Ta mère ?* »

Amy hocha la tête.

« Merde, ça c'est plutôt surprenant. »

Amy hocha de nouveau la tête.

« Les parents sont des gens vachement bizarres. » Rêveuse, Stacy posa lentement la corbeille sur la table de chevet. « Les miens ont été vraiment adorables quand j'ai eu les contractions, et puis cet après-midi, je commençais à m'emmerder, parce que ces enfoirés de toubibs vous obligent à rester ici pendant trois jours, alors j'ai demandé à mes vieux si je pouvais louer une télé et ils m'ont dit non.

— Comment ça se fait ?

— Va savoir. Regarde, on m'a bandé les seins. » Stacy ouvrit son peignoir d'hôpital pour montrer à Amy, sous sa chemise de nuit, la bande de linge blanc enroulée autour de sa poitrine. « Ça fait un mal de chien.

— C'est tes *parents* qui t'ont fait ça ?

— Mais non, les infirmières. À cause du lait ou je sais pas trop quoi. »

Amy détourna la tête et regarda autour d'elle. La

chambre était anguleuse, aseptisée, décevante. Elle s'assit sur le bord d'un siège de vinyl bleu rangé contre le mur, mais Stacy protesta : « Non, non. Mets-toi là », en tapotant le lit et en poussant ses jambes sur le côté.

Amy obéit. « Tu as l'air toute pareille, dit-elle en scrutant son amie. Mais on croirait que tu es encore enceinte. » À travers le drap, on distinguait la rondeur du ventre.

« Oui, je sais. C'est l'utérus qui met un bout de temps à redescendre, un truc dans ce genre. J'en chie avec ces douleurs que j'ai, comme des règles, tu peux pas croire. Tout à l'heure, j'avais besoin de faire pipi, alors on m'a mise sur le bassin et y a tout un paquet plein de sang qui est sorti, gros comme un pamplemousse. Je croyais que j'allais mourir, mais l'infirmière a dit que c'était juste le placenta. Ça doit être ce truc que bouffent les chats. Enfin, quoi, tu vois, si j'étais une chatte... »

Elles gardèrent le silence quelques instants. Puis Amy observa : « Une veine que tu sois pas une chatte.

— Ouais. » Stacy se mit à tripoter un bouton qui déclenchait un bourdonnement quand elle appuyait dessus, et la tête du lit se releva. « Voilà, dit-elle en se poussant encore un peu, presque assise à présent, pour qu'Amy puisse s'asseoir (ou se coucher à moitié) à côté d'elle.

— Laisse-moi essayer. » Amy pressa le bouton à son tour et leurs torses s'abaissèrent. Elle appuya de nouveau et elles remontèrent. « Où sont tes parents ? demanda-t-elle.

— À la maison, j'imagine. Je crois que ma mère a picolé toute la journée. » Le regard de Stacy fixait les pieds d'Amy. « Elle a été super-sympa, et puis elle s'est endormie dans ce fauteuil. Mon père l'a traînée pour rentrer, elle est partie en titubant. Je crois qu'elle était vraiment beurrée. »

Amy pressa le bouton et leurs pieds s'élevèrent lentement. « Je savais pas que ta mère buvait. La mère de Mr. Robertson était alcoolique.

— Qui c'est, Mr. Rob... Ah, ouais, le prof remplaçant. Non, ma mère, elle boit seulement dans les grandes occasions. »

Amy rabaissa leurs pieds et elle regarda le plafond, revêtu d'une espèce de carton blanc percé de petits trous. « Quelqu'un a mis Paul au courant ?

— Oui, maman l'a prévenu. Il voulait venir à la clinique mais on lui a dit pas question.

— Je l'ai rencontré, l'autre jour. Il m'a emmenée faire un tour dans sa nouvelle voiture. »

Stacy balaya l'air d'un geste las. « Paul..., fit-elle. J'ai pas envie de penser à Paul.

— Okay. » Amy avait toujours les yeux levés au plafond. « J'ai arrrêté de bosser à la fabrique. Le patron, ce connard d'Avery Clark, il peut pas me sentir, alors il a dit qu'ils n'avaient plus de quoi me payer. Si tu savais la dégaine qu'il a, Stacy ! Le type le plus emmerdant de la terre. Rien qu'à le voir, tu devines qu'il a jamais fait l'amour sauf peut-être une ou deux fois dans sa vie, pour avoir un enfant.

— Tu risquerais d'être surprise, rétorqua Stacy. Les gens sont bizarres. Ils cachent des tas de secrets, on s'en douterait jamais. Mon père avait un patient, dans le temps — avant de venir à Shirley Falls —, qui était le modèle de M. Tout-le-monde. Il était banquier, un truc comme ça. Et il payait des putes de luxe rien que pour se mettre à poil et faire rouler un œuf le long du couloir jusqu'à lui. »

Amy tourna la tête vers Stacy.

« Bizarre, hein ? enchaîna celle-ci. C'était pas pour les baiser, seulement faire rouler un œuf tout le long du couloir. J'ai entendu mon père raconter ça à maman, un soir.

— Je croyais que les psys n'étaient pas censés répéter ce qu'on leur dit.

— Foutaise ! Leur fais jamais confiance. J'aime bien tes sandales. Je les ai toujours trouvées super. »

Elles contemplèrent toutes deux les pieds d'Amy. « Moi, je les ai toujours détestées. Je déteste toutes mes fringues. Et en premier ce short ringard de Sears ; ma mère m'empêche de mettre un jean coupé.

— Les fringues..., dit Stacy d'un ton songeur. Je vais bientôt pouvoir me saper normalement.

— Je déteste ma mère, lâcha Amy, soudain submergée par l'horreur de son short. Bon, c'était gentil de sa part de t'arranger cette corbeille de fleurs, mais à part ça elle est vraiment tordue. Je la déteste.

— Ouais, acquiesça Stacy d'un ton désinvolte. Moi aussi, je déteste ma mère. » Elle regarda Amy. « Tu sais quoi ? murmura-t-elle. Une des infirmières m'a laissé prendre le bébé dans mes bras. J'aurais pas dû, en principe, mais ce matin, au petit jour, une des infirmières de nuit me l'a amené en douce et elle m'a laissée le prendre. »

Les yeux bleus d'Amy plongèrent dans ceux de Stacy.

« Il est magnifique, poursuivit Stacy à voix basse. En partant, mate à travers la vitre dans la nursery. Il est dans la rangée du fond, le coin à droite. C'est l'infirmière qui me l'a dit. Tu sauras lequel c'est parce qu'il a plein de cheveux roux. » Stacy secoua la tête. « Il est vraiment beau. »

Elles roulaient en silence. « Stacy va très bien », avait dit Amy en remontant en voiture, après quoi elle s'était tue. Elle tenait la tête tournée vers la vitre de son côté, et Isabelle ouvrit la bouche à une ou deux reprises pour dire quelque chose, mais elle y renonça. La nuit était tombée. La route passait devant des maisons, des jardins, des piscines surélevées entrevues dans la lueur brumeuse des réverbères, des phares et des fenêtres éclairées.

Où était Mr. Robertson ?

À l'approche d'une sortie, l'auto qui les précédait mit son clignotant et la petite lumière rouge continua de cligner en s'éloignant sur la bretelle. Ensuite, pendant un certain temps, il n'y eut plus que des arbres, les épicéas et les pins dressés dans l'ombre. Dans cette obscurité laiteuse, Amy gardait le silence à côté de sa mère, et elle s'imaginait nue, en train de faire rouler un œuf sur le parquet d'un long couloir où un homme d'apparence normale, en complet-veston (comme l'un des diacres qui faisait la quête au temple), se tenait accroupi avec une expression de désir éperdu. « Encore un, chuchotait-il, implorant. Fais-en rouler encore un. » Et elle se soumettait ; elle faisait ça bien, elle prenait son temps, en lui rendant son regard sans broncher. À cet instant l'odeur du fleuve afflua à ses narines ; elles entraient dans Shirley Falls.

« J'ai vu le bébé, dit-elle à Isabelle. Ce n'était pas permis mais Stacy m'a expliqué où il était, alors j'ai regardé en partant. » Elle s'abstint de raconter à sa mère que, debout derrière la vitre, elle avait murmuré une prière, appelé sur la tête rousse du bébé endormi une bénédiction dont il ne saurait jamais rien, lui confiant qu'elle l'avait vu grandir au creux du ventre de sa mère, dans leur coin du bois à l'heure du déjeuner, et qu'elle lui avait juré de l'aimer toute sa vie.

Isabelle se taisait. Elles s'enfoncèrent en silence dans les ténèbres de leur chemin d'accès.

20

Avery Clark prit une semaine de congé, comme tous les ans au mois d'août. Il louait toujours le même bungalow au bord du lac Nattetuck, dans la montagne, pour emmener ses fils à la pêche, se baigner en compagnie d'Emma autour d'un petit ponton, faire griller des saucisses, se reposer dans un hamac de toile suspendu entre deux pins sylvestres. Chaque année, ces moments heureux étaient fixés sur une série de photos qu'Avery, avec un certain enthousiasme contenu, montrait à Isabelle après être allé chercher les tirages à la pharmacie d'en face, à l'heure du déjeuner.

Elle en avait toujours le cœur brisé. Debout devant son bureau, regardant ces images (elle les tenait soigneusement par le bord afin de ne pas risquer de marquer de son empreinte digitale le dos d'Emma embarquant dans un canoë amarré au ponton), Isabelle s'écriait : « Ah ! Avery, celle-ci est particulièrement réussie, je trouve — celle-ci, de vous », et elle souriait à la photographie d'Avery à bord d'une barque, courbé pour amener le poisson ferré au bout de sa ligne. Une perche. Elle hochait la tête en l'écoutant raconter qu'ils y étaient ce jour-là depuis deux bonnes heures sans la moindre prise. « Oh, mince, disait-elle, je vois ça d'ici ! »

À présent, en ce mois d'août caniculaire, avec le fleuve inerte qui empestait sous le ciel incolore, sa fille qui lui adressait à peine la parole, Avery lui-même qui n'ouvrait guère la bouche (le vendredi, en partant, il ne trouva rien d'autre à dire qu'un « Je vous confie la maison, Isabelle »), elle se demandait si à son retour, cette année, il lui montrerait des photos du lac. Elle savait, parce qu'elle avait entendu Bev lui poser la question, qu'il aurait comme d'habitude ses deux fils avec lui là-bas, même s'ils volaient désormais de leurs propres ailes. « Mais oui, avait-il répondu. Je pense que tôt ou tard, nous aurons aussi la compagnie de nos petits-enfants. Le lac Nattetuck est une tradition familiale.

— C'est bien, ça », avait commenté Bev, et son indifférence avait suscité l'envie d'Isabelle.

Pour sa part, elle n'avait donc eu droit qu'à ce « Je vous confie la maison », lancé d'un ton enjoué. Toutefois, une ombre fugace dans son regard avait montré qu'il savait bien que cette mission n'était pas si facile, entre les nouvelles brouilles et les anciennes qui couvaient au secrétariat, les alliances fluctuantes. Au début de l'été, Rosie Tanguay et Lenora Snibbens avaient donné des signes de réconciliation, après avoir cessé de se parler pendant plus d'un an à cause d'un rêve que cette dernière avait raconté en public où Rosie se livrait à un strip-tease en plein bureau de poste (moins que le récit en soi, c'était surtout l'hilarité de Lenora qui avait offensé Rosie) ; un beau jour, du ton le plus naturel et cordial, elles étaient toutes deux tombées d'accord que la chaleur les rendait somnolentes. Mais l'ovni de Dottie Brown avait ressuscité leur animosité.

Rosie n'était pas la seule à qui Lenora semblait avoir envie de s'attaquer. Pour des raisons indéterminées, outre l'idée en soi de l'irruption d'un ovni, elle ne supportait pas que quiconque pût y croire. Il suffisait que l'une des employées, debout dans la salle à manger, regarde autour d'elle d'un air las et dise simplement : « Où est-ce que j'ai perdu mon Pepsi ? » pour que Lenora juge bon de répliquer d'un ton sarcastique : « Ça doit être un Martien qui te l'a piqué. »

Sans trop ajouter foi à l'histoire de Dottie, Bouboule et Isabelle avaient toutes deux pris le parti de la soutenir. Et toutes deux en voulaient à Lenora Snibbens de revenir sans cesse à la charge. « Elle ne pourrait pas la fermer ? » murmura Bev à l'oreille d'Isabelle, un jour qu'elles sortaient ensemble de la salle à manger. Dans le silence momentané qui s'était abattu sur le local étouffant, Lenora venait de lancer : « Tu vois toujours des soucoupes volantes, Dottie ? »

Rien à faire, c'était cruel. Superflu. On aurait pu s'y attendre de la part d'Arlene ; il y avait en elle (selon certaines de ses collègues) une pointe de méchanceté sous ses sourcils épilés. Mais une telle insistance était surprenante chez Lenora, d'habitude facile à vivre et volubile, avec ses dents en avant.

Dottie Brown s'empourpra, puis son visage se décomposa et elle fondit en larmes. Lenora martela d'un geste impatient le lino de la table. « Allez, Dottie ! Nom d'un petit bonhomme ! » Sans doute un peu dépassée par la réaction qu'elle avait provoquée, et mal à l'aise, elle ajouta fâcheusement : « Allez, Dottie ! Laisse tomber cette invention ! »

Dottie recula sa chaise et elle quitta la salle. C'est à cet instant que Bev, sur ses talons, avait murmuré à Isabelle en indiquant Lenora d'un signe de tête : « Elle ne pourrait pas la fermer ? »

C'était vrai. Lenora aurait dû se taire. S'il plaisait à Dottie Brown, ou d'ailleurs à n'importe qui d'autre, d'annoncer en venant travailler qu'elle venait de voir passer sur le pont douze kangourous blancs, eh bien, c'était leur affaire. On pouvait penser qu'elle déraillait, mais si on savait se tenir on se taisait.

Isabelle reprit sa place devant sa machine à écrire. « Je suis d'accord, Bev. Tout à fait d'accord. »

Bev se dirigea vers les toilettes pour s'occuper de sa copine, et Isabelle se mit à taper une lettre, multipliant les fautes de frappe. Elle sentait monter en elle une légère panique, telle une enseignante chargée d'un remplacement et confrontée à un brusque chahut, en l'absence du proviseur. Et si ces femmes perdaient la tête ? (Il y avait de quoi, songea Isabelle, dont la main tremblait un peu ; la chaleur était tellement insupportable.) Et si elles devenaient dingues, tout simplement, et qu'Avery, à son retour, trouve le secrétariat sens dessus dessous ? « Je vous confie la maison, Isabelle. »

Ce n'était pas dans ses attributions, au nom du ciel ! Avery était payé pour faire régner l'ordre au bureau, pas elle. Isabelle retira le feuillet de sa machine et elle recommença toute la lettre.

Aux lavabos, pendant ce temps, l'impensable se produisait : à l'effarement de Lenora Snibbens qui avait suivi Dottie Brown avec en tête l'ébauche d'une formule d'excuse, celle-ci se retourna et la frappa sur le haut de son bras nu. Le coup asséné avec le tranchant de la main ne fit pas de bruit mais provoqua le hurlement de Lenora, laquelle, après avoir reculé, s'avança de nouveau pour cracher au visage de Dottie. Ce n'était pas un gros crachat. Sous le choc, Lenora n'avait guère pu remplir sa bouche de salive, mais l'intention était manifeste, et quelques gouttelettes atteignirent les joues de Dottie qui se les frotta aussitôt avec frénésie, tout en criant à travers ses sanglots : « Espèce de sale boutonneuse ! »

En réponse à cette mise en cause de ses problèmes de peau, Lenora cracha de nouveau rageusement, ce qui n'aboutit cette fois qu'à un bruit puéril de pet produit par ses lèvres plissées.

Debout près du lavabo et témoin horrifié de la scène, Bouboule s'arracha à son saisissement pour s'interposer ; elle tonna d'une voix qu'elle n'avait plus employée depuis l'adolescence de ses filles : « Arrêtez ça tout de suite, vous deux ! »

Quelques minutes plus tard, Bev se pencha sur le bureau d'Isabelle et l'informa qu'elle raccompagnait Dottie à la maison et qu'elle-même ne reviendrait peut-être pas travailler cet après-midi.

« Bien sûr, répondit Isabelle, inquiète et n'ayant aucune idée de ce qui avait entraîné une telle décision. Vas-y, Bev. »

Lenora Snibbens regagna sa table et s'assit, les yeux pleins de larmes et muette. Un grand silence régnait sur le secrétariat. On n'entendait que le ronflement des ventilateurs aux fenêtres, et même leur son semblait étouffé, comme s'ils se tenaient sur leurs gardes. De temps à autre, une chaise grinçait, une porte d'armoire se fermait doucement. À deux reprises, Lenora se moucha.

Du coin de l'œil, Isabelle aperçut dans le couloir Bev qui lui adressait de grands gestes. Elle prit son sac à main dans le tiroir de son bureau et la rejoignit discrètement, comme si elle se rendait simplement aux toilettes.

La voiture de Bev refusait de démarrer. C'était dû à la température, soupçonnait-elle, toute la journée à rôtir au soleil. D'ordinaire, elle la garait sous l'arbre, dans le coin, mais aujourd'hui la place était déjà prise. Tout ça n'avait aucune importance, s'empressa-t-elle de préciser (sa main grassouillette essuya la sueur sur sa lèvre), sinon qu'elle avait Dottie là-bas dans la voiture et qu'il fallait d'urgence la ramener chez elle. Personnellement, elle pensait que Dottie faisait une dépression nerveuse, mais il s'agissait pour le moment de la raccompagner. Quand elle lui avait dit qu'elle allait appeler Wally à son boulot...

Isabelle l'interrompit. « Bon. Allons-y. »

La chaleur faisait vibrer l'air devant le pare-brise lorsqu'elles sortirent du parking. Assise à l'avant à côté d'Isabelle, Dottie avait le visage vide de toute expression. À l'arrière, les jambes écartées, Bouboule laissait pendre sa main à l'extérieur par la vitre baissée, une cigarette entre les doigts. Isabelle conduisait avec application, comme si elle avait à faire preuve de son aptitude. Cela lui rappelait les quelques occasions, quand Amy était petite, où elle avait fait le chauffeur bénévole lors d'excursions scolaires, le sentiment écrasant de responsabilité qu'elle avait éprouvé au volant de toute une voiturée de gosses fatigués et agressifs.

« Je l'ai frappée, dit Dottie d'une voix atone, en se tournant à moitié vers elle.

— Pardon ? » Isabelle mit son clignotant. L'auto qui la suivait la collait de trop près ; elle détestait ça.

« J'ai frappé Lenora. Aux lavabos. Bouboule te l'a dit ?

— Non. Seigneur ! » Isabelle jeta un coup d'œil dans le rétroviseur ; elle croisa le regard de Bev qui avouait sa défaite. « C'est vrai ? Tu l'as frappée ? »

Dottie fit signe que oui. « Je l'ai cognée sur le bras. » Elle se tapota le haut du bras pour montrer à quel endroit, puis elle se mit à chercher ses cigarettes dans son sac.

« Eh bien... » En tournant à droite au carrefour, Isabelle réfléchissait. « Il arrive qu'on soit poussé à bout, conclut-elle avec une générosité inattendue.

— Alors Lenora lui a craché à la figure, intervint Bev à l'arrière, comme encouragée par l'attitude tolérante d'Isabelle.

— Oh, grands dieux ! »

Dottie rompit le silence en soupirant. « On ne peut pas le lui reprocher. Je l'avais frappée.

— Mais ce n'est pas pareil, dit Isabelle qui ne se sentait guère plus assurée au volant en pensant à ces femmes qui se tapaient et se crachaient dessus. Frapper, ça paraît différent, je ne sais pas au juste pourquoi. Ce n'est pas bien, évidemment, ajouta-t-elle en hâte, l'esprit à nouveau traversé par l'image de sa voiturée de petits enfants, tandis qu'elle s'engageait sur la route menant chez Dottie. Mais, au moins... » Elle hésita, cherchant ses mots. « Au moins, c'est propre. Tandis que cracher... Non, vraiment !

— Dottie l'a traitée de boutonneuse, l'informa Bev, et Dottie hocha la tête d'un air sombre pour le confirmer.

— D'espèce de sale boutonneuse », précisa-t-elle. Elle aspira une longue bouffée.

« Oh, mon Dieu ! » Isabelle redoubla de vigilance sur la pente de cette route étroite et rurale. « Mon Dieu ! répéta-t-elle.

— La prochaine à gauche », indiqua Dottie.

Le long chemin d'accès serpentait en descendant vers le fleuve. C'était un coin agréable, avec des prés tout autour et des bouquets d'érables devant la maison. Une maison héritée de sa famille, Isabelle le savait ; Dottie n'aurait pas eu les moyens de se l'offrir. Le bâtiment avait besoin de réparations, remarqua-t-elle en s'arrêtant devant la porte d'entrée. La rambarde du perron s'effondrait d'un côté ; la peinture grise avait commencé à s'écailler longtemps avant cet été. Isabelle en fut affligée, ainsi qu'à la vue d'un camion rouillé enfoui dans les hautes herbes un peu plus loin, d'où il ne devait pas avoir bougé depuis des années.

« On pourrait rester tranquilles un petit moment ? dit Dottie en jetant à Isabelle un coup d'œil timide et interrogatif.

— Bien sûr », dit Isabelle. Elle coupa le contact.

Elles restèrent donc assises dans la touffeur de la voiture. La transpiration perlait sur le visage de Dottie, et Isabelle, en la dévisageant discrètement, observa soudain : « Dottie, tu as maigri. » En faisant cette remarque, c'était elle-même qu'elle voyait, ce bras sur lequel flottait la manche courte ; elle s'en était aperçue récemment en surprenant son reflet dans la vitrine de l'A&P.

Dottie inclina la tête d'un air indifférent.

« Je croyais qu'on grossissait, après une hystérectomie, dit Bev du fond de la voiture. Quand j'ai fait stériliser Chippie, elle est devenue ronde comme un ballon. »

Dottie appuya la nuque en arrière contre le dossier, comme si elle occupait avec résignation un fauteuil de dentiste. « Stérilisée... On m'a stérilisée, dit-elle. Oh, misère. » Elle se mit à balancer lentement la tête d'avant en arrière.

« Dottie ! Je suis vraiment désolée. » Bev jeta son mégot sur le gravier du chemin et elle se pencha pour toucher l'épaule de son amie. « Merde, qu'est-ce qu'on peut sortir comme bêtises ! Pardon pour le gros mot », ajouta-t-elle à l'intention d'Isabelle.

Isabelle fit un petit signe, un petit mouvement de la bouche qui signifiait : ne sois pas ridicule, Bev ! Par pitié, emploie tous les mots que tu veux. (Même si c'était vrai que le mot « merde » lui déplaisait.)

Mais Dottie s'était mise à pleurer. « C'est pas grave, dit-elle avec des larmes qui lui coulaient le long du nez. Ça ne me fait rien, je t'assure.

— Oh, bon sang ! Je m'en veux à mort », répondit Bouboule, sincèrement consternée d'avoir usé du mot *stériliser*. La sueur lui inondait le cou et le visage. Elle recula sur la banquette en écartant de sa peau le devant de son chemisier. « Dottie Brown, tu avais besoin de cette opération. Tu ne pouvais pas continuer comme ça, à te vider de ton sang tous les mois. Ce kyste que tu avais là-dedans était gros comme un melon. »

Dottie balançait toujours la tête contre le dossier de son siège. « C'est pas ça, dit-elle. Il y a autre chose. »

Bev et Isabelle échangèrent un coup d'œil, puis toutes deux regardèrent dehors, s'examinèrent les ongles, tout en guettant Dottie ; elles attendirent patiemment. De crainte que Dottie ne ravale ses paroles, Bev n'osait pas ouvrir la portière de la voiture, malgré la transpiration qui lui inondait les jambes sous son pantalon. Quand viendrait le moment de descendre de voiture, elle aurait l'air d'avoir mouillé sa culotte, pensa-t-elle.

« C'était peut-être un rêve, reprit enfin Dottie. Je ne suis pas vraiment sûre de l'avoir vu. Je venais de lire que quelqu'un, du côté de Hennecock, affirmait avoir vu un ovni, et puis je me suis endormie. Ce fameux jour, dans le hamac. C'était peut-être un rêve. »

De nouveau, Bev se pencha en avant. « Ça ne fait rien. Des fois, les rêves, c'est plus vrai que nature. » L'aveu de Dottie lui procurait un soulagement immense, mais Isabelle, qui de là où elle était voyait mieux le visage de cette dernière, se sentit parcourue d'un mauvais pressentiment.

« Tout va bien », répétait Bouboule en tapotant l'épaule de son amie.

Dottie ferma les yeux. Ses paupières bombées donnèrent à Isabelle une impression de nudité, comme si c'était une partie très intime de son corps qui se trouvait ainsi révélée. « Non, ça ne va pas, dit-elle.

— Personne n'y pensera plus, insista Bev. C'est la chaleur qui nous rend maboules. D'ici quelques semaines, personne n'en parlera plus. Ces abruties au bureau se trouveront autre chose... »

Isabelle leva la main pour la faire taire. Dottie avait toujours les yeux fermés ; elle balançait maintenant tout son corps d'avant en arrière. Isabelle échangea avec Bev un regard alarmé ; puis elle se rapprocha de Dottie et prit son maigre poignet dans sa main.

« Qu'est-ce qui se passe, Dottie ? » murmura-t-elle.

Celle-ci souleva ses paupières et regarda Isabelle. Sa bouche s'ouvrit, puis se referma ; deux filets blancs de salive adhéraient à ses lèvres. Elle recommença à ouvrir la bouche et à la refermer, puis secoua de nouveau la tête. Isabelle faisait lentement glisser sa main le long du bras de la malheureuse, de bas en haut et de haut en bas.

« Ne t'inquiète pas, Dottie, murmura-t-elle encore. Tu n'es pas toute seule. Nous sommes là. » Pour sa part, c'était ce qu'elle craignait par-dessus tout : rester seule avec un chagrin. Mais pourquoi éprouvait-elle le besoin de rassurer Dottie Brown, pourquoi, après l'avoir côtoyée depuis des années en maintenant entre elles une distance polie, se retrouvait-elle tout d'un coup en une posture aussi intime, à caresser le bras de cette pauvre femme dans une voiture transformée en four, un après-midi de semaine où elle aurait dû être au bureau ? En tout cas, ses paroles eurent apparemment de l'effet, elles semblèrent libérer Dottie d'un blocage, car celle-ci arrêta de secouer la tête et se mit à sangloter doucement. Au bout de quelques instants, elle s'essuya le visage avec les doigts d'un geste enfantin. « Vous avez de quoi écrire ? » demanda-t-elle.

Aussitôt, Bev et Isabelle fourragèrent dans leur sac et, à elles deux, elles ne tardèrent pas à rassembler un stylo, une vieille enveloppe et un mouchoir en papier qu'elles remirent entre les mains mouillées de Dottie.

Tandis qu'elle écrivait, Isabelle glissa un regard de connivence à Bouboule, laquelle inclina légèrement la tête comme pour dire qu'elles étaient sur la bonne voie ; cette terrible angoisse, cette espèce de douloureux accouchement allaient enfin déboucher... sur quoi ?

Ayant fini d'écrire, Dottie alluma une cigarette, puis elle tendit l'enveloppe à Isabelle, qui ne voulait pas se substituer à Bev en tant que « vraie amie » et prit donc soin de tenir le papier de façon qu'elles puissent lire toutes deux en même temps. Ce fut vite fait.

Bev étouffa une exclamation ; un frisson glacé parcourut son corps baigné de sueur. Isabelle, le cœur battant à tout rompre, plia l'enveloppe en quatre comme pour cacher les mots scandaleux. Les larmes ruisselaient sur les joues de Bev. « Je le déteste, dit-elle tout bas. Désolée, Dottie, mais je le déteste. »

Dottie pivota pour la regarder.

« Désolée, répéta Bouboule. C'est ton mari, je le connais depuis toujours, et tu es ma meilleure copine alors j'ai pas le droit de dire ça, je devrais pas le dire, mais ça m'en empêchera pas. Je le déteste.

— T'en fais pas, répondit Dottie. Moi aussi, je le déteste. » Elle se remit d'aplomb sur son siège. « Sauf que j'y arrive pas. »

Isabelle se taisait. Elle fixait le tableau de bord, le cadran de la radio. Elle n'ignorait pas que Dottie avait trois fils. Ils devaient avoir autour de la vingtaine ; ils avaient quitté le foyer familial. Elle se souvenait que l'un d'entre eux était parti vivre à

Boston et qu'il envisageait d'épouser sa petite amie. À travers le pare-brise, Isabelle contempla la bâtisse qui se dressait devant elle et se représenta Dottie dans le passé, en jeune mère de famille, avec une maison pleine de bruit et d'activité, les Noëls qu'ils fêtaient tous les cinq (non, au moins six, Bea Brown devait être souvent là), tant de tâches à accomplir pour Dottie.

« C'est toute ta vie », lui dit-elle.

Dottie la regarda avec tristesse, et Isabelle crut lire dans ses yeux bleus humides une extraordinaire lucidité. « Exactement, répondit-elle.

— Et il a fait ça pendant que tu étais à l'hosto, dit Bev d'un ton d'horreur contenue. Oh, ma Dottie ! C'est affreux.

— Oui. » La voix de Dottie avait pris un timbre lointain, comme détaché, mais sans doute était-ce simplement de l'épuisement.

Bouboule elle-même se sentait mal. « Entrons, dit-elle en ouvrant enfin la portière. Si on reste ici dans cette chaleur, on va crever. » Elle le pensait vraiment ; elle avait pleinement conscience de certaines vérités concernant son état de santé : elle était trop grosse et elle fumait ; elle ne prenait jamais d'exercice ; elle n'était plus toute jeune et, par cette température oppressante, elle venait d'avoir un choc. Ça n'aurait rien eu de surprenant qu'elle s'effondre et meure à l'instant même, et dans ce cas, songea-t-elle amèrement en se hissant hors de la voiture et voyant fourmiller des petits points noirs devant ses yeux (comme prévu, sa culotte était bel et bien mouillée), ce serait la faute de Wally Brown.

Oh, ce qu'elle se sentait mal !

« Ça m'est égal de mourir, dit Dottie de la même voix lointaine, sans bouger de son siège.

— Je sais. » Bev ouvrit la portière à l'avant pour l'empoigner par le bras. « Mais plus tard, peut-être que tu le regretterais. Et en plus... » Les larmes de Bev se remirent à couler tandis qu'elle sentait la maigreur de ce bras, le poids si léger de ce corps, qu'elle voyait les yeux rougis de cette amie de si longue date, et que c'était soudain la mort de Dottie, au lieu de la sienne, qui lui paraissait possible et proche. « En plus, tu me manquerais horriblement, Dottie Brown. »

Isabelle était gênée. Elle se demandait si elle était censée entrer dans la maison, ou si, plus vraisemblablement, Bev allait tout prendre en charge à partir de maintenant. Pourtant, cela semblait impoli de simplement s'en aller après avoir été témoin de quelque chose d'aussi intime.

Debout à côté de Bouboule, Dottie regarda Isabelle par la vitre baissée. « Entre à la maison, dit-elle. Ça me ferait plaisir.

— Oui, Isabelle ! enchaîna Bouboule. Bien sûr que tu viens avec nous. »

La vue de la cuisine la troubla ; sa première réaction fut confuse. D'une part, c'était une pièce charmante ; par la grande fenêtre au-dessus de l'évier on voyait au loin la claire étendue des prés, et, au premier plan, sur le rebord, une rangée de géraniums. Sur une étagère, une série de chopes décorées à la main avait un caractère familier et accueillant, tout comme le fauteuil à bascule près d'une bibliothèque encombrée sur laquelle retombaient les longues tiges d'un philodendron. Le chat gris assoupi sur le fauteuil avait aussi sa place dans le tableau, et pourtant Isabelle ne pouvait réprimer une légère répulsion. D'abord, elle flairait une mauvaise odeur, et, en effet, la caisse du chat était là (son bref coup d'œil lui imprima sur la rétine l'image de crottes brunes dans la litière granuleuse — comment pouvait-on vivre avec ça dans sa cuisine ?). Ensuite, elle était presque aussi mal à l'aise de constater qu'il y avait des trous dans le plâtre des murs. Et des lambeaux de papier peint. Cet endroit devait être en travaux, se dit-elle en regardant discrètement autour d'elle, mais ni Dottie ni Bev n'y faisaient allusion.

Dottie était allée tout droit au fauteuil à bascule d'où elle avait éjecté le chat pour s'y asseoir avec une sorte de détermination, allumer une cigarette et jeter l'allumette dans l'un des pots de géraniums. « Il y a du thé glacé dans le frigo », murmura-t-elle en fermant les yeux et en soufflant la fumée.

Bouboule, qui se sentait visiblement chez elle (Isabelle l'enviait, elle enviait l'intimité qui permettait de se déplacer dans la cuisine d'une amie comme si c'était son propre territoire), remplit un verre de thé glacé qu'elle tendit à Dottie. « Bois, ordonna-t-elle. Il faut te réhydrater, Dot. » Celle-ci ouvit les yeux et prit le verre d'un geste las.

« Il me dit de penser à tous les bons moments qu'on a passés ensemble. » Elle avait un air égaré. « Mais il ne comprend pas. C'est fini, les bons moments. C'est fini, les bons souvenirs.

— Évidemment. » Bev s'interrompit le temps de poser un verre devant Isabelle, avec un bref regard autoritaire qui signifiait qu'elle aussi, il fallait qu'elle boive pour sa santé. « Pour moi, c'est clair. Évidemment. C'est bien d'un homme, ça, de ne pas le comprendre. Des arriérés, tous autant qu'ils sont. »

Isabelle avala une gorgée de thé. (Il manquait de sucre, mais il n'était pas question d'en réclamer.) Au bout d'un instant, elle prit lentement la parole. « Je conçois que ça te gâche tous tes souvenirs. » Oui, elle le concevait aisément. Dieu sait qu'elle concevait de quelle façon toute une vie pouvait être anéantie, comme l'était celle de Dottie en ce moment même, presque sous les yeux d'Isabelle. C'était ce qu'elle avait eu à l'esprit, en fait, quand elle avait dit à Dottie dans la voiture : « C'est toute ta vie. » Et c'était pour cela qu'une telle lucidité avait percé en réponse dans les yeux bleus de Dottie, parce que c'était vrai. Toute une vie bâtie en compagnie de cet homme, pierre à pierre, année après année... pour en arriver où ?

« Tu dois te sentir dévastée », ajouta-t-elle à mi-voix, s'attirant de la part de Dottie un regard de sincère gratitude ; mais Isabelle songeait soudain à autre chose, elle se représentait quelque chose qui ne lui était jamais apparu (ou pas vraiment) : une femme, une mère, dans sa cuisine en Californie par une chaude journée d'été, occupée peut-être par ses projets de week-end, faisant un gâteau pour son mari, menant l'existence normale qui était la sienne depuis de longues années ; la sonnerie du téléphone, et l'édifice de sa vie qui s'effondrait.

Isabelle se toucha la bouche ; la sueur perlait sur son visage, lui trempait les aisselles. En regardant Dottie terrassée dans son fauteuil à bascule, elle eut le sentiment d'assister de ses yeux à une catastrophe, de voir les décombres d'une demeure, comme si la terre venait de trembler.

Mais il ne s'agissait pas d'un tremblement de terre, ce n'était pas la « volonté divine ». Non, on ne pouvait pas tenir Dieu pour responsable de ces désastres-là. C'étaient les gens ordinaires, les gens de tous les jours qui étaient en cause. Les gens qui se détruisaient les uns les autres. Ils s'emparaient simplement de ce qu'ils désiraient, comme cette Althea, employée à l'Acme Tire Company, avait désiré Wally Brown et l'avait eu.

Isabelle décroisa les jambes d'un geste si brusque que la chaise à côté d'elle faillit tomber, et, en plongeant pour la saisir et la redresser, elle jeta aux deux femmes un bref regard d'excuses. Althea avait vingt-huit ans, songeait Isabelle, une personne adulte, en âge de savoir quels dégâts pouvaient causer ses actes. Est-ce que cela ne changeait rien ?

« On était amis, Wally et moi, disait Dottie d'un

ton désemparé. C'est ce que je lui ai dit. Wally, je lui ai dit, je sais qu'on a eu des accrochages, depuis le temps qu'on est mariés, mais j'ai toujours cru qu'on était amis.

— Qu'est-ce qu'il a répondu ? » s'enquit Bev. Elle buvait de la bière, à la canette. Elle pencha la tête en arrière pour en avaler une nouvelle lampée, puis posa la boîte sur la table et la fit lentement tourner dans sa main.

« Il a répondu que j'avais raison, qu'on était amis. » Dottie conjura du regard Isabelle et Bev. « Mais des amis ne peuvent pas se faire des choses pareilles.

— Non, dit Bouboule.

— Non, dit Isabelle avec moins de force.

— Alors, c'est qu'on n'était pas amis.

— Je ne sais pas, soupira Isabelle. Je ne suis sûre de rien.

— Moi non plus, je ne suis sûre de rien », conclut Dottie.

Dans ce cas, vous êtes deux idiotes, faillit répliquer Bev. Parce que je ne vois pas où est le mystère. Il y a des hommes et il y a des femmes (elle avait devant les yeux l'image d'Althea, pâle et élancée) qui sont simplement des tas de merde. Mais elle se tut ; elle finit sa bière et elle alluma une cigarette.

21

Il faisait toujours aussi chaud, et la nature demeurait incolore, ou du moins n'était pas colorée comme on pouvait l'attendre à cette saison. Sur le bord de la route, les verges d'or avaient l'air sale et fatigué, d'un orange terne dans la mollesse de leurs tiges affaissées. Les prés envahis de marguerites semblaient rouillés là où les pétales s'étaient flétris, parfois avant même de s'ouvrir, ne laissant qu'un bouton brunâtre au bout d'une tige poilue. Les éventaires de légumes rivalisaient entre eux en proclamant « MAÏS À VENDRE ! » sur des pancartes peintes à la main, même si les épis entassés dans de vieilles corbeilles n'étaient souvent guère plus gros qu'un cornichon, si bien que les automobilistes qui s'étaient arrêtés pleins d'espoir restaient là à les tripoter d'un air gêné. Il y avait quelque chose de vaguement obscène et inquiétant dans l'incapacité de ces épis de maïs, au creux de leur enveloppe vert pâle, à atteindre leur volume normal. Soit les clients les achetaient quand même, soit ils y renonçaient ; soit les femmes de cultivateurs faisaient des commentaires, soit elles se taisaient ; soit la vie allait continuer, soit elle cesserait ; les gens étaient fatigués de tout ça. Ils étaient fatigués et ils avaient trop chaud.

Mais par instants, toutes vitres baissées, un souffle d'air passait sur les sièges avant de la nouvelle voiture de Paul Bellows, surtout lorsqu'il roulait avec Amy le long de petites routes bordées des deux côtés d'épicéas et de pins ; on sentait même parfois une brise fraîche et humide, une bouffée d'odeur de terre et d'aiguilles de pin qui procurait à Amy un étrange élancement dans le bas-ventre. Bien sûr, c'était de la présence de Mr. Robertson qu'elle avait envie.

Pourtant, elle était impressionnée par la liberté que Paul lui faisait découvrir, par sa façon de se balader au hasard. Et il était gentil avec elle. « Tu aimes les doughnuts ? lui demanda-t-il un jour.

— J'adore les doughnuts », répondit Amy.

Il avait des sourires francs de petit garçon qui semblaient toujours un peu décalés, comme s'ils avaient un temps de retard. Cela se retrouvait dans la plupart de ses réactions — un léger hiatus, une pause imperceptible — et c'était ce qui empêchait une véritable intimité entre eux. À la place, ils avaient une sorte d'arrangement tacite : il était entendu que chacun d'eux songeait à quelqu'un d'autre.

Dans une cafétéria sur le rond-point en lisière de la ville, Paul fumait une Marlboro et buvait du café en regardant, avec son sourire aimable et décalé, Amy finir de manger son second beignet. Comme les Marlboro étaient trop fortes pour elle (elle frissonnait en avalant la fumée), il lui acheta à la caisse un paquet de la marque qu'elle fumait naguère avec Stacy dans le bois, et il lui proposa de les laisser dans sa boîte à gants, puisqu'elle n'osait pas les ramener à la maison de crainte que sa mère ne les trouve.

« Je peux te rembourser, dit-elle.

— T'inquiète pas. » Il lui effleura le dos tandis qu'ils traversaient le parking.

Dans la voiture, avant de tourner la clé de contact, il prit une boîte sous le siège, une boîte à cigares à l'ancienne, avec un couvercle à charnières. « Regarde ça », dit-il, et elle se pencha vers lui. Le coffret était plein de monnaies étrangères et de bijoux, mais ce qui retint l'attention d'Amy, c'était une paire de pendants d'oreilles en or ; l'attache soutenait une étroite bande incrustée de perles et de pierres vert pâle, avec une pierre rouge au bas, si bien que les boucles ressemblaient à de ravissants points d'exclamation.

« Oh, elles sont magnifiques ! dit Amy en les prenant dans ses mains pour les contempler.

— Tu les veux ? demanda Paul. Je te les donne. »

Elle secoua la tête et remit les boucles d'oreilles dans la boîte à cigares. « D'où ça te vient, tout ça ? »

Comme il ne répondait pas, se bornant à sourire à moitié, les yeux baissés sur son petit trésor, elle se rendit compte qu'il devait l'avoir volé.

« Tu t'y connais en monnaies anciennes ? dit-il enfin en sortant une pièce. Enfin, je sais pas ce que c'est au juste. »

Elle la prit par politesse et la retourna au creux de sa paume. « Non, je n'y connais rien. »

Il récupéra la pièce de monnaie, y jeta un coup d'œil indifférent puis la laissa tomber dans le coffret. « Je pensais que je pourrais les vendre, mais qui c'est qui achète ces trucs-là ?

— Va voir à Boston, suggéra Amy. Là-bas, tu trouveras peut-être à qui t'adresser. »

Il fixait la boîte sur ses genoux. Une lassitude marquait son visage, comme si le contenu était un fardeau. « Tu veux pas de ces boucles, t'es sûre ? insista-t-il. Elles t'iraient vachement bien. »

À nouveau, elle fit un signe de dénégation. « Je

n'ai pas les lobes percés, expliqua-t-elle. Il faut avoir les lobes percés pour les mettre.

— Ah, ouais ! » Il examina tour à tour les boucles et l'oreille d'Amy, en se penchant pour mieux voir. « Comment ça se fait ? T'as peur d'avoir mal ? » Il posait vraiment la question, sans aucun mépris.

« C'est ma mère qui ne veut pas.

— Oh ! » Paul rangea la boîte sous le siège et il mit le moteur en marche. Puis il enfonça l'allume-cigare et tira une Marlboro du paquet ; Amy ouvrit la boîte à gants pour prendre une des cigarettes qu'il lui avait offertes. Ils attendirent le déclic de l'allume-cigare. Elle trouvait merveilleux de pouvoir agir ainsi, tout simplement en griller une quand on en avait envie.

Il lui donna du feu en premier, ainsi qu'il le faisait toujours, puis, sa propre cigarette au coin de ses lèvres pleines, il sortit du parking. Sur la route, il accéléra.

« De son point de vue, tant qu'à se faire percer les oreilles, pourquoi pas les narines, reprit Amy en haussant la voix dans le vent. Quelque chose comme ça, je sais pas trop. » Elle tira une bouffée et cracha un jet de fumée aussitôt dispersée. « C'est une emmerdeuse, conclut-elle. Ta mère aussi, c'est une emmerdeuse ? »

Paul haussa les épaules. « Non. » Il appuya le coude sur la vitre baissée et prit sa cigarette entre le pouce et l'index. « N'empêche qu'elle me tape sur les nerfs. »

Amy imita son geste.

« Stacy, elle a les oreilles percées », dit Paul après un long silence.

Lorsqu'il l'embrassa, elle n'en éprouva aucune confusion. Il s'était garé dans le chemin pour la déposer à la maison et, tandis qu'il se penchait vers elle, Amy se souvint d'avoir embrassé

Mr. Robertson à cet endroit précis. Elle ressentit une fierté fugace, assez similaire à celle qu'elle avait éprouvée, voilà des années, en obtenant ses badges de scoute — une sorte de soulagement d'en avoir un de plus.

Désormais, elle était donc une jeune fille que les hommes désiraient. Pas seulement l'un d'eux, un autre aussi : les lèvres de Paul Bellows le prouvaient en écrasant les siennes. Et elle savait quoi faire ; il n'y eut rien d'hésitant dans sa façon de fermer les yeux et d'accueillir la langue qui la pénétrait — des experts, tous les deux.

Mais c'était différent. La bouche de Paul était plus charnue, plus douce que celle de Mr. Robertson. Et elle ne s'activait pas dans l'urgence d'une exploration exigeante, c'était beaucoup plus léger, un « mélange de salives » amical. Ces mots lui vinrent à l'esprit tandis qu'ils s'embrassaient, et elle se demanda où elle avait entendu cette formule. Sans doute dans le couloir du lycée, et elle revit ce couloir, la rangée de placards en métal laqué de beige du vestiaire. Elle tourna obligeamment la tête, à la suite de Paul. Les mots « mélange de salives » resurgirent et elle se vit dans le fauteuil du dentiste, lorsqu'elle attendait que l'assistante applique dans sa bouche remplie de salive le petit tube qui servait à la pomper. La langue de Paul se retira dans sa bouche à lui et, un instant plus tard, tous deux se redressèrent.

« Tu es bien sûre que tu ne veux pas de ces boucles d'oreilles ? demanda-t-il. Tu pourrais te faire percer les lobes un de ces jours.

— D'accord. » Elle avait honte d'avoir pensé au dentiste pendant leur baiser.

Dans la soirée, assise sur le canapé, elle regarda la télé pour passer le temps. Elle avait cru qu'embrasser quelqu'un d'autre serait pareil qu'embrasser Mr. Robertson. Que ça lui ferait le même effet. Elle avait cru que le contact des bouches, des langues, des dents recommencerait à lui donner le vertige, des sensations merveilleuses. Elle avait cru que, faute de Mr. Robertson, elle pouvait le remplacer par quelqu'un d'autre.

Elle regarda par la fenêtre. Il faisait presque nuit ; le reflet de l'écran de télévision papillotait sur la vitre.

« Franchement, dit Isabelle dans son fauteuil en tirant sur sa pelote de laine, jamais je n'ai vu des choses aussi désagréables se produire au bureau. »

Amy lui jeta un coup d'œil. Elle ne la croyait pas, mais elle se mit à repenser au secrétariat. Bouboule lui manquait. Elle regrettait les bavardages paresseux, les blagues qu'échangeaient les employées.

« Déplaisantes à quel point ? » demanda Amy d'un ton désagréable.

Une autre émission commença à la télévision ; Isabelle tolérait celle-ci de plus en plus longtemps. Quand le journal s'achevait, au lieu d'éteindre comme avant, elle regardait la suite du programme. En général, Amy occupait un coin du canapé, dans la posture qu'elle avait en ce moment, les jambes repliées sous elle, le visage maussade. (« Enlève tes pieds du canapé, s'il te plaît », disait Isabelle, sur quoi elle les déplaçait de quelques centimètres.)

Ses lunettes demi-lunes sur le nez, Isabelle tricotait une couverture ; de temps à autre, le cliquetis de ses aiguilles s'interrompait, le temps qu'elle consulte les instructions données par le magazine posé près d'elle sur la table basse. Elle avait les jambes croisées et agitait un pied en permanence. Lorsqu'elle ne regardait ni sa laine ni le magazine, elle levait les yeux vers l'écran.

Amy était exaspérée. Ces lunettes ridicules, le

mouvement perpétuel du pied, le dédain affecté pour la télé alors que visiblemement sa mère suivait l'émission.

« Très désagréables, je trouve, répondit Isabelle. Dottie Brown et Lenora en sont venues à s'agresser dans les toilettes. C'est ce que j'appelle très désagréable. »

En se tripotant les orteils, Amy jeta un coup d'œil méfiant à sa mère. « Quel genre d'agression ? »

Isabelle tira sur sa laine. « Physique. »

Amy sursauta. « Tu blagues !

— Pas du tout.

— Elles se sont bagarrées dans les toilettes ?

— Oui, malheureusement.

— En se tirant les cheveux et tout ça ? »

Isabelle fronça les sourcils. « Oh, Amy ! Grands dieux, non.

— Alors, elles faisaient quoi ? Raconte.

— C'était désagréable, voilà tout.

— Allez, maman ! » Mentalement, elle revoyait les visages du secrétariat. « Je n'arrive pas à imaginer Lenora en train de cogner sur quelqu'un d'autre, reprit-elle au bout d'un instant.

— Personne n'a *cogné* sur personne, répliqua Isabelle. Lenora s'était montrée plutôt méchante, je dois dire, à propos de cette histoire d'ovni, et Dottie se sentait insultée. Apparemment, elle était tellement hors d'elle aux lavabos qu'elle a tapé sur le bras de Lenora.

— Une petite tape ? » Amy était déçue.

« Alors Lenora lui a craché à la figure.

— C'est vrai ? »

Isabelle haussa un sourcil. « Il paraît. Je n'ai pas assisté à la scène. »

Amy rumina ces informations. « C'est plutôt bizarre, conclut-elle, de la part d'une femme, de se mettre à taper sur ses collègues. Tu sais ce que je pense ?

— Qu'est-ce que tu penses ? » Isabelle avait pris un ton fatigué ; Amy fut vexée qu'elle manifeste si peu d'intérêt.

« Rien », dit-elle.

La pluie se mit à tomber pendant la nuit. Elle débuta doucement, si doucement qu'elle ne semblait pas venir du ciel, mais se matérialiser dans l'obscurité. Sorti en titubant du bar d'un hôtel de Mill Road, un noctambule se passa plusieurs fois la main devant la figure comme s'il était pris dans une toile d'araignée. Mais, dès le petit jour, des gouttes opiniâtres frappaient le feuillage des érables, des chênes et des bouleaux, et les gens qui se réveillaient toujours vers trois heures du matin — en particulier les vieillards et les anxieux — et qui souvent ne se rendormaient pas avant que le ciel commence à s'éclairer se demandèrent d'abord ce que c'était que ce bruit ; se soulevant sur un coude, s'adossant à la tête du lit, ils se dirent : « Quoi, mais il pleut, bien sûr ! » et se recouchèrent contents, ou dans l'expectative, ou alors pleins de craintes, selon leur façon de réagir aux orages, car celui-ci promettait d'être colossal, d'aller jusqu'au bout du phénomène climatique, après un été aussi accablant et humide. Les nues allaient s'entrouvrir, les coups de tonnerre allaient bousculer les masses d'air comme si l'Univers tout entier se trouvait en proie à un énorme séisme.

Au lieu de quoi la pluie tomba simplement de façon plus soutenue, martelant les toitures, les autos et les trottoirs, et les insomniaques se rendormirent profondément, car le ciel ne s'éclaira pas comme il le faisait d'habitude ; le jour resta crépusculaire. Au matin, des flaques se formaient sous les gouttières, dans les allées de gravier. La pluie ricochait lourdement sur les rambardes des galeries, sur les marches des perrons. Les gens prirent leur petit déjeuner à la lumière des lampes ou des tubes fluorescents dans la cuisine. À certains d'entre eux, cela rappelait des réveils à l'aube avant de partir en voyage, même s'ils n'allaient qu'à leur travail par cette sombre matinée du mois d'août.

Isabelle, ayant fait partie de ceux qui s'étaient réveillés en pleine nuit, avait ensuite sombré dans un sommeil profond et apaisant. Dans sa cuisine aux vitres mouillées, elle se sentait un peu molle et abrutie, comme si elle avait pris un somnifère dont l'effet ne se serait pas encore dissipé. Les doigts posés sur le flanc de sa tasse de café, elle s'étonnait d'avoir si bien dormi alors qu'en se couchant elle avait eu l'esprit tourmenté par toutes sortes de choses. C'était si étrange, ce long moment qu'elle avait passé hier dans sa voiture surchauffée avec Bev et Dottie, puis dans la cuisine de cette dernière. Étrange de penser qu'en cet instant Avery Clark se réveillait dans un bungalow au bord du lac Nattetuck. Étrange, en réalité, de penser que ses parents étaient morts tous les deux, que cette pluie tombait peut-être aussi sur leur tombe, à deux heures de Shirley Falls ; que la petite ferme où elle avait grandi appartenait maintenant à une autre famille, et cela depuis de longues années.

Étrange de penser que sa fille était en ce moment couchée dans son lit, ses membres de grande personne étalés en travers des draps, alors qu'au fil de matins innombrables (avait-il semblé), éveillée avant Isabelle, la petite Amy avait traversé le couloir dans sa grenouillère à semelles en plastique, mouillée jusqu'à l'élastique de la taille par la couche détrempée qui pendait à l'intérieur ; elle restait patiemment plantée là, si petite que sa tête arrivait à peine à la hauteur du lit, en attendant qu'Isabelle ouvre les yeux. Étrange, quand on n'avait pas soi-même la beauté en partage, d'avoir une fille si belle.

À ce tournant de ses pensées, Isabelle vida en hâte sa tasse de café. Il était temps de se secouer, de partir travailler. En se dirigeant vers l'évier, elle aperçut par la fenêtre les troncs assombris des pins que la pluie rendait luisants, et elle prit conscience d'une attente, en elle, qui perçait à travers ce sentiment d'étrangeté dont elle était baignée depuis son lever.

Qu'est-ce que ça pouvait être ? se demanda-t-elle en posant soigneusement sa tasse dans l'évier et en renouant la ceinture de sa robe de chambre. Elle ne pouvait pas être impatiente d'aller au bureau (où tout le monde perdait la tête, en l'absence d'Avery), et pourtant elle éprouvait une sorte de... le mot désir était trop fort, mais un certain empressement à faire sa toilette, à s'habiller et à sortir de la maison, comme si elle était attendue en un autre lieu où elle avait sa place.

Aucun doute, Bev et Dottie étaient devenues ses amies. Chaque fois que Dottie passait près du bureau d'Isabelle, elle lui effleurait le bras. Au déjeuner, Bouboule lui gardait une place et, à son arrivée, elle lui indiquait d'un signe la chaise qui l'attendait ; une fois assise entre Bev et Dottie, Isabelle se voyait offrir tout un assortiment de nourritures.

« Il faut vous remplumer, toutes les deux, murmura Bouboule. Alors, faites comme si on piqueniquait. » Elle étala sur la table des œufs durs, des cornichons, des bâtonnets de carottes, du poulet frit, deux paquets de biscuits et trois brownies enveloppés de papier paraffiné.

Isabelle regarda tour à tour les aliments et Bev. « Mange ! » ordonna celle-ci.

Isabelle se mit à grignoter une carotte et un cornichon. Dottie toucha l'un des œufs durs et dit qu'elle pourrait essayer de l'avaler. « Ça serait bien, répondit Bev en le lui écalant.

— C'est vrai, approuva Isabelle en essuyant la graisse du poulet sur sa bouche. C'est plein de protéines, les œufs. Mets un peu de sel dessus, Dottie, et tu n'en feras qu'une bouchée. »

Mais, arrivée à la moitié de l'œuf, Dottie commença à s'étouffer, et ce fut Isabelle qui s'en aperçut et le comprit ; elle savait avec quelle rapidité un estomac pouvait donner l'impression d'être plein, combien l'œsophage pouvait résolument se fermer, et lorsqu'elle vit Dottie contempler avec un certain dégoût la moitié d'œuf dans sa main — le jaune verdâtre et pâteux gardait les traces de ses dents —, Isabelle lui tapota le poignet avec un bâtonnet de carotte et lui suggéra doucement : « Prends ça, à la place. »

La carotte passa et Isabelle, attentive, en glissa une autre à Dottie. Bev les observait d'un air satisfait, et quand, un peu plus tard, Dottie mangea un biscuit au chocolat et dit que ça lui donnait toujours envie de boire du lait, Isabelle et Bev échangèrent un regard, et cette dernière alla d'un pas lourd en prendre un carton à l'un des distributeurs. Dottie parvint à en boire la moitié et Isabelle, qui elle aussi avait mangé l'un des biscuits au chocolat de Bev et avait envie de lait, versa le reste dans un gobelet en carton et le but, alors qu'elle détestait d'habitude partager une boisson.

Bouboule était ravie. « Je les garderai en vie, ces deux maigrichonnes, même si je dois y laisser ma peau », dit-elle en allumant une cigarette et en aspirant la fumée d'un air béat. Cette déclaration eut le don de les faire éclater de rire toutes les trois.

« On peut connaître la bonne blague ? s'enquit Arlene Tucker de l'autre bout de la salle.

— Y a pas de blague, répliqua Bev en balayant des miettes de biscuit de son ample poitrine secouée par un dernier spasme d'hilarité.

— La vie, dit Dottie Brown, qui alluma à son tour une cigarette. C'est la vie qui est une blague. » Sur quoi elles se remirent à rire, mais moins fort qu'avant.

À la maison, tandis que la pluie tambourinait sans relâche aux fenêtres, Amy regardait d'un œil morne les jeux télévisés.

À quinze cents mètres de là, debout dans l'entrée de la maison, Emma Clark tenait le téléphone d'une main et, de l'autre, elle faisait signe à Avery de porter au sous-sol le sac de linge sale ; il lui fallut claquer des doigts et tendre l'index avant qu'il ait l'air de comprendre.

« Bien sûr qu'ils s'en fichent, dit Emma dans le combiné, tout en inclinant la tête à l'adresse de son mari qui voulait s'assurer que la valise marron allait telle quelle au premier. Il n'y a que les dollars qui les intéressent. » Elle grimaça, car elle parlait avec Carolyn Errin, la femme du dentiste, qui elle-même ne s'intéressait qu'aux dollars. Mais, apparemment, Carolyn n'avait pas pris ombrage de sa remarque concernant les compagnies d'assurances : de sa voix irritée et monocorde, elle était en train d'expliquer que ces boucles d'oreilles avaient une valeur inestimable, car son père les lui avait données la veille de sa mort, et que cela, c'était sans prix (« Oui, sans prix », ponctua Emma Clark, laquelle avait mal à la tête et détestait revenir de vacances sous la pluie), et voilà que les assureurs leur annonçaient seulement maintenant que ces objets n'étaient pas couverts, alors que les boucles d'oreilles avaient été volées en mars !

« Quelle incompétence ! » s'exclama Emma en

s'asseyant sur le fauteuil noir près du téléphone et en songeant qu'Avery, tout comme elle, avait la tête ailleurs à cause de la petite amie que John avait amenée au bungalow, la brune Maureen, mince, intelligente et à mi-parcours de ses études de médecine. Très impressionnant, tout ça, mais il y avait quelque chose qui clochait.

« On ne peut jamais se fier à ce que racontent les assureurs, dit Emma à la femme du dentiste. Seulement il faudra que je vous rappelle. Avery est en train de décharger la voiture et il a besoin de moi. »

Mais Carolyn Errin avait encore une petite question à poser : comment s'était passée la visite de la nouvelle fiancée de John ?

« À merveille, dit Emma en se remettant debout et en se penchant vers le téléphone, prête à raccrocher. Une fille charmante. Elle fait ses études de médecine, vous savez. »

Eh bien, s'ils se mariaient, ils auraient à eux deux un solide revenu, dans ce cas.

« Je ne pense pas que ce soit pour demain, dit Emma. À très bientôt. »

Elle n'était pas sûre du tout que ce ne fût pas pour demain. Or, cette Maureen ne correspondait pas au parti dont elle rêvait pour son fils. Emma ouvrit la porte de la penderie pour suspendre une chemise. D'une jeune fille faisant ses études de médecine, on se serait attendu qu'elle se destine à la pédiatrie, ou à l'obstétrique pour mettre au monde des bébés. Tandis que Maureen voulait être gastro-entérologue. Emma s'assit sur le lit. Ce genre de médecins passent leur temps à regarder dans le postérieur des gens. Et ils font plus que regarder, songea Emma en posant la valise par terre.

« Dis-moi, Avery, lança-t-elle à son mari qui entrait dans la chambre, toi qui es un homme. »

Il lui jeta un regard circonspect.

« Tu consulterais une femme gastro-entérologue ? Si tu en avais besoin, naturellement.

— Oh, Seigneur ! » dit-il d'un air un peu constipé, en s'asseyant sur le lit à côté d'elle.

Emma soupira, et ils se mirent à contempler la pluie qui ruisselait sur les vitres. « Comment peut-on avoir l'idée de se spécialiser là-dedans ? » reprit Emma, en songeant à ce malaise qui les gagnait tous deux, comme si c'était tout leur avenir que venait bousculer la svelte et vigoureuse Maureen.

Mais Avery rompit le silence en disant qu'il devait y avoir une boîte de ragoût qu'ils pourraient réchauffer pour le dîner ce soir et éviter ainsi d'aller faire des courses sous la pluie. Et ils avaient tort de se tracasser au sujet de cette Maureen ; c'était une fille bien. D'ailleurs, rien ne prouvait que John allait l'épouser.

Emma se leva. « Oh, il l'épousera ! répondit-elle. Tu verras. » Elle s'abstint d'ajouter que les enfants seraient élevés par une domestique et grandiraient donc dans l'anxiété, ni que John lui-même serait un mari négligé. Non, elle ne dirait pas un mot de plus à ce sujet. Avery verrait ce qu'il verrait.

À l'autre bout de la ville, Barbara Rawley, la femme du diacre, s'assit sur son lit. La pluie martelait les vitres. De la salle de séjour, au rez-de-chaussée, montait le son de la télévision et des cris que poussait Flip, son fils, en regardant le match de base-ball.

Ce dont elle ne parvenait pas à se remettre, c'était la perte de son sein. Il n'était plus là, tout simplement.

Elle entendit son mari parler à Flip, le repose-jambes du fauteuil de relaxation couiner en se déployant. Il n'y avait que cela qui comptait : le bonheur de sa famille.

Mais tout de même. Son sein n'était plus là. Elle ne parvenait pas à s'en remettre, elle ne pouvait pas y croire. Elle ouvrit lentement son peignoir et elle regarda. Elle regarda indéfiniment. Le sein n'était plus là.

À sa place s'étirait une cicatrice rouge, saillante. Quant au sein, elle ne l'avait plus.

Le lendemain matin, la pluie faiblit un peu mais elle ne cessa pas. Les automobilistes avaient encore besoin de leurs essuie-glaces en traversant le fleuve — le chuintement rythmé du va-et-vient sur le pare-brise, l'eau qui s'étalait, qui s'effaçait, le grondement du pont sous les roues, et, au-dessous, les eaux boueuses du fleuve qui battait les rochers, rude et implacable, comme si la pluie lui avait rendu une arrogance oubliée.

D'un gris métallique inchangé depuis l'aube, le ciel s'assombrit et il se remit à pleuvoir plus fort. Quand on débouchait du pont pour s'engager dans Mill Street, on avait la vision d'un monde aquatique ; les voitures qui se mouvaient prudemment dans les rues et pénétraient sur les parkings, tels de lents poissons ; les mares qui se formaient là où les bouches d'égout étaient obstruées ; les gerbes d'eau soulevées par les camions. Sur le parking de la fabrique, les gens hâtaient le pas, coiffés de chapeaux en plastique ou bien s'abritant sous un parapluie, les épaules recroquevillées tandis qu'ils s'engouffraient à l'intérieur.

Au secrétariat, les lumières allumées jaunissaient le vieux plancher, et les fenêtres fermées à cause de la pluie donnaient à la grande salle un air hivernal, surprenant après un été qui avait paru interminable et qui, en réalité, n'était pas fini.

Avery Clark ne montra à Isabelle aucune photographie de son séjour d'une semaine au bord du lac

Nattetuck. Pas plus qu'il ne lui raconta comment s'étaient passées ses vacances familiales, sinon pour confirmer sans autre commentaire que là-bas aussi, oui, il avait plu.

« Ah, quel dommage, s'écria Isabelle sur le pas de la porte de l'aquarium.

— Alors, vous vous en êtes sortie ? » dit Avery. Il fourrageait dans un tiroir de son bureau, et lui jeta un bref coup d'œil. « Pas de problèmes, j'espère.

— Eh bien... non », répondit-elle d'une voix hésitante, en avançant de deux pas. Elle s'apprêtait à lui expliquer discrètement qu'il y avait eu un petit accroc avec Lenora lorsqu'elle vit, ou plutôt sentit que cela ne l'intéressait pas. Plus exactement, qu'il ne voulait pas le savoir.

« Bon, tant mieux. Content de vous l'entendre dire. » Il tapota des papiers sur sa table, tout en regardant son carnet de rendez-vous. « Avec ce changement de temps, je suis sûr que tout le monde se sent mieux.

— Oui, c'est vrai. Pour la plupart ; vous voyez ce que je veux dire. » À travers la paroi vitrée, Isabelle apercevait Dottie Brown, assise à sa place. Elle n'était absorbée ni par son travail ni par une conversation, et la vue de son visage à l'apparence fragile et nue, comme celui d'une enfant qui aurait été meurtrie pour toujours, fit frissonner Isabelle.

22

Une pluie fine tomba encore durant deux jours, puis le ciel se dégagea soudain au crépuscule, éclairé à l'horizon par les dernières lueurs d'un coucher de soleil qui était resté invisible. Cette nuit-là, les étoiles se montrèrent au grand complet : les anneaux d'Orion, la Grande et la Petite Ourse, les effilochures de la Voie lactée. C'était rassurant de toutes les retrouver sur l'océan profond d'un firmament tranquille.

Au petit matin, haut dans le ciel, le banc de nuages délicats ressemblait à une mince couche de glaçage sur le flanc d'une coupe de céramique bleue. Les tourterelles roucoulaient dans la lumière de l'aurore, les bouvreuils et les grives lançaient leur chant d'arbre en arbre. Mrs. Edna Thomson, la femme de l'éleveur de bétail, debout sur les marches derrière la maison, dit à la cantonade : « Écoutez-moi ces oiseaux ! » et, de fait, leur gazouillis matinal semblait vibrer plus fort dans l'air d'une douceur surprenante.

Chose étonnante, cependant, après les lamentations de l'été, très peu de gens commentaient le changement de temps. C'était peut-être parce que les choses semblaient simplement revenues à leur état normal : dix jours de pluie avaient suffi à faire reverdir les pelouses réduites à des plaques jaunies ; même l'écorce des bouleaux paraissait régénérée, tendre et propre ; les feuilles pendaient calmement dans le soleil levant.

Quand vint l'après-midi, on revit les mères de famille s'asseoir sur les marches devant chez elles tandis que les enfants couraient jambes nues sur les trottoirs. Au retour du travail, les pères furent repris de l'envie de faire un barbecue, après lequel ils passèrent la soirée à causer sur la galerie. Bref, les traditions estivales avaient retrouvé leur place, ramenant avec elles, au cours des jours suivants, le bien-être des odeurs mêlées de terre et de viande grillée, et la nostalgie chargée d'espoir que procure parfois le parfum d'herbe coupée.

Debout sur le pas de la porte de la cuisine, Barbara Rawley inhalait cette douceur en regardant son mari rentrer la tondeuse au garage ; elle songeait à toutes les femmes courageuses de ce vaste pays qui affrontaient chaque nouvelle journée avec une prothèse gélatineuse calée sous leur soutien-gorge, et se dit qu'il n'était pas impossible qu'elle aussi, elle se résigne à vivre ainsi.

Lenny Mandel, qui roulait dans Main Street en direction de l'appartement où Linda Lanier continuait de l'accueillir généreusement, se sentait capable de faire de bonnes choses ; il se voyait, dans l'avenir, l'objet de tout le respect convenant à ses cheveux gris, proviseur d'un lycée qui bénéficierait grandement de sa gestion sensible et attentive.

Cela tenait à la qualité, à la luminosité de l'air qui, le soir, s'imprégnait à présent des premières fraîcheurs de l'automne, accompagnées comme souvent d'un courant sous-jacent de vieilles aspirations et de possibilités toutes neuves. Ce fut cette atmosphère, combinée à la confiance en soi puisée dans les relations d'amitié avec Dottie Brown et Bouboule, qui donna à Isabelle l'idée d'inviter chez elle, un soir après dîner, Avery et Emma Clark.

Cette idée lui vint un beau soir tandis qu'elle finissait de rincer la vaisselle dans l'évier et remarquait avec satisfaction combien sa cuisine était avenante avec les géraniums sur le rebord de la fenêtre par laquelle on voyait la bordure d'œillets d'Inde illuminés par les derniers rayons du soleil. À peine germée, l'idée grandit, elle s'imposa et chassa tout le reste. Ce que voulait Isabelle, en fait, c'était restaurer son image aux yeux d'Avery Clark, d'où l'importance d'avoir une cuisine agréable ; elle voulait s'offrir, offrir son existence (et même sa maison) à son examen, lui dire en somme : « Vous voyez quelle propreté je suis parvenue à maintenir, Avery ? Vous voyez comment j'ai survécu à mes problèmes ? » Pourtant, une question se posait : était-il envisageable d'inviter les Clark chez elle ? Par moments, elle n'en doutait pas ; ils étaient voisins, ils fréquentaient le même lieu de culte ; ce serait un simple geste amical. Tout à fait normal.

D'autres fois, cela lui paraissait insensé. (N'était-ce pas du délire d'inviter son patron chez soi ?) Elle songea à téléphoner à sa cousine Cindy Rae, qui habitait à deux cents kilomètres, afin de lui demander son avis ; seulement, pour lui présenter la situation honnêtement, il aurait fallu raconter la petite histoire sordide dans laquelle étaient impliqués Avery et Amy — ainsi que les commérages d'Emma —, et cela, elle s'y refusait. Non, elle n'avait d'autre recours qu'elle-même, et tour à tour, tandis qu'elle tapait à la machine, elle perdait toute assurance, la retrouvait et la perdait de nouveau.

Mais un après-midi, sortant des lavabos et se trouvant à l'improviste seule dans le couloir avec Avery Clark, courbé sur le rafraîchisseur d'eau, Isabelle lâcha : « Avery, je me demandais si vous accepteriez de venir avec Emma prendre le dessert à la maison, un de ces soirs ? »

Avery se redressa et la regarda fixement, un peu d'eau au coin de sa longue bouche.

« Une idée comme ça, reprit Isabelle, gagnée par le désarroi. Je pensais simplement... » Elle leva la main comme pour empêcher sa pensée, ou la conversation, d'aller plus loin.

« Mais non, mais non. » Avery s'essuya la bouche d'un revers de main, bref et nerveux. « C'est très aimable à vous. » Il hocha la tête, si manifestement pris au dépourvu qu'Isabelle, à sa consternation, se sentit rougir. « Une idée tout à fait aimable, poursuivit-il. Voyons voir. Quel soir pensiez-vous ?

— Samedi, si vous êtes libres. Vers dix-neuf heures. En toute simplicité, bien sûr.

— Dix-neuf heures, répéta Avery. Je pense que ça nous ira très bien. Il faut que je vérifie auprès d'Emma, naturellement, mais ça devrait aller. » Ils échangèrent des hochements de tête quelque peu superflus avant qu'Avery ne s'éloigne. « Merci beaucoup ! » ajouta-t-il.

C'était irréversible.

Isabelle leva à peine le nez de sa machine à écrire jusqu'à la fin de la journée.

Sur l'autre rive, à la Pointe de l'huître, on fourbissait le lycée pour la rentrée ; on passait les sols à la cireuse, le parquet du gymnase, en particulier, luisait d'un éclat doré de miel ; les graffitis avaient été grattés dans les toilettes, les murs repeints, le joint du robinet qui fuyait aux lavabos des filles avait été remplacé. Près de la salle des professeurs, au sous-sol, le placard aux fournitures était bourré de cartons de serviettes en papier, de papier hygiénique, d'éponges et de craie. Mrs. Eldridge, l'infirmière, se plongea dans ses fiches et dressa la liste de ses besoins : alcool à 90°, pansements, teinture d'iode ; elle installa une plante en pot sur le rebord de la fenêtre.

Un climat agréable présidait à ces activités : avant l'irruption de la horde inquiète des lycéens, le bâtiment semblait tenir les promesses de sa fonction, être vraiment un centre accueillant de savoir dispensé par des adultes compétents. Le proviseur Puddy Mandel fournissait un travail soutenu, résolvait les petits problèmes dans la répartition des cours et se montrait, ainsi que sa secrétaire en informa une employée au réfectoire, nettement plus agréable qu'avant.

Le concierge, un nommé Ed Gaines qui était depuis vingt-huit ans au service des écoles de Shirley Falls, sortit par la porte latérale côté nord pour s'accorder une pause-cigarette, et il remarqua une jeune fille qui passait lentement devant le lycée. Elle tournait fréquemment la tête en direction des fenêtres d'une salle de classe au rez-de-chaussée. Ed Gaines la reconnut tout de suite, quoiqu'elle eût changé. C'était l'élève qu'il avait souvent vue quitter le bâtiment en compagnie de ce Mr. Robertson. Le concierge souffla sa fumée en secouant la tête et fit tomber d'une pichenette la cendre de sa cigarette. Il en avait vu des vertes et des pas mûres dans ce lycée, depuis le temps, mais il gardait ses opinions pour lui. C'était un homme tranquille et solitaire qui préférait considérer les gens sous leur meilleur jour, quitte à ce que son propre rôle s'en trouvât minimisé. Plus que les élèves, pour on ne sait quelle raison, les professeurs avaient tendance à négliger sa présence, et il avait souvent surpris des remarques salaces entre membres du corps enseignant. Des gestes, aussi : un jour en fin d'après-midi, dans l'escalier, le professeur de biologie — un homme marié, la cinquantaine corpulente, avec des lunettes aux verres épais qui lui grossissaient et lui déformaient les yeux — était allé jusqu'à retrousser la jupe de lainage de la bibliothécaire par-dessus son derrière lorsque Ed Gaines, en bas, s'était décidé à cogner son balai sur la rampe, ce qui les avait effarouchés comme des oiseaux. Il avait poliment feint de ne pas les voir, dans leur fuite.

Oui, depuis le temps, Ed Gaines était parvenu à une conclusion : le comportement humain était une drôle de chose. Il ne se souvenait pas d'avoir jamais vu rire ce professeur de biologie, par exemple ; et il se demandait pourquoi la bibliothécaire, une femme sympathique, mère de quatre enfants, le laissait palper sa cuisse généreuse. Oui, une drôle de chose, vraiment. Des goûts et des couleurs..., comme disait toujours sa sœur, et il fallait bien admettre qu'elle avait raison.

La jeune fille l'avait vu. Embarrassée de se savoir observée, elle baissa la tête. Ed Gaines pensa qu'elle était timide — cela se voyait dans sa façon de marcher les pieds en dedans, avec ses grands pieds nus au bout de ses jambes longues et maigres. Elle leva les yeux de nouveau, ainsi qu'il s'y attendait et, cette fois, il lui fit un signe amical.

Elle lui rendit son geste, la main à peine levée avec hésitation, puis, inopinément, elle pivota et vint vers lui à travers la pelouse.

« Comment ça va ? » lança Ed Gaines alors qu'elle se trouvait encore à quelques mètres.

La jeune fille lui adressa un sourire pâle et confus ; de près, il la trouva très différente du souvenir qu'il avait d'elle.

« Vous vous êtes fait couper les cheveux, remarqua-t-il. Ça vous va bien, ajouta-t-il en la voyant se crisper. Vous avez l'air d'une vraie grande personne. »

Son sourire se détendit et s'épanouit ; elle baissa

les yeux. Les gosses, songea-t-il — ils veulent simplement qu'on soit gentil avec eux.

« Est-ce que vous savez où est parti Mr. Robertson ? »

Ed Gaines hocha la tête, tout en jetant sa cigarette sur la marche de ciment et en l'écrasant sous son brodequin de travail. « Il est retourné dans le Massachusetts, je crois. » Du bout du pied, il expédia le mégot aplati sur la pelouse envahie de mauvaises herbes. « Il est passé ici la semaine dernière, pour récupérer des affaires dans sa salle de classe.

— La *semaine dernière* ? »

L'expression qu'elle eut le mit sur ses gardes. « Enfin, je crois que c'est la semaine dernière que je l'ai aperçu. Il avait seulement un contrat d'un an, vous savez, à cause que miss Dayble s'était fracturé la hanche.

— Oh oui, je sais, murmura l'adolescente en se détournant.

— Où le crâne, je ne me rappelle plus trop bien. Elle s'était d'abord fracturé le crâne, il me semble, et après ç'a été la hanche. » Ed Gaines secoua la tête, encore perplexe face à tant de malchance.

« Mais je croyais qu'il avait déjà quitté la ville. Il est passé ici la semaine dernière ? » La jeune fille se retourna vers lui, les paupières légèrement rougies au bord de ses grands yeux.

Cette information avait l'air de lui faire de la peine, il aurait peut-être dû dire qu'il s'était trompé. Mais, comme il n'était pas dans le caractère d'Ed Gaines de mentir, il suggéra gentiment : « Demandez donc au bureau, ils vous donneront peut-être son adresse si vous voulez lui écrire. »

Elle baissa de nouveau les yeux et fit non de la tête. « Ça n'a pas d'importance. Bon, à bientôt, lança-t-elle en agitant la main.

— À très bientôt. Profitez bien de vos dernières journées d'été. » Il la regarda s'éloigner.

Isabelle était en proie à quelques doutes, naturellement. Mais elle s'imaginait en conversation avec sa cousine Cindy Rae qui lui disait que c'était une excellente idée d'inviter les Clark, qu'elle avait toujours été trop timide, que les gens répondaient à une attitude amicale ; franchement, elle ne s'en rendait pas compte, mais ils prenaient souvent la timidité pour de la froideur, et les dames de la congrégation — y compris Emma Clark — avaient peut-être cru tout au long que c'était elle qui les snobait.

Isabelle était d'accord avec tous ces conseils imaginaires, elle y puisait un encouragement. Pourtant, elle aurait aimé qu'Emma Clark lui téléphone pour la remercier de l'invitation transmise par Avery.

Mais tant pis.

Au moins, Avery était pratiquement redevenu comme avant au bureau, il la saluait joyeusement de la main tous les matins, même si, à son retour de vacances, il était débordé de travail afin de rattraper le temps perdu, ce qui ne lui laissait guère le loisir de bavarder. Ce n'était pas grave ; après la surprise qu'il avait laissée paraître sur le moment, l'autre jour dans le couloir, rien n'indiquait qu'elle eût commis un impair en l'invitant chez elle.

Elle avait l'esprit occupé par ses préparatifs, tout en s'abstenant d'informer Dottie et Bev qu'elle allait recevoir Avery Clark ce week-end, parce qu'elles auraient pu y voir une marque de snobisme. En outre, ce serait manquer de tact, lui semblait-il, de se réjouir de cet événement alors que Dottie se débattait encore avec son malheur ; maigre comme un clou, elle continuait de tirer désespérément sur ses cigarettes tandis que Bouboule la surveillait, lui faisait ingurgiter des fruits et des gâteaux. Pour Isabelle, dont la vigilance était sans doute aussi requise dans leurs relations toutes neuves, tout cela engendrait une désagréable sensation de mensonge, parce que, à vrai dire, il lui était pénible d'assister à la souffrance de Dottie, qu'elle préférait de beaucoup songer à sa reconquête d'Avery, et que, parallèlement aux regards approbateurs qu'elle échangeait avec Bev au sujet de la pêche consommée par Dottie, elle se demandait si au lieu de faire pour les Clark un gâteau au chocolat, des pêches Melba n'auraient pas été préférables. Ou alors, les deux ? Non, ce serait excessif, mais de jolies coupes de fruits, peut-être, pour accompagner le gâteau.

« Je voudrais pouvoir tordre le cou à son mari », lui chuchotait Bev en suivant des yeux Dottie, laquelle, à la porte de la salle à manger, se retrouvait contrainte à écouter le discours pontifiant d'Arlene Tucker (Dottie hochait bravement la tête). Isabelle, elle aussi, hocha la tête à l'adresse de Bev en refoulant la pensée des coupes de fruits pour les Clark, et une fois de plus, à un certain degré, elle eut l'impression de mentir. Toutefois, cela faisait bien longtemps qu'Isabelle vivait avec ce genre de sensation, et elle aurait été étonnée si on l'avait accusée de dissimuler ; à ses propres yeux, elle était simplement « discrète ».

Le vendredi après-midi, alors qu'elle s'apprêtait à quitter le bureau, Avery était au téléphone. Elle attendit pour lui parler, mais, ayant épuisé les prétextes à s'attarder — rangement de papiers sur sa table, tripotage de la housse en plastique sur la machine à écrire —, elle finit par passer la tête à la porte de l'aquarium et elle dit à mi-voix : « Alors, c'est d'accord, Avery ? »

Il acquiesça d'un signe et écarta un instant le combiné de sa bouche. « D'accord ! » répondit-il en levant le pouce.

Elle attendit la fin du dîner pour annoncer à Amy :

« Avery et Emma Clark viennent ici demain soir prendre le dessert. »

Amy, qui s'était tue presque tout au long du repas, leva des yeux surpris. « Ici ? Ils viennent ici ?

— Oui, dit Isabelle, mise mal à l'aise par l'étonnement de sa fille. Et dès que tu auras gentiment dit bonsoir, tu préféreras peut-être monter lire dans ta chambre.

— Laisse tomber, jeta Amy en reculant sa chaise. Je ne veux pas les voir du tout.

— Amy Goodrow, que cela te plaise ou non, tu feras ce qu'on te dit. »

Mais, quelques instants plus tard, penchée sur l'évier, Amy reprit la parole d'un ton conciliant. « Demain, j'ai rendez-vous avec Stacy à la bibliothèque. Elle voulait que je dîne chez elle, peut-être même que j'y passe toute la soirée. Puisque tu as du monde, c'est sans doute ce que je vais faire. Si ça ne t'ennuie pas », ajouta-t-elle en se retournant.

C'était un problème, ces temps-ci, s'inquiéter de savoir où pouvait traîner Amy à présent qu'elle ne travaillait plus à la fabrique. Sinon qu'elle n'avait guère d'endroits où aller, Isabelle l'admettait. La bibliothèque, ou la maison des parents de Stacy, et Isabelle ne songeait pas à les lui interdire. Durant l'été, elle-même s'était livrée à quelques expéditions discrètes au lycée et dans un certain immeuble, et elle avait acquis la conviction que Mr. Robertson était bel et bien parti. C'était évidemment son souci principal. Malgré tout, elle conservait une appréhension — n'y avait-il pas de quoi ? — dès que sa fille s'absentait. Mais l'été touchait à sa fin ; elle retournerait bientôt au lycée.

« Nous verrons, répondit Isabelle. Si Stacy t'a invitée à dîner, eh bien, oui, peut-être. Je pourrais te donner la permission. »

Cette nuit-là, Isabelle dormit mal et elle en fut contrariée. Elle doutait que Barbara Rawley (qu'elle revoyait encore au supermarché, un bocal d'olives à la main — « Alors, mesdames, que faites-vous ce soir ? ») ait du mal à dormir avant de recevoir des invités. Il faudrait qu'elle trouve le moyen de s'allonger un peu, dans l'après-midi. Elle avait lu un jour dans un magazine qu'on devrait toujours se laisser le temps de faire un somme, après avoir pris un bain, le jour où on donnait une réception.

Mais elle commença par confectionner le gâteau, en espérant que l'odeur appétissante resterait dans la maison toute la journée pour accueillir les Clark lorsqu'ils franchiraient le seuil.

Puis elle fit le ménage. Elle épousseta tous les meubles, y compris les pieds de la table et des chaises. Elle épousseta les rideaux, les abat-jour, les ampoules, les plinthes, la rampe de l'escalier. Elle lessiva les vitres, le sol (à un moment donné, Amy partit, en annonçant qu'elle téléphonerait dès qu'elle saurait si elle passait la soirée chez Stacy), elle donna un coup d'aspirateur sur les tapis et récura interminablement le lavabo des toilettes à côté de la cuisine, parce que ce seraient celles où irait Emma Clark si jamais elle en avait besoin.

« Mais naturellement, dirait Isabelle, c'est la porte tout de suite à droite. Elles sont très exiguës, malheureusement. » Une pause. « ...Mais propres. » Ces derniers mots seraient prononcés d'un ton badin, et Emma, plus chaleureuse qu'Isabelle ne l'aurait cru a priori, répondrait : « Eh bien, c'est tout ce qui compte, n'est-ce pas ? » Puis elle s'éclipserait dans les toilettes... et que découvrirait-elle ? À diverses reprises, feignant de n'avoir jamais visité ses propres toilettes, Isabelle ouvrit la porte pour voir si l'impression était bonne ou non.

Elle était incapable de trancher. Tout de même, il lui sembla qu'il manquait quelque chose. Et soudain, la lumière vint : bien sûr, il manquait un petit bouquet.

En entrant chez le fleuriste, Isabelle passa devant sa fille, debout pieds nus dans une cabine téléphonique, fumant une cigarette. Elle ne la vit pas. Si elle l'avait vue, si elle avait à peine tourné les yeux ou si elle n'avait pas été en proie à la surexcitation et à un vague sentiment de honte d'acheter des fleurs (ce qu'elle ne faisait jamais) pour embellir ce soir sa maison à l'intention de ses invités, le cours des événements aurait pu être modifié ; car il est plus que probable que la découverte de sa fille nu-pieds, aux lèvres à présent enduites d'un rouge violacé et irisé qui laissait une empreinte sur la cigarette entre ses doigts, sa fille qui n'était pas à la bibliothèque, ni même avec Stacy, il est plus que probable que cette découverte aurait entraîné une scène aboutissant à faire rentrer Amy à la maison, en sécurité dans sa chambre.

Seulement, cela n'arriva pas. Isabelle entra chez le fleuriste, un carillon tinta tandis que la porte se refermait derrière elle, quelques instants avant qu'Amy émerge de la cabine, balance son mégot dans la rue et s'éloigne en sens opposé sur le trottoir, en direction de l'appartement de Paul Bellows, tenant ses sandales à la main par les lanières — car, à moins d'y être obligée, elle ne supportait aucune espèce de chaussures.

Avant de donner ce coup de téléphone, Amy avait connu un moment d'étrange panique : elle n'avait rien à faire de sa journée. Absolument rien. Stacy était partie pour quinze jours avec ses parents séjourner dans une ferme quelque part, et quand Amy avait déclaré à sa mère qu'elle avait rendez-vous avec son amie et qu'elle passerait sans doute la soirée avec elle, c'était un pur mensonge ; elle n'avait simplement aucune envie d'assister aux préparatifs frénétiques de sa mère, et encore moins d'être présente pour accueillir Avery Clark et sa drôle de bonne femme qui avait l'air si bête.

Elle était donc sortie sans l'ombre d'un projet, munie de quelques pauvres dollars et, le temps d'arriver en ville, d'acheter un paquet de cigarettes et de faucher le rouge à lèvres violacé (c'était la première fois qu'elle se risquait à ce jeu, qui lui parut d'une étonnante facilité), elle commençait à avoir des doutes sérieux quant à l'emploi qu'elle pourrait faire de sa journée. Et elle ne savait que conclure des propos du concierge, selon qui Mr. Robertson était venu tout récemment. Il devait avoir essayé de l'appeler, elle en était sûre. Ce qui signifiait, ô horreur, que le téléphone avait sonné à la maison pendant qu'elle fumait en compagnie de Paul Bellows dans la cafétéria. Ou alors, ignorant qu'après avoir vu un ovni Dottie Brown avait repris le travail plus tôt que prévu, il avait peut-être tenté de la joindre à la fabrique. Mais cela semblait trop risqué et peu vraisemblable.

Amy chassa très vite de sa tête l'éventualité que Mr. Robertson ait pu revenir à Shirley Falls sans essayer de la voir. Au contraire, elle fut de plus en plus persuadée que cet homme qui l'aimait (« Tu sais qu'on t'aimera toujours ! »), qui avait posé la bouche sur ses seins tout neufs avec une tendresse si aimante et exquise, contemplé son ventre nu avec tant de gravité, était en réalité revenu non pour récupérer ses affaires dans la salle de classe (cela n'avait aucun sens, il l'aurait fait plus tôt), mais pour elle. L'ayant toujours présent à l'esprit, et convaincue qu'il l'avait toujours présente à l'esprit, Amy pensa que Mr. Robertson s'était rendu au lycée dans l'espoir de l'y trouver, là ou à proximité, car depuis qu'elle ne travaillait plus à la fabrique, ses pas l'avaient menée irrésistiblement de ce côté, comme on ne peut s'empêcher de retourner sans fin sur les lieux où on a connu l'exaltation.

Elle y était même allée aujourd'hui, après avoir acheté ses cigarettes et fauché le rouge à lèvres, passant avec précaution devant le bâtiment de brique, parce qu'elle ne voulait pas se faire à nouveau repérer par Mr. Gaines, le brave concierge. Mais on était samedi, il ne devait pas être à son travail. Il ne devait y avoir personne, se dit Amy en traversant la pelouse côté sud en direction de la porte principale ; pourtant, elle avait aperçu Puddy Mandel sur le parking et s'était cachée derrière les bosquets de lilas, les yeux levés vers les fenêtres de la salle de classe de Mr. Robertson, où elle n'avait rien vu.

Elle avait fini par retourner en ville et franchir le pont ; dans les rues de la Pointe de l'huître, elle se sentait trop exposée, et il lui semblait instinctivement que les trottoirs crevassés, goudronneux du Bassin offraient une meilleure protection, et une chance de rencontrer Paul Bellows qui pourrait au moins être disponible pour l'emmener faire un tour en voiture. D'autre part, elle ne pouvait renoncer à imaginer que, si elle arpentait assez longtemps les petites rues du faubourg, Mr. Robertson passerait par là en voiture et la trouverait. Mais, à quatre heures de l'après-midi, fatiguée et affamée, elle finit par entrer dans une cabine téléphonique pour appeler Paul Bellows.

C'était une bonne idée. Paul allait sortir, il devait aller à Hennecock voir un assureur pour sa voiture ; il serait ravi de l'emmener. « J'ai un peu faim », avoua-t-elle, appuyant les doigts sur la vitre de la cabine ; la cigarette qu'elle tenait lui envoya dans les yeux un nuage de fumée bleutée, si bien qu'elle détourna le visage et ne vit pas sa mère passer au même instant. « Mais je n'ai pas beaucoup d'argent sur moi.

— Pas de problème, dit Paul. On s'arrêtera quelque part sur la route. »

En raccrochant, Amy pensa que Stacy avait peut-être eu tort de le plaquer.

Isabelle avait choisi d'aller chez le fleuriste un peu miteux de Mill Road dans le Bassin plutôt qu'à la boutique plus spacieuse et charmante de la Pointe de l'huître, pour ne pas risquer de rencontrer Emma Clark. Elle ne voulait surtout pas être surprise dans ses préparatifs. C'était Emma, en somme, qu'il fallait conquérir. C'était Emma qui, en rentrant en voiture ce soir, dirait peut-être (si tout s'était bien passé, avec l'aide de Dieu) : « Vraiment, Avery, quel dommage que durant tout ce temps nous n'ayons jamais fait attention à Isabelle. » Et c'était Emma qui demain, au téléphone, pourrait confier à l'une de ses partenaires de commérages qu'elles avaient mal jugé Isabelle Goodrow ; qu'ayant passé chez elle une charmante soirée, elle se rendait compte que c'était en fait une femme très bien, qu'elle avait transformé cette petite maison en un nid douillet et que...

Et que quoi ? Isabelle ressentait la fatigue de sa mauvaise nuit. Elle accordait beaucoup trop d'importance à tout ça, pensa-t-elle en adressant un signe de tête au vieux fleuriste, et la boutique n'offrait guère de choix — des fleurs en plastique, quelle pitié ! Elle aurait dû se contenter d'en cueillir quelques-unes dans son jardin. Mais, près de la caisse, elle découvrit une abondance de tulipes jaunes. Une surprise, en fin d'été. Elle tendit la main ; oui, elle allait en prendre six. Les tulipes coûtaient affreusement cher. Isabelle attendit en silence que le fleuriste ait fini de les envelopper avec un soin extrême dans deux feuilles de papier fleuri, puis elle regagna sa voiture en les portant au creux de son bras comme un bébé emmailloté.

Mais quel choix judicieux, en fin de compte ! Lorsqu'elle acheva de les arranger et de les réarranger, après avoir sorti du placard tous les vases qu'elle possédait, étain, cristal taillé, porcelaine, les tulipes jaunes faisaient plaisir à voir. Elles rayonnaient en bouquet de trois sur la table de la cuisine ; deux autres ornaient la cheminée du séjour, et Isabelle plaça sur le petit meuble dans les toilettes l'étroit vase en étain contenant la dernière.

Le téléphone sonna. Elle craignit soudain que ce ne soit Avery qui appelait pour dire qu'Emma ne se sentait pas bien. La catastrophe.

Mais c'était Amy. « Salut, maman, lança-t-elle en faisant claquer son chewing-gum.

— S'il te plaît, Amy ! » Isabelle ferma les yeux et appuya avec le doigt sur la base de son nez. « Si tu ne peux pas te passer de chewing-gum, mâche-le au moins la bouche fermée.

— Excuse. » Un klaxon résonna.

« Où es-tu ? demanda Isabelle.

— Devant la bibliothèque. Avec Stacy. Les Clark, ils vont rester chez nous jusqu'à quelle heure ?

— Je l'ignore. Jusque vers dix heures, peut-être. C'est difficile à dire. » Isabelle s'était posé la même question. Combien de temps restaient des invités venus prendre le dessert ? S'ils partaient dès neuf heures du soir, c'était sûrement le signe d'un ratage.

« Bon, de toute façon, reprit Amy, je passe la nuit chez Stacy. On ira sans doute voir un film.

— Lequel ?

— Je sais pas au juste. Un film pour les gosses au cinéma d'Hennecock, avec ses petits frères, je crois.

— Mais voyons, Amy, tu n'as rien emporté. Ni chemise de nuit, ni brosse à dents...

— Maman ! coupa Amy d'un ton contrarié. J'en mourrai pas, tu sais. Écoute, je t'appelle demain matin.

— S'il te plaît. S'il te plaît, n'y manque pas. » Isabelle tourna la tête pour jeter un coup d'œil aux tulipes sur la table. Dans la chaleur de la cuisine, les pétales s'étaient largement ouverts. « Et je t'en prie, Amy, ne fais pas claquer ton chewing-gum devant les parents de Stacy. »

Isabelle raccrocha, soucieuse. En tamisant dans un bol du sucre glace pour le glaçage du gâteau, elle pinça les lèvres. Il lui faudrait longtemps avant de faire à nouveau confiance à sa fille. Voilà ce qui arrivait quand on mentait à quelqu'un : on perdait sa confiance. Amy le savait, et c'était la raison de sa contrariété. Par ailleurs, en toute franchise, c'était un soulagement de ne pas l'avoir à la maison pour accueillir les Clark.

23

Dans un café-restaurant de Hennecock, Paul Bellows prit une friture de clams et dit qu'il espérait que ça ne lui filerait pas la chiasse. « Ça m'est déjà arrivé », expliqua-t-il sans autre commentaire.

Amy se renfonça sur la banquette pendant que la serveuse lui versait de l'eau dans son gobelet. Ayant terminé son hot-dog, elle passa le doigt sur le fond de son assiette. D'un geste, Paul lui proposa de goûter à ses clams, mais elle secoua la tête. « Ça t'embête si je fume pendant que tu es encore en train de bouffer ? » demanda-t-elle. Elle n'avait pas arrêté de fumer de tout l'après-midi et n'en tirait plus le moindre plaisir ; pourtant, elle ne pouvait pas s'en empêcher.

« Te gêne pas. » Paul retourna la bouteille de ketchup au-dessus de son assiette et tapa sur le fond. Après en avoir extrait un monticule de sauce, il lécha le goulot et revissa le bouchon.

On entendait la sonnerie de la caisse-enregistreuse, le tintement de la vaisselle qu'on débarrassait. Le café fumait. Paul mangeait ses clams en les couvrant de ketchup avant de les enfourner, il lui restait de la sauce sur les lèvres tandis qu'il mastiquait. Il marqua une pause pour boire son Coca où les glaçons cliquetèrent lorsqu'il inclina le gobelet, puis il revint à ses mollusques. Cette façon à la fois opiniâtre et indifférente d'attaquer sa nourriture exerçait une sorte de fascination sur Amy. Elle se pencha pour prendre un clam qu'elle trempa dans le ketchup ainsi qu'il le faisait.

« Je me serais marié avec elle, tu sais. »

Amy trouva répugnante dans sa bouche la chair visqueuse du clam, sous la pâte frite.

« Ses vieux me prennent pour un débile. »

Amy cracha dans sa serviette. « Elle a des parents un peu bizarres », dit-elle en poussant la serviette sous son assiette.

« Son père est un enfoiré, la mère, elle est juste paumée. » Paul finit de manger et il prit une cigarette. « Qu'est-ce que t'as envie de faire ?

— Un tour en voiture, non ? »

Paul acquiesça. Amy pensa qu'il avait l'air un peu inquiet et triste.

Après s'être douchée et talquée, Isabelle se reposait sur son lit. Dehors, les oiseaux chantaient. Elle ouvrit les yeux et les referma, se souvenant du temps où Amy, toute petite, avait parfois du mal à faire sa sieste ; Isabelle l'amenait dans cette même chambre et s'allongeait avec elle sur ce même lit. « Maman aussi va dormir », disait-elle, mais Amy n'était jamais tombée dans le panneau. Lorsque Isabelle rouvrait les yeux, elle croisait le regard de la petite fille posé sur elle. « Ferme les yeux », ordonnait-elle, et Amy obéissait, ses tendres paupières tremblant sous l'effort. Au bout de quelques instants, elles se soulevaient de nouveau, mère et fille surprises à se regarder dans la chambre silencieuse.

Au dernier étage d'un immeuble de Main Street, Lenny Mandel se déshabillait une fois de plus. Il n'avait pas eu l'intention de venir aujourd'hui ; on était samedi et sa mère comptait sur son aide à la maison pour sa soirée de bridge. Il était allé au lycée pour avancer son travail, puis, sur le chemin du retour, il était venu dire bonjour en passant. Mais lorsque Linda s'était penchée vers le réfrigérateur, la vue de ses cuisses, nues et pâles sous la robe de cotonnade rouge, lui avait arraché un gémissement muet ; en se retournant, Linda avait vu son expression, elle avait souri timidement et elle s'était approchée de lui.

Il était dérouté par le besoin constant qu'il éprouvait de la pénétrer — avec le pénis, les doigts, la langue, cela importait peu (il lui aurait enfoncé ses doigts dans la gorge s'il n'avait pas craint de lui faire mal). Les yeux fermés, la serrant contre lui, le visage plaqué sur son ventre, il aurait voulu pouvoir abaisser une fermeture à glissière pour lui écarter les chairs et entrer tout entier dans son corps, lui faire l'amour ainsi au lieu de la prendre de l'extérieur. C'était anormal, se disait-il, de désirer quelqu'un si fort ; il lui semblait vivre maintenant dans un monde d'obscurité et de folie, une frénésie permanente.

Elle gagna le lit avec lui, écarta grandes les jambes — de quelle générosité elle faisait preuve ! Il contempla cette magnifique offrande sur les draps imprimés de fleurs ; il eut envie de la fendre en deux, de l'ouvrir par le milieu tel un homard.

Ensuite, il s'excusa. Il s'excusait chaque fois. Elle secoua doucement la tête. « Lenny, dit-elle, tu es simplement un homme très passionné. »

Il se demanda pourquoi cela avait cessé de le rendre heureux, et pourquoi, dans ce cas, il continuait d'en éprouver le désir.

Pendant que Lenny Mandel reboutonnait son pantalon et qu'Isabelle Goodrow descendait l'escalier pour manger un petit morceau de bonne heure afin de ne pas avoir la tête qui tourne ou la migraine à l'arrivée des Clark, Dottie Brown, sur l'autre rive, suivait son mari sans mot dire d'une pièce à l'autre et le regardait entasser ses affaires dans un grand sac de marin. Dans le couloir, il s'arrêta et se tourna vers elle, avec un muscle de la mâchoire qui tressaillait. « Si tu veux, dit-il, j'attendrai demain matin pour m'en aller. »

Le ciel était encore lumineux, mais la fin du jour s'annonçait déjà. Ils roulaient sans parler depuis un bon moment, écoutant des chansons à la radio réglée très fort, lorsque Paul tendit le bras pour l'éteindre et dit, dans le silence subit : « Ça me tue d'être un connard d'enfoiré aux yeux de ses parents. »

Amy se tourna vers lui et le dévisagea.

« Mon oncle va peut-être me prendre comme associé dans son affaire un jour ou l'autre », déclara-t-il, puis il tira à fond sur sa cigarette. Il jeta un coup d'œil à Amy, qui hocha la tête.

« Et merde ! » Paul balança sa cigarette par la vitre ouverte.

La route qu'ils suivaient s'était transformée en chemin de terre, et la voiture cahotait entre les champs sur la droite et la forêt sur la gauche. « Où on est ? demanda Amy.

— Je sais pas plus que toi. » Paul regarda dehors de son côté à elle. « Ces terres-là doivent appartenir à une des fermes qu'on vient de voir. Mais elles n'ont pas l'air d'être cultivées.

— Les agriculteurs pratiquent la rotation, répondit Amy. Sinon, le terrain s'épuise. C'est pour ça qu'ils ont besoin de tant d'hectares. La moitié est laissée en repos à tour de rôle. »

Paul lui sourit. « T'as des bons résultats, en classe ?

— Pas mauvais, sans plus.

— Moi, je m'en sortais bien. Je me suis jamais fait recaler en rien. »

Le chemin se rétrécissait. Des branches raclaient la voiture ; un rocher cogna par en dessous. Paul ralentit, puis il s'arrêta. « Faut que je trouve un endroit pour faire demi-tour. C'est pas une Jeep, tu sais, ce petit bijou. »

Amy acquiesça et passa la tête dehors. « Tu ne pourrais pas faire marche arrière ? »

Paul pivota pour jeter un coup d'œil. « Bien obligé, je crois, dit-il d'un air fatigué. Bon Dieu, on est en pleine nature. » Il coupa le contact, puis la regarda, tête basse. « Tu me donnes un petit baiser, Amy ? »

Elle se pencha, en éprouvant un sentiment de compassion pour lui, d'obscure désolation partagée ; elle songea à Hansel et Gretel, deux enfants perdus dans les bois.

Ce fut sa respiration précipitée qui l'alerta, et la façon dont il se mit à bouger la tête en vrillant sa bouche sur la sienne. Elle ne voulait pas être impolie.

Il s'écarta et lui adressa son sourire décalé, puis il baissa les yeux sur la main d'Amy. « Alors, Amy, dit-il, tu as envie de... »

Elle sentit son cœur palpiter. L'air qui venait de l'extérieur avait une odeur humide, automnale. Elle se sentait fautive ; c'était elle qui avait voulu faire un tour en voiture, tuer le temps jusqu'à ce que les Clark soient partis, après quoi elle pourrait rentrer à une heure tardive en disant simplement à sa mère que, finalement, elle ne passait pas la nuit chez Stacy. À moins que Paul n'ait un divan sur lequel elle pourrait dormir — elle n'y avait pas vraiment réfléchi. Mais voilà que maintenant il voulait... faire ça... et elle eut tout d'un coup l'impression de s'être servie de lui. En plus, il avait peut-être rayé sa belle voiture à cause d'elle.

« Oh, bredouilla-t-elle, ben, c'est que... Je t'aime bien et tout. Mais c'est bizarre parce que...

— Y a rien de bizarre, dit-il en souriant plus largement, c'est même franchement naturel, si tu veux savoir la vérité. » Il se pencha et se remit à l'embrasser.

Amy se détourna. « Attends. Ça me gênerait, tu comprends, je suis l'amie de Stacy. Oh, mince, je te demande pardon.

— C'est pas grave. Hé, te tracasse pas. » Il lui caressa la joue, lui passa ses doigts dans les cheveux. « Tu es sympa, Amy. » Il souffla bruyamment et haussa les sourcils. « J'en avais sacrément envie... ç'aurait été chouette, mais c'est pas grave. » Il se recula en ouvrant sa portière. « J'ai besoin de pisser d'urgence. Au fait, reprit-il debout à côté de la voiture, en se courbant vers l'intérieur, t'avais pas des cheveux carrément longs, avant ? »

Amy inclina la tête.

« Il me semblait bien. J'en ai pour deux minutes, il faut que j'aille me soulager. » Il fit quelques pas sur le chemin et se retourna. « Bouge pas de là ! » cria-t-il.

Elle le regarda s'enfoncer dans les fougères du sous-bois en écartant les basses branches, la tête rentrée dans les épaules. Elle alluma une cigarette et se demanda où était Mr. Robertson, le corps parcouru d'un tiraillement de désir de lui, comme si elle n'était tout entière qu'un ventre avide. Elle ferma les yeux, la tête appuyée à la renverse, en pensant à ses seins dénudés devant lui ce jour-là dans la voiture, à ses jambes nues, aux sensations que lui procuraient les doigts qui la caressaient lentement. Lui aussi, il devait y penser. Elle en était sûre. Elle était sûre qu'il était revenu pour la voir.

« Amy ! »

Elle ouvrit les yeux et regarda vers la forêt. Il avait suffi de ces quelques minutes pour que le soir tombe, avec une fraîcheur automnale et odorante.

« Hé, Amy ! »

Elle descendit précipitamment de la voiture et claqua la portière sur une tige dorée.

« *Amy !* »

Paul surgit du sous-bois, la figure luisante. « Bon Dieu, Amy... » Il allongea son bras égratigné pour lui saisir le poignet. « Il faut que tu voies ça. Bordel de merde.

— Quoi ? » demanda-t-elle en le suivant. Les ronces lui griffaient les jambes, une branche lui fouetta le visage.

« Bordel de merde ! répéta Paul en plongeant en avant, écrasant sous ses baskets deux pâles champignons qui perçaient le tapis d'aiguilles de pin. Je suis tombé sur cette bagnole... Viens voir. »

Il tendit le doigt. Ils avaient débouché dans une clairière au bord de laquelle se trouvait une petite voiture bleue. Paul reprit Amy par le bras pour la tirer dans cette direction. « Je me suis dit, une bagnole abandonnée, tu vois, quoi, peut-être des pneus ou d'autres trucs que je pourrais vendre, alors j'ai ouvert le coffre et là, putain, tu vas pas le croire... »

Elle pensa qu'il avait trouvé de l'argent, peut-être une valise pleine d'argent.

Ils avaient presque atteint la voiture lorsqu'une odeur lui parvint aux narines, une odeur de décomposition, comme celle que répand une poubelle laissée au soleil depuis des jours. « Ça pue », dit Amy en faisant la grimace.

La figure luisante de sueur, Paul lui fit signe

d'approcher. Il souleva le couvercle du coffre. « Tu vas pas le croire, Amy. Regarde. »

Isabelle avait fini de laver les fruits. Les assiettes à dessert et les tasses à thé étaient prêtes. Le pot à crème en fine faïence irlandaise qui avait appartenu à sa mère et qu'elle aimait tant (elle le caressa d'un sourire, comme si son vernis irisé, délicat, était un message de sa mère pour lui souhaiter bonne chance) trônait auprès du sucrier sur un plateau d'argent. Le gâteau occupait le centre de la table, à côté des tulipes.

La perfection.

Les Clark seraient là d'une minute à l'autre. Dans le quartier de la Pointe de l'huître, ça ne se faisait pas d'arriver en retard. A sept heures cinq, Isabelle remplit le précieux petit pot ; elle avait acheté de la vraie crème pour le thé. Ou le café, s'ils préféraient. Elle comptait leur laisser le choix.

À sept heures et demie, elle commença à avoir mal à la tête. Elle prit deux comprimés d'aspirine et grignota un cracker, debout devant l'évier. Puis elle alla dans la salle de séjour et s'assit au bord du canapé en feuilletant un magazine. Deux fois, elle crut entendre une voiture sur le chemin d'accès et se leva pour regarder discrètement par la fenêtre de la cuisine, ne voulant pas être surprise à épier. Mais il n'y avait rien en vue.

La nuit tombait. Elle alluma le lampadaire dans le séjour. Je vais monter dans ma chambre allumer la lampe de chevet, se dit-elle, et quand je redescendrai ils seront là.

Mais non. Tandis qu'elle descendait l'escalier, qu'elle se déplaçait à travers le séjour et la cuisine, elle avait l'impression que la maison l'observait, tel un enfant bien élevé qui attend impatiemment le début du spectacle. À huit heures moins le quart,

Isabelle se lava les mains et les essuya avec soin, puis elle composa le numéro de téléphone des Clark. Au bout de la quatrième sonnerie, elle se sentait déjà soulagée : ils étaient en route, bien sûr.

« Allô ? » dit la voix d'Avery. À l'arrière-plan, on entendait des gens qui parlaient.

« Oh ! lâcha Isabelle. Oui, bonsoir. Euh, c'est Isabelle.

— Isabelle ? Bonsoir.

— Je me demandais s'il y avait un problème. » Isabelle balaya du regard sa cuisine, les tasses toutes prêtes, le plateau, les tulipes près du gâteau.

« Un problème ? demanda Avery.

— Je me suis peut-être trompée. » Isabelle ferma les yeux très fort. « Je pensais que vous deviez venir, Emma et vous...

— Ce soir ? Oh, zut, c'était ce soir ?

— C'est ce que je croyais, dit Isabelle d'un ton confus. J'ai dû m'embrouiller.

— Oh, mon Dieu ! s'exclama Avery. C'est ma faute. J'ai complètement oublié, j'en ai peur. Nous avons des amis à la maison, ce soir. »

Isabelle souleva les paupières. « Eh bien, ce sera pour une autre fois. Ce n'est pas grave.

— Je vous fais toutes mes excuses. Vraiment désolé. Nous avons eu tant à faire. Les réunions au temple et ainsi de suite.

— Ce n'est pas grave », répéta Isabelle. Elle n'avait entendu parler d'aucune réunion au temple. « Vraiment. Aucun problème. Nous essayerons de faire ça un autre soir.

— Un autre soir, acquiesça Avery. Absolument. Je regrette beaucoup, Isabelle.

— N'y pensez plus, je vous en prie. Ce n'était pas grand-chose. Il ne s'agissait guère d'une occasion mémorable. » Elle s'efforça d'émettre un son qui ressemblait à un rire, mais elle se sentait désorientée. « Bonsoir. »

Elle rangea les tasses à thé, les assiettes, l'argenterie ; son acuité visuelle lui semblait affectée par l'humidité qui perlait à la surface de son visage.

Les tulipes l'assaillirent.

Tout l'assaillait ; le gâteau dans sa rondeur massive, le compotier de fruits qui la narguait. Elle prit sous l'évier un sac-poubelle dans lequel elle jeta le gâteau dont le glaçage s'étala partout, puis le contenu du compotier. Elle tortilla les tulipes, elle entendit leurs tiges se casser, et elle vida aussi le sucrier, parce qu'elle avait acheté exprès le sucre en morceaux.

Elle voulait tout faire disparaître. Avec des gestes brusques, elle versa la crème dans l'évier et lava le pot en faïence irlandaise et le sucrier. Tandis qu'elle essuyait le pot, elle entendit une voiture s'arrêter sur le chemin, ses phares éclairèrent brièvement la fenêtre.

« Oh, non ! » s'exclama-t-elle à haute voix en pensant que, dans leur embarras, Emma et Avery avaient décidé de venir quand même, alors qu'elle venait de tout jeter. Quelle explication pourrait-elle leur fournir ? Comment pourrait-elle dire : « Oh, navrée, je viens de jeter le gâteau » ?

Deux portières claquèrent, l'une après l'autre, et elle se rendit compte tout de suite que ce n'était pas Emma Clark qui fermait si brutalement sa portière. Le cœur d'Isabelle se mit à battre encore plus vite, car elle avait l'impression de vivre un cauchemar : elle allait se faire agresser chez elle, dans le noir, sans aucun voisin à appeler au secours.

En se précipitant pour caler une chaise derrière la porte, elle balaya du coude le pot à crème en fine faïence qui se brisa sur le carrelage avec un bruit ténu. Ses débris ressemblaient à des coquillages.

On frappa si fort à la porte que le store qui en masquait la vitre trembla, et Isabelle cria d'un ton strident : « Qui est-ce ? Allez-vous-en ! J'appelle la police !

— Nous sommes la police, madame, répondit une voix grave, à la fois autoritaire et blasée. La police de l'État. Nous cherchons une jeune fille du nom d'Amy Goodrow. »

Pour Amy, ce qui se passa ce soir-là demeura longtemps une sombre accumulation d'images et de sensations incohérentes : par exemple, ce goût âcre et salé dans sa bouche, dont elle ne parvenait pas à se débarrasser même en se réfugiant dans la ruelle derrière la laverie pour pencher la tête et cracher, rassembler sa salive et cracher de nouveau. Non, la saveur particulière de ce qui ressemblait à une espèce de pus (sur le papier hygiénique qu'elle avait saisi aux toilettes, chez Paul, pour se vider la bouche) s'était apparemment infiltrée dans les crevasses les plus infimes, les plus reculées des tendres muqueuses. Elle n'avait pas été préparée à ça, à ça en particulier, et plus tard, tandis qu'elle crachait derrière la laverie et fumait une cigarette, elle ne parvenait pas à chasser ce goût, qui se mêlait dans son esprit à l'image (en grande partie effacée sur-le-champ, hormis la chaussette, les dents et la boucle d'oreille en or) d'un petit cadavre dans le coffre d'une voiture, qui n'avait même plus rien d'une personne — Amy n'aurait pas compris ce que c'était, sur le moment, si Paul ne lui avait indiqué cette dentition dénudée — et au souvenir trouble de ce qui avait suivi, l'enchaînement silencieux de... de quoi ?

En grimpant derrière Paul l'escalier menant chez lui (les mollets du garçon tendaient l'étoffe de son jean à chaque marche), elle savait qu'elle lui demanderait de l'argent, parce que maintenant il lui en fallait, et elle se rendit compte tout d'un coup de ce qu'elle allait être obligée de faire. Même sans ça, il lui en aurait donné, de l'argent, elle en était pratiquement sûre. Mais elle en avait désespérément besoin, et lui, en proie à une agitation étrange, il la désirait désespérément (ce n'était pas elle qu'il désirait, elle le savait bien, mais sa bouche, ses mains), et comment pourrait-elle lui demander de l'argent après lui avoir dit non ?

Dans le noir, il défit sa braguette, puis il lui saisit la tête entre ses grandes mains, et ça lui plut, la manière dont il lui tenait la tête, mais quand elle eut le visage, la bouche tout contre lui à cet endroit, elle sentit à quel point il était malpropre, elle fut agressée par ces odeurs secrètes, la sueur fétide. Elle crut y déceler la trace de ses derniers excréments — il s'était peut-être mal essuyé —, et ce fut ce qui lui donna envie de pleurer, d'avoir le visage appuyé contre cette partie de son corps par laquelle il se soulageait, ça et cette chose tellement dure qu'il lui enfonçait dans la bouche. Elle ne savait pas au juste ce qu'il fallait faire.

On aurait dit qu'il ne pouvait pas se retenir. On aurait dit qu'il y était forcé et qu'elle devait l'assister, puisqu'elle était là. Il se montra gentil. Il lui fit même des excuses, ensuite. Et il se mit à répéter qu'on devait appeler la police quand on trouvait un cadavre, qu'il allait appeler la police.

Mais Amy voulait simplement de l'argent. Il lui en donna et elle partit.

Elle était allée à la laverie parce qu'il y avait là un distributeur de monnaie ; est-ce qu'il s'y trouvait des gens ? Elle était incapable de s'en souvenir ; elle se revoyait seulement plantée devant le distributeur, les mains tremblantes tandis qu'elle insérait des billets dans un mécanisme qui produisait une espèce de petit geignement hésitant avant de faire tomber une poignée de pièces. Puis elle était allée cracher dans la ruelle, essayant de se débarrasser de ce goût qui lui imprégnait la bouche.

Après quoi il y avait eu l'interminable chemin à pied jusqu'au centre universitaire — parce que la bibliothèque serait encore ouverte, le samedi soir, et qu'elle voulait à tout prix y arriver — et l'automobiliste qui s'était arrêté pour lui proposer de l'emmener ; dans la pénombre, elle avait distingué la figure âgée d'un gros homme qui ne souriait pas. Amy avait secoué la tête, non merci ; mais, au lieu de s'éloigner, la voiture s'était mise à rouler lentement à côté d'elle. *Non merci !* avait-elle hurlé en se mettant à courir, elle avait eu le temps de voir que son hurlement rendait le conducteur nerveux ; il avait accéléré et déguerpi.

Dans le calme de la bibliothèque au plafond haut, elle eut l'impression qu'on l'observait. Au-dessus du bois luisant des tables, les visages silencieux l'observaient, ils formaient une vague de réprobation ; elle baissa la tête.

Derrière le comptoir des ouvrages de référence, l'employé lui parut aussi sur ses gardes, il l'avertit que la bibliothèque allait bientôt fermer. Mais il l'aida avec une courtoisie dont elle se souviendrait longtemps, et, lorsqu'il lui présenta un énorme Atlas et lui trouva la carte du Massachusetts qui s'étalait sur l'une des vastes pages, elle le remercia trois fois de suite. Elle n'avait pas de quoi écrire ; elle eut les larmes aux yeux en s'en apercevant soudain, et, là encore, l'employé la secourut.

Elle se retrouva enfin dans la cabine téléphonique du sous-sol. C'était en fait une sorte de grand placard avec des inscriptions dégoûtantes sur les parois, SUCE-MOI LA BITE, lut Amy, et elle se mit à pleurer, assise dans le placard de bois vernis tout doré sous la lumière, en tenant dans sa main la liste des villes du Massachusetts dont le nom commençait par la lettre P, parce que c'était le cas de la ville d'où il venait, elle s'en souvenait. Puis elle appela les renseignements.

Combien de numéros composa-t-elle, combien de fois demanda-t-elle Mr. Robertson ? Cinq ? Non, plus que ça. Dix ? À la longue, elle entendit une voix de femme âgée répondre allô assez désagréablement, sembla-t-il à la pauvre Amy, épuisée, éperdue.

« Je voudrais parler à un certain Thomas Robertson, bredouilla-t-elle. Est-ce que j'ai le bon numéro ? » Lorsque la dame tarda à répondre, qu'il y eut cet instant de silence, Amy comprit qu'elle l'avait trouvé. « S'il vous plaît, implora-t-elle. C'est très important.

— Qui est à l'appareil ?

— Une amie. C'est vraiment important que je lui parle. » Amy ferma les yeux ; était-ce la mère alcoolique qu'elle avait au bout du fil ?

« Ne quittez pas. » Un bruit étouffé, des murmures, puis une présence qui approchait du téléphone, la résonance connue d'une voix grave. En versant des larmes de soulagement, Amy appuya la tête contre la paroi de bois ; enfin, enfin, enfin, elle l'avait retrouvé.

« Allô ?

— Oh, Mr. Robertson ! C'est moi. C'est Amy Goodrow. »

Un silence. « Je regrette, dit-il de sa voix merveilleuse, vous devez vous tromper de numéro.

— Mais non. C'est moi, c'est Amy ! À Shirley Falls. Vous savez bien.

— Non, je regrette, dit lentement Mr. Robertson. C'est une erreur. » Il hésita avant d'ajouter d'un ton ferme : « J'ignore qui vous êtes. Et il est inutile d'essayer de rappeler à ce numéro. »

24

À minuit, le calme était revenu dans la maison. Une petite lampe sur la table de la cuisine éclairait un peu le couloir, mais la salle de séjour était plongée dans le noir ainsi que l'escalier ; un rai de lumière tombait en travers du palier. Cette lumière, si faible qu'elle faisait paraître verdâtre l'obscurité avoisinante, provenait de la chambre d'Isabelle où une serviette voilait l'abat-jour de la lampe de chevet. Sous une couverture, étendue sur le dos à l'abandon comme pour un bain de soleil, Amy dormait profondément. Dans la lumière tamisée, son visage ne paraissait ni paisible ni angoissé, sans doute l'effet du sédatif qui était en train de se diffuser dans son organisme. Néanmoins, ses lèvres entrouvertes, son nez légèrement tourné vers le haut sur l'oreiller exprimaient d'une certaine façon une tendre confiance.

Aux yeux d'Isabelle, l'adolescente semblait détachée. C'est le mot qui lui vint à l'esprit tandis qu'elle se courbait en avant pour arranger la couverture sur le bras et le cou d'Amy. Séparée d'elle, sa mère. Détachée de tout le monde. Assise sur la haute chaise qu'elle avait approchée du lit, Isabelle scrutait les ombres, le modelé nouveaux de ce visage ; à un moment donné de ces derniers mois, les traits de la jeune fille avaient pris leur place définitive. Et qui était-elle devenue ?

Quelqu'un de séparé, pensa de nouveau Isabelle en touchant d'un doigt hésitant une mèche de cheveux qui tombait en travers de la joue d'Amy. Quelqu'un qui ne pourrait même pas hériter du précieux pot à crème de sa grand-mère ; en se rappelant le son ténu qu'il avait produit en se brisant, Isabelle s'appuya contre son dossier, les yeux pleins de larmes, car elle identifiait à sa mère cette faïence irlandaise, délicate, irréaliste, délicieuse. Et désormais disparue. Que sa fin ait coïncidé avec l'oubli par Avery Clark de l'invitation d'Isabelle causait à celle-ci un chagrin trop grand pour être encore assimilé ; les mots qu'il avait prononcés, *J'ai complètement oublié, j'en ai peur*, luisaient crûment sur le pourtour de sa conscience.

Mais c'était Amy qui en occupait le centre. Cette inconnue, qui était allée dans la forêt avec un garçon, un certain Paul (le ventre d'Isabelle se noua, même si elle avait cru Amy quand celle-ci avait affirmé qu'il n'y avait rien entre eux — « Rien, rien, rien »), tomber sur des restes humains dans des coffres de voitures abandonnées ; oh, quelle horreur pour une adolescente de découvrir le cadavre d'une autre adolescente ! Pauvre, pauvre petite Amy qui était rentrée avec la figure maculée, des yeux étrangement creusés qui donnaient l'impression de regarder du fond d'une caverne. Elle était positivement méconnaissable tandis qu'elle se recroquevillait face aux policiers comme s'ils voulaient l'arrêter, alors qu'ils étaient seulement venus vérifier le récit de Paul, lui demander très poliment quels détails supplémentaires elle pouvait fournir. Plus tard, elle avait enfoui son visage entre les coussins du canapé, tel un chien terrifié par l'orage, en proie à une peur purement animale. Elle émettait des sons affreux, gutturaux. « Ça ne peut pas être vrai ! criait-elle dans les coussins. Non, je n'y crois pas, non, je ne veux pas. »

Les policiers, surtout le plus vieux, s'étaient montrés tout à fait gentils. C'était ce dernier qui avait suggéré à Isabelle d'appeler un médecin si sa fille ne se calmait pas. Le médecin aussi avait été gentil, il avait téléphoné sa prescription à la seule pharmacie ouverte aussi tard un samedi soir, à Hennecock, une demi-heure de route. Dans la pharmacie, le bras passé autour des épaules d'Amy, Isabelle avait croisé le regard las mais bienveillant du pharmacien et elle avait expliqué : « Ma fille a subi un choc » ; il s'était borné à hocher la tête, visiblement il n'était pas homme à porter des jugements, et quatre ans plus tard, lorsque Isabelle le rencontrerait, elle n'aurait aucun souvenir de lui (tandis que lui, il se souviendrait d'elle, il se souviendrait de la féminité touchante de cette petite dame dont le bras étreignait sa grande fille apeurée) ; pour elle, ce soir, le monde n'était qu'un tourbillon informe.

Le téléphone sonna.

« Isabelle ? » Une voix de femme, familière. « Isabelle, c'est Bev à l'appareil. Excuse-moi si je te réveille.

— Ah, bien sûr, dit Isabelle, essoufflée d'avoir dévalé l'escalier. Bonsoir. Non, je ne dormais pas.

— Isabelle, on a un problème, ici. » Bev parlait à mi-voix. « Je suis chez Dottie. Wally est parti crécher chez sa petite amie, il a déménagé.

— Oh, mon Dieu, murmura Isabelle en s'approchant de l'escalier pour tendre l'oreille, de crainte que la sonnerie du téléphone n'ait réveillé Amy.

— Dottie voulait pas rester toute seule, alors je suis venue. Mais cette maison, c'est trop dur pour elle. Je l'emmènerais bien chez moi, sauf que

Roxanne a deux copines qui couchent dans le séjour, et c'est pas du tout ce qu'il faut à Dottie.

— Il est parti vivre avec sa maîtresse ? » Isabelle ne trouvait rien d'autre à dire.

« C'est un crétin, déclara Bouboule. Il se conduit comme un crétin. » Elle marqua une pause. « Dottie passe un sale moment, Isabelle. Elle veut pas rester ici cette nuit. »

La pensée que Bev lui demandait un service n'avait pas effleuré Isabelle. Quand le téléphone avait sonné, elle avait cru qu'il s'agissait encore d'Amy. Mais à présent, elle eut la vision fugace de Dottie Brown assise dans le fauteuil à bascule de sa cuisine, le regard vide, une cigarette au bout des doigts.

« Tu veux bien m'excuser une minute, Bev ? Rien qu'une minute. Ne quitte pas. » Elle posa soigneusement le combiné sur le plan de travail, puis elle monta l'escalier. Amy dormait toujours, dans la même position. Isabelle la contempla, penchée en avant pour guetter sa respiration. Elle redescendit.

« Allô, Bev ?

— Ouais, je suis là.

— Tu veux amener Dottie ici pour cette nuit ? » Cela frôlait l'absurdité. Cette nuit entre toutes, alors qu'elle butait dans sa tête sur les mots d'Avery Clark, *J'ai complètement oublié, j'en ai peur*. Avec Amy dans un tel état...

« Ça ne t'ennuie pas, Isabelle ? Moi aussi, je resterai, si tu veux bien, elle sera plus à l'aise. Tout comme toi, sans doute. Si tu as simplement un canapé où on pourra se nicher, ce sera parfait. Je sais que tu es un peu à l'étroit.

— Je t'en prie, dit Isabelle. Venez. »

C'était une drôle de situation. Elles se retrouvaient là toutes les trois, trois femmes adultes, assises dans la salle de séjour avec le matelas d'Amy par terre au beau milieu de la pièce, garni de draps, d'une couverture et d'un oreiller. Il y en avait autant sur le canapé. Au début, cela s'annonçait mal : Dottie qu'il fallait guider dans la cuisine comme une enfant paniquée, Isabelle lui tenant la main, murmurant des condoléances comme on le fait lors d'un décès, Bouboule qui suivait en traînant un grand sac à main marron, avec les masses lourdes de son visage tout affaissées, tel un museau de chien fatigué, et la gêne les avait accompagnées dans la salle de séjour où elles étaient allées s'asseoir. Puis Isabelle avait dit : « Amy a trouvé un cadavre, aujourd'hui. Elle dort là-haut sur mon lit. »

Cela eut le don de rompre la glace.

« Jésus Marie Joseph ! s'exclama Bouboule. Qu'est-ce que c'est que cette histoire ? »

Isabelle leur raconta. Bien sûr, elles se souvenaient de la disparition de cette petite fille, Debby Kay Dorn, mais oui. Elles se rappelaient sa photo à la télé, dans les journaux. Bev secoua lentement la tête. « Toute mignonne.

— Un vrai petit ange », renchérit Dottie. De nouvelles larmes lui coulèrent sur les joues.

« Et tu dis qu'Amy l'a trouvée ? Comment ça ? demanda Bev en ouvrant son grand sac d'où elle tira un rouleau de papier hygiénique, qu'elle tendit sans façon à Dottie. Comment ça, elle l'a trouvée ?

— Elle se promenait en voiture avec un copain. Tu veux des Kleenex, Dottie ? » Isabelle fit mine de se lever, mais Bev la fit rasseoir.

« On a épuisé tout le stock de Kleenex de la ville, pas vrai, Dottie ? Allez, continue.

— Donc, elle se promenait en voiture. Son amie Stacy a eu un bébé cet été, vous savez. Je ne sais pas si vous le savez. Dottie, laisse-moi aller te chercher des Kleenex, ce sera moins irritant pour ton nez. » Dottie avait le nez de plus en plus rouge.

Mais elle fit un signe de dénégation. « Ça m'est égal, mon nez, ça m'est complètement égal. Raconte vite comment elle a trouvé le corps, s'il te plaît.

— Oui, raconte », dit Bev.

Isabelle raconta donc ce qu'elle savait des événements de la soirée (sans la moindre allusion à Avery et Emma Clark), en terminant par le gentil docteur et l'expédition à la pharmacie pour les sédatifs. « Amy était au bord de la crise d'hystérie, précisa-t-elle. Sinon, je ne suis pas d'avis de donner des tranquillisants aux enfants... »

Bev l'interrompit. « Isabelle ! Elle a découvert une gosse assassinée. Dans ces conditions, je crois que le petit cachet ça s'impose.

— Oui, enfin, c'est ce que j'ai pensé.

— Je pourrais en avoir un, Isabelle ? demanda Dottie du fond du canapé. Je pourrais avoir un tranquillisant ? Rien qu'un, pour pouvoir dormir ?

— Bonne idée, s'écria Bouboule. Oh oui, Isabelle, tu aurais un cachet pour elle ?

— Mais naturellement », dit Isabelle qui se leva, alla à la cuisine et revint avec le flacon de comprimés dont l'étiquette interdisait, au nom de la loi fédérale, l'emploi du médicament pour toute autre personne que le patient à qui il était prescrit. « Tu n'as pas de contre-indication, tu es sûre ? Je sais que les gens allergiques à la pénicilline, en principe, ils portent une plaque accrochée au cou...

— C'est pas de la pénicilline, c'est du Valium. » Bouboule lui avait pris des mains le flacon qu'elle examinait. « Personne te mettra en prison pour avoir filé un Valium à ta copine. »

Isabelle retourna chercher un verre d'eau et Dottie avala le comprimé, puis elle saisit la main d'Isabelle, en levant vers elle le regard pitoyable de ses yeux bleus bordés de rouge. « Merci, dit-elle.

Merci de m'avoir accueillie ce soir chez toi. Sans me poser de questions.

— Je t'en prie », murmura Isabelle. Mais elle avait répondu trop vite, elle s'écarta trop vite, et la gêne envahit à nouveau la pièce. Isabelle s'assit dans son fauteuil. Toutes trois se taisaient. Chaque fois que le regard d'Isabelle se posait sur Dottie, il lui fallait détourner les yeux, tant elle était frappée de voir avec quelle facilité une vie pouvait être dévastée, détruite. Fragile comme un tissu, elle pouvait être tailladée par les grands ciseaux de l'égoïsme triomphant. Une fête dans les bureaux d'Acme Tires, le whisky coulant à flots, et en quelques étreintes la vie de Wally Brown avait basculé, entraînant celle de Dottie et même de leurs fils adultes, supposa Isabelle. Plus rien ne restait de ce qui avait été.

« Dottie, lança-t-elle, il faut que je te dise quelque chose. » Ses deux amies la regardèrent d'un air circonspect.

Elle avait envie de pleurer comme peut avoir envie de pleurer quelqu'un de malade, las et frustré de se sentir mal depuis si longtemps. « Amy... », commença-t-elle. Non, ça n'allait pas. Elle parcourut du bout du doigt la rainure sur l'accoudoir du fauteuil. Dottie avait maintenant la tête baissée ; Bev ne quittait pas Isabelle du regard.

« Quand je suis tombée enceinte d'Amy, reprit-elle enfin, j'avais dix-sept ans. Je n'étais pas mariée. » Dottie leva les yeux vers elle. « Je n'ai jamais eu de mari. »

Isabelle fut contrainte de marquer une pause, contemplant ses mains sans les voir, fermant et ouvrant le poing tour à tour, avant de poursuivre en criant presque : « C'était un homme marié, Dottie. Déjà le père de trois enfants. » Elle regarda en face son amie, dont le pâle visage exprimait le saisissement en dépit de sa lassitude.

« Je voudrais bien pouvoir plaider mon innocence, continua Isabelle, mon ignorance de... de ces choses-là. En un sens, c'est vrai que j'ignorais tout. Jamais je n'étais allée avec un homme. Mais je savais ce que je faisais. Je savais que c'était mal, ce que nous faisions. Je le savais, Dottie. » Elle riva les yeux sur le sol. « Ça ne m'a pas empêchée de le faire, parce que j'en avais envie. »

Un long moment, toutes trois gardèrent le silence, puis Isabelle ajouta, comme si elle venait de s'en souvenir : « C'était le meilleur ami de mon père. »

Bouboule reprit bruyamment son souffle et s'enfonça sur son siège, apparemment saisie du besoin de mieux répartir son poids pour ruminer cette révélation. « Tu parles d'un ami ! » s'exclama-t-elle.

Mais, à cet instant, Dottie se pencha en avant et elle dit doucement : « Isabelle, j'éprouve de la haine envers Althea Tyson. Je n'éprouve aucune haine envers toi. Si c'est de ça que tu as peur. »

C'était en effet ce qu'elle avait craint, obscurément. Mais pas seulement cela. Elle redoutait — depuis le jour où elle avait raccompagné Dottie chez elle et passé un moment dans sa cuisine — d'avoir elle-même, Isabelle Goodrow, causé à une autre personne une douleur du même genre.

Et cette idée ne lui était jamais venue.

Pas vraiment. Tout ce temps, elle n'avait guère songé à Evelyn Cunningham, pas avec compassion, en tout cas. À présent, elle en était stupéfaite, elle avait peine à le croire. Comment avait-elle pu ne pas voir les dommages que cette histoire avait pu, avait dû causer dans la vie d'Evelyn Cunningham ? Comment, au fil des ans, Evelyn Cunningham était-elle demeurée dans son esprit aussi irréelle que la photo de n'importe qui dans un magazine ?

Cette femme existait en chair et en os ; elle

s'était sûrement levée la nuit pour soigner un enfant malade, elle avait entassé dans la machine à laver le linge sale de son mari, elle avait préparé les repas, elle avait fait la vaisselle, et il lui avait fallu (au beau milieu de la nuit, sans doute) imaginer son mari ouvrant sa braguette et chevauchant Isabelle Goodrow dans un champ de pommes de terre. Ces pensées l'avaient peut-être hantée durant des années. Elle avait su, alors que son mari était mort et que ses enfants grandissaient, qu'une autre femme élevait un enfant de cet homme qu'elle, Evelyn Cunningham, avait aimé et avec qui elle avait vécu quotidiennement. Quel effet cela avait-il pu lui faire ?

« Raconte encore », demanda Dottie.

Mais Isabelle ne voulait pas en dire plus. Quels mots employer ? Elle regarda tour à tour Dottie et Bev, et s'aperçut à sa grande surprise que toutes deux lui rendaient son regard avec chaleur.

« Est-ce qu'Amy le sait ? demanda Bev, lorsqu'elle vit qu'Isabelle n'allait pas poursuivre. Amy, elle sait quelque chose de tout ça ? » Bouboule plissa le front en se grattant la tête avec son gros index, et elle changea une fois de plus de position sur son siège.

Isabelle fit signe que non ; elle se sentait anéantie comme au sortir d'une maladie, il lui semblait que si la maison prenait feu, elle serait incapable de bouger. Elle avait mal au dos et des douleurs lui descendaient le long des bras jusque dans les poignets, les phalanges ; elle tenait ses doigts écartés sur ses genoux. « Si j'étais capable d'expliquer... », murmura-t-elle d'une voix hésitante, et ses deux amies hochèrent la tête.

Ses parents étaient de braves gens, dit-elle enfin, comme si elle s'exprimait du fond de cette maladie qui lui rendait la bouche sèche, contractée, étrangère. Elle n'était pas de ceux qui ont à se plaindre de leur enfance. Elle tenait à le souligner, bredouilla-t-elle en clignant soudain des yeux pour lutter contre ses larmes. (« T'en fais pas, dit gentiment Bouboule, allez, continue. »)

Ses parents travaillaient dur, ils allaient au temple tous les dimanches. On lui avait enseigné le Bien et le Mal. Sa mère était timide et ils n'avaient pas une masse d'amis, mais quelques-uns, quand même (Bev acquiesça pour l'encourager), par exemple les Cunningham. Oui, Jake Cunningham était le meilleur ami de son père. Ils avaient grandi ensemble, à West Minot. Jake avait épousé Evelyn, qui travaillait à l'hôpital de cette ville. Elle n'était pas infirmière — enfin, peut-être que si, Isabelle ne savait pas trop quelle était sa formation —, mais elle avait gardé son travail à l'hôpital un certain temps après leur mariage, puis elle avait arrêté pour mettre au monde trois bébés d'affilée. Isabelle avait alors environ dix ans, et les Cunningham débarquaient souvent pendant le week-end, venus en voiture de West Minot avec toute la couvée. Isabelle se demandait aujourd'hui si cela avait rendu sa mère jalouse, elle qui n'avait pas pu avoir d'autre enfant ; impossible de le savoir, elle n'y avait pas pensé, à l'époque.

Les Cunningham étaient partis vivre en Californie. Jake avait été embauché là-bas dans une entreprise de toitures, et cela se passait bien, apparemment ; Isabelle n'en avait pas un souvenir très précis. Ils envoyaient des cartes de vœux à Noël.

Puis, lorsque Isabelle avait douze ans, son père était mort (« Non, c'est vrai ? murmura Bev. J'avais pas imaginé. »), assis dans sa voiture pendant qu'on lui faisait le plein dans une station-service. (« Que c'est triste », dit Dottie en se mouchant.) Oui, c'était dur. Quand on est gosse, on ne pense pas à l'horreur de ce qui arrive, on prend les choses comme elles se présentent, mais on est sous le choc, au début ; l'enterrement avait été magnifique, elle se le rappellerait toujours. Beaucoup de monde y avait assisté. Jake Cunningham était venu de Californie — bien entendu, Evelyn était restée là-bas pour s'occuper des enfants —, et les gens se montraient très gentils à l'égard de la petite Isabelle. Le jour de l'enterrement, elle avait eu un sentiment d'importance. Et en avait joué « Quelle puissante forteresse est notre Seigneur », qui demeurait à ce jour le cantique préféré d'Isabelle — ses paroles lui procuraient un tel réconfort —, mais voilà qu'elle perdait le fil ; ce n'était pas de son père qu'elle voulait parler en fait.

Bon. Elle respira à fond. Bon. C'était après l'enterrement que l'épreuve avait commencé. Deux mois après, quand les amis avaient cessé de téléphoner, quand personne n'en parlait plus. (« Oui, acquiesça Bev, c'est toujours comme ça. ») Isabelle prenait soin de sa mère, et sa mère prenait soin d'elle. Mais elles ne sortaient guère ; elles allaient au temple, bien sûr, et ses cousines habitaient à deux pas. Isabelle travaillait dur en classe, elle avait de bonnes notes. Elle voulait devenir enseignante. Dans le primaire, parce que c'était là que les enfants apprenaient à lire, et qu'une bonne institutrice pouvait faire toute la différence. Sa mère était fière d'elle. Ah ! elles s'aimaient très fort, toutes les deux, dit Isabelle en haussant un peu le ton et en clignant à nouveau des yeux. Pourtant, s'il fallait avouer la vérité, la triste vérité, ces années-là s'étiraient dans sa mémoire comme un interminable et morne dimanche après-midi, et elle ne comprenait pas pourquoi, car elle aurait donné cher pour se retrouver auprès de sa maman. Oh, non, cela ne lui aurait pas paru morne.

Elle venait de casser ce soir le pot à crème en faïence irlandaise de sa mère, en le faisant tomber par mégarde du plan de travail. (« Quoi donc, mon chou ? s'enquit Bouboule. T'as cassé quoi ? ») Il lui avait toujours donné la sensation d'avoir un peu de sa maman bien à l'abri dans le placard de la cuisine, et maintenant il n'existait plus. (Les larmes ruisselaient sur les joues d'Isabelle.) Elle avait toujours pensé qu'un jour Amy l'aurait chez elle à son tour, mais maintenant il n'existait plus. (« Fais passer du papier toilette », dit Bev en allongeant le bras vers Dottie qui en déroula docilement une longue bande pour Isabelle.)

Enfin, bon, voilà. Isabelle se moucha à fond, elle s'essuya les yeux. Elle avait donc de bonnes notes et termina même ses études secondaires à la tête de sa promotion, ce qui remplit sa mère de fierté. (« Y a de quoi », s'exclama Dottie en lui tendant une nouvelle provision de papier hygiénique au cas où elle en aurait besoin.) Il est vrai que la promotion ne comptait que trente-trois élèves, c'était un petit lycée. (« Ça fait rien, dit Bev avec conviction. Tout le monde sait que tu es intelligente. Toi aussi, tu devrais être fière. »)

Sa mère adorait la couture. Elle lui confectionna une belle robe en lin blanc pour le jour de la remise des diplômes. Mais là, Isabelle allait trop vite. Car six semaines plus tôt, par une belle journée de mai (le magnolia était en fleur devant la porte de la maison, elle s'en souvenait, et les abeilles se heurtaient aux moustiquaires de la galerie), Jake Cunningham était apparu sans crier gare. Son travail l'ayant amené dans l'Est, il en avait profité pour venir voir Isabelle et sa mère, et quel plaisir pour elles ! Entre, entre donc, s'était écriée sa mère. Comment vont Evelyn et les enfants ? Très bien, tout le monde va très bien. Jake Cunningham avait des yeux gris d'une grande douceur. Il souriait à Isabelle chaque fois qu'il la regardait. Et il répara la toiture. Il alla acheter les fournitures nécessaires, il grimpa sur une échelle et répara les fuites du toit. C'était merveilleux d'avoir un homme à la maison.

Pendant qu'elles préparaient le dîner, il s'assit dans la cuisine, les bras posés sur la table, des bras musclés couverts de poils blonds frisés, et Isabelle était aux anges, tandis qu'elle sortait les petits pains du four et les disposait dans une corbeille. Elle ne s'était pas rendu compte, jusque-là, qu'elle avait été malheureuse à ce point, et soudain elle n'était plus malheureuse ; il lui semblait qu'il y avait un peu de tristesse dans les yeux de Jake Cunningham, et une douceur infinie. Il continuait de sourire chaque fois qu'elle le regardait.

Fatiguée de toutes ces émotions, sa mère se coucha tôt. Isabelle et Jake étaient assis au salon. Elle s'en souviendrait toujours. À cette époque de l'année, les soirées rallongeaient, et la nuit commençait juste à tomber quand sa mère alla se coucher. « Allumez la lampe », leur dit-elle inocemment en quittant la pièce.

Mais ils n'en firent rien. Tournés l'un vers l'autre sur le canapé, laissant pendre leurs bras par-dessus le dossier, ils causaient tranquillement, se souriaient, baissaient les yeux, regardaient par la fenêtre tandis que l'obscurité printanière envahissait le salon. Jake avait une chemise rayée... enfin, peu importait, dit Isabelle ; simplement, elle ne pouvait pas s'empêcher de s'en souvenir. En tout cas, la lune était pleine ce soir-là, et le ciel nocturne, qui se découpait dans l'embrasure de la fenêtre ouverte, avait une clarté laiteuse, sublime.

Et puis...

Ils sortirent faire un tour. Ils se promenèrent à travers les champs du voisinage, l'odeur de terre évoquait une serre. La pleine lune était bas dans le ciel, comme alourdie.

Si seulement elle pouvait dire qu'elle ne savait pas... Mais ce serait un mensonge. Elle savait que c'était mal. Seulement, ça lui était égal. Enfin, non, pas vraiment, mais quand même. Parce qu'elle éprouvait un tel bonheur ! Peu importait à quel prix. Elle n'avait jamais été aussi heureuse.

Le lendemain soir, ils retournèrent se promener. Après, il l'embrassa sur le front et lui dit que tout ça devait rester un secret. Elle l'aimait. Oh, Seigneur, comme elle l'aimait ! Elle voulait lui dire à quel point elle l'aimait, elle pensa qu'elle allait le lui dire dès son réveil, mais, au matin, il n'était plus là.

(Le papier hygiénique circula ; les trois femmes se mouchèrent.)

Elle n'en parla à personne. À qui se serait-elle confiée ? Et puis, à titre de première de sa promotion, il lui fallut faire son petit discours à l'occasion de la remise des diplômes, sur la pelouse du lycée par une chaude journée de juin, vêtue de sa robe de lin blanc. Quand elle rentra à la maison, elle vomit, en plein sur le devant de sa belle robe blanche qu'elle ruina définitivement. Sa mère crut à une réaction nerveuse et elle ne se fâcha pas au sujet de la robe. Elle était très gentille. (Encore un peu de papier pour Isabelle.)

Mais elle vomit de nouveau les jours suivants, et elle finit par tout avouer à sa mère ; toutes deux pleurèrent en se tenant la main dans le salon. Le lendemain après-midi, sa mère l'emmena voir le pasteur qui les fit asseoir sur son canapé couvert de tissu écossais ; un rayon de soleil tombait sur le tapis gris d'une saleté repoussante, Isabelle s'en souvenait — bizarre, non, les choses qu'on se rappelle ? Malgré ce qui lui arrivait, elle était là à se demander pourquoi personne ne passait l'aspirateur sur le tapis du pasteur. Celui-ci marchait de long en large, les mains dans les poches de son pantalon en coton cloqué. Les voies du Seigneur sont impénétrables, dit-il, que Sa volonté soit faite.

Sa mère s'occupait du bébé tandis qu'Isabelle se rendait chaque jour en voiture à l'École normale de Gorham. Et ça aussi, c'était une situation étrange, parce que, après les cours, quand quelqu'un lui proposait de prendre un café, elle disait toujours non et rentrait en hâte à la maison. Personne à l'École normale ne se doutait qu'elle avait un bébé. (« Jake Cunningham, est-ce qu'il l'a su ? » demanda Bev. « Oui, dit Dottie qui se tenait à présent toute droite, est-ce qu'il l'a su, Jake Cunningham ? »)

Il le savait. La mère d'Isabelle l'avait appelé en Californie. C'était Evelyn qui avait décroché le téléphone. On pouvait imaginer ce qu'elle avait ressenti ce jour-là.

Mais Isabelle n'y avait jamais vraiment pensé, c'était le problème. Maintenant, elle l'imaginait : on est debout dans sa cuisine, on se demande que faire à dîner ce soir, on jette un coup d'œil dans le frigo et, soudain, le téléphone sonne. D'un seul coup, on voit toute sa vie s'effondrer. (« Mais qu'est-ce qu'il a dit, ce Jake ? s'enquit Bev. Qu'est-ce qu'il a trouvé à dire, ce salaud ? »)

Il regrettait. Oh, il regrettait terriblement, bien sûr. Si elles avaient besoin d'argent, qu'elles n'hésitent pas à lui en demander. Mais elles ne voulaient pas de son argent. (« Je pense bien ! » s'exclama Dottie, l'air tout à fait réveillée et lucide, comme si le tranquillisant l'avait stimulée au lieu d'avoir un effet sédatif. « Foutaises ! dit Bouboule. Moi, je lui en aurais pris un max. »)

Non, c'était à elle, Isabelle, d'assumer ses responsabilités. Et à sa mère, ce qui semblait injuste. Tout ça était injuste pour sa mère, qui ne méritait rien de tel. (« Oh, que oui, observa Dottie, la vie est injuste. ») Mais, au mois de janvier, elle était morte. Un soir, en allant se coucher, elle ne se sentait pas très bien — elle était patraque, avait-elle dit —, et une crise cardiaque l'avait emportée pendant la nuit. Isabelle avait toujours pensé que c'était le stress qui l'avait tuée. (« Y a des gens stressés bien pire que ça qui vivent jusqu'à cent ans », rétorqua Bouboule.)

Elle avait donc arrêté ses études. C'était la panique. Elle avait la charge d'un bébé, besoin d'un mari, en fait. Comme ce n'était pas dans sa bourgade qu'elle le trouverait, elle vendit la maison de sa mère pour déménager en aval du fleuve, à Shirley Falls. Même le pasteur le lui avait déconseillé. Mais elle pensait avoir plus de chances de pouvoir se marier à Shirley Falls.

C'était une erreur. Inquiète du qu'en-dira-t-on, elle acheta une alliance chez Woolworth ; ce n'était pas prémédité, mais, finalement, elle la garda au doigt durant près d'une année, et, quand on l'interrogeait, elle répondait qu'elle était veuve. (Dottie et Bev hochèrent la tête. Elles s'en souvenaient.) Ce mensonge était vraiment une terrible erreur. Mais, une fois qu'on a commencé à mentir, c'est difficile de revenir en arrière, même si on le voudrait. (Dottie hocha de nouveau la tête, plus fébrilement.) Adolescente, elle avait toujours pensé qu'elle se marierait et qu'elle aurait toute une petite famille harmonieuse. Il lui arrivait encore de se sentir déroutée que ça ne se soit pas passé ainsi.

Mais voilà.

Telle était son histoire.

Toutes trois gardèrent un silence songeur, en échangeant de petits coups d'œil à travers la pièce. On entendit une voiture passer au loin sur la Route 22. « Jake est mort juste avant que je vienne vivre à Shirley Falls, ajouta Isabelle, comme si ce détail lui revenait.

— Pas une crise cardiaque de plus, j'espère ? » dit Bev.

Isabelle fit signe que si. « Sur un terrain de golf.

— Nom d'un chien, s'écria Dottie, dans ton

entourage, Isabelle, y a personne qui s'est fait écraser ? Qui a avalé du poison ? Qui est tombé d'un bateau et qui s'est noyé ? »

Elles se regardèrent ; Bouboule haussa les sourcils.

« Mais jamais je n'ai pensé à Evelyn, reprit Isabelle au bout de quelques instants. Jamais je n'ai vraiment pensé à elle. » Elle se tourna vers Dottie comme pour lui demander pardon.

« Eh bien, dit Bev en allumant une cigarette, à présent c'est à Amy que tu ferais mieux de penser. »

Cette nuit-là, Isabelle fut la seule personne dans la maison à ne pas avoir pris de Valium. Bev décida à la dernière minute qu'après tout ce qu'elle avait entendu raconter ce soir elle avait la tête trop en ébullition pour pouvoir dormir sans somnifère, surtout dans cette minuscule salle de séjour d'Isabelle ; lorsque celle-ci leur eut dit bonsoir, en rougissant parce que les deux femmes s'étaient penchées pour l'embrasser, et qu'elle laissa le flacon de Valium à côté du canapé où Dottie était assise, Bev prit donc un comprimé. Ensuite, à son retour des toilettes, elle croyait qu'elle allait causer encore un moment avec Dottie — tout bas, bien sûr — de ce qu'Isabelle venait de leur révéler, mais elle trouva son amie plongée dans un sommeil si profond qu'elle avait l'air d'avoir pris un coup sur la tête. Elle dormait assise et ne broncha pas quand Bev l'allongea doucement sur le canapé en lui glissant un oreiller sous la tête et en la recouvrant avec le plaid.

Bev s'installa sur le matelas qu'Isabelle avait descendu de la chambre d'Amy, posé à même le sol, et elle s'étonna de le trouver si confortable. Au bout de quelques minutes, il lui sembla se sentir déjà bercée par l'effet du Valium ; heureusement qu'elle n'en avait pas sous la main trop souvent. Ces trucs-là, en plus, ça constipe. Qui aurait cru qu'Isabelle Goodrow... quelle drôle d'aventure, la vie. Wally Brown, au bout de tant d'années en ménage, se conduisant comme un crétin.

En haut, couchée à côté d'Amy, Isabelle l'écoutait respirer. L'odeur de fumée de tabac, montée du rez-de-chaussée, lui rappelait assez agréablement les soupers paroissiaux auxquels elle prenait part avec ses parents quand elle était petite ; après avoir mangé sur des tables pliantes au sous-sol du temple, les hommes se regroupaient pour fumer en parlant récoltes, tracteurs, tandis que les femmes préparaient du café dans les grandes cafetières en métal argenté et disposaient tout un choix de biscuits et de gâteaux. Ces mêmes femmes qui, quelques années plus tard, apporteraient des petits plats à sa mère, les quelques jours qui suivaient l'enterrement. C'était gentil de leur part, se dit Isabelle. Elle trouvait... (Qu'est-ce que c'était que ce bruit ? Simplement Bouboule qui ronflait.) Elle trouvait que la gentillesse était l'un des présents les plus précieux de Dieu : le fait que tant de gens se montrent capables d'être gentils, oui, c'était vraiment la marque d'une intervention divine. Comme ces deux femmes, en bas, avaient été gentilles avec elle ce soir ! Comme le policier avait été gentil un peu plus tôt, et le médecin au téléphone, et le pharmacien silencieux (elle ne se souvenait que de sa blouse blanche sur un corps massif). Oui, comme les gens pouvaient être gentils !

Elle s'interdisait de songer à Avery et à sa femme Emma, pour le moment, c'était trop pénible. Elle préférait penser à ses amies, aux larmes qu'elles avaient versées avec elle quand elle leur avait raconté son amour pour Jake Cunningham. Isabelle n'en revenait pas. Ces femmes avaient pleuré avec elle. Elles avaient entendu son récit d'une existence mensongère, d'autres vies abîmées par la façon dont elle avait agi, et ensuite elles l'avaient gentiment embrassée pour lui dire bonsoir.

Elle ne le méritait pas. De longues années durant, après tout, elle les avait tenues à l'écart, se croyant supérieure, s'imaginant qu'elle avait plutôt sa place auprès des dames de la congrégation, des Barbara Rawley, Peg Dunlap, Emma Clark. *Pour qui je me prenais ?* se demanda-t-elle, désorientée. *Mais, pour qui je me prenais ?*

Elle dormit d'un sommeil léger mais sans heurts, comme si elle flottait sur une couche d'air chaud, comme si, par une étrange osmose, les effets du Valium sur d'autres organismes dans la maison s'étaient communiqués au sien. Par moments, au cours de la nuit, des tressaillements agitaient le corps d'Amy, elle secouait la jambe, criait, et Isabelle se réveillait sans qu'il lui semble avoir dormi. « Je suis là, disait-elle chaque fois en lui touchant le bras. Je suis là, Amy. Tout va bien. »

À un moment donné, elle ouvrit les yeux et il faisait jour, la lumière du petit matin pénétrait dans la chambre. Étendue sur le côté face à Isabelle, Amy la contemplait avec de grands yeux lucides, une expression indéchiffrable. Comme au temps où elle était petite, où Isabelle s'allongeait sur ce lit avec elle pour la sieste, s'efforçant de la faire dormir. Mais aujourd'hui son corps était plus long que celui d'Isabelle, elle avait des points noirs sur le menton et sur le nez, un méchant bouton avait germé sur sa pommette. Ses yeux recelaient pourtant la même énigme qu'Isabelle y voyait quand Amy avait moins de deux ans. *Amy*, fut-elle tentée de lui demander, *Amy, qui es-tu ?* Au lieu de quoi elle dit doucement : « Dors. »

Et l'adolescente obéit. Elle ferma les yeux, ses lèvres s'entrouvrirent et elle se rendormit.

La salle de séjour était un vrai champ de bataille. Un matelas à moitié couvert d'un drap gisait par terre au beau milieu, draps et couverture pendaient en désordre du canapé, les oreillers étaient épars, l'abat-jour de travers ; une soucoupe pleine de mégots était périlleusement posée sur le poste de télévision, des cendres s'étaient répandues sur le sol. Le rouleau de papier hygiénique s'était déroulé du bout du canapé jusqu'à la table basse où un demi-verre d'eau imprimait une tache sur l'acajou vernis.

Dans les toilettes, près de la cuisine, la chasse d'eau se déclencha, et on entendit Bouboule qui fredonnait : *T'es de l'histoire ancienne, chéri, j'vais aller voir ailleurs...* La porte des toilettes lui livra passage, et elle accueillit Isabelle d'un large geste du bras, montrant le chaos : « Sacrée soirée, hier ! »

Isabelle hocha la tête et elle enleva le paquet de cigarettes du fauteuil avant de s'y asseoir.

« Excuse-nous pour le désordre », dit Dottie, pelotonnée dans un coin du canapé, les genoux sous le menton, la fumée de sa cigarette s'élevant devant son visage et s'étalant en une brume bleutée à l'approche du plafond.

« Comment va Amy ? Pas trop mal ? » Bev ramassa le rouleau de papier qu'elle réentortilla, puis elle le posa sur la table basse.

« Elle a dormi, répondit Isabelle. Je pense qu'elle ne va pas tarder à descendre. Elle a fait des mauvais rêves, je crois.

— Tu parles ! Et toi, tu as rêvé, Dottie ? »

Dottie fit un signe de dénégation, d'un air las. « Sauf que tout est un cauchemar. J'ai l'impression que tout est un cauchemar. »

Bev s'assit sur le canapé et saisit la main de Dottie. « Vas-y un seul jour à la fois, mon chou. »

Dans son fauteuil, Isabelle approuva. « Comme

disait ma cousine Cindy Rae, la meilleure façon de manger un éléphant, c'est une bouchée après l'autre. »

Bev alluma sa cigarette à celle de Dottie. « Ça me plaît bien, ça. Une bouchée après l'autre. »

Isabelle avait mal à la tête. Si elle avait réussi cette nuit à se protéger d'Avery Clark, c'était fini. Il avait repris toute sa réalité de voisin qui, avec sa femme, avait oublié de venir à son invitation. Elle se représenta son visage plein de mansuétude au bureau et ressentit un cruel élan vers lui ; en même temps, elle le détestait et voyait sa bouche tordue, sa silhouette d'échalas (les mots *le cul en l'air* lui passèrent par la tête). C'était douloureux.

Debout à la porte, la tête dans les épaules, Amy contemplait le séjour avec une sorte d'hésitation effarouchée.

Bouboule ne put se retenir. « Amy Goodrow, lança-t-elle, viens ici et laisse la grosse dondon te serrer dans ses bras. »

Mais l'adolescente se contenta de la regarder, sans changer d'expression.

« Allez, allez, ordonna Bev. Fais ça pour moi. Je parie que tu ne me croiras pas, mais tu m'as manqué. » Ouvrant grands les bras et secouant les poignets, elle se tourna vers Dottie pour quémander son appui. « Pas vrai, Dot ? Pas vrai que tous les jours au bureau, j'ai dit, Dottie, c'est sympa que tu sois revenue, mais cette Amy Goodrow, c'était un vrai petit amour ?

— Absolument », confirma Dottie.

La jeune fille sourit enfin, un sourire timide qui faisait tressauter la commissure des lèvres.

« Allons, viens. »

Amy alla à elle, gauchement courbée tandis que Bouboule l'étreignait dans ses bras replets. Isabelle grimaçait intérieurement en observant la scène, en partie à cause de la gaucherie de sa fille, mais surtout parce qu'elle savait à quel point elle avait ce matin l'haleine puante, pour l'avoir sentie dans le lit, un relent âcre et puissant de peurs nocturnes.

« Merci, dit Bev en lâchant enfin Amy. Mes filles se figurent qu'elles sont trop grandes pour que je les serre dans mes bras... » (Ce n'était pas vrai.) « ...et j'ai encore des années à attendre d'avoir mes petits-enfants. Enfin, j'espère, parce que Roxie m'inquiète, j'ai peur qu'elle se marie avec le premier imbécile qui se présentera.

— Mais non, intervint Dottie. Elle est pas folle, Roxanne. » Elle déplaça le plaid pour qu'Amy puisse s'asseoir sur le canapé. « Je parie que tu te demandes pourquoi y a tant de monde chez toi, ce matin. J'ai des problèmes à la maison, s'excusa-t-elle, et ta maman a eu la gentillesse de nous laisser camper ici cette nuit. »

Amy acquiesça timidement. Quand elle s'était réveillée pour la seconde fois, sa mère lui avait raconté tout bas les malheurs de Dottie et, dans son propre état d'angoisse nébuleuse, elle se sentait réconfortée de savoir qu'elle n'était pas seule au monde à avoir eu si récemment le cœur brisé.

« Elle a été drôlement gentille, ta maman, renchérit Bev en ramassant un oreiller.

— Pas du tout, dit Isabelle. En fait, c'est vous deux qui avez été drôlement gentilles avec moi. »

Oui, la gentillesse régnait entre ces femmes naufragées, mais il demeurait des secrets que chacune aurait à porter toute seule. Pour Amy, bien sûr, il y avait la phrase incroyable de Mr. Robertson : *« J'ignore qui vous êtes. »* Pour Isabelle, c'était la place vide laissée par Avery dans ses rêves, une place qu'il avait occupée à l'insu de tous, à son propre insu. Et même Dottie n'avait pas livré à Bouboule tous les détails de sa souffrance (la vision obsédante du vagin d'Althea s'ouvrant sous les doigts de Wally, tunnel humide qui conduisait à ses entrailles, au lieu de cette chose sèche, charcutée et désormais fermée au bas du ventre de Dottie) ; et Bev elle-même avait des soucis intimes qu'elle ne pouvait pas formuler, une espèce de chape de terreur qui pesait sur elle.

Mais que faire ? Poursuivre son chemin, voilà tout. Les gens poursuivaient leur chemin ; ils le faisaient depuis des millénaires. On prenait les gentillesses telles qu'elles s'offraient, les laissant pénétrer le plus profond possible, et les sombres crevasses qui restaient, on les tenait cachées en soi, sachant qu'avec le temps elles deviendraient peut-être supportables. Dottie, Bev et Isabelle le savaient, chacune à sa manière. Mais Amy était toute jeune. Elle ne savait pas encore ce qu'elle pouvait ou non supporter et, pour le moment, tel un enfant effaré, elle se raccrochait en silence aux trois mères qui étaient là.

« On a dévasté ta salle de séjour, dit Bouboule à Isabelle. Tant qu'on y est, on pourrait faire des crêpes et ravager ta cuisine.

— Vas-y, ravage, dit Isabelle. Ça n'a pas d'importance. » Et c'était la vérité. Ce matin, tandis qu'elle était étendue dans son lit auprès d'Amy, avec la lumière du soleil qui filtrait sur les bords du store, il s'était produit quelque chose de nouveau en elle, une sensation de céder, de renoncer, de lâcher prise, elle ne savait pas exactement. Mais elle avait confié sans détour à Amy les malheurs de Dottie, ce qu'elle n'aurait sans doute pas fait auparavant, elle aurait éludé, simplement évoqué « des ennuis personnels » ; au lieu de quoi elle avait parlé à Amy de Wally Brown et d'Althea Tyson. (À présent, elle devrait lui dire d'aller se brosser les dents, songea Isabelle en jetant un coup d'œil à sa fille blottie au coin du canapé ; mais elle se tut.) Au réveil, elle avait goûté une étrange et douce saveur de liberté : pour commencer, il lui était apparu qu'elle ne ferait pas son lit aujourd'hui et qu'elle n'irait pas au temple. Elle n'irait pas non plus travailler demain. Elle appellerait Avery Clark et lui dirait qu'Amy était souffrante, elle lui demanderait une semaine de congé. Elle avait droit à beaucoup plus, cela ne poserait pas de problème. Et si Avery ne la croyait pas, s'il pensait qu'elle fuyait le bureau parce qu'elle était embarrassée de le voir après qu'il eut oublié de venir chez elle ? Ou qu'elle était fâchée ?

Peu importait. Peu importait ce qu'il allait penser.

Et peu importait que la maison fût sens dessus dessous, qu'une tache d'eau fût en train de marquer l'acajou de la table basse. Oui, peu importait.

« Je devrais aller à la messe, disait à cet instant Dottie, s'adressant à Amy qui, faute de savoir que répondre, se borna à lui sourire timidement, de son bout du canapé.

— Si tu veux mon avis, le bon Dieu sera bien plus content de te voir manger une crêpe », lança Bouboule dans la cuisine, et Isabelle fut saisie d'une envie intense de devenir catholique.

Si elle était catholique, elle pourrait s'agenouiller et s'incliner dans une église aux vitraux chatoyants, sous des rais de lumière dorée. Oh, oui, elle s'agenouillerait et elle ouvrirait les bras pour serrer contre elle Amy, Dottie et Bev. « S'il Te plaît, mon Dieu... », prierait-elle. Pour qui, pour quoi prierait-elle ? Elle prierait. « Oh, s'il Te plaît, mon Dieu. Aide-nous à être miséricordieux envers nous-mêmes. »

« Moi, je les aime toutes fines et presque brûlées, dit Bouboule. Faut les étaler à la spatule. »

Avec l'odeur du café et des crêpes brûlées, la matinée trouva un peu de cohésion, assez pour donner le départ à une nouvelle journée, mais, même passée sous silence, la mort était présente : le spectre d'un cadavre de petite fille dans le coffre d'une voiture, la maison déserte où Dottie Brown allait commencer à vivre une sorte de veuvage, brusque et bancal, et Isabelle aussi portait le deuil en secret, car à quoi ressemblerait une existence qui ne serait plus centrée sur Avery Clark ? Ni sur Amy, recroquevillée sur le canapé, incapable d'avaler la crêpe que Bev venait de lui donner.

En observant l'expression désorientée de l'adolescente, l'égarement qui se peignait sur son visage luisant, Isabelle se demanda à nouveau ce que sa fille avait fait en voiture sur les chemins avec un garçon, elle se demanda à nouveau de quoi se composait son chagrin, et elle comprit qu'elle mettrait longtemps à le découvrir, qu'elle ne le saurait peut-être jamais, en réalité.

Une bouchée après l'autre.

Oui, cela lui prendrait du temps, sûrement, tout son temps. Elle s'en rendit compte en agitant la main, debout sur le perron, pour dire au revoir à Bev et Dottie qui s'éloignaient en marche arrière. Cela lui prendrait du temps de s'aménager une existence indépendamment d'Avery Clark. Déjà, elle se sentait tiraillée par la tentation de ses vieilles habitudes — que mettrait-elle demain pour aller travailler ? Mais non. Elle n'irait pas travailler, pas d'ici quelques jours. Non. Il avait oublié de venir prendre le dessert chez elle. Elle ne comptait guère pour lui, ou pas du tout.

Cependant, elle éprouvait encore, par intermittence, cette sensation de liberté, de sérénité. Et puis, il y avait Amy, le désir de la garder auprès d'elle, de s'occuper d'elle. Par exemple, il serait temps qu'elle prenne un bain.

« Si tu prenais un bain ? » suggéra Isabelle. Amy haussa les épaules, puis elle secoua la tête. Elle était au-delà de ce recours. « Bon, lui dit sa mère. Mais dans un petit moment. Ça te fera du bien. » Elle ouvrit la porte de la cuisine pour aérer la maison, puis elle s'assit près de sa fille sur le canapé. « Nous n'allons pas au temple », annonça-t-elle.

Amy acquiesça d'un signe.

On entendait chanter les oiseaux dans les arbres.

Dehors, le temps était doux, presque automnal. C'était avec douceur que le soleil tombait, par les fenêtres du temple, sur le tapis rouge foncé, sur le bois clair des bancs. Avec douceur, aussi, que la brise agitait le feuillage des ormes dont l'ombre jouait sur le mur et sur l'autel, faisant palpiter la lumière. La congrégation, debout, chantait lentement *Loué soit Dieu, dispensateur de tout bienfait*, en un chœur sourd couvert par les grandes orgues dont les accents déferlaient du haut du balcon. *Louez-Le tous, qui êtes ici-bas.* Les placeurs en costume gris et gros souliers déposèrent le produit de la quête sur la table au fond du temple et, redressant leur cravate, graves et raides (Avery Clark était l'un d'eux), ils regagnèrent discrètement leur place. *Loués soient le Père, le Fils et le Saint-Esprit. Aaamen.* La congrégation se rassit, un genou çà et là cogna la travée de devant, un livre de cantiques tomba avec un bruit mat, le fermoir d'un sac à main claqua, quelqu'un se moucha. (Furieuse contre son mari, Emma Clark feignait d'écouter la lecture des Saintes Écritures et se demandait si Isabelle Goodrow se trouvait quelque part dans leur dos, ravalant son affront avec une vertueuse dignité.)

Des chrysanthèmes blancs et lie-de-vin, en pots, bordaient les marches de l'autel. La chasuble noire du pasteur accompagna le mouvement de son bras, levé au-dessus du lutrin pour tourner lentement une page de la grosse Bible ouverte devant lui. *Alors, Jésus se dressa et leur dit : Que celui qui n'a jamais péché...* Du fond du chœur provenait une légère odeur de jus de raisin, car c'était jour de communion et, auprès des petits carrés de pain sur des assiettes en argent, de minuscules verres remplis de jus attendaient sur des plateaux ronds. (Les paupières de Timmy Thompson se fermèrent irrésistiblement, jusqu'à ce que les borborygmes de sa femme le réveillent en sursaut.)

L'orgue retentit à nouveau, le pasteur s'écarta à reculons du lutrin en s'inclinant tandis qu'au-dessus de lui, au balcon, la chef de chœur Miriam Langley se levait face à la congrégation dans sa propre chasuble noire, tenant devant elle le classeur noir contenant les partitions ; son petit museau sans beauté crispé d'une sorte de pieuse souffrance, elle se balança légèrement et se lança dans son solo. (Assise à côté de son mari, les yeux rivés sur un pot de chrysantèmes blancs, Peg Dunlap se représentait le visage de Gerald Burrows entre ses cuisses et elle fut parcourue d'une onde de chaleur.)

Les mouchetures de soleil sur le lutrin, le son étouffé de la circulation dans Main Street, les *amen* étirés en longueur du solo de Miriam Langley, le toussotement persistant de quelqu'un au balcon, les craquements d'un papier de bonbon, puis l'explosion joyeuse des grandes orgues, comme si l'organiste se réjouissait que le solo de Miriam Langley se fût enfin achevé, et le pasteur regagna sa place derrière le lutrin, prêt à entamer son sermon, accompagné par les petits mouvements et les soupirs de la congrégation qui s'installait pour un long moment.

Un bébé qui pleurait fut emmené dehors par son père, pas fâché d'aller s'asseoir dans sa voiture sur le parking ensoleillé et de couper au sermon ; dans la salle de réunion, Clara Wilcox, ayant assisté comme d'habitude au culte matinal, nettoyait en compagnie de Barbara Rawley les vestiges du café pris en commun à l'aube, et évitait de la regarder, embarrassée par sa persistance à enfourner des bouts de beignets. La lumière qui pénétrait par la fenêtre faisait miroiter le métal de la cafetière, jusqu'à ce qu'elle soit emportée dans l'arrière-salle.

Pendant ce temps, le pasteur arrivait au terme de son sermon, plus court que de coutume, parce qu'il fallait donner la communion, et les placeurs se levèrent pour passer les plateaux ; le pasteur se remit à tourner les grandes pages de la Bible sur le lutrin, *Que tous ceux qui mangent de mon corps se souviennent de moi*... Il restait un cantique à entonner, la congrégation se leva avec un certain soulagement à présent que la fin approchait, et enfin vint la bénédiction ; le pasteur leva la main vers son cher troupeau, *Puissent les paroles de notre bouche et les méditations de notre cœur T'être toujours agréables, ô Seigneur*, au moment même où Isabelle Goodrow, dans la petite salle de séjour encore envahie par l'odeur de fumée de cigarettes, finissait de raconter à Amy l'histoire de Jake Cunningham, de sa femme Evelyn et des trois enfants qu'ils avaient élevés en Californie, et concluait en disant doucement qu'elle avait eu tort de ne pas révéler tout ça à Amy bien plus tôt.

En l'écoutant, Amy avait scruté le visage de sa mère, scruté le canapé, la fenêtre, le fauteuil et, dans le long silence qui tomba, son regard se déplaça de plus en plus vite à travers la pièce avant de se poser à nouveau sur Isabelle. « Maman, dit enfin l'adolescente dont les yeux, les traits s'éclairaient de ce qu'elle venait de comprendre, maman, alors j'ai un lien familial avec des gens, là-bas. »

25

Le lendemain de la fête du Travail [1], le temps se rafraîchit, il fit presque froid. Au secrétariat, les employées travaillaient assidûment et ramenaient sur elles les pans de leur gilet. À la salle à manger, elles s'attardèrent devant leur tasse de café ou de thé, tripotant distraitement les restes de leur déjeuner. Lenora Snibbens, l'air assagi et avenant dans son col roulé bleu marine, demanda à Rosie Tanguay avec quelles épices elle assaisonnait le ragoût de bœuf.

« Je mets du sel et du poivre, répondit Rosie. Jamais rien d'autre que du sel et du poivre. »

Lenora acquiesça, mais, en réalité, ça lui était indifférent ; sa question visait simplement à signifier la fin d'une brouille. Tout le monde comprit et partageait le désir que la paix revienne au bureau car, la semaine précédente, Dottie Brown avait discrètement fait savoir qu'après vingt-huit ans de vie commune son mari venait de la quitter pour une femme plus jeune, et qu'elle ne voulait pas en par-

1. Aux États-Unis, la fête du Travail a lieu le premier lundi de septembre. (*N.d.T.*)

ler davantage. Ses collègues respectaient ce vœu. Celles qui éprouvaient le besoin de se livrer à des commentaires le faisaient entre elles au téléphone, le soir ; durant la journée, elles travaillaient en silence. Le malheur de Dottie les amenait à se féliciter de la chance qu'elles pouvaient avoir dans leur vie.

L'ordre régnait sur la table d'Isabelle Goodrow, contre laquelle sa chaise demeurait rangée. Elle avait pris un congé, c'était tout ce qu'on savait. Néanmoins, lorsque quelqu'un faisait allusion à ce fait divers, le cadavre de cette petite Debby Kay Dorne, de Hennecock, découvert dans un coffre de voiture par deux adolescents, Dottie Brown et Bouboule évitaient soigneusement de se regarder.

« Je voudrais bien qu'on trouve le type qui a fait ça, et qu'on l'arrête, dit Rosie Tanguay en secouant la tête.

— Qu'il soit pendu par les doigts de pieds, renchérit Arlene Tucker.

— Ils peuvent pas utiliser les empreintes digitales ? demanda Rosie tout en faisant tourner dans sa tasse le sachet de thé. Ou le numéro d'immatriculation, pour savoir à qui appartenait la voiture ?

— Ça dure pas des mois, les empreintes digitales, rétorqua Bouboule. Pas dans ces conditions, dehors. Et la voiture, elle était au vieux fermier qui possède ces terres, Elvin Merrick. Il a toujours des vieilles épaves de voitures qui restent à rouiller par là-bas. Une partie du terrain est pratiquement transformée en dépotoir, paraît-il.

— Il a même chopé une amende à cause de ça. Je l'ai lu dans le journal. »

Bev hocha la tête. « Mais ils finiront par trouver le coupable, affirma-t-elle. Au jour d'aujourd'hui, ils recueillent les moindres fibres et ils sont capables de repérer dans le pays entier le tapis d'où elles proviennent.

— Oui, c'est pas croyable, ce qu'ils sont capables de faire ! » approuva Dottie Brown.

(Pourtant, cette affaire-là ne serait jamais élucidée ; en réalité, personne ne découvrirait jamais l'assassin de Debby Kay Dorne.)

« Vous vous rappelez, quand Timmy Thompson avait découvert un cadavre dans sa grange ? demanda Arlene Tucker. Ça doit bien faire une vingtaine d'années. » Certaines s'en souvenaient, d'autres non. Mais toutes se rappelaient le cambriolage de la banque, sept ans plus tôt, non, huit ans en novembre. Patty Valentine avait été ligotée, bâillonnée et enfermée dans la chambre forte ; elle avait attendu des heures d'être délivrée. Après, elle s'était mise à enseigner à l'école du dimanche. Chaque année, elle racontait à sa classe d'enfants de sept ans comment elle avait été ligotée avec un pistolet braqué sur elle, comment elle avait prié dans la chambre forte, et que c'était la prière qui l'avait sauvée. Il fallait que les enfants dessinent des mains qui priaient. Une fois, une petite fille avait fait des cauchemars à la suite de cette séance, son père s'était plaint au pasteur Barnes qui avait semoncé Patty, laquelle s'était mise en colère au point de dire au pasteur Barnes d'aller se faire f..., après quoi elle avait cessé d'enseigner le catéchisme.

« Cette partie-là de l'histoire est difficile à croire, objecta Rosie Tanguay. Personne ne parle comme ça à un pasteur.

— Oui, mais Patty est timbrée, répliqua Arlene qui tenait ses informations de la mère de la petite fille, une amie à elle.

— La femme du pasteur Barnes aussi, elle est un peu détraquée, intervint quelqu'un. Chaque année, y a la collecte de vêtements, toutes les riches dames de la Pointe de l'huître font don de leurs habits à l'Église épiscopalienne, et quelques jours plus tard on voit Mrs. Barnes se promener avec les plus jolies choses sur le dos.

— Elle prend ce qui lui va, j'imagine », dit Lenora Snibbens.

C'était de notoriété publique et ne passionnait personne ; les petites histoires de l'Église épiscopalienne semblaient assez étrangères à tout le secrétariat, et à Shirley Falls en général, où prédominaient le catholicisme et l'Église congrégationaliste. (Toutefois, vingt ans plus tard, la fille du pasteur Barnes l'accuserait de s'être livré sur elle à des actes innommables quand elle était petite, ce qui donnerait lieu à beaucoup de ragots et à une débandade parmi les fidèles du pasteur, lequel prendrait une retraite légèrement anticipée.) Aujourd'hui, en tout cas, les dames de la fabrique ne furent pas trop contrariées lorsque le signal sonore interrompit la conversation et les renvoya à leur place.

Dans le coin du fond, Dottie et Bev se replongèrent dans leur travail, cette dernière épiant son amie, prête à lui murmurer des paroles de réconfort dès qu'elle voyait ses yeux se remplir de larmes. « Tiens bon, Dot, lui dit-elle à présent. Ça passera, avec le temps. Avec le temps, tout s'arrange. »

Dottie sourit. « La meilleure façon de manger un éléphant... Seulement, celui-là m'a collé une indigestion, laisse-moi te dire.

— Oui, y a de quoi. » Pleine de compassion, Bev secoua la tête. « Si on appelait Isabelle, pour savoir ce qu'elle fait ? »

Mais Isabelle n'était pas chez elle. Elle avait emmené Amy chez le coiffeur. « Donner une forme, disait-elle à la jeune femme de l'Ansonia's Hair Salon, ce qu'il faudrait, c'est juste leur donner une forme, à ses cheveux. » La coiffeuse acquiesça sans mot dire et elle guida Amy vers le fond du salon pour le shampooing, tandis qu'Isabelle s'asseyait et se mettait à feuilleter des magazines. Dans deux jours, Amy rentrerait au lycée ; en sortant d'ici, elles iraient lui acheter des vêtements. En attendant, un magazine ouvert sur ses genoux, Isabelle regardait à travers la vitrine les passants dans la rue. Cela lui faisait toujours un effet bizarre d'être en ville un jour de semaine ; chaque fois, elle était surprise de voir la vie suivre son cours à l'extérieur de la fabrique : les gens qui entraient à la banque, serrant contre eux leur veste ou leur blouson par cette fraîche journée ; deux mères avec des poussettes qui causaient ensemble sur le trottoir ; un homme qui s'arrêtait pour tirer de sa poche un bout de papier et le consulter avant de poursuivre son chemin. Où allaient-ils ? Quel genre d'existence menaient-ils ?

Amy, enveloppée d'une cape en plastique, regardait tout droit dans le miroir tandis que la coiffeuse maniait les ciseaux. Encore mouillés, ses cheveux paraissaient courts et ternes, mais, sous le souffle du séchoir, Isabelle les vit commencer à mousser en arrondi sous l'oreille, retrouver leurs diverses nuances de blond clair et d'or. Elle se réjouit de l'expression de plaisir qu'elle surprit sur le visage de l'adolescente. Cette nouvelle coiffure lui donnait un air adulte, effaçait à un point saisissant les traces de l'enfance. « Une petite touche de maquillage ? suggéra la coiffeuse, contente de son œuvre.

— Allez-y », lança Isabelle en voyant la réticence d'Amy et comprenant qu'elle était due à une imaginaire réprobation maternelle. Isabelle sourit, acquiesça de nouveau d'un signe de tête et regarda dehors. C'était affreux de penser qu'elle était une mère réprobatrice. Affreux de se demander si elle avait toujours fait peur à Amy. Était-ce pour cette raison qu'elle était devenue si timide, qu'elle baissait sans cesse la tête ? Isabelle se sentait déboussolée. Quelle horreur de s'apercevoir qu'on pouvait faire du mal à son enfant sans le savoir, en se figurant tout au long qu'on était attentif, consciencieux ! C'était bien plus dur à supporter que l'oubli de son invitation par Avery Clark. Découvrir que son enfant avait grandi dans la peur. Sinon que l'inverse était également vrai, parce que, songea Isabelle en regardant sa fille, *J'ai eu peur de toi.*

C'était trop lamentable. Ce n'était pas juste. Sa propre mère aussi avait eu peur. De petites saccades agitaient de haut en bas le pied d'Isabelle. Tout l'amour du monde ne pouvait empêcher cette terrible vérité : on transmet ce qu'on est.

Isabelle remit le magazine dans le râtelier. *Chère Evelyn*, rédigea-t-elle mentalement. *Bien des années ont passé, et j'espère que cette lettre vous trouvera en bonne santé. Veuillez m'excuser de faire à nouveau intrusion dans votre vie...*

Elle leva les yeux en sursautant vers la jeune fille debout devant elle, élancée, inconnue, qui battit lentement des paupières. « Voilà, maman, dit Amy. C'est fini. »

Elles longèrent le trottoir, réciproquement intimidées. Une brise venue du fleuve souleva la jupe d'Isabelle tandis qu'elles regardaient la devanture d'un magasin de chaussures. « Elles sont plutôt chères, observa Amy lorsque sa mère lui en désigna une paire.

— Ça ne fait rien, répondit Isabelle. Tu peux au moins les essayer. »

Le magasin au sol couvert de moquette était désert, silencieux comme un lieu de culte. Le vendeur s'inclina légèrement, et il s'éclipsa dans l'arrière-boutique pour aller chercher le modèle demandé, à la pointure d'Amy.

« Mais tu crois qu'elle leur aurait parlé de moi ? chuchota celle-ci, assise à côté d'Isabelle. D'accord, tu n'en sais rien, mais tu crois qu'elle l'a fait ? »

C'était donc cela qui la préoccupait, toutes ces interrogations concernant les enfants de Jake

Cunningham. « Ma chérie, je n'en ai aucune idée. »
Isabelle se sentait obligée de chuchoter, elle aussi. « J'étais encore une gosse là dernière fois que j'ai vu cette femme. Je n'en sais pas assez long sur elle pour deviner ses réactions. En fait, je ne sais rien d'elle.

— Mais tu vas lui écrire ?

— Oui, très vite. Ce soir même », ajouta-t-elle au moment où reparaissait le vendeur.

L'homme s'agenouilla devant Amy pour lui enfiler les chaussures ; ensuite, lorsqu'il les emporta à la caisse, rangées dans leur carton, Amy reprit : « Sa fille, elle s'appelait Callie ?

— Oui, un diminutif de Catherine, je crois.

— Callie Cunningham, dit Amy en passant les doigts dans ses cheveux métamorphosés. C'est vachement joli. »

Isabelle remania sa lettre plusieurs fois ce soir-là, et elle la posta le lendemain. Ensuite, il n'y avait plus qu'à attendre. C'est dur d'attendre du courrier ; chaque jour s'articulait autour de l'espoir du matin et de la déception du soir. Cette déception venait comme une blessure infligée tous les après-midi à la même heure. La boîte aux lettres à l'entrée du chemin, qu'Amy ouvrait au retour du lycée, ne contenait guère qu'une facture ou deux, un rappel du dentiste concernant le détrartrage dont Isabelle avait besoin. Que le monde était morne quand il n'avait d'autre promesse à offrir qu'un ensemble de bagages qu'on pouvait gagner en remplissant tel ou tel formulaire. Que cette forme de rejet muet était étrange, un simple vide, un silence qui persistait à s'abattre, un morceau de néant entouré par des vapeurs de suppositions. Peut-être Evelyn Cunningham avait-elle déménagé ? Mais la lettre serait revenue, Isabelle avait écrit son adresse au dos de l'enveloppe. Peut-être la lettre s'était-elle égarée à la poste ou dans la rue, à moins que la poussière ne fût en train de la recouvrir au bas d'une cage d'escalier californienne.

Au bout d'un certain temps, elles cessèrent d'en parler.

Il plut beaucoup cet automne-là. Des pluies fortes et tenaces, comme pressées de compenser la longue pause de l'été torride. À présent, le fleuve paraissait immense, il grondait en roulant des flots tourbillonnants sur les plaques de granit, ses eaux boueuses s'engouffraient en cataracte sous le pont. C'était tentant de s'arrêter pour le regarder, et le matin, après une grosse pluie, on voyait parfois un piéton ou deux penché par-dessus la rambarde, comme fasciné par la puissance de cette masse liquide.

Lorsqu'elle passait en voiture sur le pont pour aller travailler, Isabelle se demandait brièvement si cette personne ne songeait pas à se jeter dans le vide. Tout en sachant que c'était peu probable (depuis qu'elle vivait à Shirley Falls, il était arrivé une seule fois que quelqu'un saute du haut du pont, un pauvre ivrogne, tard dans la nuit), elle guettait quelques instants dans son rétroviseur, car son habitude de se préparer au désastre ne l'avait pas quittée, ne la quitterait jamais tout à fait. Non, Isabelle était toujours Isabelle.

Et, en même temps, elle était différente, forcément : il y avait maintenant au moins trois personnes à Shirley Falls — Bev, Dottie, Amy — qui savaient qu'elle n'avait jamais été mariée, qu'elle avait été engrossée à l'âge de dix-sept ans par le meilleur ami de son père. Il lui semblait s'être dépouillée d'une sorte de sombre guenille qui lui avait enserré le corps durant de longues années ; elle se sentait dénudée, mais plus propre. Bev et Dottie, ainsi qu'Amy, avaient spontanément promis de ne le répéter à personne, mais Isabelle s'était contentée de répondre : « Comme vous voudrez. » Elle ne voulait pas leur imposer le fardeau du secret ; pourtant, malgré elle, elle se demandait à qui elles pouvaient en avoir parlé, si elles en parlaient. Mais c'était étonnant, après avoir si âprement caché sa honte durant tout ce temps, de se soucier si peu que d'autres gens fussent au courant ou non. Cela tenait en partie à ce que ni Bev ni Dottie, ni même Amy n'avaient paru la juger comme elle s'y serait attendue, mais, surtout, à ce qu'elle avait d'autres préoccupations.

Amy, en premier lieu. Elle souffrait pour Amy. C'était une douleur cuisante, par moments, de lire l'angoisse dans ses yeux. Après avoir passé ce long été étouffant à chanceler sous le coup de la trahison d'Amy, Isabelle entrait dans l'automne avec l'intuition que sa fille avait échappé de peu à un très grave danger, et que, loin de l'avoir trahie, l'inverse était plus près de la vérité. Le souvenir du soir où Isabelle avait tondu la chevelure d'Amy lui revenait souvent et lui causait une consternation croissante ; elle avait commis là un acte irrévocable, et c'était ce constat implacable qui la préoccupait le plus. *Nos actes ont de l'importance*, se disait-elle indéfiniment, comme si elle découvrait enfin, à son âge, cette vérité.

Mais, à d'autres moments, lorsque le visage d'Amy s'éclairait, gracieusement encadré par sa nouvelle coiffure, lorsque ses yeux regardaient bien en face, Isabelle entrevoyait ce qu'elle pourrait devenir — ce qu'elle était peut-être déjà — et se sentait rassurée, réconfortée.

Et puis il y avait Avery Clark, bien sûr, et cela, c'était déconcertant. Il n'avait plus fait la moindre allusion à l'oubli de son invitation, et elle ignorait s'il y pensait encore. Mais quand il revint travailler après une absence due à un mauvais rhume vers la fin du mois de septembre, Isabelle lui apporta une corbeille d'oranges.

« Ça alors ! s'exclama Avery face à la corbeille qu'elle venait de poser sur son bureau. Que c'est gentil ! » Il avait le nez tout rouge.

« Eh bien, dit Isabelle, j'ai pensé qu'un peu de vitamine C vous ferait du bien.

— Sans aucun doute », répondit-il.

Elle ne savait pas trop si ce petit cadeau le mettait mal à l'aise ou non. Mais il lui semblait que le geste s'imposait. Pour elle, c'était une façon de faire le ménage, comme si le fait de pouvoir lui offrir des oranges nettoyait une tache.

« Et puis, leur couleur m'a plu », ajouta-t-elle parce que c'était vrai, elle avait été séduite par la peau éclatante qui enveloppait ces petites sphères.

« Oui, elles sont superbes, dit Avery. Merci, Isabelle. »

Qui était donc cet homme ? Cette longue silhouette debout derrière son bureau, feuilletant des papiers ? Elle chercha son regard et ne trouva que des yeux de vieux, petits et larmoyants. Elle était incapable d'arriver à imaginer ce qu'il mangeait à dîner, ou quel genre de sous-vêtements il portait.

Pourtant, la nuit, dans le noir, il lui arrivait encore de songer tendrement à lui, de se souvenir de lui tel qu'elle l'avait perçu auparavant : important, gentil, un homme à aimer.

Parce qu'elle avait eu ce besoin d'un homme à aimer, il lui manquait maintenant dans sa vie quelque chose d'essentiel, et elle savait que, pour peu qu'il vienne soudain à l'encourager, qu'il se penche vers elle et lui murmure à l'oreille des mots doux refoulés depuis longtemps, qu'elle décèle un appel dans ses yeux larmoyants rivés sur les siens, elle y répondrait sur-le-champ. Mais, naturellement, Avery Clark ne lui fournissait aucun encouragement, et l'espace entre eux au bureau (ou au temple) demeurait neutre, dénué de toute charge électrique.

À deux ou trois reprises, bizarrement, en s'asseyant devant sa machine à écrire, elle avait même eu un sentiment de délivrance, il n'y avait pas de meilleur mot pour l'exprimer. Comme après l'orage, quand l'atmosphère semble soudain soulagée d'une migraine. Cet état la prenait par surprise. Quel changement de ne plus se sentir oppressée par l'existence ! De ne plus être effrayée à la vue de Barbara Rawley à la quincaillerie (« Bonjour, Barbara », avait-elle lancé en la croisant avec aisance). De ne plus vivre comme un fardeau la plus petite chose. Le bégonia sur sa table à la fabrique, par exemple. Au lieu de songer que si elle n'était pas là pour s'en occuper il se dessécherait et mourrait, elle ne voyait maintenant qu'une jolie petite plante fleurie. Et l'amitié qu'elle éprouvait pour Dottie et Bev, assortie d'une affection suffisante envers le reste de ses collègues, remplissait de présence humaine le secrétariat qui n'avait plus rien d'un lieu aride.

Isabelle allait partir. Elle s'en rendait compte dans ces instants de clarté, prenant conscience que ses élans affectueux à l'égard de ses collègues provenaient partiellement d'une distance croissante.

Mais elle ne savait pas encore ce qu'elle ferait, ni quand elle déciderait de quitter ce lieu où elle passait ses journées depuis quinze ans. Elle savait qu'il faudrait partir avant que son bureau, son travail, la salle à manger, Avery Clark ne reprennent pour elle une signification de routine. Le jour allait venir où il lui faudrait bouger et s'en aller, elle le savait, mais, pour le moment, en se levant et en se dirigeant vers l'aquarium d'Avery pour lui faire signer une lettre, elle sentait ses jambes moulées par le collant, l'angle confortable de ses escarpins noirs sur le plancher, et elle avait tout simplement une impression de cohérence.

Puis cette impression se dissipait ; Isabelle recommençait à se tourmenter au sujet d'Amy, à se demander pourquoi Evelyn Cunningham n'avait pas répondu à sa lettre, et à rêver d'une relation intime avec Avery Clark. Alors, quelquefois, elle songeait à prier, parce qu'il y avait longtemps qu'elle ne l'avait pas fait, elle n'avait plus prié depuis le début de la canicule, lorsqu'en rentrant de la fabrique elle s'allongeait sur son lit et implorait Dieu de lui accorder Son amour et de la guider sur le bon chemin. Elle en était devenue incapable. Même à ce moment-là cela lui avait paru un peu factice, seulement elle ne savait pas que faire d'autre. À présent, elle y avait renoncé. Elle n'avait pas tiré un trait sur Dieu (oh, non !), elle ne pensait pas non plus qu'il avait tiré un trait sur elle (non...) ; c'était plutôt qu'elle avait conscience d'une ignorance fondamentale enfouie en elle, une incompréhension qui cohabitait, de façon assez encombrante, avec tout ce qu'elle pouvait éprouver ; et cela, elle n'y pouvait rien.

Au lycée, la nouvelle coiffure d'Amy et quelque chose de plus acéré dans son visage, un défi latent lorsqu'elle passait dans les couloirs, lui valaient une attention qui l'étonnait. Elle fut invitée à une fête et Isabelle lui donna la permission d'y aller. « Les fêtes, c'est merdique, l'avertit Stacy en tirant sur sa cigarette dans leur coin favori du bois. Je crois pas que j'irai. Josh et moi, on bougera sans doute pas de chez lui de toute la soirée. »

Ce qui signifiait quoi ? se demanda Amy en se rappelant le bouquin sur les rapports sexuels que Josh avait offert à Stacy cet été. Qu'est-ce qu'on faisait quand on ne bougeait pas de chez son petit ami ?

La fête, qui avait lieu dans la maison d'un garçon dont les parents étaient à Boston pour le week-end, la consterna. Vautrés sur les canapés, sur les lits, par terre, les invités buvaient de la bière à la bouteille en affichant des expressions ironiques, presque avec un air d'ennui. Tenant à la main la bière que quelqu'un lui avait tendue, Amy erra à travers les pièces enfumées sous prétexte de chercher les toilettes. Ce qui la surprenait le plus, c'était de voir, parmi les couples qui se pelotaient, autant de partenaires différents de ceux qu'on voyait marcher enlacés dans les couloirs du lycée ; on aurait dit qu'ils s'étaient répartis au hasard. En sortant par la porte de derrière, elle reconnut Sally Pringle, la fille d'un diacre, qui embrassait sur la bouche le boutonneux Alan Stewart. Sally avait une bouteille de whisky fourrée dans la poche de son blouson de cuir. Et plus loin dans le jardin, au bord de la pelouse, Amy aperçut d'autres couples, parfois couchés, avec le garçon qui s'activait sur la fille de la même façon que Mr. Robertson s'était activé sur elle dans la forêt. Seulement, elle l'aimait ! Est-ce que ceux-là s'aimaient ? Maintenant, Alan Stewart se plaquait contre Sally Pringle adossée au mur de la maison, une jambe levée et repliée autour de la taille d'Alan — non, ils ne pouvaient pas s'aimer en se tripotant là comme des fous à la vue de tout le monde.

Amy retraversa la cuisine et elle vit Karen Keane, les cheveux ébouriffés, les joues congestionnées, qui reboutonnait son chemisier et lui lança en pouffant : « Devine qui c'est qui vient de sucer et de se faire sucer trois fois de suite ? »

Amy téléphona à Paul Bellows qui vint tout de suite et la raccompagna chez elle.

Ah, Shirley Falls... La nuit qui tombait de plus en plus tôt, une saison de plus qui passait, un été de plus qui s'était achevé ; il n'y avait rien de permanent, rien.

La pauvre Peg Dunlap fonçait sur le trottoir pour aller retrouver son amant, elle fonçait, elle fonçait en songeant à sa fille de dix ans à l'ossature épaisse qui avait quitté les scoutes parce qu'elle n'y avait pas de copines, en songeant à son fils de neuf ans qui avait des copains mais se faisait étendre à tous les contrôles de maths, et à son mari qui affirmait qu'il n'y avait pas de problème, que c'étaient des gosses normaux, qu'ils se débrouilleraient tout seuls. Elle fonçait, elle fonçait comme si elle trouvait son seul réconfort à presser sa nudité contre le corps d'un autre. Mais pourquoi, pensait Peg Dunlap en fonçant dans la rue, pourquoi l'amour était-il si difficile ?

Oui, l'amour était difficile. Barbara Rawley croyait son mari sur parole lorsqu'il lui affirmait que sa longue cicatrice, qui courait de l'aisselle à sa cage thoracique aplatie, ne le gênait pas ; mais alors, pourquoi n'était-ce pas réconfortant d'être couchée près de lui la nuit ? C'était la vie qui comptait, et l'amour. Mais elle éprouvait une colère dont elle avait honte. Et, secrètement, elle se dégoûtait chaque fois qu'elle se déshabillait ; elle n'était plus comme avant.

Et pourquoi fallait-il que ce fût une torture pour Puddy Mandel d'aimer Linda Lanier ? Parce qu'il aimait aussi sa mère, qui n'aimait pas Linda. (Mais la chère Linda endurerait patiemment cette situation, elle lui réserverait son cœur, son lit durant les trente années à venir, elle renoncerait aux enfants dont elle avait toujours rêvé, pour vieillir en compagnie de cet homme, elle le maternerait lorsqu'il aurait enfin perdu sa mère.)

Pour la plupart, ils faisaient de leur mieux. Est-ce leur rendre justice ? Pour la plupart, ils faisaient de leur mieux, les gens de Shirley Falls. *Je ne regrette rien*, entendait-on parfois déclarer lors de ces réunions rituelles — un anniversaire, le départ à la retraite de quelqu'un à la fabrique —, mais qui donc n'avait rien à regretter ? Sûrement pas Dottie Brown, seule dans son lit la nuit, se souvenant du temps où son mari avait eu besoin d'amour et où elle ne lui en avait pas donné. Sûrement pas Wally lui-même, couché contre Althea Tyson dans leur caravane blanche, craignant parfois de s'abandonner au sommeil à cause des rêves qui le poursuivaient.

Et pas non plus Isabelle Goodrow, laquelle, malgré les instants de cohérence et d'espoir, épiait chaque soir le visage anxieux de sa fille et savait qu'elle lui avait fait défaut de toutes sortes de façons. En se rendant en voiture dans le petit cimetière de Hennecock et en cherchant la tombe d'une petite fille, Isabelle savait qu'elle y déposait des fleurs non seulement en mémoire de l'enfant assassinée, mais, en un sens, pour sa propre enfant, et pour la mère de Debby Kay Dorne, que devaient ronger en secret ses propres regrets dévastateurs.

Et voilà que, vers la fin du mois d'octobre, une lettre arriva. C'était un samedi, et Isabelle, qui revenait du supermarché, la lut tout de suite, debout en manteau dans la cuisine. Amy s'était assise et garda les yeux fermés jusqu'à ce que sa mère annonce : « Amy, ta sœur veut faire ta connaissance. »

Evelyn Cunningham s'excusait d'avoir tant tardé à répondre. Elle avait été hospitalisée pour une pleurésie, et la lettre d'Isabelle ne lui était parvenue que tout récemment. Elle espérait qu'Isabelle n'avait pas interprété ce retard comme une marque de dédain. En relisant ces lignes par-dessus l'épaule d'Amy, Isabelle sentit ses yeux se remplir de larmes, émue par tant d'égards immérités (pensait-elle). Les trois enfants des Cunningham, de grandes personnes à présent, avaient été mis au courant voilà quelques années de l'existence de « ce bébé ». Ils étaient impatients, surtout Catherine, l'aînée, de faire la connaissance de leur demi-sœur. Catherine, mariée, vivait dans le Massachusetts, à Stockbridge, et elle venait d'avoir un nouveau bébé. Les garçons étaient toujours en Californie. (« On ne l'appelle plus Callie ? » demanda Amy. « Sans doute que non », répondit Isabelle, et toutes deux poursuivirent leur lecture.) Le dernier week-end d'octobre, toute la famille allait se réunir à Stockbridge pour le baptême du bébé de Catherine ; plairait-il à Isabelle d'amener Amy un jour de ce week-end ? Evelyn avait conscience que le délai était bien court, et elle terminait sa lettre par des excuses ; elle avait souvent pensé à Isabelle et à « la petite fille » au long de toutes ces années, mais ses sentiments étaient restés « à vif » un certain temps. Elle s'en excusait. Avec le temps, rien n'est plus pareil, écrivait-elle. De l'eau a coulé sous les ponts. Ses enfants et elle tenaient à exprimer leur chaleureuse sympathie à Isabelle et à « la fille de Jake ». Elle espérait qu'Isabelle accepterait de venir chez Catherine ce samedi-là, et que tous feraient bientôt connaissance. Elle donnait le numéro de téléphone de Catherine.

« *Cool*, dit Stacy. Mais ça risque d'être assommant. Les réunions de famille, c'est assommant, en général. »

Amy tira sur sa cigarette. Elle n'avait pas révélé à Stacy qu'elle allait voir pour la première fois sa sœur et ses frères. Pourquoi elle ne l'avait pas fait, elle n'en savait rien, mais maintenant c'était trop tard. Elle lui avait seulement dit que ce week-end sa mère et elle devaient rendre visite à des membres de la famille de son père, perdus de vue depuis longtemps. « Je crois que ma mère a peur de ne pas leur plaire, ajouta-t-elle.

— Pourquoi elle leur plairait pas ? » Visiblement, Stacy s'en fichait, mais on ne pouvait pas le lui reprocher.

Amy haussa les épaules. « Maman est plutôt timide », dit-elle en guise d'explication.

Elles fumèrent en silence ; le temps était froid, couvert, automnal. La plupart des feuilles rousses étaient tombées, elles formaient un tapis épais, les fougères frissonnantes et les rochers en étaient couverts. Certains arbres étaient complètement dénudés, leurs branchages bruns se découpaient sur le ciel gris, mais beaucoup d'autres portaient encore des feuilles dorées qui crépitaient sous les soudaines bourrasques.

Lors de ces moments que toutes deux passaient ensemble dans le bois, il n'était jamais question de ce bébé qu'Amy avait entrevu dans la nursery de l'hôpital, cet été. Ni de Paul Bellows, ni du cadavre de Debby Kay Dorne. Il subsistait entre elles une affection profonde, une familiarité qui leur autorisait de longs silences, mais la crise de tristesse de Stacy lui avait passé, apparemment, et ses pensées semblaient souvent ailleurs. Amy aussi pensait à autre chose. Comme pour compenser cette distraction, elle se touchaient sans cesse l'une l'autre, se caressaient parfois la main, se serraient épaule contre épaule, adossées à leur tronc d'arbre, et, après avoir rangé leur paquet de cigarettes en entendant la sonnerie, elle prenaient le temps d'échanger un rapide baiser sur la joue.

(Au même instant, à la fabrique, Bev murmurait à Isabelle : « J'espère de tout mon cœur que votre expédition va bien se passer. »)

L'heure d'été vivait son dernier jour. D'un bout à l'autre de la ville, les lumières s'allumaient dans les maisons. Emma Clark était retournée au lit avec une tasse de café, tandis qu'Avery Clark lisait le journal. Après s'être levé pour aller faire pipi, Ned Rawley attirait maintenant à lui sa femme Barbara. Sur l'autre rive, Dottie Brown dormait encore, réconfortée d'avoir pensé, au milieu de la nuit, à la journée qu'elle allait passer avec Bev à faire des achats ; elle ne serait pas condamnée à la solitude. Assise à la table de la cuisine, Isabelle Goodrow écoutait le bruit de la douche qu'Amy était en train de prendre là-haut, et regardait par la fenêtre s'éclairer les feuilles jaunes du ginkgo (elle les voyait tomber l'une après l'autre et savait qu'à son retour il n'en resterait plus sur l'arbre ; c'était une particularité des ginkgos, ils se dépouillaient d'un coup de tout leur feuillage).

Jusqu'à la fin de sa vie, elle se souviendrait de ce jour comme on se souvient des derniers instants passés auprès d'un être aimé, car, dans sa mémoire, ce serait d'une certaine façon le dernier jour où elle « avait » Amy. Dans sa mémoire, les feuilles seraient toujours dorées, l'autoroute bordée d'arbres au feuillage d'or éclaboussés par la lumière matinale, raidis à l'approche de l'hiver.

Elles descendirent de voiture pour aller aux toilettes d'une aire de repos, marchèrent côte à côte en silence dans le froid mordant, se succédèrent dans les cabinets infects, montant tour à tour la garde devant la porte bleue. En traversant le parking, Isabelle demanda : « Tu as faim, Amy ? Tu as envie de manger quelque chose ? » Amy se borna à secouer la tête, rendue muette par une bouffée d'obscure compassion envers sa mère. Mais, dans sa mémoire, jusqu'à la fin de ses jours, Isabelle verrait dans le geste de dénégation de sa fille la preuve qu'elle l'avait déjà perdue à ce moment-là ; déjà, les plus élémentaires de ses tentatives pour la materner (quoi de plus élémentaire que la nourriture ?) étaient rejetées ; déjà, l'adolescente se sentait attendue ailleurs, elle brûlait de s'en aller.

Plus tard, cependant, à l'approche de leur destination, Amy dit qu'elle avait mal au cœur et qu'elles devraient peut-être s'arrêter pour manger un morceau. Ce fut donc dans la salle d'un Howard Johnson qu'un client, en train de régler son addition à la caisse, jeta un coup d'œil à Amy et continua de la dévisager tout en ramassant sa monnaie. Amy s'en aperçut et elle le suivit des yeux tandis qu'il sortait du restaurant, elle le vit tourner la tête pour la regarder encore. Elle croisa son regard à travers la vitre et, en cette fraction de seconde, son existence se transforma une fois de plus : Amy avait reconnu l'attirance qu'elle exerçait sur les hommes, sur les hommes mûrs, car l'inconnu avait les tempes un peu grisonnantes. Ce fut là, dans la salle d'un Howard Johnson, sur la Route 93, qu'elle sentit à nouveau la montée du désir en elle, le pouvoir que lui donnait le fait d'être désirable, et qu'elle sut sans se le formuler que Mr. Robertson n'était peut-être pas, n'était pas irremplaçable. Au-dessous de son col roulé, Amy avait conscience de ses seins moulés dans le soutien-gorge de Sears, ses seins qui avaient été offerts et le seraient encore à des hommes dont le regard se troublait parce qu'ils avaient envie d'elle. Ce pouvoir la fit tressaillir au plus profond de son corps tandis qu'elle était assise face à Isabelle qui lisait la carte et lui suggéra : « Ma chérie, tu devrais peut-être prendre des œufs brouillés. »

De retour dans la voiture, elles se regardèrent. Amy haussa les sourcils et prit son souffle en souriant, l'air de dire : « Bon, allons-y », et durant un instant elles furent unies, comme si elles avaient toutes deux accepté de s'envoler à bord d'une fusée et que le compte à rebours était lancé. Isabelle se rappellerait longtemps cet instant et regretterait de s'être tue, de ne pas avoir dit à sa fille qu'elle l'aimait, qu'elle l'aimerait toujours, car, en s'engageant sur la route, elle avait l'impression de plus en plus forte que c'était Amy qui s'envolait, Amy qui partait définitivement, qu'elle-même n'était là que pour piloter l'engin, conduire l'adolescente auprès de ses frères et sœur, de sa famille qui n'était pas celle d'Isabelle.

Elles se turent et roulèrent en regardant droit devant elles.

Oui, Isabelle se souviendrait de ce trajet, des feuilles roussies, des ors de l'automne. Longtemps après qu'Avery Clark serait mort d'une crise cardiaque, assis à son bureau dans l'aquarium, longtemps après que Barbara Rawley se serait fait arrêter pour avoir fauché des produits de beauté d'une valeur totale de quatorze dollars dans un drugstore de la ville, longtemps après que Wally Brown serait revenu vivre avec Dottie, lorsque Isabelle serait mariée depuis un certain temps au gentil pharmacien, elle se souviendrait de ce trajet avec Amy. À ses yeux, c'était un jalon qui marquait les jours sans fin de l'enfance solitaire d'Amy, et les jours sans fin de ce terrible été caniculaire. Tout ce qui avait paru sans fin serait alors terminé, et Isabelle, en divers lieux et divers moments, les années suivantes, serait parfois assaillie par le silence et ne trouverait en elle que ces deux syllabes répétées, « Amy ». « Amy, *Amy !* » Car telle était la demande de son cœur, telle était sa prière. « Amy, songerait-elle, Amy », au souvenir de ce jour de froidure dorée.

Remerciements

Je tiens à remercier Marty Feinman,
Daniel Menaker et Kathy Chamberlain.
Ils m'ont apporté un soutien inappréciable.

"Une nouvelle vie"

Les vacances de Rachel
Marian Keyes

Après une soirée trop arrosée à New York, les parents de Rachel la poussent à consulter le docteur Billings, spécialiste en toxicomanie. Rachel se demande bien ce qu'elle peut faire là. Certes, elle mène une vie très mondaine, écumant soir après soir les bars branchés en compagnie de son petit ami Luke. Mais de là à passer cinq semaines en cure de désintoxication… Il va falloir qu'elle prenne son mal en patience.

(Pocket n° 11205)

Il y a toujours un Pocket à découvrir

"Homo ou hétéro ? Difficile de choisir..."

Le choix de Simon

John Ramster

Simon Lyndon, trente ans, dirige une agence de voyages à Brighton, en Angleterre. Homosexuel, il n'a jamais réussi à trouver l'amour, et éprouve un grand besoin de stabilité affective. Malheureusement, les seules personnes qu'il aime sont ses amis proches, tous hétérosexuels. Un soir, Ruth, son adjointe à l'agence, l'invite à dîner. Et – oh, surprise ! – Simon se sent attiré par elle. Mais, celle-ci part le lendemain pour Manchester et laisse Simon face à ses incertitudes…

(Pocket n° 11272)

Il y a toujours un Pocket à découvrir

"Homme le matin, femme le soir"

Girl
David Thomas

Lorsque l'on est un homme bien fait, que l'on a un goût prononcé pour les blondes à forte poitrine et que, comme tout mâle anglais qui se respecte, on boit trop de bière en hurlant devant le foot à la télé, il est difficile d'accepter de se réveiller en femme, à cause d'un chirurgien qui s'est bêtement trompé de patient. Qu'est-ce qu'on va bien pouvoir dire aux copains ?

(Pocket n° 11345)

Il y a toujours un Pocket à découvrir

Achevé d'imprimer sur les presses de

BUSSIÈRE

GROUPE CPI

à Saint-Amand-Montrond (Cher)
en avril 2002

POCKET - 12, avenue d'Italie - 75627 Paris Cedex 13
Tél. : 01-44-16-05-00

— N° d'imp. 22041. —
Dépôt légal : mai 2002.

Imprimé en France